Louca

Chloé Esposito
Louca

Tradução: Alyne Azuma

GLOBOLIVROS

Copyright © 2017 Editora Globo S. A. para a presente edição
Copyright © 2017 Chloé Esposito

Todos os direitos reservados. Nenhuma parte desta edição pode ser utilizada ou reproduzida — em qualquer meio ou forma, seja mecânico ou eletrônico, fotocópia, gravação etc. — nem apropriada ou estocada em sistema de banco de dados sem a expressa autorização da editora.

Texto fixado conforme as regras do Acordo Ortográfico da Língua Portuguesa (Decreto Legislativo nº 54, de 1995).

Título original: *Mad*

Editora responsável: Amanda Orlando
Editora assistente: Elisa Martins
Preparação de texto: Lorena Piñeiro
Revisão: Jane Pessoa, Tomoe Moroizumi e Marise Leal
Adaptação de capa e diagramação: Diego Lima
Capa: L Motley
Imagens de capa: Jay Brooks (mulher) e Jacopo Rumi/EyeEm/Getty Images (piscina)

1ª edição, 2017

CIP-BRASIL. CATALOGAÇÃO NA PUBLICAÇÃO
SINDICATO NACIONAL DOS EDITORES DE LIVROS, RJ

E79L   Esposito, Chloé
        Louca / Chloé Esposito ; tradução: Alyne Azuma. - 1. ed. - São Paulo : Globo, 2017

        Tradução de: Mad
        ISBN: 978-85-250-6331-1

        1. Romance inglês. I. Azuma, Alyne. II. Título.

17-41414   CDD 823
                                            CDU: 813.111-3

Direitos de edição em língua portuguesa para o Brasil adquiridos por Editora Globo S. A.
Av. Nove de Julho, 5229 — 01407-907 — São Paulo — SP
www.globolivros.com.br

Não cobiçarás.
Exôdo

Você tem duas vidas. A segunda começa quando você se dá conta de que só tem uma.
Confúcio

Muita Loucura faz Sentido —
A um Olho esclarecido —
Muito Sentido — é só Loucura —
É a Maioria
Que decide, suprema —
Aceite — e você é são —
Objete — é perigoso —
E merece uma Algema
Emily Dickinson (tradução de Augusto de Campos)

Dia 1: Preguiça

Dia 2: Inveja

Dia 3: Ira

Dia 4: Luxúria

Dia 5: Gula

Dia 6: Avareza

Dia 7: Soberba

Aviso

Você precisa saber de uma coisa antes de continuar: meu coração está no lugar errado. Assim como meu estômago, meu fígado e meu baço. Todos os meus órgãos internos ficam do lado oposto, exatamente onde não deveriam estar. Sou invertida: uma aberração da natureza. Sete bilhões de pessoas neste planeta têm o coração à esquerda. O meu fica à direita. Você não considera isso um sinal?

O coração da minha irmã fica do lado certo. Elizabeth é perfeita, de uma ponta à outra. Sou o espelho da minha irmã gêmea, seu lado obscuro, sua sombra. Ela é o certo, e eu, o errado. Ela é destra; eu sou canhota. Em italiano, a tradução de "esquerda" é "sinistra". Sou a irmã sinistra. Beth é um anjo, e eu sou o quê? Pense um pouco...

O engraçado é que, ao olhar para nós, não dá para ver a diferença. Na superfície, somos gêmeas idênticas, mas é só ir um pouco além e você vai levar o maior susto da sua vida. Surpreenda-se enquanto eu coloco minhas tripas para fora, misturadas e confusas. Não diga que não avisei. Não é uma imagem bonita.

Somos univitelinas, se você quer saber. O zigoto de Beth se dividiu em dois, e eu me materializei. Aconteceu no primeiro estágio de desenvolvimento, quando o zigoto dela não passava de um monte de células. Fazia só alguns dias que nossa mãe estava grávida e... *puf*... do nada eu apareci, como um pássaro cuco. Beth teve que dividir sua banheira amniótica gostosa e aconchegante e o conforto da placenta da mamãe.

Aquele útero ficou muito apertado; não havia muito espaço para nós duas e nossos cordões umbilicais. O de Beth ficou preso ao seu pescoço, num nó bem complicado. A situação ficou crítica por um período. Não sei como aconteceu. Não tive nada a ver com isso.

Os cientistas acreditam que gêmeos idênticos são totalmente aleatórios. Ainda somos um mistério, ninguém sabe como nem por que eu aconteci. Alguns chamam de sorte, coincidência ou acaso. Mas a natureza não gosta de nada aleatório. Deus não *joga dados*. Eu vim por um motivo, tenho certeza disso. Só não sei ainda que motivo é esse. Os dois dias mais importantes da sua vida são o dia em que você nasce e o dia em que descobre por quê.

DIA 1

Preguiça

"Meu problema sempre foi a incapacidade de me importar."
@Alvinaknightly69

Capítulo 1

Segunda, 24 de agosto de 2015, 8h
Archway, Londres

De: Elizabeth Caruso (elizabethknightlycaruso@gmail.com)
Para: Alvina Knightly (alvinaknightly69@hotmail.com)
Data: 24/08/2015, 8h01
Assunto: VISITA

Alvie, querida,
Por favor, pare de me ignorar. Sei que você recebeu meus últimos dois e-mails porque ativei aquele aviso de leitura, então pode parar de fingir. Correndo o risco de me repetir, eu gostaria de convidar você, mais uma vez, para vir ficar com a gente na nossa villa em Taormina. Você vai AMAR este lugar: século XVI, tudo original, o cheiro de jasmim-manga no ar. Faz sol todo dia. A piscina é incrível. Virando a esquina tem um antigo anfiteatro grego que serve de moldura para o monte Etna a oeste e para o reluzente Mediterrâneo a leste. Mesmo que só consiga ficar uma semana — sei que você é escrava daquele trabalho horrível —, seria maravilhoso ver você. Não acredito que você ainda não conheceu Ernie; ele está cada dia maior, e é a cara da tia Alvina.
Mas, sério, eu preciso de você. Estou implorando. Venha. FAZ DOIS ANOS. Preciso pedir uma coisa para você e não posso fazer isso por e-mail.
Beijo,
Beth

P.S.: *Sei o que você está pensando e, não, não é mais um problema. Ambrogio e eu já deixamos para lá, mesmo que você não tenha esquecido. Então pare de ser teimosa como uma mula e venha à Sicília.*

P.P.S.: *Quanto você está pesando no momento? Ainda é 59,4 kg? Tamanho 38? Não consigo perder o peso da gravidez e estou ficando louca com isso.*

Que inferno, ela é insuportável.

"O cheiro de jasmim-manga no ar", blá-blá-blá, "o antigo anfiteatro grego", blá-blá-blá, "o reluzente Mediterrâneo", blá-blá-blá de merda. Ela parece a apresentadora daquele programa de televisão, A Place in the Sun: "Alvina Knightly procura um canto para chamar de seu no maravilhoso litoral leste da Sicília". Não que eu assista a esse tipo de coisa.

Eu *com certeza não* vou. Parece chato, antiquado. Não confio em vulcões. Não suporto aquele calor todo. Úmido. Suado. Minha pele inglesa se queimaria em dois segundos, sou branca como um esquimó. *Não diga esquimó! Sou capaz de ouvir a voz dela... Eles não gostam desse nome. Não é politicamente correto. Diga "inuit".*

Passo os olhos pelo meu quarto: garrafas de vodca vazias, um pôster do Channing Tatum, fotos de "amigos" que eu nunca vejo num mural. Roupas no chão. Canecas de chá frio. Uma atmosfera que faria a faxineira de Tracey Emin ter um ataque. Três e-mails em uma semana? O que está acontecendo? O que será que ela quer? Talvez eu deva responder, ou ela vai continuar enchendo meu saco.

De: Alvina Knightly (alvinaknightly69@hotmail.com)
Para: Elizabeth Caruso (elizabethknightlycaruso@gmail.com)
Data: 24/08/2015, 8h08
Assunto: RE: VISITA

Elizabeth, querida,

Obrigada pelo convite. Sua villa *parece deslumbrante. Como você, Ambrogio e, claro, o pequeno Ernie têm sorte de ter um lar tão esplêndido no que parece ser um lugar perfeito! Você lembra que, quando éramos crianças, era eu que amava a água? E agora você tem uma piscina...*

(e eu tenho uma banheira com o ralo entupido.)

A vida não é engraçada? Claro, eu adoraria ir e conhecer seu lindo anjo, meu sobrinho, mas o trabalho está uma loucura agora. Agosto é sempre nosso mês mais corrido, por isso demorei tanto para responder. Desculpe.

Me avise quando vier a Londres, vai ser bom colocar o papo em dia.
Albino

Não importa quantas vezes eu digite meu nome: *Alvina*, o autocorretor sempre muda para o maldito *Albino*. (Talvez ele saiba o quão pálida eu sou e esteja me zoando?) Vou mudar meu nome no cartório.
Alvina
P.S.: *Mande lembranças ao seu marido e dê um beijo da tia no Ernesto.*
Enviar.
Elvis Presley teve um irmão gêmeo natimorto. Algumas pessoas têm sorte.
Levanto da cama me arrastando e piso em uma pizza que deixei no chão. Só comi metade ontem à noite, antes de desmaiar por volta das quatro da madrugada. Meu pé está cheio de molho de tomate. Tem um pedaço de salame entre os meus dedos. Tiro a fatia, enfio na boca e limpo o molho com uma meia. Visto as roupas que encontro no chão: uma saia de náilon que não precisa ser passada, uma camiseta de algodão que precisa. Me olho no espelho e faço uma careta. Argh. Tiro o rímel esfregando os olhos, passo uma camada de batom roxo e penteio meu cabelo oleoso com os dedos. Pronto, estou atrasada. De novo.
Vou trabalhar.
Pego a correspondência ao sair e abro tudo com um rasgo enquanto me arrasto pela rua fumando um Marlboro. Contas, contas, contas, contas, o cartão de uma empresa de táxi, o folheto de uma pizzaria para viagem. "Último aviso de cobrança", "Notificação", "Ação de cobrança". Bocejo, bocejo, mais do mesmo. Será que Taylor Swift precisa lidar com essa merda? Coloco as cartas nas mãos de um mendigo sentado do lado de fora da estação de metrô: não é mais problema meu.
Empurro a multidão de pessoas em fila para as catracas, bato o cartão na leitora. Todos se arrastam pela estação a menos de um quilômetro por hora. Tento escrever um haicai mentalmente, mas as palavras não vêm. Algo profundo sobre a luta existencial? Algo poético e niilista? Nada. Meu cérebro ainda está dormindo. Olho feio para os anúncios de roupas e joias que cobrem todos os milímetros livres de parede. A mesma modelo metida e cheia de Photoshop olha feio para mim, como acontece todas as manhãs. Ela está alimentando uma criança de colo em um anúncio de leite infantil. Não tenho filhos pequenos e não preciso do lembrete. E definitivamente não preciso comprar leite infantil.

Desço a escada rolante e empurro um homem que está ocupando espaço demais.

— Ei, cuidado! — protesta ele.

— Fique do lado direito! Cuzão.

Sou uma grande artista presa no corpo de uma representante de vendas de classificados, uma reencarnação de Byron ou Van Gogh, Virginia Woolf ou Sylvia Plath. Espero na plataforma e contemplo meu destino. Não existe mais nada na vida além disso? Um sopro de ar rançoso beija meu rosto e me diz que um trem está se aproximando. Eu podia pular agora, e tudo ia desaparecer. Em menos de uma hora, os paramédicos teriam me tirado do trilhos, e a linha norte retomaria as atividades.

Um rato corre pelos trilhos de metal. Ele só tem três patas, mas tem uma vida de liberdade e aventura. Sortudo. Quem sabe o trem não esmaga seu pequeno crânio? Ele sai da passagem bem na hora. Droga.

Eu me penduro no apoio no fim do vagão. Um homem com herpes invade meu espaço, sua camisa está transparente de suor. Ele segura a barra acima da minha cabeça, sua axila fica a poucos centímetros do meu nariz. Posso sentir a mistura de desodorante masculino e desespero. Leio o jornal *Metro* dele de ponta-cabeça: assassinato, estupro, drogas, uma matéria sobre o gato de alguém. Ele pressiona a virilha contra a minha coxa, e eu piso no seu pé. O homem se afasta. Da próxima vez, dou uma joelhada no saco. Paramos por alguns minutos em alguma parte do intestino grosso de Londres e depois começamos a nos mover de novo. O vagão esvazia suas entranhas, e desembarcamos como um excremento amorfo. Sou defecada em Oxford Circus.

Mayfair, Londres

LÁ FORA, O AR ESTÁ DENSO COMO BANHA DE PORCO. Barulho do trânsito e sirenes de carros de polícia. Inspiro, enchendo meu pulmão de dióxido de nitrogênio, e começo a caminhar. Vendedores da Big Issue, pessoas pedindo doações para instituições de caridade e hordas de estudantes que parecem entediados. Uma lanchonete Five Guys, um café Costa, um restaurante Bella Italia. Starbuck's, Nando's, Gregg's. Faço o percurso de três minutos e meio até o escritório no piloto automático. Talvez eu seja sonâmbula. Ou talvez eu esteja morta. Talvez eu tenha pulado e este seja o limbo. Continuo andando. As ruas poderiam estar cheias de zumbis, clones nus do Channing Tatum ou lhamas, e eu nem notaria. Viro à esquerda na Argyll Street, à direita na Little Argyll Street e à esquerda de novo na Regent Street, pensando na Beth. Não vou de jeito nenhum.

Um pombo caga no meu ombro: uma meleca verde-acinzentada. Ótimo. Por que eu? O que eu fiz de errado? Olho em volta, mas ninguém notou. Isso não deveria ser sinal de boa sorte? Talvez seja um bom presságio para o meu dia. Tiro meu suéter e o jogo numa lixeira, estava cheio de buracos de traça mesmo.

Empurro a porta giratória e faço uma careta para o homem atrás da recepção. Nós dois trabalhamos aqui há anos. Não sabemos o nome um do outro. Ele olha para a frente, franze o rosto e volta para suas palavras cruzadas. Acho que ele não gosta de mim. É mútuo. Desço a escada com os pés pesados. Estou sendo desperdiçada aqui, desperdiçada. Não vendo grandes anúncios brilhantes de página dupla no início das revistas para marcas sexy como Gucci, Lanvin ou Tom Ford. Seria o paraíso. É lá que está o dinheiro. E eu ficaria no andar de cima. Não, eu trabalho nos *classificados*. Vendendo anúncios ruins que quase passam despercebidos e que ninguém lê nas páginas finais das revistas: suplementos para fazer o cabelo voltar a crescer, Viagra para mulheres ou parafernália obscura de jardinagem que nem a sua avó compraria. São sessenta e uma libras por um oitavo de página. Não sei como vim parar aqui e não sei por que fiquei.

Quem sabe eu não fujo com o circo? Sempre quis ser aquele sujeito que atira facas na mulher que está em uma roda giratória. (Por que é sempre um *homem* que atira as facas?) Posso imaginar a grande tenda com as cores do arco-íris, os palhaços, os malabaristas, os cavalos, os leões. Posso ouvir as multidões se formando, se juntando, torcendo, aplaudindo, gritando assustadas enquanto as facas voam pelo ar. A sensação incômoda da transpiração. O pico da minha descarga de adrenalina. Sou capaz de ver, girando, girando, a lâmina atravessa a roda e passa perto do rosto dele. Qual é, Alvina, isso nunca vai acontecer. Você está vivendo no reino da fantasia. E não vai ganhar dinheiro escrevendo haicais. Minha irmã sempre disse que eu seria uma ótima guarda de trânsito. Seria divertido trabalhar num abatedouro.

Empurro as portas do porão. Angela (pronuncia-se "gue") Merkel (não é o nome verdadeiro dela) olha para a frente quando entro na sala e levanta a sobrancelha perfeita. Algo nela promete que o dia vai ser uma tortura: como um tratamento de canal ou uma pedra no rim.

Bom dia, Angela.

Vá para o inferno, Angela.

Se eu fosse um canibal, ela seria meu café da manhã.

Sento à minha mesa de compensado em uma sala cheia de cubículos idênticos e sem janelas. Apesar de ser "ajustável", minha cadeira giratória sempre parece estar na altura, na forma ou no ângulo errados; faz tempo que desisti de tentar mexer nela. Um lírio da paz precisa ser regado. O ar está seco e tem cheiro de mofo.

Um Hubba Bubba de morango preso embaixo do monitor do meu computador parece um cérebro de rato cinza-rosado. Enfio o chiclete na boca e começo a mastigar. Não tem gosto de morango, mas também não tinha semana passada.

Estou exatamente doze minutos atrasada. Acho que eu deveria estar em uma *conference call* com Kim (Jong-Il, não é o nome verdadeiro dele), mas não consigo me dar ao trabalho de ligar. Kim é tão agradável quanto uma unha do pé encravada. Cogito pegar o telefone e incomodar as pessoas; meu trabalho envolve fazer ligações não solicitadas e ininterruptas para estranhos até eles solicitarem algum tipo de liminar ou finalmente comprarem espaço publicitário. Eles pagam para me fazer calar a boca e sumir. Em vez disso, ligo meu computador. Má ideia. Minha caixa de entrada está cheia de e-mails "urgentes": "Cadê você?", "Compareça ao rh", "Violação de gastos corporativos". Ah, meu Deus, de novo, não. Deixo o status "fora do escritório" ativado para não precisar lidar com a chatice de ninguém.

O Twitter está on-line desde sexta, porque não desconectei. Dou uma olhada em Angela, que está torturando um dos meus colegas do outro lado da sala. Foda-se. Dou uma espiada nos *trending topics*, mas tudo parece chato. Taylor Swift não respondeu a nenhum dos meus tuítes elogiando seus últimos looks. Nem me marcou como favorita. Talvez ela esteja ocupada. Provavelmente está em turnê.

Tão entediada no trabalho que vou ver pornografia #amomeuemprego.

Postar.

Era para ser uma piada, mas agora fiquei curiosa. Digito "YouPorn" no Google do meu celular e vejo as genitálias. "Ménage à trois." "Fetiche." "Fantasias." "Brinquedos sexuais." "Seios grandes." Uhhh. "Para mulheres." Então meu telefone toca: "Beth celular". Droga, ela é insistente. Por que Beth está me ligando no trabalho? Sou ocupada e importante. Passo os olhos pelo escritório, mas ninguém reparou. Tento deixar cair no correio de voz, mas meu dedo escorrega e acabo atendendo.

— Alvie? Alvie? É você? Você está aí?

Ouço a voz dela me chamando, está baixa e distante. Aperto os olhos e tento ignorá-la. Quero desligar.

— Alvie? Está me ouvindo? — pergunta ela.

Pego o telefone e o encosto na orelha.

— Oi, Beth! Que bom ter notícias suas.

Sério, ela me fez ganhar o dia.

— Ufa! Finalmente, eu...

Meus dentes rangem.

— Escute, Beth. Não posso falar agora. Preciso correr para uma reunião. Desculpe. Minha chefe está esperando. Acho que vou ser promovida! Ligo para você mais tarde, ok?

— Não, espere. Eu...

Eu desligo e volto para o pornô: pintos, peitos e bundas. Alguém que tem peitos e um pinto. Que legal.

— Boa dia, Alvina! Como vai você?

Olho para cima e vejo Ed (Bolas: o rosto parece um testículo) olhando do cubículo dele. Meu Deus, o quê? O que ele quer? Além de um transplante de personalidade.

— Olá, Ed. Eu vou bem. O que você quer?

— Só saber o que minha colega de trabalho favorita está fazendo nesta bela manhã de segunda.

— Vá à merda, Ed.

— Sim, claro. Eu só...

— O quê?

— Hum... eu só queria saber quando você consegue...

— Devolver aquelas cinquenta libras que devo para você?

— Isso!

— Bom, não vai ser hoje, obviamente.

— Não. Obviamente, não vai ser hoje.

— Então vá à merda.

— Certo. Então tá. Tchau.

A cabeça dele abaixa de novo. Finalmente. Meu Deus. Preciso evitá-lo esta semana no bebedouro. Ele e minha chefe. Ed precisa ouvir a princesa

Elsa e deixar pra lá, *let it go*. Eu quase queria não ter feito o empréstimo. Eu só precisava do dinheiro para decorar minha xoxota; em retrospecto, não era tão urgente, acho. Eu tinha um encontro muito incrível com um cara maravilhoso que conheci no Poundland de Holloway. Achei que um pouco de glitter traria algum brilho à nossa primeira noite de paixão. Mas as lantejoulas foram parar em *toda parte*; na cama toda, no rosto dele, no cabelo. Uma ficou presa no seu globo ocular e ele precisou ir ao médico. Continuei encontrando lantejoulas semanas depois, nos meus sapatos, na minha carteira, em um pacote de nuggets de frango no fundo do freezer (não faço a *menor* ideia). A pior parte foi que o sujeito nem apreciou o meu esforço: o nome dele em rosa brilhante nos meus genitais: Aaron. Pelo jeito, deveria ter sido Arran. E daí que a grafia estava errada? O que vale é a intenção. No fim da noite, parecia "Corra".

Voltei para o pornô. Diminuí o volume até silenciar os gemidos, mas ainda estava alto. Gemidos, grunhidos, murmúrios e palavrões. "Eu gosto da sua bunda, *baby*." Alguém grita: "puta". Um homem de máscara está fazendo *fisting* em uma "coroa gostosa", quando noto uma figura na minha visão periférica; Angela está se aproximando do meu cubículo. Merda.

— Você está tuitando sobre *pornografia* da conta da empresa?

— Era a conta da *empresa*? Ops. Foi mal — respondo.

— Você está demitida — anuncia Angela.

— Você está muito fodida, sua vadia — diz o YouPorn.

Pego minha bolsa, o lírio da paz, um grampeador e as cópias de *Fogo contra fogo* e *Closer: Perto demais* de debaixo da minha mesa. Volto para casa.

Capítulo 2

Archway, Londres

Gaivotas do tamanho de um cachorro que seria considerado ilegal no Reino Unido grasnavam no ar. Raposas berravam como se fossem estupradas. Bêbados cujo vocabulário se limitava a "merda" e "caralho" gritavam com os passantes. É uma região adorável, o tipo de lugar que corretores imobiliários descrevem como "emergente" porque não poderia ser mais "caído e decadente". Tudo é cinza e sujo: o céu, os muros, as ruas. Árvores doentes dão sacos plásticos e latas vazias de Pepsi em vez de frutos. Faz oito anos que estão levantando o pavimento. Não cheira a rato morto de verdade, mas não seria surpresa sentir um sopro do odor. Até os esquilos parecem rábidos.

Não sei bem por que levei o grampeador. Não é meu. Não é algo que eu queira de verdade. Não é como se eu tivesse pessoas ou coisas para grampear. Resolvo jogá-lo no gramado da entrada da casa de alguém.

O morador de rua corre atrás de mim com minhas cartas de "aviso final".

— Ei, você! Você! Você! — grita ele, tropeçando e sem fôlego.

Eu o ignoro e continuo pisando firme rua abaixo.

As pessoas costumam confundir nossa entrada com um depósito de lixo; sempre encontro latas grandes de cerveja, embalagens de kebab, camisinhas usadas e brinquedos quebrados pela manhã. Uma vez havia uma boneca Barbie decapitada e totalmente nua. O corpo estava lá, prostrado e cor-de-rosa, no pavimento, como uma cena de crime saída de *Toy Story*. A cabeça não estava em lugar nenhum. Pelo menos temos uma vista matadora da Archway Tower, não oficialmente o prédio mais feio do Reino Unido.

Empurro a porta de entrada; ela sempre emperra, então é preciso forçar. As dobradiças rangem. Alguém pichou "BOCETA" com letras caóticas. Não acho que fui eu.

Dividir um apartamento é mais barato que alugar um estúdio, mas um pouco mais caro que morar numa caixa de papelão em um túnel. No entanto, essa se tornou uma opção cada vez mais atraente, especialmente quando se está esperando na fila em algum horário inglório da manhã, só para descobrir que um dos Imundos esqueceu de dar a descarga:

Você me olha
Com um olho; quer ficar.
Dou a descarga.

Meu primeiro haicai do dia! Você não perdeu a mão, Alvina. Sua gênia da poesia. O prêmio Nobel está ao seu alcance. Nunca desista dos seus sonhos.

O apartamento fica no último andar de um imóvel vitoriano decadente e caindo aos pedaços. Um pedaço do telhado despencou e atravessou o teto do meu quarto semana passada. Mandei um e-mail para o proprietário, preocupada com a chuva. Ele se ofereceu para comprar um balde para mim. O papel de parede está descascando nas bordas, mas duvido que ele algum dia tenha sido bonito. Os tapetes estão beges e puídos. Pelo menos eu tenho um teto sobre a cabeça (em parte) e uma cama onde dormir (um futon da IKEA), então tento não reclamar, especialmente para Beth; ela nunca entenderia.

Subo as escadas sem fim. A bicicleta de alguém está bloqueando o hall. O fedor inconfundível de maconha. Subo mais degraus e então mais ainda. Moro com dois Imundos chamados Gary e Patty, ou Jerry e Patsy, ou Geoff e Pinkie, ou algo assim.

Eles ficam em uma espécie de estufa na sala, escutando bandas das quais nunca ouvi falar. Os dois usam a mesma calça jeans *skinny* preta, camiseta preta com estampa de caveira e moletom preto e enorme com capuz, e acessórios irônicos que brilham no escuro. Eu não uso preto.

Os Imundos estão se beijando no sofá quando eu chego. Que nojo. Eles limpam aquelas bocas meladas e olham para cima. Olhos vermelhos. Já estão chapados. Alguma besteira sem sentido está passando na TV: lar doce lar.

— Oi — cumprimento, pendurando as chaves no gancho.

— E aí — dizem os Imundos.

Embalagens vazias de salgadinhos Wotsits e balas Skittles estão jogadas no tapete. Junto com meia garrafa de refrigerante Dr. Pepper. Passo por eles me esquivando, vou para o meu quarto e fecho a porta. Viro o trinco. Eles são uma dupla falante. Se eu não tomar cuidado, os dois falam até minhas orelhas caírem. Talvez tenha sido *isso* que aconteceu com Vincent Van Gogh? Que vontade de tomar absinto.

A cama ainda está desfeita de hoje de manhã. Chuto meus sapatos e me enfio embaixo do edredom e solto um bocejo grande como o de um gato. Acho que vou tirar um cochilo. Não tenho mais nada para fazer. Vou ficar aqui deitada e esperar o apocalipse zumbi: algo para deixar todos nós animados.

As paredes têm a espessura de uma folha de papel, consigo ouvir o que os Imundos estão dizendo no cômodo ao lado:

— Meu Deus, acabei de encontrar o perfil dela no Facebook! Isso é muito engraçado.

Acho que estão falando de mim.

— Espere aí, essa nem é ela — diz Gary.

É, sim! Só que com um monte de Photoshop e cinco anos atrás — insiste Patty. — Quantas pessoas você acha que se chamam *Alvina Knightly*?

Com certeza estão falando de mim.

— Ha, ha! Olha isso. Ela mora em *Highgate*? — comenta Gerry.

— Ela trabalha como "poeta" no *The Times Literary Supplement*? — emenda Patsy.

— Ela está num *relacionamento* com Channing Tatum? — diz Geoff.

— Ela é tão esquisita! — Os dois Imundos são unânimes.

Eu afio minha faca imaginária...

— Mande um pedido de amizade para ela — sugere Pinkie. — De brincadeira.

— Feito — responde Geoff.

Morro um pouco por dentro. É cruel da parte deles rir das minhas mentiras. Alguém pode me mostrar uma pessoa que não se embeleze nas redes sociais? Que não force os limites da verdade? Que não exagere? São só pequenas mentiras inofensivas, minha vida no Instagram. E daí que eu não sou uma poeta famosa? Quem se importa que eu não tenha emprego? Pelo menos tenho um objetivo, alguma aspiração. O que eles têm além de clamídia? Chatos?

— Encontrei ela no Twitter outro dia — conta Gary. — Você sabia que ela posta haicais?

— O que é um haicai? — pergunta Patty.

— *Uma chatice* — responde Gerry. — É um tipo de poema muito curto, com menos de 140 caracteres. Acho que é coreano.

Os dois se distraem por um instante com *Geordie Shore*: um dos moradores da casa está gritando com outro por causa de alguma coisa. Outro morador entra e começa a gritar com os dois. Ouvir escondida me deixou irritada. Desisto de tentar dormir. Pego meu celular, que está na bolsa, e olho para a tela. É um Samsung Galaxy S5. Eu o comprei numa promoção na Carphone Warehouse. Sei que todo mundo tem um iPhone, mas eu gosto de ser diferente. De todo jeito, parece um iPhone, só que é mais barato.

Pôquer? Paciência? Pinterest? Minecraft? Um desses jogos em que você precisa matar todo mundo? Grand Theft Auto: Vice City? Dead Trigger 2?

Tinder.

Está na hora de criticar uns imbecis em um aplicativo de relacionamento. (Ninguém me critica. Uso uma foto de Beth. Inteligente, né? Não sou só um rosto bonito.)

Esquerda.
Esquerda.
Esquerda.
Esquerda.
Esquerda.
Esquerda.
Esquerda.
Esquerda.
Meu Deus, não.
Esquerda.
Esquerda.
Esquerda.
Ânsia de vômito.
Óculos ridículos.
Muito magro.
Sorriso assustador.
Parece um sapo.
Já vi cachorros em melhor forma.

Orelhas de abano.
Dentes de cachorro pug.
E esse chapéu?
Pelado de gravata.
Bigode de Hitler.
Irritação contagiosa na pele.
Vesgo.
Comeu todas as tortas.
Tatuagem no rosto.
É humano?
Selfie no banheiro.
Parece um elfo.
Esquerda.
Esquerda.
Esquerda.
Esquerda.
Esquerda.
Esquerda.
Esquerda.
Esquerda.
DIREITA! Puta merda! DIREITA! DIREITA! DIREITA! Olá, Harry, 27, a cinco quilômetros de distância. Como vai o senhor? Oh, minha Virgem Maria, mãe de Jesus, sim! Deslizo o dedo para a direita. Meu príncipe encantado, que faz tudo direito. Venha aqui, baby, vou deslizar o dedo em você. Nossa, eu podia lamber você todo, Harry, 27, a cinco quilômetros de distância. Acho bom você me deslizar para a direita também.
Quinze minutos depois:
Nada.
Meia hora depois:
Ainda nada.
Uma hora depois:
Ainda nada. Odeio o Tinder.
Duas horas depois:
Deu MATCH! Ai, meu Deus. Ai. Meu. Deus. Respire, Alvina, respire. Minha deusa interior dá um salto triplo seguido de um arabesco como uma maldita ginasta de treze anos da Bielorrússia. Respire, Alvina, respire. O que acontece

agora? Ele vai me mandar uma mensagem? Eu preciso mandar uma mensagem para ele? Quais são as regras? O que eu faço? Não acredito que deu *match*.

Ping.

O que é isso? Que merda é essa??? É uma mensagem! O que ele escreveu? O que ele escreveu? Vamos lá, vamos lá, o que ele escr...

"Olá, garota sexy."

Puta merda. Ele é um romântico de verdade... um mestre da sedução! Ele me achou sexy. Vamos fazer sexo. Oh, uau. Estou hiperventilando. Minhas partes femininas se contraem como as gengivas da minha avó em volta de um manjar turco. O que eu respondo? "Olá, garoto sexy"? Certo, certo, aqui vai:

"Olho, grato sexta."

Enviar.

O quê? Não! *Olho, grato sexta?* Não, *não* foi isso que eu quis dizer! Maldito corretor. *Olho, grato sexta?* Deus, por favor, diga que eu não acabei de mandar isso. Minha deusa interna me colocou em posição fetal num chão de terra e está me enchendo de chutes com seu coturno Dr. Martin's com ponteira de aço. Estou vomitando, e meu baço está sangrando. *Olho, grato sexta?* Ele vai achar que sou louca. É provável que o sujeito tenha medo de compromisso e eu já deixei ele assustado. Pronto! Acabou! Minha vida acabou. Ele vai me largar. Minha única chance de ser feliz se foi, para sempre. Merda, merda, merda! O que eu faço agora?

Minha deusa interna dá uma sugestão, ainda que fraca, para salvar minha pele: escreva "Olá, garoto sexy" de novo, seguido de um emoji de sorriso. Ou um emoji com uma piscadinha irônica? Isso é subversivo? Ou um sinal de retardo? Tanto faz, faça qualquer coisa, Alvina. Aqui vai...

"Olá, garoto sexy ;)"

Enviar.

Pausa.

A ansiedade paira sobre minha cabeça como uma nuvem de chuva de verão que está prestes a cair, me deixando totalmente encharcada com uma blusa transparente, rímel escorrendo pelo rosto como um Alice Cooper todo sujo.

Por que ele não respondeu? Foi a piscadinha, não foi? Ele me acha uma imbecil.

Ping.

Ele respondeu! Incrível.

"Gostei dos seus peitos."

Ah. Ok. Isso foi gentil, não foi? Ele me fez um belo elogio. Que cavalheiro. Certo, agora responda, Alvina.

"Obrigada."

Enviar.

Um beijo? Devo mandar um beijo?

"Bjo."

Enviar.

Pausa.

Por que ele não respondeu? Ele não vai responder. O beijo foi ousado demais? Ah, parabéns, Alvina, muito bem. Agora ele acha que você é fácil. Por que não escrever *"Quer trepar?"* e pronto? *"Aqui está uma foto da minha vagina..."*?

Ping.

"Quer encontrar? Você engole?"

Ha, ha! O que é isso? Eu... eu... eu...

Minha deusa interna toma um monte de aspirina e então corta os pulsos em uma banheira morna. O sangue se esvai das suas veias até a água ficar carmim.

Azar o dele, ainda estou sóbria.

"Não, eu mordo."

Enviar.

Sair.

Entrar de novo.

"Babaca."

Enviar.

Deletar aplicativo.

Eu devia ter dito que era vegana (está tão na moda agora, basta ver Beyoncé e Jay Z). Sempre penso na resposta quando é tarde demais. Ah, pelo menos minha deusa interna está morta, ela estava começando a me irritar.

Facebook.

Faço o login e vejo os posts; é uma mania, mais do que um interesse. Ninguém disse nada desde 8h21 da manhã, quando entrei da última vez. Tenho um novo pedido de amizade, de um dos Imundos. Rejeitar. Alguém que eu não conheço me convidou para jogar Candy Crush Saga. Vá à merda. Dou "curtir" na foto de um gato persa molhado em uma banheira que alguém postou: "Feio pra caralho" e, em seguida, atualizo meu status: "Finalmente saí do meu emprego!". Acrescento o emoticon *Me sentindo muito feliz*. Postar.

Harry, 27, me fez pensar em sexo, não que eu tenha com quem fazer. Meus brinquedos sexuais favoritos em ordem decrescente são: 1º, vibrador Real Feel Mr Dick de 28 cm; disputando com o 2º, vibradores Rampant Rabbit: Mighty Pink One e Rampant Rabbit: Throbbing One; 3º, vibrador Silicon Pink Plus Phallic Vibrator; 4º, bolas vibratórias Vibrating Jiggle Balls; 5º, vibrador Rampant Rabbit: The Little Shaking One. (Não entendi muito o propósito do último; precisei fingir. Para ser honesta, só tenho cinco dildos, e o número 5 normalmente não teria entrado na lista, mas quem faz um top 4? Teria sido estranho.)

Aposto que a Beth não tem brinquedos sexuais, ela é careta demais para isso. Além do mais, ela tem um marido de verdade com um pênis, então... acho que ele dá conta do recado. Mas ele não está sempre disponível como o Mr Dick. Abro a gaveta do criado-mudo e pego meu número 1; ele é meu amante e meu melhor amigo. Cogito prendê-lo na parede (ele tem uma ventosa superforte na extremidade para facilitar a aplicação em portas e azulejos de banheiro), mas acho que não tenho essa energia.

— Desculpe, Mr Dickie, não estou a fim.

Dou um beijinho nele e o guardo de volta na gaveta.

É típico, na verdade; quando o comprei uns dois anos atrás, foi nossa lua de mel. Às vezes acabávamos fazendo sexo três ou quatro vezes por dia. As manhãs de domingo eram as melhores, na cama até o meio da tarde, um pacote de pilhas extra ao lado da cama, só por garantia. Mas, agora, acho que não lhe dou valor, faz mais de uma semana que ele não entra em ação. Espero que Mr Dick não fiquei entediado e me abandone.

Fumo um cigarro atrás do outro, e então mais um e mais um. Não quero nem gosto de fumar, só estou muito entediada. Brinco com meu isqueiro, vejo a chama surgir e se mover, vermelha, depois amarela, no ar viciado e parado. É impressionante. Sempre admirei o fogo: um enigma indefinível, uma *grande dame* da destruição. Não sou piromaníaca, só gosto de ver as coisas queimando. É fascinante pensar que esse pequeno Zippo poderia transformar a cidade inteira em cinzas; isso é *poder*. Nero sabia disso quanto ateou fogo na Roma antiga. Ele ficou assistindo do seu palácio no monte Palatino, cantando e tocando lira, enquanto as pessoas corriam gritando do incêndio, as chamas tocando suas túnicas e chamuscando seus cabelos. Nero esperou até as labaredas morrerem, para depois construir seu novo palácio no coração da cidade, onde o fogo tinha acabado com as casas antigas. É preciso admirar Nero por isso: o sujeito era audacioso.

Prometeu também era legal. Ele sabia que as regras existiam para serem quebradas. E deixou Zeus muito irritado quando acendeu uma tocha no sol e trouxe o fogo para o homem. Eis que Zeus não queria que a humanidade saísse colocando fogo nas coisas, assim como a minha mãe. Ela não queria que eu ateasse fogo nos ursos de pelúcia da Beth, no gato do vizinho nem no galpão com o cachorro trancado lá dentro. (O cachorro ficou *bem*. Minha mãe ouviu os latidos antes que o telhado ruísse. Ele só precisou de um banho para tirar a fuligem...) Tem gente que não sabe se divertir. Meu antigo diretor também era um estraga-prazeres. Por que ele precisava me expulsar, só porque coloquei fogo no carro dele?

Até aí, quem precisa da escola? As crianças não precisam de educação agora que todo mundo tem internet. A internet sabe tudo. É impressionante o que você pode aprender on-line sem precisar tolerar piolhos, uniformes e refeições empapadas. Só esta semana descobri que estamos vivendo dentro de um holograma gerado por computador, que Matthew Perry é o ator que fez o papel de Chandler na série *Friends* (eu não lembrava, então precisei pesquisar no Google), e que quando o macho e a fêmea do tamboril se acasalam, eles se fundem um no outro e compartilham o corpo para sempre. (Pelo jeito, o mar é tão vasto e profundo que, quando um macho encontra uma fêmea, ele se prende com força, perde os olhos e órgãos internos até os peixes dividirem um corpo e um único fluxo sanguíneo. É bem bonito.) Bom saber.

Eu já li muito mais do que Beth com todos os seus diplomas chiques (não que seja uma competição). Meu cérebro está cheio. Sou formada pela Universidade da Vida com mérito. Isso se chama ser "autodidata", se você quiser ser metido a sabe-tudo, mas não é preciso ser sesquipedal.

Levanto e vou até a cozinha/zona de bombardeio. Chá comum, nada das coisas chiques que minha irmã compra: Darjeeling, Earl Grey ou a porcaria do Arabica orgânico com certificado Rainforest Alliance. Não ligo de ter sido demitida, ainda estou pensando em Beth, revendo isso sem parar na minha cabeça:

"Eu gostaria de convidar você, mais uma vez, para vir ficar com a gente na nossa villa *em Taormina. Eu preciso de você. Estou implorando. Venha.*"

Vá se foder!

Mas eu me pergunto o que ela quer. Provavelmente medula óssea ou um dos meus rins. Beth não vai conseguir nada de mim, ela vai precisar pedir para a nossa mãe.

— Chá? — ofereço.

Os Imundos olham para mim de um jeito engraçado e balançam a cabeça. Encho a chaleira e giro o botão. Eca, por que está grudento? Depois de um tempo, encontro minha caneca — "Não tenho nada a declarar, além da minha genialidade" — embaixo do criadouro de bactérias e a lavo. Parece mais manchada quando eu termino do que quando comecei. Só tem um saquinho de chá. Eu o coloco no fundo da caneca e olho para os Imundos. Os dois estão me encarando, mas viram o rosto de volta para *Jeremy Kyle* assim que fazemos contato visual. Esquisitos. A garrafa de leite semidesnatado tem menos de um centímetro de líquido. Coloco água e uso o resto do leite.

— Hum — diz Gary, quanto estou voltando para o meu quarto. — Podemos falar com você?

Eu me encolho e derrubo chá quente na minha perna, o suficiente para arder e manchar minha saia, mas não o suficiente para eu me dar ao trabalho de pegar uma toalha.

— Claro. E aí? — pergunto, me sentando de frente para eles. Tomara que seja rápido. É ele ou ela?

— Nós estivemos pensando — diz Gary.

Pensando? Duvido.

— E achamos que não está dando certo — emenda Patty. Ou Pam.

Eles esperam minha resposta com uma expressão impassível. Não respondo.

— Nós achamos que você deveria se mudar daqui — sugere Geoff. Ou seria Graham?

É isso. Não tem outra explicação. Ou encontraram outro Imundo Emo que quer vir morar aqui, ou simplesmente não gostam de mim. Por que eles não gostam de mim? Será que encontraram o esquilo morto? Talvez seja por que eu não paguei o aluguel. Inacreditável. Eu deveria estar colocando *esses dois* para fora, se bem que acho que eles chegaram primeiro.

— *Amanhã* — diz Patty, com uma expressão dura ensaiada.

Eu gostaria de ter uma espada de samurai; em momentos como este, elas são úteis.

— Claro — respondo. — Sem problema. Na verdade, eu ia sair logo. Preciso viajar de férias para a Sicília, então...

Está na hora de procurar aquela caixa de papelão. Eu sabia que era meu dia de sorte.

Fujo para meu quarto e me jogo na cama. Uma foto velha me encara. É uma fotografia minha e da minha irmã gêmea. Beth parece uma modelo de sucesso. Eu pareço uma vadia com cabelo ruim. Foi tirada no último dia de aula de Beth. Ela estava com o cabelo arrumado, gloss nos lábios e aquele sorriso presunçoso. Eu estava de ressaca depois de tomar uma garrafa inteira de Malibu sozinha em uma árvore perto de casa. Para falar a verdade, eu não vejo nenhuma semelhança; até onde sei, não somos parecidas. Olho feio para a foto.

O que você quer?

Consigo ouvir minha irmã pensando do outro lado da Europa: *Venha para a Sicília, Alvina, venha, venha, venha!* Somos como duas partículas quânticas para sempre emaranhadas. Ela é um glúon, e eu sou um quark. Sou matéria escura, e ela é... bom, apenas *matéria*, acho. É ação fantasmagórica à distância. Ela bate a cabeça, e eu fico com dor. Eu quebro a perna, e o joelho dela dói. Ela se casa com um italiano bonitão e rico e se muda para Taormina, eu levo um pé na bunda no Tinder e vou morar com os Imundos. Acho que nem sempre funciona.

Minha irmã gêmea está sempre presente na minha cabeça como um membro amputado; não como um braço bom que você perdeu num acidente de estrada, mas como um gangrenado que começou a cheirar mal e você ficou feliz em cortar. Alvie & Beth, Beth & Alvie, era como costumava ser, mas não mais, não desde Oxford, não desde Ambrogio. Ainda que Beth e eu sejamos idênticas, ela sempre foi a irmã atraente. Beth era a irmã bonita. Beth era a magra. Beth foi a primeira a andar, falar, tirar a fralda e fazer sexo. Enfio o rosto no travesseiro.

— Arghhhhhhh!

Facebook.

Tenho uma "curtida" de Elizabeth Caruso na atualização de status: essa é a minha irmã.

Claro.

Olho para o celular, cutuco os pedaços de sujeira presos no teclado, limpo a geleia de framboesa da tela. Releio o e-mail que mandei para Beth. "Me avise quando vier a Londres", "Vai ser bom colocar o papo em dia": o tipo de coisa que se diz para um colega de trabalho chato, não para alguém com quem você costumava dividir um útero. Olhando em retrospecto para o e-mail agora, parecia que ela genuinamente quer me ver. "Eu preciso de você. Estou implorando. Venha." Certo, Beth, parabéns, você venceu, merda. Acho que posso comprar um protetor solar com FPS 50. Espero que o Etna esteja dormente. Começo a digitar.

De: Alvina Knightly (alvinaknightly69@hotmail.com)
Para: Elizabeth Caruso (elizabethknightlycaruso@gmail.com)
Data: 24 de agosto de 2015, 11h31
Assunto: RE: VISITA

Olá, Beth,
Peço desculpas pelo que escrevi antes. Eu estava tendo um dia péssimo no escritório. Agora que não estou trabalhando, tenho tempo de ir visitar vocês. Você tem razão, dois anos é tempo demais. Claro que estou louca para conhecer Ernie, e sua villa parece ser maravilhosa. Estou livre indefinidamente (e seria ótimo tirar férias), então me avise quando for conveniente, e eu procuro voos baratos.
Alvie

Enviar.
Vou comprar com um dos meus cartões de crédito. Não é dinheiro de verdade, apenas números. Vou me preocupar com isso depois. É só um amontoado de terra em comparação com minha montanha de dívidas, uma fração. Nem noto. (Tentei de verdade escrever para o gerente do banco para avisar que tinham cometido um erro com a minha fatura, mas ele não acreditou. Pelo jeito, não tem nenhum seguro de proteção financeira errado, cobrança excessiva nem taxas de serviço que não deveriam ter sido debitadas. Banqueiros de merda. Eles que se danem.)

Capítulo 3

Uma carne não identificada — gato? rato? raposa? pombo? — gira na vitrine da loja de kebab. Alguma coisa amarela pinga, pinga, pinga, em uma grelha na parte de baixo. Faz barulho de fritura, espirra, chia e chamusca: malpassado, bem passado e esturricado. O ar lá dentro está pesado de tanta gordura. Um homem atraente com um avental branco manchado e um chapéu de papelão se aproxima do balcão. Ele tem um cabelo bagunçado e uma barba por fazer. Imagino como ele deve ser por baixo das roupas: trinta e três gloriosos centímetros de pênis de Mark Wahlberg na cena final de *Boogie Nights: Prazer sem Limites*?

— O de sempre?

Meneio a cabeça.

— Na verdade, estou com fome. Quero dois.

Ele pega uma faca longa e prateada e aperta um interruptor. Ela brilha na luz neon. A lâmina serrilhada emite um zumbido, vibra, chia, gira. Ele corta os pedaços — fatias grossas de carne — e coloca tudo no pão. Alface, tomate, sem cebola, bastante molho.

— São oito libras e noventa e oito centavos.

Quanto? Isso é roubo em plena luz do dia. Pago mesmo assim e deixo os dois centavos como uma generosa gorjeta. Pego meus kebabs, uma lata de Coca-Cola e devoro os dois a caminho de casa, tirando as cebolas (*cretino...*), jogando-as no chão e lambendo o ketchup que escorre pelos meus dedos: uma mancha na minha blusa, uma mancha no sapato, uma mancha na calçada, pinga, pinga, pinga.

Tem um sebo com uma cópia do romance de Beth à venda na vitrine: cinquenta centavos. Fico paralisada. É mais barato que papel higiênico. Mesmo assim não vou comprar, eu não leria esse livro nem que me pagassem. Bom, talvez se me *pagassem muito dinheiro*. Olho por sobre o ombro, é quase como se Beth estivesse me seguindo. Não consigo acreditar que o livro dela está nessa loja. Olho meu celular e descubro que ela respondeu:

De: Elizabeth Caruso (elizabethknightlycaruso@gmail.com)
Para: Alvina Knightly (alvinaknightly69@hotmail.com)
Data: 24 de agosto de 2015, 13h10
Assunto: RE: VISITA

Querida Alvie,
Claro que você está perdoada e claro que você precisa vir! Comprei uma passagem para você no voo de amanhã de manhã da British Airways para Catânia (veja o itinerário anexo). É Club Class, querida, então não deixe de aproveitar o champanhe de cortesia. Se você não estiver totalmente chumbada quando chegar, vou ficar decepcionada. Espero que não seja rápido demais, mas você disse que não estava fazendo nada e, bom, não consegui esperar para ver você! Ambrogio vai buscar você. Prepare-se: ele dirige como Lewis Hamilton, mas você vai fazer o percurso de quarenta minutos em quinze no Lamborghini.
Não se esqueça de trazer biquíni e chapéu de sol; está um calor de matar aqui. Na verdade, não se preocupe se não tiver nada disso, você pode comprar na Prada e na Gucci da Catânia, no caminho.
Vejo você amanhã!
Com amor.
Beijo,
Beth
P.S.: Que boa notícia você ter saído. Você odiava aquele emprego, não é?
P.P.S.: Quanto você disse que está pesando mesmo?

Fico com os olhos abertos por um longo tempo sem piscar. Quando finalmente pisco, o e-mail de Beth ainda está na tela. Ela é eficiente: amanhã de manhã? Ela comprou uma passagem? Que maníaca por controle.

E o que é essa obsessão pelo meu peso de repente?

De: Alvina Knightly (alvinaknightly69@hotmail.com)
Para: Elizabeth Caruso (elizabethknightlycaruso@gmail.com)
Data: 24 de agosto de 2015, 13h20
Assunto: RE: VISITA

59,5 kg. Vejo você amanhã.

Enviar.
Beth responde quase imediatamente.

De: Elizabeth Caruso (elizabethknightlycaruso@gmail.com)
Para: Alvina Knightly (alvinaknightly69@hotmail.com)
Data: 24 de agosto de 2015, 13h23
Assunto: RE: VISITA

Ótimo! Eu também! Beijos.

O quê? Como isso é possível? Ela acabou de parir. "Não consigo perder o peso da gravidez e estou ficando louca com isso." Está vendo o que eu disse? Vadia de marca maior.

Vou para a Sicília amanhã cedo, voando de Club Class (*o que é isso?*), e vou andar de Lamborghini. Parece um sonho. Mal posso esperar para ver Ambrogio, delícia de homem. Ele é Brad Pitt vezes Ashton Kutcher elevado à potência de David Gandy. Talvez Beth não seja uma vaca tão grande afinal.

Jogo as embalagens de kebab na entrada junto com o resto do lixo e subo a escada dois degraus por vez.

Os Imundos estão numa festa em uma casa de crack da área. Não perguntaram se eu queria ir. O apartamento é todo meu, bem como eu gosto. Se pelo menos fosse assim sempre. Já fumei seis cigarros, um atrás do outro, e tomei uma garrafa quase inteira de Pinot Grigio que encontrei na geladeira. Não era minha, mas vou embora amanhã, então nem me importo. Olho para a bagunça que fiz no meu quarto. De jeito nenhum esse monte de coisas vai caber na minha mala. Preciso ser implacável: levar apenas o que posso usar num calor de quarenta e cinco graus. Não é muito. Não vou me dar ao trabalho de levar muita roupa. Talvez eu me torne naturista? Deve ter uma praia de nudismo lá? Ou, caso contrário, posso criar uma? Tenho certeza de que Beth ia gostar disso.

Esvazio o guarda-roupa e as gavetas e puxo minha mala de debaixo da cama. Limpo a poeira, os cigarros e as meias. Não acredito que vou ver Beth de novo. Do nascimento até a faculdade, éramos praticamente inseparáveis (não por escolha: imagine uma tênia, um verme-da-guiné ou uma sanguessuga). Isso faz vinte e seis anos, dez meses e doze dias. Nós nos acotovelamos naquele mar salgado e amniótico, não podíamos esperar para sair e nos tornar seres separados; nove meses é muito tempo para passar com o rosto enfiado na bunda de alguém. Beth escapou primeiro, deslizando pelo canal vaginal como um astro canadense do trenó de corrida em busca da medalha de ouro das Olimpíadas de Inverno. Fiquei entalada ao sair com os pés primeiro. A parteira precisou me puxar, enfiando o braço até o cotovelo como um fazendeiro ajudando um bezerro a nascer; eu estava abrindo um espacate, com um pé atrás de cada orelha. Não é necessário dizer que minha mãe precisou fazer muita força depois que a primeira saiu. Por que ela precisava de mim? Ela já tinha Beth. Fui o excedente para os requisitos, como uma oferta de "compre uma e ganhe a outra de graça" que você não quer na verdade. O queijo cheddar que não foi aberto, fica abandonado e mofa no fundo da geladeira. O segundo pacote de biscoito Jaffa Cakes que você não deveria comer. Fácil de esquecer. Fácil de ignorar.

Minha mãe sempre "se esqueceu" de mim, assim como "se esqueceu" de comentar que ia se mudar para a Austrália. Ela "se esqueceu" de me vacinar, e peguei sarampo. Ela "se esqueceu" de me trazer para casa do supermercado ou de me pegar no trem para Penzance. Ela "se esqueceu" de me convidar para o funeral da nossa avó. (Não foi culpa minha ela ter morrido; eu por acaso a estava visitando quando ela empacotou.) Deu para entender.

Como fiquei presa, tive que ir para um aquário, também conhecido como incubadora. Teve alguma coisa a ver com falta de oxigênio. A primeira vez que alguém me viu, eu estava roxa, quase azul. Como eu estava no aquário, tive que ficar no hospital. Não fui amamentada, ao contrário de Beth. A enfermeira me dava mamadeiras. Só tomei leite em pó. Minha mãe foi embora com Beth, sua preciosa primogênita. As duas se esbaldaram. Quando finalmente me deixaram sair, algumas semanas depois, tiveram que deixar três recados para minha mãe vir me buscar. Isso foi antes do celular, então dou um desconto... Acho que ela estava fora da cidade, se divertindo. Mas, a essa altura, ela já tinha criado um vínculo genuíno com Beth. E todo mundo sabe que três é demais. Foi um padrão que durou vinte e seis anos — minha mãe é preguiçosa, é fácil amar Beth: obediente, bem-comportada, de aparência imaculada. Ela nunca nos constrangeu na frente dos vizinhos, fugiu ou arrumou problemas com a polícia. Ela não coloca fogo nas coisas nem fala palavrão. Ela nunca foi uma decepção.

Meu nome veio do nosso pai, Alvin (*quanta imaginação*), e Elizabeth veio de sua majestade, a rainha da Inglaterra (uma história que minha mãe nunca cansa de contar...). Ao que parece, minha mãe não era louca pelo meu pai. Os dois se divorciaram logo depois que nós nascemos, e ele foi morar em San Francisco. Nunca mais o vi. Não foi uma grande perda, ele devia ser um bosta. Minha mãe nunca teria ido morar nos Estados Unidos, na Groenlândia, no Afeganistão ou em qualquer lugar desses, pois ela amava demais a rainha. Devotada, como uma abelha operária. A única razão por que concordou em se mudar para a Austrália com o segundo marido (um canalha completo chamado Rupert Vaughan Willoughby) foi porque, em Sydney, a rainha é soberana. Uma súdita devotada, uma verdadeira patriota, ela sempre preferiu Elizabeth a mim. Se ao menos existisse uma "rainha Alvina"! Pesquiso na Wikipédia, mas, não, nunca existiu. Só uma garota perdida e imbecil em um romance de D. H. Lawrence que eu não li. Pelo menos meu nome significa "ser mágico", "amigável", "afável", "princesa guerreira". É melhor que ser uma *rainha* velha e chata. Os poderes da monarca são apenas simbólicos. Se bem que eu imagino que ela seja a dona de todos os cisnes.

Minha primeira lembrança? Enfiar alfinetes nas bonecas de Beth. Não me pergunte por quê. Não faço ideia. Eu tinha apenas uns três ou quatro anos na época. Não entendia nada de vodu. Só encontrei a boneca dela um dia e decidi que seria divertido espetar alfinetes nela. E foi mesmo. Ainda consigo vê-la, jogada na penteadeira: cabelo comprido e loiro e grandes olhos azuis, pálpebras que se abriam e fechavam por conta própria quando você movia a cabeça para a frente e para trás. Sentada, elas se abriam. Deitada, se fechavam. Abertas. Fechadas. Abertas. Fechadas. Horas de diversão.

Encontrei os alfinetes de costura da minha mãe guardados em uma gaveta. Eram do tipo longo, fino, prateado, com diferentes cabeças coloridas. Devia haver uns cinquenta em um pequeno estojo quadrado. Eu os peguei, um por um, e espetei. Muito fácil. Fiquei esperando a boneca chorar, mas ela não deu um pio, só ficou lá aguentando. Comecei pelos pés, quatro em cada pé entre cada dedinho, depois outro, e mais outro, em duas longas fileiras até as pernas. Eles deslizaram pelo plástico, fácil e fundo. Ficaram bem firmes, como os espinhos de um porco-espinho.

Continuei, um alfinete depois do outro, até a parte de cima do corpo, barriga, peito, pescoço, bochechas, testa, têmporas. Espetei os olhos, mas não consegui perfurar, os globos era feitos de vidro duro e brilhante. Quando terminei a parte da frente, virei o corpo e enfiei alfinetes nas costas. Nas nádegas. Na parte de trás da cabeça. Estava indo bem até a último alfinete, um vermelho, acho. Não sei o que aconteceu. Tirei um da embalagem e então... espetei o dedo. O choque foi colossal. Naquela idade? Um terremoto. Uma gota de sangue surgindo no meu dedo, perfeita, redonda, vermelha para combinar com o alfinete. Eu era como a Bela Adormecida, girando a roca de fiar. Sem pensar, lambi o sangue. Animal. Instintivo. A primeira vez que senti o gosto de sangue. Não parecia com nada que eu já tivesse experimentado, antes ou desde então: salgado, metálico. Ilícito, como vinho. Fiquei sem palavras. Algo mudou.

Mas isso foi naquela época, e estou no agora. Não vi minha irmã por dois anos inteiros, desde o casamento dela em Milão, em uma maldita catedral. E que desastre foi aquilo. Não quero pensar nisso. Acendo outro cigarro e encho o pulmão de câncer, sento no parapeito da janela e olho para os pombos. Eles me encaram de volta. Ameaçadores. Assassinos. Pequenos olhos pretos brilhando com malícia. Um de vocês cagou no meu ombro, seu palhaço? Eles andaram assistindo a Alfred Hitchcock; a qualquer minuto, vão atacar.

Cenas do casamento de Beth invadem a minha mente, não solicitadas...
Bebo mais vinho.
Durante meses, antes do "grande dia" de Beth, minha mãe costumava me ligar e perguntar:

— Quem é seu acompanhante, Alvina? Preciso saber para organizar os lugares nas mesas/os convites/só para infernizar você.

— Mas por que eu preciso ir acompanhada de *alguém*, mãe? Por que eu preciso de um namorado?

— Não vou entrar nessa discussão agora, Alvina. As couves-de-bruxelas vão passar do ponto, e seu pai não vai querer comer.

— Ele não é meu pai.
Silêncio.
— Por que você não arruma um bom homem como Ambrosia? — disse ela.
Meu Deus, me ajude. Lá vamos nós de novo.
— Ambro*gio*, mãe. Ele não é um pudim.
Ainda que fosse verdade, eu gostaria de devorá-lo.
— Sua irmã está ajeitando a vida, e o tempo está passando para você.
— Sim. Eu sei.
Eu estava com *vinte e quatro* anos.
— E você não está ficando mais bonita.

Mas que inferno. Ela sabia mesmo como me irritar. Pisquei para conter as lágrimas e funguei alto. Não era como se eu *quisesse* morrer sozinha.

— Estou bem feliz sem um namorado, e o último sujeito que eu peguei revelou ser um molusco.

Umas das características surpreendentes do molusco é sua habilidade econômica de usar o mesmo órgão para múltiplas funções. Por exemplo, o último homem com quem dormi usava o pau tanto como pênis quanto como cérebro. E era pegajoso. Não de um jeito bom. Não, na minha experiência, namorados despendiam tempo demais e exigiam muita atenção. Como aquele Tamagotchi que tive quando criança e que morreu. Para a minha sorte, Deus inventou o Tinder... e, quando isso falha, a Duracell.

Eu podia ouvir minha mãe mexendo as couves-de-bruxelas do outro lado da linha: a água fervendo, borbulhando e respingando, o chiado do ventilador de teto. Quase dava para sentir o cheiro.

— Como seu último namorado se chamava mesmo? Michael, Simon, Richard ou algo assim?

— Como é que eu vou saber?

Talvez fosse *Ahmed*?

— Eu sempre me perco, querida, parecem ser tantos.

Meus dentes rangem.

Apesar disso tudo, não iria sozinha ao grande casamento branco de Beth, de jeito nenhum: uma solitária, solteirona, pária social. E um dia, quando minha mãe me ligou, eu finalmente cedi. Disparei o primeiro nome que me ocorreu.

— Alex, mãe. O nome dele é Alex.

— Ah! Alexander?

— O quê?

— Ele é grego?

— Não!

— Ele é rico? É um magnata da exportação? Qual é o sobrenome dele?

— Não, não, e não sei.

— Tudo bem. Bom, vou mandar um convite para os dois. E vou finalizar a organização das mesas. Vocês podem ficar na mesa "Madressilva" entre sua tia-avó Vera e seu tio-avô Bartholomew. Tenho certeza de que os dois vão ficar felizes em conhecê-lo. Eles fizeram um cruzeiro por Corfu.

Eu não conhecia ninguém chamado Alex, claro, e, enquanto estava sentada no avião da easyJet esperando o voo decolar para Milão, comecei a surtar.

Pensei que poderia dizer que ele recebeu uma ligação profissional urgente — um de seus navios bateu em um iceberg? —, mas ninguém acreditaria. Sozinha no fabuloso casamento da minha irmã. Uma enjeitada. Uma excluída. Eu estava começando a ficar (ainda mais) desesperada.

Decidi levar quem quer que se sentasse ao meu lado no avião; aleatório, eu sei, mas estranhamente excitante. Fiquei observando os passageiros embarcarem, um por um... Hum, ele parece interessante: jeans de marca, barba feita, bolsa masculina que parece cara. Prada? Ele vira à esquerda e se senta com a esposa, que parece uma modelo de lingerie, e com o filho, que parece saído de um anúncio da Gap. Ótimo. Hum, e ele? Ele é *maravilhoso*. Um sósia de Tyson Beckford. Brincos de diamante. Suéter da Ralph Lauren. Sorriso sexy. Ele se senta na fileira atrás de mim com um namorado que tem um corpo ainda melhor. Alguém me mate. Agora. Por favor.

— Olá — diz um sujeito com cabelo comprido, barba por fazer, tatuagens demais, que podia ser um motoqueiro da Harley-Davidson, ao se sentar ao meu lado, no assento do corredor. — Meu nome é Adam.

Adam? Quase. Ele serve.

Adam cheirava a maconha hidropônica e tinha um sotaque que podia ser de alguém de Newcastle ou de um surdo. Ele tinha uma tatuagem que dizia "MÃE" e outra que dizia "CHARDONNAY" em seu pescoço cheio de cicatrizes. Graxa velha nas unhas, cascas de machucado no rosto de quando caiu de moto. Adam pensava coisas ainda piores do que eu. Minha tia-avó Vera não teria durado cinco minutos. Nas duas horas e meia seguintes, quase não conseguimos não ser consumidos pela luxúria e transar no avião, mas parecia haver sempre uma fila para o banheiro e, de todo jeito, eu sabia que precisava fazê-lo esperar, ou Adam nunca viria comigo. Demos uns pegas (o que incomodou muito a senhora que estava tricotando no assento da janela), ele enfiou o dedo em mim por baixo da bandeja de plástico. Foi quando perguntei:

— Quer vir comigo a um casamento em Milão? Posso fazer valer a pena para você — comentei com uma piscada e coloquei a mão no alto da coxa dele, em cima da calça de couro.

— Certo — respondeu Adam com um sorriso vacilante.

Ia ser *perfeito*.

Seria correto dizer que ele não era "meu tipo", mas um pássaro na mão e tal. Especialmente quando esse "pássaro" está com dois dedos no seu "ninho".

Não foi culpa minha termos sido os primeiros a chegar à igreja, e não foi culpa minha não termos conseguido nos controlar. Ele deve ter gostado do meu vestido tomara que caia, justo, que mal cobria minha virilha, bem como da minha meia sete-oitavos arrastão... (eu me esforcei para me vestir bem para o casamento de Beth, minha referência foi a bunda de Pippa Middleton). Demos uns amassos num banco no fundo, no canto da igreja, mas fomos alvo de uns olhares feios conforme a congregação chegava. Sussurrando. Apontando. Fazendo barulhos de reprovação. Não era lugar para isso. Havia umas cabines convenientes (graças a Deus existem confessionários) perto das paredes da igreja. Eram do tamanho certo e tinham cortinas de veludo vermelho que podiam ser fechadas para aumentar a privacidade. Então agarrei a mão de Adam e entramos numa delas enquanto a igreja enchia.

No começo, ficamos quietos (afinal, estávamos numa *igreja*), mas acho que nos empolgamos enquanto ele forçava meu corpo contra as paredes de mogno e eu sentava no pau dele. Lembro que fiquei excitada com a incongruência: estávamos transando em uma *igreja*! Adam tinha gosto de pastel da Cornualha e tremeu de um jeito estranho quando gozou. O mogno se chocou contra a parede. Acho que ouvi um ganido. Gritei algo como "Jesus Cristo!" ou "Me coma sem parar!", e Adam gritou: "Mãe!". Caímos pela cortina assim que gozamos e Beth e suas madrinhas entravam na igreja. Beth ficou muito vermelha; ainda consigo me lembrar do rosto dela. Todo mundo ficou olhando. Um garoto perguntou à Adam se ele era Jesus (acho que por causa da barba). Minha mãe abaixou a filmadora. Todo mundo virou para Beth, depois para mim, e então para Beth de novo. Espectadores em uma partida de tênis proibida para menores.

Nunca teria acontecido se Beth tivesse *me* pedido para ser madrinha.

Depois disso, e quando o padre pediu para Adam se retirar, o casamento foi chato. Foi uma grande cerimônia branca com centenas de pessoas que eu não conhecia, a maioria italianos. Foi muito católico apostólico romano. Minha mãe mudou a organização das mesas, então fiquei presa na cozinha com os funcionários. Fiquei entalada entre um chef de sobremesas gordo chamado Giuseppe e Toto, o lavador de panelas. Não de um jeito bom. Havia treze pratos no jantar do casamento: *antipasti*, massa, lagosta, cervo, vitela... o bolo do casamento tinha um metro e oitenta. Foram incontáveis garrafas de um litro e meio de prosecco vintage, incontáveis doses de *limoncello* agridoce. Dançámos *La Tarantella* a noite toda: cem pessoas de mãos dadas, girando sem parar enquanto o ritmo acelerava, para depois inverter a direção, de novo, de novo, até todos desabarem zonzos no chão. As pessoas ficavam prendendo notas de dinheiro no enorme vestido de Beth, e eu as ficava tirando. Ganhei três mil libras naquela noite!

Alguns homens deram em cima de mim. Amigos do Ambrogio estavam vestidos como figurantes de *Matrix*: longos casacos pretos, óculos de sol pretos. Pelo jeito, todos trabalhavam na Sicília em algo como "descarte de resíduos", o que parecia meio nojento e, de todo jeito, eu não estava a fim depois de Adam. Minha avó perguntou se eu era vegana, "como aquela querida, Billie Jean King". Ela não conseguia entender por que eu não estava me casando como minha irmã nem dançando com todos aqueles bonitões. (Acho que ela devia estar cochilando durante o incidente com Adam...) Na verdade, ela queria dizer *lésbica*, não *vegana*. Eu disse que era gay só para me livrar dela, "como aquela querida, Jodie Foster", mas minha avó não sabia quem era. "Cara Delevingne? Ellen DeGeneres?" Nem ideia.

Beth estava tão linda, ela parecia outra pessoa. Paradas lado a lado, para intermináveis fotos do casamento, pensei em imagens de "antes e depois", como aquela série norte-americana, *The Swan*. Beth era uma princesa de conto de fadas, e eu era um sapo. De algum jeito, Beth parecia mais velha, mais adulta. Eu sei, ela é oficialmente vinte minutos mais velha, porém mais velha que isso: mais alta, mais cosmopolita, mais segura. Talvez seja isso que casar com alguém rico faz com você? Eu não teria como saber. O Alfa Romeo deles estava decorado com flores para abrir caminho para *la dolce vita*, e enquanto eles iam embora, não consegui me conter e chorei. Ambrogio era perfeito, e ele deveria ter sido meu. Tudo era tão injusto. Era trágico.

De todo jeito, Beth não fala comigo de verdade desde então. Até esses e-mails. Pensando bem, ela não estava falando comigo de verdade antes daquilo também, não desde o outono de 2008, para ser exata.

Apago meu cigarro e atiro a bituca pela janela, tentando acertar um pombo. Erro. Ao vê-la subir no altar, ficou claro para mim que nossa divergência era completa. Sim, o médico tinha cortado nosso cordão umbilical vinte e cinco anos atrás, mas tínhamos vivido lado a lado até nosso décimo sexto aniversário. Alvieebeth. Bethealvie. Dividimos um quarto, beliches, livros. Ela tinha me definido. Ela era o mais próximo que já tive de uma amiga, mesmo que eu a odiasse a maior parte do tempo. E então ela se foi.

Quando nos mudamos para cidades diferentes, forjamos vidas diferentes. Beth foi para Oxford, para a universidade, e eu me mudei para Londres. Não me lembro por quê. Acho que imaginei que as ruas estivessem cobertas de ouro, mas, na verdade, era merda de cachorro e bitucas de cigarro. O primeiro emprego que tive foi no Yo Sushi, uma rede de restaurantes japoneses baratos. Só durei umas duas semanas, mas continuei sentindo o cheiro de peixe cru por muitos meses depois. Ainda sinto até hoje.

Sou uma versão feminina de Dick Whittington menos bem-sucedida. Sabia que, em Archway, existe uma estátua do gato dele? É o que acontece se você se torna prefeito de Londres, as pessoas fazem efígies de calcário dos seus animais de estimação. Se/quando eu me tornar prefeita, alguém vai erigir uma réplica em tamanho real do Mr Dick para toda a posteridade contemplar. Vão colocá-lo sobre um pedestal em Whitehall. Sei que Ken Livingstone tinha salamandras de estimação. Boris Johnson tinha algum bicho? Sou só eu, ou Donald Trump e Boris Johnson parecem gêmeos separados ao nascer? Eu gostaria que alguém tivesse me separado de Beth. Adotado Beth ou a mim. Beth ou a mim. Beth. Beth. Com certeza Beth.

Tomo mais vinho.

Agora não temos nada em comum, além do DNA.

As pessoas sempre presumem que gêmeos são melhores amigos, têm uma conexão paranormal, um vínculo eterno. Que diabos elas sabem? Por favor. Você gostaria de ser ofuscado a vida inteira por um *doppelgänger*, que derrota você em tudo? Que todos os garotos preferiam na escola? "Você pergunta para sua irmã se ela quer sair comigo?", "Peça para sua irmã me encontrar atrás do galpão, depois da aula." Você odiaria essa pessoa? Só um pouco? Mesmo que a amasse muito? Acho que se pode chamar isso de relação de amor e ódio: Beth cuida da parte do amor, e eu, do ódio. Pelo menos, acho que ela costumava me amar. Talvez ela me tolere. Ninguém nunca me amou me verdade, me amou como se deve, como nos livros. Acendo outro cigarro.

Beth escreveu um romance enquanto ainda estava na universidade, como Zadie Smith, mas desprovida de talento. Claro, eu não li, mas tenho quase certeza de que é um lixo. Ler o romance de Beth seria como ouvir minha irmã falar por dez horas sem parar. Ela adora o som da própria voz. (Morar com Beth me fez querer tatuar "Cale a boca, porra", no rosto.) Não gosto muito de conversar, especialmente com outras pessoas. Prefiro a poesia.

Escrevi outro haicai hoje:

Verão vazio:
A cidade deserta,
Apenas vespas.

Eu não disse que era bom. Até mesmo haicais são longos demais para mim: três linhas inteiras. Gosto da poesia de Ezra Pound; "In a Station of the Metro" só tem duas linhas. Idealmente, teria uma. Ou zero. Apenas silêncio.

Reviro uma pilha de roupas velhas que está em um saco plástico e encontro um vestido que não uso desde outubro de 2008: um vestido justo fúcsia, estilo Katy Perry. Beth comprou dois vestidos iguais para o nosso aniversário, então ficamos parecendo os gêmeos Kray ou aquelas meninas assustadoras em *O iluminado*. Será que ainda serve? Tiro a roupa e olho para o meu reflexo no espelho de corpo inteiro. Sou uma *mozzarella* de búfala. Sinto um calafrio ao pensar em nudez na presença de Ambrogio. Passo o vestido pela minha cabeça, forço o zíper. Ele prende minha pele. Jogo a peça no chão e pulo sem parar, descalça. Deve ter encolhido quando lavei. Não que eu o tenha lavado.

Olho para os livros que ocupam minhas prateleiras. De jeito nenhum eu posso levar todos comigo, são pesados demais. Tenho um exemplar de *O segundo sexo*, de Simone de Beauvoir, que é grosso demais para ler. Alguns de Toni Morrison, Jeanette Winterson e Susie Orbach. Talvez eu leve apenas um... ou dois. Preciso muito roubar um Kindle.

Jogo alguns outros itens essenciais na mala: calcinhas, cigarro, canivete suíço, passaporte? Merda! Meu passaporte! Onde está? Não precisei dele desde a viagem para Milão. Mudei de apartamento cinco vezes desde então. Pode estar em qualquer parte de Londres. Será que deixei em alguma loja Odd Bins quando pediram um documento? Meus companheiros de apartamento trocaram por metanfetamina? Considerando que algumas horas atrás eu não queria ver minha irmã, estou loucamente desesperada para ir visitá-la. (Bom, aonde mais eu posso ir? Eu estava brincando sobre a caixa de papelão. A casa de Beth é melhor do que ser estuprada num beco por um mendigo de Glasgow. Por pouco.) E agora estou bêbada, o que não está ajudando. Jogo minha roupa íntima no chão: sutiãs e calcinhas que já tiveram seus dias de glória. Fico de quatro e me encolho por baixo dos móveis, recolhendo tralha. O quarto parece o resultado de um tufão. Nem sinal do passaporte, só da bagunça que é a minha vida.

Não tenho identidade. Não sou ninguém. Como um bebê natimorto ou um sapo que não foi beijado. Como vou contar para Beth que não posso ir? Ela vai me matar. Ela nunca vai me perdoar. Era minha única chance de uma reconciliação! Precisamos fazer as pazes, ela está me deixando louca! Escondida no meu inconsciente, como um Dementador em Hogwarts. Sugando a minha alma. Me fazendo enlouquecer. Me deixando cada vez mais deprimida. Meu lábio inferior começa a tremer. Lágrimas quentes, grossas, fazem meus olhos arder. Deito no chão em posição fetal e choro até dormir usando a mala como travesseiro.

DIA 2

Inveja

"Eu queria ter uma bunda dessas."
@Alvinaknightly69

Capítulo 4

Foi culpa de Beth nunca termos tido festas de aniversário.

Bom, não desde a primeira e última quando tínhamos cinco anos.

Estávamos tão empolgadas, eu me lembro disso. Foi nossa primeira festa de verdade. Estávamos correndo pela casa, gritando e rindo, pulando e esperando os convidados chegarem. Beth estava usando um vestido cheio de babados, asas de fada e tutu de bailarina, e eu estava usando uma jardineira antiga dela que tinha ficado pequena. Estávamos com o cabelo preso de lado com nossos elásticos de tecido e presilhas de borboleta. Nossa mãe fez lembrancinhas para a festa, encheu bexigas. Ela até preparou um bolo com nove velas: cinco para Beth e quatro para mim porque uma delas quebrou na embalagem na volta da loja. A casa estava quente e com cheiro de bolo. Era um bolo do Meu Pequeno Pônei: buttercream de baunilha, geleia de morango, centenas de milhares de confeito. Eu não gosto de buttercream. Nem de baunilha. Nem de geleia de morango, para ser honesta. Era Beth que estava louca por cavalos. Eu preferia ogros. Mas achei que o bolo tinha ficado ótimo: o pônei voador rosa com asas brilhantes e crina azul, que brilhava e voava ao vento. Cavalos podiam voar nessa época, havia magia no ar. Pelo menos era o que eu pensava até os convidados começarem a chegar. Então tudo foi ladeira abaixo.

— Feliz aniversário! — gritaram todas as crianças.

E então as brincadeiras da festa começaram. Beth venceu "Prender o rabo no burro". Beth venceu "Estátua" e a "Dança das cadeiras". Minha mãe sempre parava a música quando Beth estava com a joia quando a gente brincava de

"Passa anel". Foi Beth que minha mãe deixou cortar o bolo e fazer um pedido (e era uma faca tão bonita!).

Foi o limite. Não consegui mais aguentar. Dei meia-volta e corri escada acima, minha cabeça explodindo com uma raiva gigantesca. Meus olhos transbordando de lágrimas. Passei a tarde chorando em um banheiro trancado, cercada por lenços de papel encharcados de ranho. Eu podia ouvir a festa a pleno vapor lá embaixo, o som portátil tocando a canção favorita de Beth, "I Should Be So Lucky", da Kylie Minogue. Minha mãe disse que eu podia ficar ali: "Até você aprender a se comportar!". Beth se divertiu horrores. Eu nem experimentei o bolo. Minha irmã ficava tentando me fazer sair. Batendo na porta. Suplicando. Implorando. Virou a maçaneta com tanta força que ela caiu. E me ofereceu seus presentes, seus cartões e o bolo (ela só fez isso para se sentir melhor). Mas não era a mesma coisa. Brinquedos de segunda mão não têm aquele brilho. Eu não queria *dividir*. Dividir é ridículo. Quem quer que tenha dito que "dividir é sorrir" *não* tinha uma irmã gêmea.

Foi nesse ano que os cavalos pararam de voar.

Depois disso, nunca mais tivemos outra festa de aniversário.

Terça-feira, 25 de agosto de 2015, 7h
Archway, Londres

— ONDE ESTÁ MEU VINHO, Alvina?

Alguém estava gritando comigo com sotaque de Liverpool. Quem precisa de vinho a essa hora da manhã? Alguém bate na porta e força a maçaneta. Ainda bem que eu a tranquei. Estou deitada sem roupa no chão, com torcicolo, vou passar o dia olhando para a esquerda.

— Quero meu vinho — choraminga um dos Imundos.

Tento levantar.

— Desculpe, eu bebi. Quer dez libras?

Até parece.

— Acho bom.

O movimento para. Ouço passos no corredor. Silêncio.

Eu me levanto, o chão se move e gira sob meus pés. Minha boca parece um cinzeiro em que alguém derrubou cerveja. Eu queria ter me dado ao trabalho de escovar os dentes; eles parecem estar cheios de pelos. Reparo num bolso da minha mala que, em retrospecto, parece um local sensato para guardar um passaporte. Abro o zíper. Está lá. Não acredito!

Leio o nome no passaporte, só para ter certeza: Alvina Knightly. Sim, ainda sou eu, até onde sei. Olho para a foto. É antiga. Eu me lembro de quando a tirei, em uma cabine na estação Paddington, em 2008, pouco antes de conhecer Ambrogio. Observo o rosto na fotografia, meu sorriso, meus olhos. O que é isso? Esperança? Inocência? Juventude? Pareço diferente, de alguma forma; pareço *gentil*. Fecho os olhos e prendo a respiração, inspiro a dor, deixo-a guardada, trancada bem no fundo de algum porão, e jogo a chave fora. Isso foi antes que tudo acontecesse. Eu tinha dezoito anos, tão jovem, ainda virgem. Eu ainda tinha uma chance... Viro a página da foto e folheio as demais; vazias, intocadas. Sem carimbos. Sem memórias. Não fui a lugar nenhum. Não fiz nada. Não cresci. Não evoluí.

Que horas são? Merda. Por que não coloquei o despertador? São 7h48. Só tenho uma hora para chegar ao Heathrow. Não sei se vou chegar a tempo. Pego o vestido que não serve e o passo pela cabeça, visto uma jaqueta de couro com pasta de dente e meus Reeboks gastos. Procuro nas gavetas alguma coisa macia e rosa e jogo Mr Dick na bolsa. Dou uma olhada no quarto. Não tem nada que eu me importe de perder. Os Imundos provavelmente vão colocar fogo em tudo quando virem que não deixei as dez libras. Nem os últimos dois meses de aluguel. Resisto ao impulso de atear fogo no apartamento quando saio. Desço a escada voando e saio. Chego à estação em menos de um minuto.

Aeroporto de Heathrow, Londres

O METRÔ ATÉ O AEROPORTO DEMORA UMA *vida*. O vagão não tem ar-condicionado. É uma sauna, não um trem. Um banho turco. Maldita linha Piccadilly. É ainda pior que a Northern. Sento em algo que parece pelúcia laranja e tento não vomitar. Um garoto de capuz sentado ao meu lado está jogando Angry Birds no volume máximo enquanto come batata frita sem parar. Onde ele comprou essas batatas às oito da manhã? Olho feio para o reflexo distorcido dele na janela oposta. Sorte a dele eu estar de bom humor.

Eu queria ter um livro para ler. Queria ter óculos de sol. O brilho da luz fluorescente é mais claro que o sol. Cubro o rosto com as mãos e espero uma eternidade em um mundo sombrio de cheiros de vinagre e gordura e jingles hiperativos de computador. A bile sobe e desce pela minha garganta como se o mar estivesse no meu estômago. Os vasos sanguíneos no meu cérebro estão latejando. Por que eu tomei todo aquele vinho? Não fui para lá ainda, mas imagino que essa experiência seja exatamente como o inferno. Estou meio que esperando que a mosca gorda e preta que está rastejando pelo interior daquela janela embaçada se transforme no próprio Belzebu e me dê as boas-vindas para a perdição.

— Olá, Alvina! — diria ele, como se estivesse na Disneylândia. — Bem-vinda ao inferno! Temos torturas sem fim bem ali, na nossa terrível masmorra, mas, primeiro, por que você não se apresenta para os outros? Osama, Aiatolá, Idi, Pol, Adolf e Saddam, está é Alvina!

Que festival de machos. Sempre achei que Maggie Thatcher estaria aqui. Mas, não. Só homens. O lugar parece o Bullingdon Club aqui embaixo, mas sem imbecis com quem transar e nada para beber.

Quando *finalmente* chego ao aeroporto, o procedimento de segurança é um pesadelo: filas intermináveis para a máquina de raio X, preciso tirar os sapatos, o cinto *e* a jaqueta. Jogo minha bolsa na bandeja de plástico, e ela passa pela esteira. Passo pelo detector de metal e, claro, ele dispara. Blip! Blip, blip! Blip! Que ótimo. Era tudo de que eu precisava... Uma mulher de expressão amarga me revista da cabeça aos pés. Posso sentir o cheiro do amaciante de fruta tropical que ela usou na blusa. Então tudo vai de mal a pior.

— Esta é sua bolsa, senhora? — pergunta um homem uniformizado.
— Sim — respondo.
— Por favor, venha comigo.

Prefiro não ir, mas ele está com a minha bolsa, então não tenho muita escolha. Começo a suar, vasculhando meu cérebro em busca de objetos incriminatórios que possam estar lá dentro. Drogas dos Imundos? Mas por que estariam na minha bolsa? Eles estão me usando de mula para transportar anfetamina para a Sicília? Tem uma garrafa d'água com mais de cem mililitros? A tesoura de unha está na minha bolsa? Será que coloquei um facão nela por acidente? O canivete suíço está na mala com certeza. Não consigo pensar em nada.

— Sua bolsa parece estar zumbindo. Por favor, a senhora pode me dizer por quê?

Ele tem cara de funeral. O zumbindo agudo aumenta na bandeja. Penso na mosca. Ele acha que é uma bomba.

— Não faço ideia — respondo. — Definitivamente *não* é uma bomba.

Não diga a palavra que começa com "B" na área de segurança do aeroporto, ou as pessoas ficam nervosas. Todo mundo para de falar e começa a encarar você. A mulher de expressão amarga e outra dupla de homens uniformizados me cercam. Eles me olham feio. Um deles veste luvas plásticas e abre o zíper da minha bolsa. O zumbindo fica mais alto. Eu gostaria de estar morta, acabei de me dar conta do que está dentro da bolsa.

— Ah, acho que você não quer olhar aí dentro — aviso, enquanto uma mão coberta por látex se aproxima do Mr Dick. Um dos homens de uniforme pega meu vibrador Real Feel de vinte e oito centímetros e o levanta para todo mundo ver. Estranhos sacam seus celulares e começam a filmar.

— O que é isso?

É uma réplica cor-de-rosa vibrante do pênis ereto de um homem. Ele sabe o que é. Todo mundo sabe o que é. A mulher tenta esconder um sorriso. Não respondo.

— *O que é isso?* — repete ele, um pouco mais alto dessa vez.

Famílias com crianças pequenas na fila atrás de mim esticam o pescoço para enxergar melhor. Pelo menos não tem ninguém que eu conheça... pelo menos não é Ambrogio... pelo menos não é Beth.

— Eu gostaria de apresentar o Mr Dick — respondo, finalmente, limpando a garganta. — Ele é um vibrador de vinte e oito centímetros, top de linha. Ajuste para diversas velocidades. Estimulador anal destacável. Orgasmo garantido toda vez. Quer que eu o desligue? É só virar este botão...

Estendo a mão para apertar o botão "on/off" na base do pênis, mas ele não deixa.

Infelizmente, vou ter que confiscar isso. A senhora não vai poder levá-lo no avião.

Fico boquiaberta, como um peixe dourado.

— O quê? Por que não? Não está na sua lista de itens proibidos.

Aponto para o pôster fixado na parede com imagens de isqueiros e lâminas. Com a notável ausência da imagem de um pênis de borracha que vibra.

— Pode ser usado como arma, senhora.

— Uma arma? Como?

Ele não elabora. A mulher ri, depois finge estar tossindo. O homem de uniforme tenta levar o Mr Dick embora, mas tento alcançá-lo. Não! Tire a mão, seu cretino! Ele é meu! Três seguranças profissionais e mais de trinta pessoas do público geral ficam coletivamente chocadas quando o homem solta o vibrador, que acerta em cheio o meu rosto. PAF!

Forço uma lágrima, que escorre pelo meu rosto. (É útil conseguir ser capaz de forçar o choro.)

— Prometo não atacar ninguém — choramingo. — Veja, eu até tiro as pilhas. — Retiro as duas pilhas AA e as bato com força na mesa de metal. — Pode ser?

Faz-se silêncio. A mulher (claramente quem manda ali) meneia a cabeça. Enfio o Mr Dick na bolsa e corro para a saída. Metade da multidão ainda está filmando com o celular.

Desabo no sofá do lounge da British Airways e recupero o fôlego. Que lugar é este? Era espacial e orquídeas. Sofás de couro bege. Luminárias chiques e piso de madeira polida. Um local para fazer massagem. É como uma espécie de hotel spa de luxo. As pessoas estão olhando; o tipo de gente com quem eu não costumo me relacionar: executivos, acompanhantes, esposas e namoradas. Cogito ficar pelada para que eles tenham o que olhar, mas talvez não me deixem embarcar.

Pego meu celular e abro o YouTube. Sim. Claro. Já está on-line. Algum imbecil fez o upload como "Turista de Sex Shop". Consigo ver a parte de trás da minha cabeça e o Mr Dick. A fama finalmente chegou. Inacreditável. Já tem sessenta "curtidas". Paro o vídeo e jogo meu celular na bolsa de novo. Não vou "curtir". Eles que se fodam.

À minha esquerda, uma loira está sentada com um perfume forte de jasmim. Ela esta usando logos da Louis Vuitton da cabeça aos pés, combinando perfeitamente com sua bagagem de mão: saia Louis Vuitton, jaqueta Louis Vuitton, lenço Louis Vuitton. É como se a loira estivesse em uma operação secreta camuflada com uma marca. Talvez ela esteja mesmo? Estou com inveja dos sapatos e da bolsa. Ela me olha de cima a baixo com os lábios franzidos, como o cu de um gato. Mostro o dedo médio para ela.

Meu pescoço ainda está doendo. Faço uma massagem rápida e balanço a cabeça.

O interior da minha boca se transformou no Saara. De início, acho que é uma miragem, fruto de um cérebro desidratado, mas de fato é um open bar.

— Água? — peço.

Tudo o que eu queria era deitar no chão.

Uma mulher impecavelmente vestida me entrega uma garrafa gelada de Evian e abre um sorriso estelar. Ninguém faz isso na Costcutter de Archway. Ela não me cobra.

— Champanhe, na verdade?

Cura a ressaca, muito melhor. Estou obedecendo às ordens de Beth, quanto mais espumante, melhor. Não acredito que é grátis.

— Laurent Perrier Grand Siècle é do seu agrado, senhora? — pergunta ela com uma voz de Marilyn Monroe.

Acho que ela está falando francês. A mulher me entrega uma taça, e tomo um gole: luz do sol líquida. Eu poderia me acostumar com essa vida! Tiro uma selfie com o espumante e posto no Instagram. "Enchendo a cara!" Doze pontos de exclamação.

Posto no Twitter: "@ChanningTatum Queria que você estivesse aqui!".

Quatro taças depois, vou para a sala de embarque para comprar um presente. O que se dá para uma garota que tem tudo? Só tenho cinco minutos antes de embarcar, e meu cérebro não está funcionando. Vodca. Se vai doer, então pelo menos vamos encher a cara. Pego uma garrafa de Absolut e vou para o começo da fila.

— Desculpe, preciso embarcar — aviso para quem quer que seja.

— Quem não precisa? — reclama uma russa bocuda com casaco de marta.

Como se diz "vá se foder" em russo?

Passo correndo pelas vitrines: Burberry, Prada, Chanel, Ralph Lauren... tentando ignorar os produtos do duty free que são como o canto de sereias para um marinheiro louco por sexo. "Me compre", sussurra um par de botas que parecem ser de couro de cobra. "Me ame", grita um vestido de renda e vinil. Tem um par de sandálias brilhantes com tiras douradas nos tornozelos no display da Prada. Encosto o rosto na vitrine, embaçando-o com meu hálito quente e úmido, manchando o vidro com minhas palmas suadas. Um vidro de Poison, da Christian Dior, está custando apenas quarenta e três libras e cinquenta centavos. O batom Tom Ford, Violet Fatal, só trinta e seis libras. Pense em todo o dinheiro que eu posso economizar se comprasse esses óculos de sol, esse par de Ray-Bans custa apenas cento e cinquenta e nove. Vinte por cento mais barato do que no comércio de rua. Se eu comprar os óculos agora, vou ficar quarenta libras mais rica. Não tem nem o que pensar, mas não tenho tempo. Nem dinheiro.

— Este é um comunicado aos clientes: Elvira Kingly pode, por favor, se dirigir ao portão 14? O embarque para o voo BA4062 da British Airways vai se encerrar em dois minutos. Elvira Kingly. Portão 14. Obrigada.

Elvira: a rainha das trevas? Eu pareço uma apresentadora de um programa de terror dos anos 1980 da TV americana? Rainha do Halloween? *Elvira?* Por favor. Pelo menos não é *Albino*.

Corro para o portão e passo direto pela fila. Club Class, meu bem. Não vou esperar. Quero sair daqui. Sem dinheiro, sem casa, sem namorado, nem emprego. Está brincando comigo? Não quero voltar nunca mais. Esse nunca foi o plano, todo o caos e a sordidez. Eu tinha grandes esperanças quando fugi de casa. Eu me lembro como se fosse ontem, era um domingo, no meio da noite. Tínhamos acabado de completar dezesseis anos. Achei que estava embarcando em uma aventura fantástica: *A ilha do tesouro* ou *As aventuras de Huckleberry Finn*. Saí furtivamente de casa com meu mundo na mochila e fui até a cidade de carona. Acordei no meio de Piccadilly Circus. Um lugar sem nada de mais: luzes brilhando, os anúncios de neon, o caleidoscópio de cores que girava e cintilava. Consegui um emprego num restaurante japonês, cortando atum e lula para o sashimi. Arrumei um quarto em um albergue que cabia no orçamento. No meu tempo livre, eu passava horas sentada em bancos de praça, rabiscando no meu bloco de anotações de espiral: principalmente haicais, sonetos e letras, quadras e sátiras, uma ou outra balada. Mazelas e melancolia adolescente. Minha angústia era páreo para a de qualquer um dos bardos. Achei que a essa altura eu seria uma poeta de fama mundial, casada com um modelo/ator maravilhoso (Channing Tatum?) ou (ainda melhor) Ambrogio. Achei que teria uma filha tão linda quanto a fada das flores de Anne Geddes, uma Range Rover, um dachshund e uma mansão em Chelsea. Onde foi que deu errado?

Olho pela minha pequena janela oval; nuvens escuras e trovejantes sobre a pista; gotas gordas castigando o chão. Não deveria ser verão? Olho o calendário no meu celular: pelo jeito, ainda é agosto.

No avião, a comissária de bordo oferece a todos toalhas úmidas e mornas, caso alguém não tenha tido tempo de se lavar. Limpo meus braços, meu rosto, minhas mãos, meus pés e joelhos. Tenho mais espaço do que preciso. Começo a exercitar o quadríceps como se estivesse nadando peito, me preparando para a piscina de Beth como um girino adolescente. É um voo de apenas umas três horas, mas não quero correr o risco de ter uma trombose. Um homem sentado ao meu lado fica olhando por sobre óculos sem armação, como se eu fosse um espécime raro de vida lacustre que ele nunca viu antes. Eu paro.

Ele desvia o olhar para a janela, então começo de novo. Que se dane.

O avião decola com um sacolejo e um gemido agudo. Não gosto de voar. Não é natural. De jeito nenhum este monte de metal vai flutuar. Seguro nos braços do assento com força e minhas articulações ficam brancas. Cogito agarrar uma mão do homem, mas ele não parece o tipo que dá a mão. Então tomo um monte de Valium. Pelo menos estarei chapada quando explodirmos em chamas, em uma mistura de querosene e carne na pista. Pode até ser divertido?

O aviso para afivelar o cinto de segurança é desligado com um apito. Estamos a salvo! Observo minha área rarefeita do tubo de alumínio, é bom estar aqui em cima, na frente, em vez de lá no fundo, no curral da classe econômica. Eu me sinto VIP, uma celebridade. A vida de Taylor ou Miley deve ser assim. Mas prefiro ser *infame* do que famosa. Britney era melhor quando estava descontrolada. Winona e Whitney são, de longe, as melhores. Não sei por que as pessoas são tão maldosas com a Lindsey? Ela parece estar se divertindo horrores.

A louca da Louis Vuitton está aqui; estou sentindo o perfume. Do outro lado do corredor está outro bicho-pau fashionista com as maçãs do rosto da Kate Moss. (Como eu gostaria de ter uma aparência anoréxica *assim*, sério mesmo, ela parece estar à beira da morte.) Um octogenário com um bronzeado de Berlusconi dormiu com um charuto apagado pendurado na boca. Excesso de festas "bunga-bunga"? (Talvez ele esteja morto, mas vou deixar a equipe de bordo se preocupar com isso.) Não tem nenhuma criança, e ninguém está chutando a parte de trás do meu assento.

— Mais champanhe — peço, apertando o botão para chamar a comissária. O que será que acontece se você misturar champanhe e Valium? — Tem alguma coisa para comer?

Isso é totalmente incrível.

Capítulo 5

Aeroporto Catânia-Fontanarossa, Sicília

O CALOR AVANÇA SOBRE VOCÊ COMO UM VEÍCULO de fuga da máfia. Protejo os olhos do clarão ofuscante, franzindo o cenho e piscando como um rato-toupeira-pelado que nunca viu a luz do sol. Desembarco do avião cambaleando; mergulhando, em vez de andando, pelos últimos degraus até a pista. Merda, doeu: arranhões de concreto, marcas de metal nos ossos. Acho que talvez eu tenha fraturado o cotovelo; meu braço direito está sangrando muito, mas vou me preocupar com isso depois. As pessoas estão olhando (de novo, qual é o problema delas?). Beth vai ficar feliz, estou totalmente "chumbada". Limpo a poeira e entro num ônibus. Argh, transporte público. De novo, não. Acho que é o fim do Class Club. A Sicília é tão quente e úmida quanto a vagina de uma puta.

Logo, estamos no terminal esperando pela bagagem. Quero muito, muito, sentar na esteira e ficar dando voltas como aquela criança de seis anos. Não pode. Agora ela está levando uma bronca da mãe. Eu provavelmente levaria uma também.

Então um pensamento me atinge como um "POW" de história em quadrinhos: Ambrogio! Ele está aqui. Estou um horror e tem pasta de dente na frente da minha roupa. Meu cotovelo está sangrando de quando caí do avião. Meu vestido Katy Perry está manchado de sangue. Ainda não escovei os dentes. Amarro o cadarço dos meus tênis velhos (não posso deixar Ambrogio me ver com eles) e tenho uma ideia: eu tinha visto a louca da Louis Vuitton discutindo com alguém no controle de imigração. Ela estava tendo algum problema com o visto e não chegou até aqui. A mulher parecia vestir mais ou menos o mesmo tamanho que eu quando reparei no traseiro dela no lounge de embarque. Posso pegar a mala dela! Devo fazer isso? O Mr Dick ainda está na minha bolsa, mas, fora isso, aposto que ela está trazendo roupas melhores que as minhas e, vamos assumir, estou precisando de uma transformação.

Pego a minha bagagem e a dela e vou correndo para a saída, meu coração batendo na garganta. Entro discretamente no banheiro para deficientes e me olho no espelho. É pior do que pensava. Estou um lixo, e meu cabelo está um lixo, então pego um gorro no fundo da minha mala; vai cobrir meu cabelo, mas não meu rosto. Eu precisava de uma burca. Talvez uma máscara de esqui? Limpo o sangue do meu braço com papel higiênico. Surpreendentemente, é só um arranhão. Pego a mala Louis Vuitton. Tem um cadeado em miniatura no zíper. Como vou fazer para abri-lo? Tento usar uma presilha de cabelo. Essas coisas funcionam nos filmes, mas nunca comigo. Forço a presilha e espero o "clique", mas nada acontece. Mexo mais, e mais... solto um palavrão sob um suspiro. Não tenho plano B. Tem que funcionar. Forço um pouco mais, mas o cadeado continua fechado. Uma gota de suor escorre pelo meu pescoço. Não vai dar certo. Está na hora de ousar. Vamos lá, Alvie, você não é uma poeta?! Este é o momento de pensar criativamente. Onde está sua genialidade quando se precisa dela? Olho feio para mim mesma no espelho. A garota no espelho olha feio em resposta. Ótimo. Posso procurar alguma coisa para arrebentar o cadeado? Olho em volta. O que posso usar? A torneira da pia? Parece pesada. Desenrosco e solto a torneira: metal pesado. Pode funcionar. Um jato d'água emerge do cano: o choque do jorro frio no meu rosto. A pia transborda, e a água cai no chão em cascata. Preciso agir rápido ou vou molhar tudo! Puxo o cadeado para encostá-lo no chão, levanto a torneira e bato com força.

PAF! PAF! PAF!
CRACK!
Não acredito, deu certo!
Abro a mala com os dedos trêmulos. Encontro um vestido preto da — que surpresa! — Louis Vuitton; o tecido fresco e acetinado é tão macio na minha pele, aveludado como uma cobertura cremosa. Visto a peça. Ficou maravilhoso. O corte é inacreditável. De repente, tenho curvas nos lugares certos. Tenho uma cintura de verdade. Vejo scarpins de salto fino do meu tamanho, que parecem funcionar. Calço os sapatos e fico quinze centímetros mais alta. Meus

ombros se endireitam. Meu peito se levanta. Estou com o porte de uma bailarina, uma *prima ballerina*. Giro o corpo e olho minha bunda; é um milagre absoluto!

A nécessaire de maquiagem dessa mulher é maior que a minha mala. Encontro um lindo blush rosa da Yves Saint Laurent e passo uma camada de rímel Dior Show. Acrescento meu batom clássico roxo brilhante, então prendo o cabelo para esconder minhas raízes. Certo. Acho que é isso. Olho para o espelho, instável por causa do salto alto. Pareço outra pessoa, alguém muito, muito mais atraente. Alguém com dinheiro. Com bom gosto. Com classe. Enfio minhas roupas sujas de sangue na minha mala velha e gasta, estou pronta. Eu consigo fazer isso. Consigo enfrentar o marido gostoso da minha irmã, o deus do sexo, o garanhão: Ambrogio Caruso. *Hic.*

Fecho a porta, deixando o dilúvio para trás.

E me deparo com um tsunami de rostos. Onde ele está? Eles esqueceram de mim. Vou ter que voltar. Passo os olhos pela multidão em busca de um modelo da Davidoff, mas é um mar de estranhos balançando pedaços de papelão com o nome de outras pessoas: "Alessia", "Antonio", "Ermenegildo". Não acho que nenhum deles deva ser eu. Mas talvez tenham mandado um motorista? Um motorista com dislexia? Será que sou "Elena"? "Aldo"? "Alessandro"? Aposto que sou "Adrian". Cansei dessa merda.

Tem um grupo de freiras vestindo hábito preto e branco, crucifixo no pescoço. Existe uma aura de tranquilidade em volta delas: calma, iluminação, felicidade, serenidade. Eu devia ter virado freira, mas provavelmente é tarde demais agora. Eu poderia ter feito algo da vida. Poderia ter escrito mais haicais. Ganhado um prêmio Pulitzer. O prêmio Nobel. Eu me distraio com muita facilidade. Homens demais. Drama demais. Eu devia ter me concentrado na poesia, não nos namorados. Com exceção de Ambrogio, Ambrogio é diferente. Ambrogio e Channing Tatum. Suspiro.

Vamos lá. Vamos lá. Ande logo. Estou aqui parada como um dois de paus.

Lá está ele. Meu Deus! Como é que eu não vi? O mundo para de girar. A cena parece ficar congelada. Eu me concentro naquele lindo rosto. Ele é tão estiloso. Tão bonito. Os óculos de sol *dentro* do aeroporto. O bronzeado de celebridade. A camisa tão branca e engomada quanto lençóis de hotel. Um volume perturbador naquela calça jeans justa demais.

Beth é tão vaca!

— Alvina! — Ambrogio acena, tirando os óculos Wayfarer. — Uau! *Não reconheci você*. Estou aqui!

Aceno de volta e sorrio. Sei o que ele quer dizer, normalmente minha aparência é horrível.

— Como vai você? — pergunta ele.

A pele dele está bronzeada, com um começo de barba. Ele tem um queixo lindo. Um sorriso lindo. Na verdade, ele é todo lindo. Ele é perfeito. Eu quero esse homem. Ele deveria ter sido *meu*. Vou até ele cambaleando com meu salto alto, viro, escorrego e quase levo um tombo. Caio nos braços dele. Hum, agora me lembrei da loção pós-barba de Ambrogio, Armani Code Black: sensual, exótica. Era a que ele estava usando quando o conheci.

— Você está ótima! Perdeu peso?

Murmuro algo incompreensível, como *bleurgh*.

— Você está bêbada — diz ele, rindo.

— Beth me disse para... champanhe...

Eu tinha me esquecido do sotaque italiano dele; é absurdamente adorável. Olho nos olhos castanhos de Ambrogio e estou afundando, me afogando, mergulhando: Nutella, Nesquick ou chocolate quente cremoso. De repente, estou de volta a Oxford todos aqueles anos atrás. Minha primeira vez... nossa única vez.

Merda. O que é isso? Logos da Louis Vuitton? Ela está aqui? Está me seguindo? Respiro fundo. Meus olhos percorrem a multidão freneticamente. Mas não é ela. É outra pessoa. Preciso sair daqui. Pode ser uma situação constrangedora. Não que eu não fosse capaz de acabar com ela se a coisa se tornasse uma briga. Com certeza eu seria. Definitivamente. Talvez. É provável que não.

Ele coloca o braço em volta da minha cintura e, com a outra, pega uma das malas; o corpo dele está quente. Sinto arrepios. Encosto em seu ombro e inspiro seu perfume: uma fragrância oriental, tabaco, couro. Já estou desejando esse homem. Vai ser difícil. Eu me concentro em andar em linha reta até o carro. É mais difícil do que parece.

A multidão se abre para nos deixar passar. As pessoas estão olhando, *de novo*. Para quem estão olhando? Para Ambrogio ou para mim? Deve ser para ele. Eu entendo. Também não consigo tirar os olhos de Ambrogio. Pegamos o elevador até o térreo. Eu sempre quis fazer sexo num elevador. Ele ficou mais bonito? Como é possível? Faz *dois anos*. Mas os homens são assim, eles melhoram com a idade, como queijo importado, vinho bom e George Clooney. É tão injusto. Estou um lixo. Aposto que Beth já fez lipoaspiração e plástica na barriga, preenchimento nos lábios e todos os tratamentos a laser. Provavelmente nem vou reconhecê-la. Ela deve estar igual à Megan Fox e, pelo menos, noventa por cento plástica.

O Lamborghini está estacionado na calçada na entrada do aeroporto. Que estranho. É muito, muito brilhante e muito, muito vermelho. Tem curvas sedutoras inacreditáveis. Observo o logo no capô reluzente: um touro dourado sobre um escudo preto e lustroso. É o tipo de capô no qual modelos glamorosas de biquíni posam. Eu me pergunto se as garotas vêm de brinde com o carro. Talvez a modelo esteja no porta-malas, tentando sair? Vamos encontrá-la depois com as mãos estragadas, a francesinha destruída, as unhas de gel em pedaços. Nunca estive tão perto de um carro tão caro e hesito antes de encostar nele. Ambrogio percebe, ri e tenta explicar.

— É um Miura 1972. Entre, Alvie, ele não morde...

Não, o carro, não, mas talvez eu morda... Meu Deus! Olho para os lábios de Marlon Brando dele: voluptuosos, avantajados, carnudos, suculentos. Posso beijá-los, mordê-los ou arrancá-los fora. Eu mataria por um beijo, por um momento saboreando a língua dele enquanto esses lábios macios e quentes estão encostados nos meus. Ele deve ter gosto de chocolate quente no tiramisu. Seria como a brisa em uma gôndola.

Ele joga a bagagem no porta-malas (nada de modelo glamorosa), abre a porta do passageiro, e eu deslizo pelo assento de couro. Tem cheiro de exclusivo. São preliminares sobre rodas. Decidi que gosto de Lamborghinis; agora são meu tipo de carro preferido. O batmóvel está bem perto, em segundo lugar, seguido pelo DeLorean, máquina do tempo. Uma multa está presa ao para-brisa e um policial gordo está se aproximando do nosso meio de transporte. Ele se apressa, bufando e arfando, forçando os botões da camisa, a mecha de cabelo que voa, cobrindo a careca. Ele arranca a notificação, rasga a multa e, em seguida, segura a porta aberta para Ambrogio. Que estranho.

— *Signor* Caruso! — exclama o policial com uma reverência profunda e demorada. — *Mi dispiace! Mi dispiace!*

Ambrogio o ignora.

Muito estranho.

— Beth pede desculpas — diz Ambrogio. — Ela queria vir encontrar você no aeroporto, mas, como pode ver, é um carro de dois lugares.

— Ah, não, não se preocupe. Tudo bem — respondo, desviando o olhar enquanto ele me encara.

Não fique vermelha, Alvina. Não fale nada idiota. Isso não é "constrangedor". Isso é tortura, mas, ao mesmo tempo, acho que estou adorando. Preciso me acalmar. Preciso relaxar. Fecho os olhos e respiro fundo, contando mentalmente de trás para a frente: 300, 299, 298...

Não está funcionando.

O motor dá a partida, e meu corpo inteiro vibra. Esse motor é *poderoso*. Meu assento vibra, é gostoso; uma característica bem pensada do design? Um grito agudo surge enquanto os pneus cantam. Saímos do aeroporto e, antes que eu me dê conta, estamos na autoestrada. Ambrogio está ouvindo "Nessun Dorma" no volume máximo.

— Pavarotti — grita ele com uma piscadela. — Que ótimo que você conseguiu vir. Beth está tão feliz que você pôde vir visitar tão rápido. Você já veio à Sicília antes?

É isso, Alvie: uma conversa à toa. Você consegue. É só se comportar...

— Hum. Não. Fui a Milão, obviamente, para o seu casamento... — Uma pausa. Fico vermelha. Acho que é melhor não mencionar isso. — E Beth e eu fizemos uma excursão com a escola para Pompeia.

Eu tenho doze anos. Nossos olhos se encontram. Ele estende o braço e aperta minha mão. *O quê?*

— Gostei do esmalte — comenta ele com um sorriso.

Olho para o meu esmalte verde fluorescente brilhante. Não sei ao certo se ele gostou ou se está rindo de mim.

— Eu viajo bastante. O tempo todo — respondo rápido. — Fui para Los Angeles no fim de semana passado, Nova York no fim de semana retrasado, Sydney no anterior...

— Você foi para a Austrália por um fim de semana?

— Humm... sim? — respondo. O que é que tem? Ouço Beth na minha cabeça dizendo "tsc, tsc" para a pegada de carbono.

— Que incrível! — Ele ri. — De todo jeito, estamos os dois muito felizes por você ter vindo.

Perco o poder da fala.

Recosto no couro e afundo no meu assento. Vê-lo de novo... é demais para mim. Vê-lo *sozinho*...

A paisagem da Sicília se descortina diante de nós, curvas à altura de Sophia Loren. Estamos atravessando o corpo dela a cento e oitenta quilômetros por hora. Ele pisa no acelerador. O motor ronrona. Tenho a sensação de que

Ambrogio está se exibindo para mim e estou gostando disso. Os cantos da minha boca se curvam num sorriso. Seguro as bordas do meu assento com as garras de um gato. Uma vinícola depois da outra se confundem pelo para-brisa. Bosques de oliveira se fundem num só. Cada vez mais rápido, baby. Vamos seguir o horizonte e nunca olhar para trás. Quero me perder nessa paisagem gloriosa, só Ambrogio e eu. Quero que essa ilha nos engula por completo.

Saímos da autoestrada numa placa que diz "Taormina".

— Estamos quase lá. — Ambrogio sorri, passando os dedos por um cabelo de comercial de xampu.

Subimos uma ladeira íngreme, ele não desacelera. Cada vez mais rápido, mais rápido, sem parar. Quero que ele continue dirigindo. Não quero que esse momento acabe nunca.

— A *villa* fica no topo desta colina.

Estamos cercados por acres de pomares cítricos em tecnicolor, é como estar numa pintura a óleo: amarelo, laranja e verde. O aroma é inebriante: intenso, delicioso. Os limões sicilianos são do tamanho de melões. Passamos pelas árvores até o topo da encosta. Imagino Ambrogio entrando num canto qualquer (sempre quis fazer sexo num carro), só que desta vez teria um significado. Desta vez seria importante. Desta vez ele não me deixaria para ficar com minha irmã gêmea.

Mas ele não para.

Ele entra na garagem — portões elétricos se abrem como que por mágica — e desliga o carro.

— Chegamos!

Capítulo 6

Taormina, Sicília

CARALHO, MINHA IRMÃ MORA *aqui*?
Cifrões de dólar aparecem diante dos meus olhos. A *villa* é absurda. Esse lugar deve custar uma fortuna.
— Você é o *proprietário* deste lugar?
— Eu herdei dos meus pais.
Ah, sim. Eu lembro que Beth comentou. Eles morreram. Pobre Ambrogio. Ele tinha apenas treze anos. Treze anos e milionário. Na verdade, é bem *impressionante*. Ele provavelmente não se importou. E, sorte a dele, Ambrogio é filho único, nenhuma irmã mais velha insuportável para dividir tudo.
— *Benvenuta* — diz ele.
Ambrogio abre a minha porta e pega minha mão. Os assentos são tão baixos que preciso de ajuda, especialmente com esses saltos. Como as pessoas conseguem andar com esses sapatos? Ele me faz levantar, e eu me apoio na parte de cima do carro, protegendo os olhos e piscando por causa do sol.
— Uau.
Parece o cenário de uma sessão de fotos de moda de luxo: *Vogue, Elle* ou *Vanity Fair*. Imagino encontrar Gisele Bündchen reclinada numa espreguiçadeira, biquíni de lamê dourado, daiquiri, bronzeado. Onde estão as câmeras? As luzes brilhando? Os fotógrafos disparando câmeras? Isso me faz lembrar mundos longínquos de fantasia da *Condé Nast Traveller* e do *Sunday Times*

Travel, todos aqueles imóveis dos sonhos em *A Place in the Sun*, só que, claramente, estou aqui, então deve ser real.

Construções cor-de-rosa antigas, com telhados de terracotta se espalham por acres de jardim: gramados aparados, canteiros bem cuidados. As flores são tão bonitas que parecem estar cantando: gerânios vermelhos, brincos-de-princesa roxos, todos os tons de azul, jasmim-manga, buganvília, violetas. É o paraíso, o jardim do Éden: rosas e flores de cactos, jasmins e camélias. Palmeiras imponentes balançam ao vento, suas folhas verdes explodem como fogos de artifício.

Então vejo a piscina; fresca, funda, sedutora. Ladrilhos de pedra de basalto emolduram o azul-opala. A água escura cintila sob o inclemente sol siciliano; pontos de luz me cegam enquanto eu observo. Palmeiras e rosas estão refletidas em seu espelho: uma pintura de David Hockney, um oásis. Cadeiras de jardim com tecido creme e guarda-sóis cercam a piscina, quietos e organizados sobre o chão de pedra. A água parece calma e convidativa demais; mal consigo me conter para não pular nela. Quero jogar água para todos os lados como uma garota num vídeo de música pop, fingir que sou uma adolescente num feriado escolar.

Viro e olho estupefata para a casa. A *villa* em si nem parece real, como se fosse a foto de um filme da era de ouro de Hollywood, algo romântico feito por Federico Fellini ou o cenário de *A princesa e o plebeu*. Olho em volta procurando Audrey Hepburn e Gregory Peck. Paredes decadentes estão cobertas de hera, com folhas cor de esmeralda que brilham quase verdes demais. A placa na porta diz *La Perla Nera*. Noto um toque de mármore por uma janela aberta; cortinas voam ao vento como nuvens amarradas.

Não sei quanto tempo fico parada olhando.

Acho que estou sonhando.

Alguém chama meu nome.

— Alvina?

Eu me vejo (eu num dia bom: não de ressaca, com o cabelo arrumado, o rosto lavado) correndo na minha direção, de braços abertos. Meu estômago fica embrulhado: deve ser Beth. É estranho, dois anos de fato é bastante tempo. Esqueci como é ser metade de um todo... um duplo... uma cópia em carbono... uma figurante da minha própria vida maldita.

— Alvie! Você veio! Meu Deus! Você está aqui! — Minha irmã gêmea se joga sobre mim num abraço violento. — Não acredito! Você veio!

— Obrigada pela passagem. Não precisava — respondo, tentando respirar por entre os braços e a exuberância dela.

Beth tem um perfume açucarado; é como cheirar algodão-doce. Ela me beija nas duas bochechas e me solta. Finalmente.

— O quê? Não seja boba. Não acredito que você está aqui de verdade. Venha, vou mostrar a casa.

Beth pega minha mão e vou atrás dela. Ela me leva pelo frescor de um limoeiro, falando sem parar como um pássaro canoro.

— Você está linda. Sinta-se em casa. Mal posso esperar para você conhecer o Ernesto; ele está dormindo agora, mas vai ser todo seu quando acordar. Como foi a viagem?

Por que ela está tão feliz em me ver? Excessivamente esfuziante. Quase *nervosa*. Estou prestes a responder quando uma única nuvem passa e encobre o sol. De repente, o jardim fica mais frio e mais sombrio. Um homem solitário vestindo preto da cabeça aos pés, com óculos de sol pretos e um chapéu de sol preto e cinza surge como um morcego, indo da *villa* até um carro parado no caminho de cascalho. Ele abre a porta de uma minivan preta e embarca. Uma brisa leve percorre meu pescoço e desce pela minha coluna. Sinto um calafrio.

— Quem é *aquele*?

— Ninguém.

Claro, até parece.

Vejo o carro passar pelo cascalho e sair pela estrada longa e sinuosa. Os portões elétricos se abrem em silêncio. O homem e a minivan viram a esquina e desaparecem.

— Vamos entrar — diz Beth, para em seguida continuar falando.

Ela está tagarelando mais do que de costume? Ou eu só não estou habituada ao seu falatório incessante? Ambrogio tira a bagagem do porta-malas e vem atrás de nós. Não estou ouvindo de verdade, só consigo observar. São coisas demais para olhar, todos os meus outros sentidos desaparecem. O corpo de Elizabeth. O rosto de Elizabeth. O cabelo de Elizabeth. Meus olhos param no ombro bronzeado da minha irmã gêmea. A pele dela está brilhante, iridescente. Olho nos olhos dela: esverdeados, vivos. Seu cabelo clareado pelo sol tem luzes loiras. *Ela* está linda. Não acho nem que ela tenha feito algum tratamento estético. Tudo parece tão real. Talvez sejam bons genes? Não, não pode ser isso. Deve ser o dinheiro. O dinheiro com certeza ajuda. Ela, de verdade, parece ter a metade da minha idade.

Sou narciso, olhando para Beth. Caindo de amores. Louco de inveja.

Passo com ela por uma pérgula com rosas trepadeiras cor-de-rosa, sobre mosaicos de ladrilho, tapetes marroquinos. Dentro da *villa*, é claro e espaçoso: um átrio majestoso, o cheiro de magnólias. Nunca estive no Ritz antes, mas acho que deve ser exatamente assim. Tudo parece ser feito de mármore branco, com pontos prateados como poeira de diamantes em feixes de luz. Chaise longues e poltronas estão forradas com tecido creme e dourado. Lindas tapeçarias e retratos de mulheres estão pendurados nas paredes: nobres da Renascença em robes de seda suntuosos, contas no cabelos e joias brilhantes: esmeraldas, diamantes e pérolas cintilantes. Passo com Beth por espelhos com molduras douradas, nosso rosto refletido no infinito.

Século XVI... características originais...

Beth tinha razão, eu já adoro este lugar. Quero dizer, quem não adoraria? Não quero ir embora nunca mais.

Subimos uma escada com degraus de mármore; paro para admirar uma imagem pendurada na parede. É o retrato de um garoto, a pele branca e luminosa contra um fundo sombrio. Preto no branco. Branco no preto. Ele está dormindo; tranquilo, doce, angelical. É a coisa mais linda que já vi na vida. Beth me vê olhando.

— Ah, você gostou? — pergunta ela com um sorriso.

Estou prestes a responder, mas ela já virou e subiu a escada correndo.

Vejo os pés dela desaparecem pela escadaria: sandálias plataforma brilhantes com tiras dourada nos tornozelos. São as mesmas que vi na vitrine da Prada. São a segunda coisa mais linda que já vi na vida. Acho que vou jogar fora aqueles Reeboks velhos. Não é como se eu precisasse de tênis. Não pratico nenhum esporte.

— Seu quarto — anuncia ela, radiante.

Beth abre portas duplas e me leva por um quarto de hóspedes banhado pelo sol; fica no primeiro andar com vista para a piscina. É vasto, palaciano: o pé-direito é o dobro do meu antigo quarto em Archway. A cama é enorme, cabem pelo menos três pessoas nela (quem me dera...). Na parede está uma pintura da crucificação, cheia de cores primárias e um céu azul e ensolarado. Cristo parece radiante; em Taormina todo mundo é feliz. Sobre a cama fica uma pintura de alguém de azul com uma auréola tremeluzente: a Virgem Maria? Ela tem nos braços um bebê com uma auréola em miniatura, deve ser o menino Jesus (a menos que seja um retrato de Ernie e Beth?). Uma sacada em estilo Julieta com parapeito de metal e uma porta-balcão no canto do quarto. Passo os dedos pelas pinceladas japonesas: uma imagem estilizada de um pássaro em voo. Tem um buquê de flores sobre a cômoda, e o perfume doce preenche o cômodo.

Prendo a respiração, é demais. Isso não pode ser real: é um lindo sonho. Em um minuto, ela vai me beliscar, e vou acordar. Estarei de volta à Archway, cercada pelos Imundos, procurando um passaporte que nunca vou encontrar. Esfrego os olhos e pisco.

— Comprei algumas coisas, caso você precise — diz Beth. — Achei que você fosse trazer pouca bagagem. — Ela pisca seus cílios volumosos, cobertos de Benefit, e morde o lábio inferior brilhante. — Espero que não se importe.

Estou salivando. Seis ou sete sacolas enormes estão encostadas numa parede. São brancas e brilhantes, com "PRADA" escrito dos dois lados, e estão amarradas com laços de fita preta. Beth foi às compras. É tudo para *mim*? Então é por isso que ela queria saber que tamanho estou usando. Uau.

— Ah, não precisava — digo. Esse é o jeito certo de responder?

— São só alguns alguns itens essenciais, na verdade... trajes de banho, sarongues, chapéus de praia, saias. Me avise se precisar de mais alguma coisa.

Esvazio as sacolas na cama: vestidos e camisetes ainda com a etiqueta. Uma saia de verão com estampa floral. Um pequeno cardigã de crochê. Só o biquíni custa seiscentos euros. Eu costumo fazer compras na T.K. Maxx! Passo os dedos pelos tecidos luxuosos, roçando, acariciando...

— É tão maravilhoso ver você — diz ela.

Paro e olho para cima. Não sei se acredito nisso. Ninguém nunca ficou tão feliz de me ver, exceto talvez o cachorro velho da minha avó, mas é porque ele gostava de se esfregar na minha perna: "Fenton! Fenton! Largue a Alvina!".

— Então você não se importa com o...

— O casamento? — pergunta ela.

Desvio o olhar. Eu estava falando de Oxford.

— Com o casamento?

Ela me abraça, *de novo*.

— Sabe, eu já esqueci tudo.

— Certo — respondo.

O cabelo dela tem um perfume incrível, como um campo cheio de flores. Talvez ela tenha mesmo me perdoado. Talvez ela me ame, afinal?

O canto de um cuco é trazido pela brisa, passando por uma janela aberta. Acho que vou me sentir em casa aqui, Beth. Acho que sim.

***

— De que tipo de chá você gosta? Earl Grey? Ceylon? Rooibos? Darjeeling? Tenho um *oolong* ótimo no momento, folhas soltas, do Tibete.

— Er... — respondo. Não posso pedir chá comum nem PG Tips.

— Vou preparar o *oolong* para nós.

— Ótimo.

Vejo Beth desaparecer na cozinha. O cabelo balança nas costas dela, uma juba loira e brilhante. Ela parece uma boneca Barbie. Brigitte Bardot. Estou sentada na beira de uma poltrona quase branca e tentando não encostar nos móveis para não sujar nada, mantendo distância da mesa de centro com tampo de vidro para não quebrar. Sinto um aperto no peito, como se alguém tivesse me amarrado com fita adesiva: não consigo expandir nem contrair minha caixa torácica. Cravo as unhas na parte carnuda da palma das minhas mãos e espero Beth voltar. Suando. Eu me pergunto o que ela queria me perguntar. Eu me pergunto por que estou aqui...

Um tapete creme ocupa a sala, flores bordadas nas bordas, uma estampa em espirais verdes e brancas. São lírios, acho. Eu me lembro do nosso tapete velho em Archway, que tinha *coisas* vivendo nele. Não recordo de ninguém nunca ter passado o aspirador de pó nele. Acho que nem tínhamos um aspirador de pó. Mexo os dedos dos pés nos pelos macios e grossos. Tudo é tão impecável. Beth deve ter empregados.

Vejo uma foto de Beth e Ambrogio sobre a mesa de centro, o porta-retratos prateado brilha como se tivesse acabado de ser polido. Os dois parecem Brangelina ou outro casal de ouro de Hollywood. Dentes clareados, sorrisos grandes demais; não parecem reais. Vejo um vaso de porcelana chinesa azul e amarelo pintado à mão com limões sicilianos e jasmins-manga. Vejo uma lareira tão limpa que duvido que já tenha sido usada.

— Aqui está — anuncia Beth, passando pela porta e me fazendo dar um pulo.

Ela está trazendo uma bandeja prateada, que é colocada sobre a mesa. Ela pega duas chaleiras pequenas, duas delicadas xícaras de porcelana, com dois pires combinando, e os coloca simetricamente na mesa à minha frente. Beth serve o chá das chaleiras individuais nas xícaras de chá individuais com a graciosidade de uma gueixa. O chá goteja e tilinta lindamente ao encher as xícaras. É de fato uma cerimônia.

— A cor está boa para você, Alvie? Não está fraco demais?

— Não, está bom — respondo.
— Não está muito forte?
— Não.
Ela solta a chaleira. Chegou o momento. Seja o que for de que ela precisa, lá vem...
— Quer um pouco de açúcar? Tenho branco e mascavo. Não se preocupe, veio de comércio justo.
Eu pareço preocupada?
— Não, obrigada — respondo.
— Ou quer que eu pegue o adoçante? Tem estévia na cozinha.
Que merda é estévia? Parece uma doença venérea.
— Não, obrigada — digo.
— Não dá trabalho algum.
— Não quero
Olho em volta, em busca do leite.
— Você tem leite?
— Ah, não se coloca leite no *oolong*.
— Ah.
Claro que não. Como sou boba.
— Então — começo —, você tinha algo para me perguntar?
Mas então me distraio. Ou melhor, sou distraída. Beth tira a tampa de uma boleira, levanta a cúpula prateada e brilhante e revela um doce maravilhoso. Surge um bolo com creme amarelo-pastel e um lindo desenho em espiral de pinhões. Os pinhões parecem tostados, dourados, deliciosos... o creme parece fofo e leve.
Beth me vê babando.
— *Torta della nonna*. É a minha favorita. Você vai amar.
Ela corta uma fatia generosa e me serve num prato delicado com um guardanapo dobrado e um pequeno garfo de prata: o cheiro de limão siciliano e açúcar de confeiteiro. O prato tem flores e botões de rosa pintados. O garfo parece uma antiguidade.
— Você não vai comer? — pergunto, incrédula, quando vejo que sou só eu.
— Ah, não. Estou de dieta: nada de glúten, laticínios nem açúcar — responde ela.
Que diabos ela come então? Ar? Pego meu garfo e ataco a torta.
— Hum — murmuro.

Beth sorri.

— Não falei?

Ela me olha mastigar.

Pego outra bocada, mais uma e mais uma. Meu Deus. Não consigo parar. É possível ter um orgasmo pelas papilas gustativas? Acho que acabei de ter um.

— Posso repetir? — pergunto, limpando a boca com as costas da mão e lambendo os lábios.

Estava bom. Muito bom.

A expressão de Beth muda. O rosto dela desaba. Seu lábio inferior começa a se curvar...

Paro de mastigar, a boca cheia. Ah, não, o que foi que eu fiz?

— Alvie, você está enchendo o tapete de migalhas.

Capítulo 7

— Alvie? Alvie? Você está bem?

Devo ter divagado ou ficado com o olhar perdido. Estamos sentadas no quarto do bebê, barcos a vela e locomotivas por toda parte, cercadas de brinquedos e parafernália de bebês: um trocador, um berço, uma sapateira com pares de botinhas azuis, pequenas e novas. Há uma fileira de miniaturas de livros de capa dura: *O primeiro do bebê, de A a Z*. Eu me sinto uma gigante numa casa de bonecas vitoriana: meu lugar não é aqui.

— Está tudo bem com você? — pergunta Beth, encostando no meu braço.

Eu me afasto.

— Está.

Não. Não está. O que ela quer? O que está acontecendo? Ela não me convidou para vir aqui brincar de mamãe e bebê. Não vim aqui para o chá da tarde.

Ernie abre um grande sorriso brilhante e idiota, com uma pequena bolha de saliva no canto da boca.

— Ga, ga, ga — balbucia ele, olhando para cima.

Observo o rosto do meu sobrinho.

— Estou bem. É só...

Só o quê, Alvina? *Que ele parece com você?* Analiso as características naquele rosto pequeno: são os meus olhos. É o meu nariz, a minha boca, o meu queixo. Eu os reconheceria em qualquer lugar. Ele se parece comigo quando eu era bebê. Podia ser meu filho.

A dor me invade como um corte recém-feito, e eu me lembro: a ardência do desinfetante da clínica, o fedor da água sanitária, o olhar vazio para o teto, as cortinas sufocantes, as paredes brancas demais, um vaso vazio no criado-mudo, os sons do choro das pessoas, agulhas brilhantes, tigelas de papelão para o vômito e a dor penetrante que me deixou louca, que me deixou com nada além de marcas de mordida nas mãos e o

sangue,
sangue,
sangue.
Faz oito anos.
É tudo culpa dela.

— É só que... ele é tão lindo — respondo, finalmente, surpreendendo a mim mesma. Mas ele é mesmo, é angelical. Beth sorri; ela sabe.

— Obrigada — diz ela, orgulhosa, passando os dedos pelos cachos dourados e plantando um beijo naquela cabeça de querubim.

Ernesto é maravilhoso, como um daqueles modelos bebês dos anúncios do metrô, como o garoto dormindo da pintura no corredor. Olhos grandes e azuis como gotas do oceano. Ernie sorri para mim, aquele tipo de otimismo ingênuo que só as crianças conseguem ter. As bochechas dele são redondas e rosadas como marshmallows: um bebê de gelatina em tamanho real. Açucarado. Doce. Nunca contei a ela sobre a gravidez. Ela não sabe que perdi o bebê. Mas a ignorância não é desculpa.

— Quer pegá-lo no colo?

— O quê? Não. — Sou tomada pelo pânico.

— Ernie, quer abraçar sua tia Alvina? — pergunta Beth, pegando o garoto e o segurando na minha direção.

— Não, tudo bem, eu nunca segurei...

— Não seja boba, vai ficar tudo bem. Ele gosta de você. Dá para ver. — Ela ri. — Quer dar a mamadeira para ele?

E ele está no meu colo, tão leve, mas tão rechonchudo. Eu o seguro com força, meu corpo rígido, morrendo de medo de derrubá-lo ou algo pior. Ernie olha para mim, balbuciando, rindo.

— Ma, ma, ma.

Ele parece bem.

Ouço a respiração dele, inspirar e expirar, leve como um filhote de gato, e sinto o cheiro da espuma de banho no cabelo. É tão injusto. Era para ser o *meu* bebê. Não quero soltá-lo nunca mais.

— Mama — diz ele, estendendo os braços para Beth.
— Pegue — digo, devolvendo o menino. — Ele é seu, fique com ele.
Beth franze a testa.
Meu rosto está corado. Está quente demais. Alguém ligou o aquecedor?
— Ma, ma, ma.

É tudo culpa dela, e nunca vou perdoá-la.
— Ma, ma, ma.

— Então, o que aconteceu no seu trabalho? — pergunta ela, me entregando uma tesoura para eu cortar a etiqueta do meu biquíni novo. É top tomara que caia, estilo *bandeau*, preto e vermelho da Prada com pedras brilhantes na frente. A tesoura parece boa e afiada.
— Ah, aquilo...? — Um corte. — Eu estava indo tão bem que um concorrente ouviu falar de mim. — Outro corte. — Foi um caçador de talentos. — Mais um corte. — Você acredita?
— Jura? — diz ela. — Eu nem sabia que existiam caçadores de talento para poetas.
— Muito mais dinheiro. Carro da empresa. — Jogo a tesoura na cama.
— Uau. Quem foi?
— Quem? — pergunto. Abro o zíper do vestido e tiro a peça: linhas vermelhas na minha carne onde a costura marcou a pele.
— O concorrente?
— Er... — Tiro o sutiã. — *Esquire*? A revista. Eles precisavam de uma poeta-chefe.
Ela me olha de cima a baixo. Não acho que tenha acreditado.
— Então você foi demitida?
— Demitida? *Não*.
Beth observa enquanto tiro a calcinha e olha minha virilha. Viro o corpo.
— E o seu apartamento novo em Londres? Como vão as pessoas que moram com você?
Deixo uma pilha de roupas no chão, mas Beth parece horrorizada, os lábios tensos, formando uma linha acusatória, então dobro tudo e coloco as peças no pé da cama.

— Graham e Pam? Ah... você sabe, eles são ótimos — respondo. — São mais família que amigos. Nós nos demos muito bem, desde o começo.

Visto a parte de baixo do biquíni e puxo a peça até o meio das pernas. Algo faz barulho. O plástico ainda está preso na virilha. Tiro a calcinha de novo e arranco a etiqueta.

— Certo... Então você odeia os dois? — comenta Beth com um sorriso malicioso.

Como é que ela faz isso? É como se conseguisse ler a merda da minha mente. Olho para a tesoura. As alças redondas e pretas. As lâminas prateadas e longas. Cintilando. Brilhando. Refletindo a luz do sol. Chamando meu nome.

— Eles são... legais — respondo.

Ajeito meu biquíni, as tiras afundando na minha carne como um fio de cortar queijo. Minha irmã não precisa saber que eles me expulsaram.

Beth está usando um fio dental minúsculo com listras em rosa e bege da Missoni. Escondo meu biquíni novo com um sarongue da Louis Vuitton e um chapéu de aba larga feito de palha. Como é que Beth e eu podemos vestir o mesmo tamanho, mas eu pareço gorda?

Estamos deitadas na beira da piscina tomando sol. Estou derretendo na minha espreguiçadeira como um *gelato* de baunilha. O sol está inclemente, minha pele já começou a queimar, apesar do protetor solar fator 50 que passei antes de sair. Meus joelhos estão com um assustador tom de vermelho. Vejo minha irmã pegar seu iPhone e digitar a senha: 1996. Bom, essa é fácil de lembrar: foi o ano em que as Spice Girls lançaram "Wannabe". Ela digita uma mensagem para alguém com muitos "beijos".

Um mulher aparece no pátio trazendo uma bandeja de vodca e *limonatas* geladas. É a vodca Absolut que comprei para Beth. Graças aos céus, estou mais do que desesperada. Faz uma hora que Beth não para de falar. Não vou aguentar muito mais isso. A mulher tem olhos escuros, cabelo cacheado preto e pele morena e curtida. Ela sorri para mim.

— *Mama mia!* Mas existem duas Elisabettas! — exclama ela, juntando as mãos e tocando os lábios com a ponta dos dedos.

Ah, lá vamos nós: a diversão gratuita, o show de horrores, a atração dupla. A coreografia maldita de apontar e encarar. A gente devia cobrar por minuto. As duas estariam milionárias (em vez de só Beth).

Beth dá sua risada clássica de despreocupação.

— *Non ci credo*, vocês são iguais! — diz a mulher.

Acho que não. Ela deve ser burra. Não existem gêmeos na Itália?

— Alvie, esta é Emilia, nossa incrível babá e empregada. Emilia, esta é minha irmã, Alvina.

— *Piacere* — diz a mulher, me medindo de cima a baixo. Eu me mexo na espreguiçadeira. E me escondo sob o chapéu.

— Certo — respondo.

Minha irmã tem *escravos*? Claro que tem. Eu teria três escravos se tivesse dinheiro: um para cozinhar, um para limpar minha casa e um para me abanar no jardim com uma folha enorme. Calor de merda.

— Ela *mora* aqui? — pergunto depois que Emilia se retira.

— Claro que não. Ela mora no chalé rosa virando a curva. O que tem cestos pendurados na porta. Ela só trabalha aqui das sete da manhã até nove da noite, seis dias por semana.

— Ah, só isso?

Como é que a Beth aguenta?

— Pensei em trazer alguém para cá para ajudar à noite, sabe, com as coisas do bebê, mas ele dorme tão bem que não preciso, na verdade.

— Hum.

Com as coisas do bebê... Deus, como ela é preguiçosa. Beth terceirizou até a maternidade. Qual é? Não pode ser tão difícil. Aquela mulher da TV tem *oito* filhos. Beth só tem *um*. Não é que ela tenha outras coisas para fazer, como trabalhar. Não, investir no bronzeado não conta. Por favor, não me diga que ela está escrevendo outro romance. Não sou capaz de perguntar.

Tomo minha *limonata*: gelada, refrescante, cítrica, com uma dose de vodca. Já estou pensando na segunda. Emilia prepara um belo drinque de vodca, tenho que admitir. Talvez ela seja incrível mesmo.

— Você fala inglês com ela? Emilia? — pergunto.

— Falo — responde Beth.

— Você não aprendeu italiano?

Beth lança um olhar na minha direção.

— Não, para quê?

Não falei? *Preguiçosa*.

— Todo mundo fala inglês. De todo jeito... não quero ficar aqui para sempre... — Ela para, como se tivesse falado demais.

— É mesmo? Por que não? Qual é o problema?

Tudo parece perfeitamente bem para mim. Vejo a luz do sol refletir na superfície da piscina, como mil diamantes reluzindo.

— Ah, nenhum. Acho... que a língua nunca me atraiu. Sou melhor com o alemão.

Ela fecha os olhos e reclina na espreguiçadeira. Fim de papo. Da próxima vez, eles vão estar de mudança para Munique.

Tento ler um dos livros de Beth (um que ela comprou, não escreveu. Eu não me sujeitaria a isso...), mas está quente demais para prestar atenção nas palavras. Além do mais, é uma merda. Eu devia ter comprado uns livros no aeroporto, uma coleção de poesia na WHSmith. A última edição de *Closer*, *Heat* ou *Hello*. Qualquer coisa, menos isso.

É a primeira vez que Beth para de falar desde que cheguei. O álcool nas minhas veias e o calor acariciando minhas costas estão me fazendo dormir quando um zumbido alto soa em algum lugar à esquerda do jardim. Abro minhas pálpebras. Beth já está sentada, pronta para investigar. Ela salta da espreguiçadeira, como uma gazela ou um esquilo voador, e dispara na direção do barulho. Eu me forço a levantar e vou atrás dela pelo gramado, amarrando o sarongue no caminho.

Um homem com uma serra elétrica está cortando uma árvore. É uma bela serra elétrica.

— Ei, o que você está fazendo? — grita Beth.

O homem claramente não é o jardineiro. Ele continua até a árvore desabar. É um limoeiro. Agora é lenha. O cheiro de querosene queimado e folhas cítricas. O sujeito tira os óculos Perspex e revela olhos azul-claros, mais gélidos que os de Daniel Craig. Ele desliga a motosserra e tira o cigarro da boca. Seu peito está nu, largo e pingando suor. Pelo volume nos shorts jeans, eu chutaria uns vinte centímetros. Com certeza é grosso. Ele parece se exercitar. E me faz lembrar Channing Tatum. (Droga, eu devia ter trazido aquele pôster. Eu sabia que tinha alguma coisa...) Ele tem uma covinha no meio do queixo que dá vontade de beijar, tão perfeita que parece ter sido feita no Photoshop. O cabelo loiro-escuro está mais bagunçado que desgrenhado, preso para trás com um arco preto: um pouco feminino, talvez. Mas, como em Leonardo DiCaprio e nos jogadores de futebol do campeonato inglês, de algum jeito, nele funciona.

Quem podia imaginar que Beth tinha lenhadores sexy no quintal? Valeu a pena acordar por isso.

— Eu falei para o seu marido que a árvore não podia ficar. Ainda estava aqui. Agora não está mais — responde ele com um forte sotaque italiano.

Claramente é um morador local. Um morador que não gostava dessa árvore.

— Salvatore, você não pode sair cortando as árvores de outras pessoas — diz Beth.

— Posso, sim. E cortei.

Não dá para discutir com esse argumento.

— Ambrogio vai ficar bravo.

Salvatore dá um trago. Ele não parece se importar.

— Eu avisei, a árvore está roubando minha luz. Preciso de luz para as minhas esculturas. Ou ele vai embora, ou a árvore vai embora. Ele devia ficar feliz por ter sido a árvore.

O homem sorri, ele é bonito: a indiferença tranquila de um astro do rock. Pelos no peito. Relógio caro. Ele deve ser bem-sucedido para ter um Patek Philippe. O italiano limpa o suor da testa com as costas da mão.

Ficamos paradas olhando para a árvore. Então Salvatore me vê.

— Vocês duas são parentes? — Ele ri, gesticulando para nós com a bituca do cigarro.

Nosso olhar se encontra. Ele me encara; é vulnerável e invasivo ao mesmo tempo. Beth está prestes a responder quando Ambrogio sai correndo da *villa*. Gritando.

— *Ma che cazzo hai fatto?* — grita ele do outro lado do jardim. Ele está um pouco vermelho. — Meu pai plantou essa árvore! *Merda*, Salvatore, estou farto de você e das suas malditas esculturas!

Os dois homens começam um campeonato de gritos em um italiano animado. Não faço ideia do que estão dizendo, mas parece intenso. Beth e eu esperamos um pouco no calor de fornalha e assistimos ao show. Os homens competem pelos gestos mais exagerados e decibéis ensurdecedores, chegando cada vez mais perto um do outro até estarem praticamente fazendo sexo, berrando diante do rosto um do outro, cada vez mais vermelhos.

— Vamos sair daqui — diz Beth, finalmente, revirando os olhos. Ela pega minha mão e me leva de volta para a *villa*. — Venha, vamos nos vestir. Quero mostrar a você uma coisa especial.

— Claro — respondo, não que ela esteja *perguntando*. Aposto que é isso... o motivo *real* de ela ter me convidado.

Eu teria preferido assistir à briga.

Capítulo 8

ATRAVESSAMOS O CALOR ATÉ CHEGAR AO ANFITEATRO. Pôsteres de *prima donnas* anunciam uma ópera. *Nabucco*, de Verdi, acabou de estrear. Ah, Nabucodonosor, o rei louco da Babilônia. Não foi ele que exilou os judeus de sua própria terra no Livro de Daniel? Eu sabia que ser forçada a frequentar a escola dominical toda semana durante a maior parte de dez anos seria útil um dia. A recompensa finalmente chegou.

Um grupo de boné de beisebol e mochila de viagem sai de um táxi e tira fotos da vista. Estão usando camisetas do tamanho errado e sandálias com meia. Todos se aglomeram na entrada como uma nuvem de gafanhotos. Odeio turistas. Eu sei, stricto sensu, eu sou uma turista, mas odeio esses merdas. Não tínhamos isso em Archway, acho que era uma vantagem.

Beth conhece o segurança; alto e loiro, com um brilho no olhar. Ele parece ter vinte e cinco anos, com um uniforme de camisa branca engomada e shorts cáqui. Nada atraente. Ele nos conduz pela entrada, passando pela fila e pisca para mim também, apreciando a imagem dupla. Pervertido.

— Somos meio que amigos — explica Beth. — Venho bastante aqui... é inspirador.

Inspirador? Por favor? Ela poderia ser mais pretensiosa? Inspirador para quê? Escrever romances femininos sem substância? Tenho certeza de que a Musa tem coisas melhores a fazer do que ficar esperando em anfiteatros até a irmã gêmea aparecer. Ela não é uma escritora, é uma esposa troféu. Se Beth escrever outra *comédia romântica* com uma heroína apaixonada e um final feliz, vou me matar. Ou talvez ela queira dizer que está dormindo com ele? Mas, não. Não minha irmã gêmea. Esse é mais meu estilo que o de Beth. Não que eu seja *fácil*.

Ela me leva por uma escadaria decadente até o fundo do auditório. Estou ofegando enquanto subimos os degraus intermináveis. Eu realmente não me importo, está quente demais. Quero outra vodca com *limonata* gelada. Mas quando chego ao topo da escada e viro para apreciar a vista, entendo o porquê.

— Puta que pariu.

— Gostou? — pergunta Beth.

Isso é o que as pessoas chamam de "paisagem pornográfica". Um palco revela a natureza no que ela tem de mais dramático. Quase posso ouvir a voz Michael Palin narrando: alguma coisa sobre as colunas coríntias, Eurípedes, Sófocles e Ésquilo.

— O que é aquela montanha? — pergunto, apontando para uma enorme coisa preta em forma de montanha.

— Não é uma montanha. É um vulcão. Monte Etna? Lembra?

— Ah, sim. — Claro. Como pude esquecer?

— Está dormente? — continuo, apertando os olhos para estudar o pico: a beleza do Etna contra um céu sem nuvens.

— Não, mas não se preocupe.

Vou me preocupar mesmo assim. Eu vi o que aconteceu com aquelas pessoas em Pompeia.

— Os italianos o chamam de *"Mongibello"*: linda montanha — explica ela.

— Não falei que era uma montanha?

Não me parece muito *"bello"*. Para mim, parece mortal. Sinto um calafrio e olho para o mar. Colunas emolduram as encostas do vulcão, que vão da cratera até o oceano. E, sim, o Mediterrâneo brilha mesmo, acho que Beth tinha razão sobre isso. Respiro fundo, sentindo o sal no ar. *Mamma mia...* é ainda melhor do que nas revistas. Eu podia tirar uma foto sem nenhum filtro de cor e postar agora no Instagram. Mas milhares de pessoas já tiraram milhares de fotos idênticas, então não vou perder meu tempo.

Sentamos lado a lado na pedra quente, olhando para a Grécia antiga. Viro o rosto para Beth e vejo algo roxo no braço dela pela primeira vez; é um hematoma, grande, do tamanho do punho de um homem. Ela tentou disfarçá-lo com maquiagem, corretivo, mas uma parte saiu na roupa.

— Caramba, Beth! O que é isso? — pergunto, puxando a manga dela para dar uma olhada.

— Nada — responde ela, arrumando a blusa para cobri-lo. — Não importa, esqueça.

— Não é *nada*. Como isso aconteceu? — Eu olho nos olhos dela.

— Caí da escada no jardim — responde ela.

Bem, isso é mentira. Beth balança a cabeça.

— Alvie, escute. Preciso perguntar uma coisa para você. É importante. Ok?

Mudando de assunto. Nada disso:

— Que porra é essa, Beth? Ambrogio fez isso? — pergunto, mas não acredito nisso, nem por um segundo. Ele é gostoso demais para ser um agressor de mulheres. Duvido que ele beba Stella Artois ou use regata velha.

— Alvina! Por favor. Só escute — pede ela.

Beth não nega, mas por que não me conta? Ela estava cada vez mais alterada.

— Meu Deus, o que é? — pergunto finalmente. Está quente demais para essa conversa. Tenho uma fantasia que envolve uma banheira cheia de gelo.

Uma menina japonesa com uma camiseta da Hello Kitty e uma mochila maior que ela surge do nada e gesticula para o próprio iPhone.

— Por favor?

Olho para minha irmã, mas ela não se move.

— Já que não tenho escolha — digo, enquanto me levanto.

Ela mostra dois dedos em um sinal de vitória e sorri para a lente. A menina é fofa. Posiciono a câmera de modo que a cabeça dela fique fora do enquadramento e só se possa ver os joelhos e os pés dela: tênis rosa de salto plataforma e meias brancas de crochê. Tiro a foto. A garota sai correndo e eu me sento de novo.

— Alvie? — Beth me chama.

Oh, certo, aqui vai. Lá vamos nós então. O motivo real por que estou aqui. Minha irmã não *sentiu minha falta* apenas. Não vou dar um rim para ela, pode esquecer. Beth devia ter se cuidado. A boca dela está formando uma linha sisuda. Observo as sardas no seu nariz e me pergunto se as minhas são exatamente iguais. É provável que sejam, não que alguém se daria ao trabalho de conferir...

— Amanhã, preciso que você seja eu, só por algumas hora. Você pode fazer isso?

— O quê?

— Amanhã à tarde, depois do almoço, preciso que você troque de lugar comigo. Não vai ser por muito tempo. Ninguém vai saber. Por favor, diga que sim?

Que porra é essa?

Então foi por isso que ela me convidou para cá, pareceu tão desesperada, pagou a passagem: *"Eu preciso de você, estou implorando. Venha..."*. Ela é inacreditável, essa minha irmã.

— Como quando estávamos na escola, lembra? A gente trocava de sala o tempo todo, e ninguém percebia — continua Beth.

— Mas isso era quando éramos mais novas, quando éramos *iguais*. Claro que as pessoas vão perceber. Olhe para você e olhe para mim...

—Alvie, nós somos idênticas. *Idênticas*. Entendeu? Sei que *nós* não achamos que somos iguais, mas todo mundo acha. Vai ser fácil. Você diz que vai passar a tarde fora, que quer levar Ernie para um passeio. Nós trocamos de roupa, arrumamos o cabelo do mesmo jeito, mas eu saio.

Eu aperto os olhos.

— Por quê? Aonde você vai? O que vai fazer? Por que o grande segredo?

Minha irmã planejou isso tudo...

— Por favor, não faça perguntas. Preciso muito disso, Alvie, preciso mesmo. Se eu pudesse contar para você, contaria. Você entenderia.

— Então me conte, e eu vou entender!

Como ela se atreve? Menina mimada. Esperando que diga "O quão alto?" quando ela gritar "Pule!". *"Faça isso, Alvie. Faça aquilo, Alvie."* Meus dedos se curvam e formam punhos. Sinto meus ombros ficarem tensos.

— Não! — Ela se levanta com um salto. Acho que vai embora, mas Beth olha para o céu e levanta a voz. — Meu Deus, Alvie, *por favor*! Eu preciso de você.

O lábio inferior dela começa a tremer. Ela vai chorar de verdade, merda? Somos crianças de novo, discutindo, brigando por um brinquedo, Beth sempre conseguindo o que quer. Travo meu maxilar.

—Alvie, por favor, você precisa fazer isso. — Os grandes olhos verdes dela se enchem de lágrimas. — Por mim?

Ah, pelo amor de Deus... Se eu fizer, talvez ela me deixe em paz? Se eu aceitar, ela vai me dever um favor. Pode vir a ser útil. Ela sabe que vai ter que retribuir. Eu me pergunto o que ela vai fazer. Roubar um banco? Um tiroteio de carro? Talvez assaltar a Prada? Mas não, Beth não. Ela é boazinha demais para isso. Bem-comportada demais. Ela provavelmente só vai até a livraria local para não precisar pagar uma multa por atraso.

Olho para os pés dela.

— Os sapatos — digo. — Eu aceito, mas quero esses sapatos.

Eu me arrependo assim que as palavras saem da minha boca. É uma ideia péssima, de jeito nenhum Ambrogio vai cair nesse truque. Ele vai saber que sou eu em dois segundos.

— Que sapatos, estes?

Ela mostra as pernas e dobra os tornozelos. Olhamos para baixo, para as sandálias brilhantes de salto fino, cintilantes, douradas, nos pés dela. Parecem globos espelhados que usaram crack. Amo mais esses sapatos que a própria vida.

— Claro! — responde ela, pulando e sorrindo.

Beth lança os braços ao redor do meu pescoço e dá um beijo molhado no meu rosto.

— Mas só vou trocar por uma tarde — aviso.

Ela me deve uma. Algo grande. Mais que sapatos. Ainda que eles sejam maravilhosos.

— E um pouco à noite... algumas horas, é só.

Ela coloca a mão no meu ombro, com lágrimas nos olhos.

E abre um sorriso triste.

— Obrigada, Alvie.

Ela me ama de novo.

Voltamos a pé para a *villa* enquanto o céu fica terracota. Beth insiste em andar de braços dados, é quase como se fôssemos melhores amigas. Não somos amigas desde Oxford, desde que dormi com Ambrogio. Eu sei disso, e ela sabe disso. Ela está fingindo porque quer alguma coisa, algo que só eu posso dar.

Talvez, se eu fizer isso, ela me perdoe? Talvez, se eu fizer isso, estejamos quites.

Capítulo 9

Eu me debruço sobre minha sacada de Julieta furiosa, fumando um cigarro atrás do outro. Já anoiteceu, então parece menos um forno, mas ainda me sinto como uma lagosta sendo fervida viva. Maldita Beth, o que ela está inventando? Isso é loucura. "Faça isso, Alvie. Faça aquilo, Alvie..." Ela não está exatamente trabalhando em equipe. Não está exatamente jogando limpo. Era Beth que gostava de *netball* e de hóquei... todos aqueles insípidos esportes em grupo com abraços coletivos e cumprimentos efusivos. Eu era mais a corredora de longa distância. Quanto mais longe, melhor. Longe da minha família. Longe do mundo. Nunca gostei de cooperar, a menos que coagida. "Unidos venceremos", mas também dá para fazer sozinha. E Alvina Knightly gosta de fazer as coisas sozinha.

Beth e Ambrogio estão conversando no terraço. Não consigo ouvir o que estão dizendo. Ele sussurra alguma coisa no ouvido dela e então se inclina e a beija na boca. Ela bagunça o cabelo dele e volta para a *villa*. Meu Deus, eles são tão casados. Estou feliz por não ser casada. Alguns maridos duram sessenta anos. Dá para imaginar alguma coisa pior? Nunca consegui aguentar um homem por mais do que uma noite.

Era uma vez...
E viveram felizes
Tudo mentira!!!!!

Beth acredita em contos de fadas, aposto que ela assiste pornô acelerando o vídeo para ver se eles se casam no final. Eu prefiro assistir pornô voltando o vídeo, paus sugando o esperma como aspiradores de pó. É muito engraçado.

Vejo Ambrogio andar pelo chão de pedra na borda da piscina e gritar com o celular. Ele está gesticulando como se a pessoa do outro lado da linha pudesse ver. Ah, talvez ele esteja usando FaceTime? Fico observando; ele fuma sem parar e sopra nuvens de fumaça branca para o alto, no céu noturno. O tabaco tem gosto doce. Ele vira, me vê e acena com um sorriso. Respiro fundo e aceno de volta. Quem quero enganar? Eu adoraria ser esposa dele. Queria ter um filho dele. Quem se importa se ele bate em mulheres? Ele é um *Adônis*.

Meu coração quer um italiano (idealmente Ambrogio, mas Salvatore agora está bem perto, em segundo lugar. Tenho certeza de que Channing tem ascendência italiana. É isso ou alemã... ou índio norte-americano... talvez seja galês?). Acho que deve ser a língua. Meus joelhos ficam fracos por qualquer coisa que soe italiana. E só ouvir: *"Figlio di puttana"*, melífluo, não é? Significa "filho da puta". *"L'anima de li mortacci tua"*, lindo! "Você está começando a me irritar." *"Vaffanculo"*, sem dúvida a poesia do próprio Petrarca? Significa "vá se foder". Dá para ouvir uma discussão sobre prostitutas, mijo, e soa como um soneto sobre amor cortês. Você não quer saber o que *"Ti prego, scopami in culo"* significa... (Aprendo a língua vendo pornô italiano.)

Apago meu cigarro na sacada. Ele cai no chão, e eu chuto a bituca da borda. Volto para o quarto. Estou me sentindo bem grudenta, esse calor é insano. É realmente impossível se refrescar. Posso sentir meu sangue borbulhando, fervendo, meu cérebro assando, meus órgãos internos todos cozinhando, fritando. Talvez eu tome um banho? Escolho alguns produtos de beleza da louca da Louis Vuitton e vou para o banheiro. É um daqueles boxes com chuveiro em cascata: mosaicos azuis e prata brilhante. Não poderia ser mais diferente do apartamento dos Imundos em Archway, os cabelos no ralo, o mofo na velha cortina de chuveiro, a banheira abacate com o dreno entupido.

O gel de banho é Chanel Nº 5, e estou amando o perfume de rosas e jasmim enquanto a água cai sobre mim, limpando minha mente, acariciando meu corpo. Hum, Ambrogio... aqueles olhos penetrantes, o queixo quadrado. Não consigo resistir a me tocar; vê-lo de novo me faz pensar em coisas safadas. Hoje, mais cedo, no Lamborghini, tive a sensação de que ele também gostou de mim. Tenho quase certeza de que estava flertando. Meus dedos roçam meu clitóris, meus lábios então molhados e macios, quentes e escorregadios. Enfio dois dedos bem fundo, esfrego meu clitóris com força com o polegar. Sinto a pressão aumentando, aumentando, o calor se espalhando, mais forte, mas não. Não é o suficiente. Não estou fazendo jus a Ambrogio.

Passo pela porta e vou para o quarto, pingando. Pego Mr Dick dentro da minha bolsa e volto correndo para o banheiro. Prendo o vibrador atrás de mim, na altura do quadril, a noventa graus da parede. Em geral, Channing sem roupa surge na minha mente, mas hoje à noite é Ambrogio, em pé atrás de mim, colocando os braços em volta da minha cintura, o bíceps pressionando meus seios, os dedos longos e fortes massageando meu clitóris, firme, mas gentil, em movimentos circulares. Ele diz algo sexy em italiano, como "Cappuccino". Recuo devagar na direção do vibrador, mas é Ambrogio me comendo por trás, me deixando molhada, deixando meus joelhos moles. Fecho os olhos e flutuo numa sequência de ondas de prazer perfeito. É bem intenso. A água bate e se espalha ao meu redor, quase escorrego e quebro o pescoço.

Com quem ela está falando? Encosto o ouvido na porta de Beth. A madeira está fria e macia contra o meu rosto. A tinta é branca e brilhante.

— Por favor? Por favor? Você precisa fazer.

Por que ela choraminga tanto? O que está acontecendo?

— Precisa ser amanhã. Salvo, por favor? O tempo está acabando — continua Beth.

A voz dela está aguda, anasalada, estridente. E ecoa pelo quarto.

Encosto na porta, mas não está trancada, e caio dentro do quarto. Beth olha para a frente quando me vê caindo, em choque, a guarda baixa, os olhos brilhando.

— Já ligo de volta.

Ela desliga o telefone.

— Você não sabe bater, Alvina? — dispara Beth.

— Não. Desculpe. Eu, hum, eu… você tem desodorante?

Ela revira os olhos e vai para o banheiro batendo o pé. Dou uma olhada em seu lindo quarto e sento na cama. A colcha tem flores bordadas.

— Quem era? Ao telefone? — pergunto.

Beth revira o banheiro da suíte. O telefone está sobre a cama, eu podia abrir e dar um olhada. Posso ver o histórico de ligações. Eu sei a senha: 1996. Mas não daria tempo.

— Ninguém. Nada. Por quê? Você estava ouvindo? — Ela coloca a cabeça para fora da porta do banheiro.

— Não, só estou curiosa.

Pego o celular e solto de novo. Não daria tempo.

— Na verdade... era a mamãe. Você queria falar oi?

— Nossa, não.

— Posso ligar de volta — grita ela do banheiro.

— Não, não faça isso. Tudo bem.

Não era nossa mãe, era alguém chamado "Salvo". Eu ouvi bem. Era o *Salvatore*?

Beth aparece com um vidro de Dove Go Fresh perfume de romã. E o joga para mim. Com força.

— Aqui está. Divirta-se — diz ela.

Capítulo 10

Bom, isso é desconfortável.

Estamos em uma mesa para três no restaurante mais espalhafatoso que já vi. É o Kanye West ali com P. Diddy saboreando um prato de frutos do mar? Parece Drake no bar virando doses com Snoop Dogg. Olho de Beth para Ambrogio e de volta de Ambrogio para Beth. Tento sorrir. Eu me sinto como a criança que foi levada pelos pais porque a babá não apareceu. É isso ou a pior entrevista de emprego da história. Um garçom se aproxima e interrompe o silêncio.

— *Buonasera, signori.* — Ele inclina a cabeça para Ambrogio. — *Signore Caruso, sei troppo fortunato! Che belle donne!* — Ele sorri para mim e sorri para Beth. — *Gemelle?* — pergunta o homem.

— *Si, gemelle* — responde Ambrogio, com um sorriso sexy.

O garçom abre um sorriso ainda maior. Ele me entrega um cardápio que não consigo ler. Ambrogio diz algo em italiano, e o homem ri.

— *Un* martíni de vodca, *per favore* — pede Ambrogio.

Beth emenda:

— Um Virgin Mary, por favor.

— *Certo, signora* — diz o garçom, que vira para mim.

— O que é isso? — sussurro para Beth.

— É igual a um Bloody Mary, mas sem a vodca.

— Então, é como um *suco de tomate?*

Beth assente.

— Vou querer um Bloody Mary — peço.

Não posso pedir vodca pura. Seria estranho.

— Certo, signora.

O garçom se afasta.

— Bom, eu não sou o homem mais sortudo do mundo de estar aqui nesta mesa com duas *belle donne*... — comenta Ambrogio, piscando para mim. Ninguém responde. — Você está linda esta noite, querida — sussurra para Beth.

Ele tira uma mecha invisível de cabelo do rosto dela, beija-a com delicadeza, segurando o seu queixo com tanto carinho, e a olha nos olhos. É como se eu não estivesse aqui. É como se eles estivessem juntos e a sós no primeiro encontro. Na lua de mel. Os dois podem começar a fazer sexo a qualquer segundo.

— Hem-hem! — Tusso alto e então acendo um cigarro.

Eles viram e me encaram. O silêncio é desesperador, a tensão é tão palpável que seria possível cortá-la com um estilete e vê-la sangrar sobre a toalha branca engomada.

— Aprendi uma piada nova. Querem ouvir uma piada? — sugere Ambrogio, recostando na cadeira e sorrindo para mim.

Ele acabou de se lembrar que eu existo.

— Não. Estamos bem — responde Beth, pegando o cardápio e mergulhando nele.

Vaca.

Olho para a vista para evitar contato visual. Estamos empoleirados no terraço de uma encosta. Daqui, a água parece calma, como mercúrio ou prata derretida. Um navio de cruzeiro brilha na baía como um porta-joias contra um veludo escuro. Uma brisa leve vem da água, varrendo o terraço, acariciando minha pele.

Se Beth não estivesse aqui, seria bem romântico.

O terraço tem vista para um declive íngreme e fundo. Seria um ótimo lugar para cometer suicídio. Telhados terracota, copa de palmeiras e lá, lá embaixo, uma praia de seixos. Uma baía recortada como luas crescentes cintila com pequenas luzes, que vão ficando cada vez menores até desaparecer. Então, à distância, está o monte Etna. De novo. O vulcão é onipresente nesta ilha, não dá para fugir. Fico aliviada de ver que ele ainda não está em erupção. O fim do pôr do sol ilumina sua silhueta. Os declives pretos deslizam até o mar. Ele é majestoso. Pré-histórico. Transmite uma sensação de eternidade. Algo sublime e, no entanto, aterrorizante.

Sério, se não fosse por Beth, a coisa toda seria perfeita.

Tudo é branco dentro do restaurante: as toalhas de mesa, as cortinas, as colunas, as cadeiras. Lustres de cristal. Um piano de cauda brilhante e ostensivo. Observo a mesa: guardanapos imaculados, taças de cristal lapidado. Não quero tocar em nada, vou manchar ou sujar alguma coisa. Os talheres brilham, pego uma faca e deixo impressões digitais. Velas brancas cintilam. Vasos elegantes. Gerânios carmim são o único toque de cor.

Se pelo menos Beth desaparecesse, merda.

Olho para o bar no fim do restaurante. É branco resplandecente, como o interior de um globo de neve. Sofás de couro branco. Ladrilhos polidos. Prateleiras cheias de garrafas estão refletidas em espelhos: Campari, Grappa, Sambuca, Amaretto. Um garçom aparece com uma bandeja prateada, um pano de serviço branco sobre o braço. Pode ser o mesmo ou outra pessoa, todos parecem iguais. Para ser honesta, eu dormiria com qualquer um deles. Não faria nenhuma diferença. Calças pretas e elegantes, camisas brancas engomadas. Alguma coisa em um homem com um drinque numa bandeja... é muito sexy. Ele serve dois copos cheios de sucos vermelho-sangue, talos de salsão e longos canudos pretos. Ambrogio pega sua vodca martíni e toma um gole. Vejo aquela garganta se contrair e relaxar enquanto ele engole. Agora eu gostaria de ter pedido o mesmo.

Anime-se, Alvie. Recomponha-se. Você está de férias. Você deveria estar se divertindo! Veja só onde você está! É um belo lugar. Olho para Beth. Acho que eu deveria agradecer por não sermos gêmeas siamesas. (Estritamente falando, nesse caso, eu poderia dormir com Ambrogio? Acho que depende da dona da vagina e por onde estaríamos ligadas...)

— Com licença, senhoras — diz Ambrogio, se levantando de repente. — Preciso ir retocar a maquiagem.

Ele está falando de cocaína? Ou vai fazer xixi? Se for cocaína, eu quero um pouco.

Ambrogio atravessa o restaurante. Todo mundo se vira para olhar. É como se ele fosse uma grande celebridade: Cristiano Ronaldo ou David Beckham. Vejo as costas dele desaparecerem ao passar pelas mesas e comensais cheios de diamantes cintilantes, penteados bufantes, ternos italianos impecáveis. Garçons com bandejas cheias de massa. O balanço das folhas de palmeiras. Ambrogio tem costas lindas, uma bunda adorável. Como Channing Tatum.

— Alvie! — Beth me chama. Ela parece prestes a me dar uma bronca. — Pare de pensar em Oxford.

— Eu não estava pensando nisso! — respondo.

Isso é muito injusto. Eu não estava mesmo.

— Certo, ótimo, bom, pare de pensar em Ambrogio, então.

Olho de volta para ela.

— Eu estava pensando em Channing Tatum.

Mais ou menos.

— Você sabe do que estou falando.

— Vou pensar no que e em quem eu quiser. Quem é você? A Patrulha Podo Pensamento? — Acendo outro cigarro. Beth abafa uma risada. — Onde estamos? Em 1984?

— Não — responde ela, mexendo no cabelo. O cabelo dela é maravilhoso. — Estamos no melhor restaurante de Taormina, e não quero que seja constrangedor.

— Não é constrangedor — minto.

— Sabe como é difícil fazer uma reserva aqui?

— Não. Me conte. O que é preciso fazer? Vender a alma? Promover a paz no Oriente Médio? Solucionar a Teoria de Tudo?

— O quê? Não, é preciso conhecer alguém.

— Certo.

Então... ela fez um boquete no gerente.

Beth suspira.

— Só faça um esforço, ok? Você não diz nada desde que saímos da *villa*. Só quero que a gente aproveite o jantar.

— O que você quer que eu diga? Eu estava admirando a paisagem. É muito bonita.

— Que bom, fico feliz que você tenha gostado — diz ela.

— Eu gostei — confirmo.

— Que bom.

— Tudo bem.

— Tudo bem.

Sopro fumaça para o mar e olho feio para as gaivotas.

— Escute — diz Beth. — Só pare de pensar em Ambrogio. Ele não é quem você pensa. Aquela noite, em Oxford, ele achou que você fosse eu...

O timing da minha irmã sempre foi impecável. Ela escolheu esse momento para soltar essa bomba? Não pode ser verdade.

— Eu não acredito em você. Ele provavelmente só disse isso para acalmar você. — Ou isso ou ela está mentindo para mim. — Ele disse... ele disse...

— O que ele disse?
— Não importa.
Beth levanta as sobrancelhas.
— Bom, foi o que ele me disse. — Ela dá de ombros.
Sinto meu coração disparar, meu estômago ficar embrulhado. Minhas palmas ficam úmidas e escorregadias por causa do suor. Quero gritar. Quero jogá-la daquela merda de penhasco. Aquela noite foi especial. É tudo o que eu tenho. Como ela se atreve a tentar tirar isso de mim?
Armani Code Black. Nós duas olhamos para cima. Ambrogio está se aproximando da mesa.
— Está tudo bem? — pergunta ele, sentando ao lado de Beth. Ele coloca o guardanapo sobre o colo. — Vamos pedir? Estou morrendo de fome.
Olho feio para a minha irmã.
— Puxe assunto — diz ela, sem emitir nenhum som.
Que diabos eu devo dizer? Ah, Ambrogio, querido, veja só que história engraçada: minha irmã acabou de me dar uma notícia interessante. Aquela noite, oito anos atrás, em Oxford, lembra? Quando nos conhecemos? A noitada de sexo que tivemos? Bom, pelo jeito, de acordo com Elizabeth... como posso dizer isso? Você achou que eu fosse ela? Hilário, não é? Porque o tempo todo, eu tinha a impressão de que você dormiu comigo porque quis, porque queria ficar comigo. Comigo! Não com minha irmã! Imagine só! Mas você me confundiu com minha irmã gêmea. Algo fácil de acontecer. Nada de mais. Você ficou bêbado, você me comeu, você me engravidou e o tempo todo... você achou que eu era a Beth.
— Algo *educado* — emenda Beth.
Tomo meu drinque até ele acabar, limpo a boca com as costas da mão. Meu batom roxo mancha minha pele. Parece um pouco com um hematoma.
— Então — começo, virando para Ambrogio —, o que você faz exatamente? Sabe, seu trabalho? Alguma coisa a ver com arte?
Beth balança a cabeça e olha para o chão. Ela me chuta por baixo da mesa, com força.
— Ai! — exclamo.
O que eu fiz de errado?
Ambrogio franze o cenho e força um sorriso.
— Sim — responde, limpando a garganta. — Sou marchand. Eu compro e vendo obras de arte do mundo todo. Não é tão interessante, na verdade. — Ele

ri. Eu o vejo dobrar o guardanapo em forma de pombo e desdobrá-lo de novo. O silêncio é uma tortura. Ambrogio vira para Beth: — Querida, você quer algo em especial, ou devo pedir para a mesa toda?

Ele se vira para mim, sorri e vira de novo para Beth, que ainda está de cara feia.

— Então, você é um marchand? — continuo. — Parece bem interessante.

— Sim — responde ele.

Eu meneio a cabeça e sorrio, encorajando-o a continuar. Isso é uma *conversa educada*.

— Às vezes... as pessoas... bom, sabe, elas morrem. E às vezes... essas pessoas... possuem obras de arte. Obras que outras pessoas querem comprar. E eu sou o atravessador. — Ele dá de ombros.

Fim de papo. Fim da conversa. Beth parece aliviada.

"*Prosciutto e melone*" é a primeira coisa no cardápio. O melão é cortado em forma de gôndolas em miniatura com presunto de Parma posicionado languidamente sobre elas. Parece apetitoso, suculento, doce e delicioso. Os melões são da ilha. Pelo jeito, o presunto tem doze meses de idade. Então vem o carpaccio de atum: fatias de atum, mais finas que papel de arroz, espalhadas sobre um prato, de um profundo rosa sanguento. Está coberto de limão e azeite de oliva virgem, decorado com salsinha e tomate de pachino. A "*soppressata di polipo*" é mais bonita que pétalas de flores. Tentáculos de polvo ondulados como corais. Brancos com bordas rosadas; o perfume do mar. Flores comestíveis em roxo e azul. O "*spaghetti alla vongle*" tem um cheiro incrível, vinho branco, alho, mexilhões, tomates. O aroma é inebriante, único, viciante. Lagosta, lagostim, peixe-espada, caranguejo. Então, de sobremesa, "semifreddo" de favo de mel, salpicado com molho de caramelo e sal, corações de chocolate branco e lascas e mais lascas de folha de ouro de verdade.

Não consigo comer nada. Perdi o apetite.

Está frio demais para dormir. Estou me mexendo e me revirando. Contorcendo e retorcendo. Tremendo e batendo os dentes. Minha cabeça é uma massa agitada de neuroses. Meus pés parecem gelo. "Aquela noite em Oxford, ele achou que você fosse eu." Como ela pôde dizer isso? E se for verdade? Tiro o cobertor e sento na cama. Acendo a luz. Olho feio para o ar-condicionado, uma careta altera meu rosto frio e dormente. Por que tem que ser frio ártico ou calor sufocante? Não dá para ser alguma coisa no meio do caminho? Aperto os botões no controle para desligar o ar-condicionado, mas as pilhas acabaram ou estou longe demais. Dou um pulo e vou até lá, aperto todos os botões até a pequena luz verde apagar. As pás param de zumbir e o sopro desaparece do quarto. Finalmente. Assim é melhor. Talvez agora eu consiga dormir.

É quando ouço: um grito assustador. Como se alguém estivesse tirando a pele de um gato. Fico paralisada. É a Beth? Que merda é essa? Corro até a porta do quarto e a deixo entreaberta, só um pouco. Olho para o corredor. Está escuro. E inerte. Então escuto de novo. Um grito. E então um choro. Parece ser a Beth; eu reconheceria o gemido dela em qualquer lugar. Os soluços dela se tornam cada vez mais altos, mais violentos, intensos. Todos os músculos do meu corpo ficam tensos. Isso não é nada legal. É uma da manhã.

Volto para a cama e cubro a cabeça com o travesseiro. Enfio os dedos nos ouvidos. Por que diabos ela não cala a boca? Ainda consigo ouvir os gritos. Atravessando a carne, os ossos e as penas. Rastejando até o meu cérebro. E se Ambrogio estiver atacando Beth? Batendo nela? Agora? Pessoas gritando: gritos abafados, distorcidos. Não consigo ouvir o que estão dizendo, mas tenho certeza de que são minha irmã e Ambrogio. Mais gritos. Mais choro. Preciso levantar.

Estou prestes a sair do quarto quando me dou conta de que estou pelada. Gosto de dormir nua, como Marilyn Monroe. É inconveniente quando o alarme de incêndio dispara. Corro até minha mala, pego uma calcinha e reviro minhas roupas até encontrar e vestir uma camiseta velha. Do avesso. Coloco a cabeça para fora da porta e olho para os dois lados do corredor. Nada. De repente, está quieto. Talvez eu tenha imaginado? Talvez ela esteja morta! Mas então surgem os gritos. De novo. Meu Deus! Ele está batendo em Beth agora, não está? *Eu vi os hematomas*. Preciso de uma arma. Volto para o quarto e olho em volta. Se Ambrogio estiver atacando minha irmã gêmea, preciso detê-lo! Vou bater nele! Vou, sim! Me aguarde! Ela pode ser uma chata, mas é *sangue do meu sangue*. Não quero que Ambrogio *mate* Beth. Não hoje à noite!

Tem um antigo atiçador de ferro na chaminé. Vou usar isso. Pego minha arma, sinto o peso nas mãos: longo, preto e retorcido. Perfeito. Eu hesito, encostando a orelha na porta. Prendo a respiração para não perder nada. Lá está de novo! Os gritos! Parece que alguém está sendo assassinato.

Abro a porta e saio furtivamente para o corredor, o atiçador acima de minha cabeça, meus pés descalços no grosso tapete de trama única, minha silhueta monstruosa contra a parede. São tantos quartos, parece um hotel. Qual é o deles? Sigo o som. Os gritos se tornam mais altos conforme eu me aproximo na ponta dos pés. Chego perto da porta de Beth. Minha cabeça está latejando, meus olhos, arregalados. O que está acontecendo ali? O atiçador está tremendo nas minhas mãos quando as portas se abrem. Ambrogio sai. Cabelo bagunçado. Peito nu. O corpo de um nadador olímpico. Ele está usando apenas uma calça de pijama. Dou um passo para trás e me escondo nas sombras. Eu gostaria de desaparecer. Gostaria de estar na cama.

— Ah, olá, Alvie, não vi você.

Ele me olha de cima a baixo e franze a testa.

— Oi, Ambrogio — digo, casual.

— Sua irmã acabou de dormir com o bebê. Espero que a gente não tenha acordado você? O choro dele é bem alto.

— Não. Não. Tudo bem. Eu estava acordada.

Fazemos uma pausa, e eu me pergunto se ele está mentindo. Olho para as mãos dele em busca de sinais de sangue. Não vejo nada.

— Bem, boa noite — diz ele, finalmente. — Durma bem. Vejo você de manhã.

Ele vai até o fim do corredor, mas então para:

— Você precisa de ajuda com esse atiçador?

Olho para a "arma" nas minhas mãos. De repente, parece ridículo. O que eu achei que ia fazer com ele? Eu o escondo atrás de mim.

— Ah, não, tudo bem. Eu ia acender a lareira no meu quarto, mas preferi desligar o ar-condicionado. — Ambrogio me encara como se eu estivesse dizendo algo sem sentido. — Fiquei com um pouco de frio — explico.

Quando ele desaparece, espero e presto atenção. Está quieto lá dentro. Posso ouvir minha própria respiração. A fina linha de luz que cerca a porta do quarto de Beth desapareceu. Eu contenho um bocejo e esfrego os olhos. Que se dane. Acho que pode ter sido o bebê. Vou voltar para a cama.

DIA 3

Ira

"Às vezes fico com tanta raiva que eu podia dar um soco no espelho."
@Alvinaknightly69

Capítulo 11

É CULPA DA BETH EU NUNCA TER GANHADO nenhum presente de Natal.

Cresci acreditando que o Papai Noel me odiava. Todo ano eu escrevia minha lista de desejos e a mandava para a Lapônia como todas as outras crianças. Todo ano, quando o Papai Noel não vinha, minha mãe dizia exatamente a mesma coisa: "Talvez, se você não se comportasse tão mal, não tivesse tentado matar o cachorro/atear fogo na escola/chutar as gônadas do diretor, você ganharia alguns presentes. Veja todos os lindos presentes que Beth ganhou, ela é uma menina de ouro". Beth. Beth. A princesinha da mamãe. Sempre a boa menina. Sempre a menina de ouro. Por que ela tinha que ser tão perfeita? Ela só fazia isso para me deixar em maus lençóis.

Todo ano era exatamente igual. Véspera de Natal, eu não dormia a noite toda. Ficava olhando para o teto, esperando, torcendo, com medo de respirar caso eu perdesse o barulho dos cascos das renas no telhado, o som dos sinos do trenó, o peso das pesadas botas pretas. À primeira luz do dia, eu descia a escada correndo para ver todos os presentes empilhados embaixo da árvore. Luxuosos laços vermelhos pendurados e caindo em cascata. Papel de embrulho verde e dourado brilhante. Uma única meia pendurada na lareira, transbordando de doces. Eu ficava sentada vendo minha irmã abrir um presente atrás do outro, por horas, furiosa, espumando de raiva, planejando em segredo o que eu faria com o Papai Noel se o encontrasse. Enquanto Beth desembrulhava os Meus Pequenos Pôneis — Princess Celestia, Fluttershy, Rainbow Dash — ou abraçava mais um Ursinho Carinhoso, eu elaborava minha doce vingança.

Talvez eu arrancasse os olhos dele com um lápis? Eu apontava bem o meu, só por garantia. Podia usar meu compasso para cortar a garganta do bom velhinho? Mas a barba volumosa podia atrapalhar. Havia sempre o veneno de rato que minha mãe guardava embaixo da pia e que não podíamos pegar. Eu podia seduzi-lo com uma caneca de chocolate quente, ele tomaria um gole e, em seguida, bateria as botas. Eu o imaginava se contorcendo no tapete perto da lareira: o pompom branco do gorro balançando, as botas pretas e brilhantes chutando o ar. Ele ficaria se revirando com seu casaco vermelho, vomitando, engasgado, espumando pela boca. Mesmo isso era bom demais para ele. Cretino.

Então, em um mês de dezembro, fui fazer compras no shopping com minha mãe e minha irmã. Crianças cantando canções de Natal: "Jingle Bells" e tal. Árvores cobertas de velas e decorações natalinas. O cheiro de canela no ar. Minha mãe e Beth de mãos dadas, então eu vinha atrás. "Alvie, não esqueça, se comporte! Não quero que você faça outro escândalo." Minha mãe não costumava sair comigo para eu não envergonhá-la. Eu não entendia por que tanto drama.

Viramos uma esquina e lá estava ele: vi o miserável gordo e vermelho e saí em disparada! Corri, aos berros, fora de mim, empurrando as massas até a gruta infestada de elfos dele, chutando os flocos de neve de isopor pelo caminho. Saltei na direção do Papai Noel, arranquei a barba dele e cravei as unhas naquele rosto coberto por óculos. Ainda posso sentir o cheiro podre das tortas doces e o azedume de uísque no hálito dele. O Papai Noel gritou: "Tirem ela de cima de mim!". Com uma força sobre-humana, chutei os tornozelos dele, agitando loucamente os braços e as pernas até que minha mãe me segurasse.

Deu certo. O filho da puta passou a encher sempre minha meia depois disso. Em geral, com livros de autoajuda e DVDs de exercícios, mas, mesmo assim, era melhor do que nada. Em retrospecto, sei que era minha mãe.

Quarta-feira, 26 de agosto de 2015, 11h
Taormina, Sicília

ABRO A PORTA, ENTRO E A FECHO sem fazer barulho. Decorado em rosa-velho, creme e dourado, o quarto de Beth parece o *boudoir* de Coco Chanel na Paris dos anos 1920. Atravesso o cômodo forrado por um tapete grosso de trama única e passo a mão por uma colcha: seda fresca e macia. O ar tem perfume de baunilha e a temperatura é controlada. Uma vela Jo Malone está brilhando na cornija da lareira, a parafina escorre pelas laterais até um prato prateado. Está tocando Mozart ao fundo, como se fosse o provador de uma loja de marca. Olho em volta em busca das caixas de som, mas não encontro nenhuma.

Beth foi até Taormina para comprar alguma coisa trivial. Ernie está com Emilia na sala de jogos, no andar de baixo. Não sei onde Ambrogio está, acho que saiu com os amigos. Eu não deveria estar aqui, mas não pude evitar. "Posso resistir a tudo, menos à tentação." Quem disse isso? Vou até a penteadeira de Beth; é de mogno, uma antiguidade. Caixas de joias estão empilhadas como pequenos presentes embalados no turquesa da Tiffany, em rosa-bebê e vermelho-sangue. Dizem que as melhores coisas vêm nas menores embalagens. Eu não saberia dizer. Pego a maior caixa sobre a mesa; o veludo vermelho é tão macio contra a minha pele, como as orelhas de um cão cocker. É uma caixa em forma de coração, pesada, mais do que eu esperava. Quero ver o que tem dentro. Olho por sobre o ombro para a porta. Que eu fechei depois de entrar. Não tem ninguém. Hesito, olho nos meus próprios olhos pelo espelho, me desafiando a ir em frente. Vamos, Alvie, você sabe que quer. Passo a mão na tampa em forma de coração.

O que será que tem aí dentro? Brincos? Uma pulseira? Talvez seja um colar. Aposto que é caro, o que quer que seja... até a caixa parece cara. Mordo o lábio, sentindo as ondas de antecipação. E levanto a tampa do coração.

Diamantes do tamanho de planetas me cegam. Talvez seja exagero: meteoros ou cometas. De todo jeito, são enormes. Aposto cinco libras que são de verdade. Meu Deus, veja essa coisa. Eu mataria por uma joia como essa. Não consigo me mexer. Não consigo respirar. Só consigo olhar. São enfeitiçadores. Quero esses diamantes. Preciso deles. Eu queria que fossem meus. Onze pedras em tamanho crescente estão dispostas em um lindo colar de ouro branco. O diamante do meio tem formato oval. Meus dedos querem que eu o toque, que eu o acaricie, que eu o experimente. Eles vão até a caixa e o tiram do forro acetinado. O colar é pesado, tão carregado quanto uma arma, as pedras pesam como balas. Deixo a peça pender, solta, mas viva, entre os meus dedos, e vejo seu brilho contra a luz forte. Penso nas Joias da Coroa na Torre de Londres. Quando consigo tirar os olhos dos diamantes, viro para a porta.

E se alguém entrar? Não me importo. Que se foda. Vou experimentar o colar.

Afasto o cabelo do pescoço e o coloco sobre o ombro. Meu peito parece nu no reflexo do espelho. Despido. Branco demais. Levanto o colar com dedos trêmulos e o seguro contra minha pele. Parece surreal. Como um sonho. Eu me sinto uma maldita princesa. Abro o colar e junto as duas extremidades de novo na minha nuca. Tento fechá-lo, mas meus dedos estão desajeitados. Faço tudo o que posso, mas não consigo prender o fecho.

— Venha aqui, deixe que faço. — Surge uma voz masculina atrás de mim. Ambrogio! Como diabos ele entrou aqui?

— Não, tudo bem... — respondo, tentando tirar o colar, mas ele segura o fecho e o prende no meu pescoço.

— Vamos ver — diz ele, parando ao meu lado no espelho. — Ficou bem em você, Alvie. *Molto bella.*

Os diamantes estão pendurados no meu pescoço, e eu estou enjoada. Quero arrancá-los e jogá-los do outro lado do quarto. Ele sorri.

Viro para encará-lo, olhando para os sapatos dele e evitando fazer contato visual. Ambrogio tem sapatos lindos, que parecem *brogues* caros, de design, feitos de couro italiano macio. A mão dele avança na minha direção, e ele ajeita uma mecha de cabelo atrás da minha orelha, para poder ver melhor os diamantes, acho eu. Sinto a ponta do dedo quente contra o meu rosto. E cubro o peito com as mãos.

— Você está linda.

— Oh!

Olho nos olhos dele e então desvio o olhar. Tenho certeza de que ele consegue ver minha intensa vergonha. Por que ele tinha que entrar nesse momento? Por que meu coração está batendo tão rápido? Ele está um pouco perto demais de mim agora. Posso sentir seu cheiro, o café em seu hálito. Por um instante maluco, acho que ele vai me beijar. Não mexo um músculo. Fecho os olhos. Não acredito que estou aqui parada no quarto de Ambrogio. Não acredito no que ele acabou de dizer.

— Oi, gente — cumprimenta Beth, ao entrar. Alegre.

— Ah, eu estava de saída — diz Ambrogio.

Ele sorri para mim e dá meia-volta para sair. Vejo suas costas enquanto ele se afasta e atravessa a porta. Ambrogio fecha a porta. De onde *ela* veio, merda? Aparecendo do nada, como um gato sorrateiro.

— Achei que você tivesse saído — comento, levando a mão ao colar. *Acho bom que isso fique para mim no seu testamento.* Acho que não.

— Ah, eu tinha — responde Beth em voz baixa, sussurrando quase junto com a respiração —, mas eu quis voltar para ver você.

— É mesmo?
— Para ter certeza de que você está pronta para amanhã.
— Uhum.
— De que você não mudou de ideia.

Finalmente, ouço um "clique" quando o fecho se abre. Tiro o colar e o entrego para Beth. Noto que os dedos dela estão um pouco trêmulos. Tem um desespero contido naqueles olhos verde-escuros.

— Está tudo bem — respondo. — Tanto faz. Está tudo bem.

Quanto antes isso acabar, melhor. Então, vou pegar os sapatos e voltar para casa, onde quer que isso seja. Nunca mais quero vê-la.

Capítulo 12

— Você não pode pelo menos dizer aonde está indo?
— Eu não posso, Alvina, sinto muito — responde ela.
— Se você não me contar, não vou fazer.

Beth lança um olhar para mim e então olha para os sapatos. Eu olho para os sapatos. Ela sabe o quanto eu quero essas sandálias. Dou um suspiro. Quero que ela saia do meu encalço, saia dos meus pensamentos, saia da minha vida, desta vez para sempre. Por que diabos eu vim para cá? Vou pegar os sapatos e vou embora.

Estamos discutindo no quarto de Beth, nos vestindo para fazer a troca. Sinto que estamos de volta ao nosso antigo quarto na casa da nossa mãe, Beth exigindo a cama de cima do beliche, pegando a maior fatia do bolo de frutas, reivindicando o CD *Hearsay*. "Se você não me der, vou contar para a mamãe o que você fez com aquele hamster/aquele filhote de pato/minha boneca. Faça isso, Alvie. Faça aquilo, Alvie. Faça a minha lição de casa. Engraxe meus sapatos." Tweedledum e Tweedledee, de *Alice através do espelho*. A dupla Jedward.

Paramos lado a lado diante do espelho de corpo inteiro. Tem uma coisa que nos entrega.

— Você precisa de um bronzeado — diz Beth. — Venha comigo.

Beth me empurra até o banheiro da suíte de lingerie. Ela revira seu armário de produtos de beleza e pega um vidro de bronzeador instantâneo St. Tropez. Sinto um calafrio enquanto ela espalha o líquido frio e pegajoso por meus braços e minhas pernas, meu peito e minhas costas. Tem cheiro de biscoito. Parece escuro demais.

— Você depila as pernas? — pergunta Beth.

— Isso *não* vai dar certo.

Vejo Beth se despir e pendurar as roupas. Sua barriga pós-parto balança um pouco como a minha, não é a barriga lisa de pilates que ela costumava ter. Nós duas temos alguns centímetros de pneuzinhos. Minha irmã provavelmente vai fazer uma lipoaspiração nos dela. Eu faria o mesmo se tivesse dinheiro. Mas vou continuar comendo cookies, donuts, caramelos salgados com chocolate triplo e brownies com bacon até sufocar na dobras da minha própria barriga e a gordura do meu corpo me engolir como um alien cor-de-rosa guloso. Mas posso esperar. Ainda assim, é melhor que pilates.

Beth pega o vestido preto que usei ontem. Fica melhor nela. Ela vira o corpo para eu ajudá-la com o zíper. Ele desliza pelas omoplatas bronzeadas até a base do pescoço, que está branco sob o cabelo, onde o sol não alcança. Observo os pelos finos e claros sobre a sua pele. Minha irmã fica tão vulnerável sob esse ângulo.

— É tão injusto. Você me pede para *ser* você, mas não quer me dizer por quê — comento.

— Não vou demorar. — Ela gira de novo para olhar para mim. — Só pare de fazer perguntas, ok?

Tem outro hematoma, no outro braço de Beth, exatamente no mesmo lugar. Azul-esverdeado e roxo ao mesmo tempo. Não sei como não notei ontem. Talvez seja novo?

— Tem alguma coisa a ver com os hematomas? — pergunto.

Claro que não pode ter sido o Ambrogio. Ele é um Príncipe Encantado.

Ela finge que não me ouviu e desaparece por uma porta. Vou atrás dela como Alice no País das Maravilhas perseguindo o Coelho Branco. Entramos num cômodo tomado por centenas de vestidos, todos perfeitamente organizados num arco-íris têxtil. É minha primeira vez num closet; é tão lindo que levo um susto. Há polaroides de todas as roupas presas nas paredes e dúzias de gavetas. Minha irmã é a Cher de *As patricinhas de Beverly Hills*. Penso no meu quarto, no apartamento dos Imundos em Archway, minha roupas moravam em sacos de juta da lavanderia, transbordando em pilhas por todo o chão.

— Só coloque este vestido.

Ela balança uma peça floral diante do meu rosto: chiffon violeta com uma cintura pequena e uma saia rodada, o tipo de roupa que eu não usaria nem que me pagassem. Como foi que a deixei me convencer a fazer isso?

— Sério? — pergunto, fazendo uma careta.

Não posso vestir isso. Pode ficar bem em Beth, mas eu pareceria uma menina de quatro anos indo para a igreja.

— Sério — responde Beth.

Procuro a etiqueta do vestido.

— Qual é o tamanho? — pergunto, tentando dar um jeito de não usar...

— É 38 — responde ela. — Não se preocupe, é isso mesmo. Nós duas vestimos o mesmo tamanho.

Dou um suspiro. Coloco o vestido, meus braços se movem pelas camadas de saias, se balançando como se eu estivesse me afogando em tule.

— Pelo amor de Deus, você podia pelo menos me contar o que está acontecendo. E os hematomas. Você ainda não me falou dos hematomas.

Beth revira os olhos.

— Eu expliquei. Expliquei ontem, lembra? Eu caí da escada no jardim.

— Duas vezes?

— O quê? Como assim duas vezes?

— Bom, este é novo — cutuco o braço dela. — Este hematoma não estava aí ontem.

— Ai! — reclama Beth, se afastando. — Não seja idiota. Eu só caí uma vez.

Beth esfrega o braço onde eu a cutuquei, olhando feio para mim.

— Bom, nós duas sabemos que isso é mentira. — Eu sei quando ela está mentindo. Beth não é muito boa nisso. — Eu ouvi você ontem à noite. Você estava chorando.

— Deixe para lá, pode ser?

Ela se afasta e pega um removedor de esmalte numa gaveta na penteadeira. Ela me entrega o vidro com um pouco de algodão. Não acho que ela vai me contar. Talvez ela tenha mesmo caído de uma escada? Enquanto colhia laranjas kinkan orgânicas ou algo assim. Ela queria fazer uma geleia de kinkan e quinoa sem açúcar. Talvez o hematoma já estivesse ali na noite do anfiteatro e eu esteja ficando louca? Talvez aquele choro todo fosse o Ernie.

— Você tem o esmalte hum... verde? — pergunta ela, olhando para a ponta dos meus dedos, uma expressão de medo em seu lindo rosto. Beth nunca usou nada além de rosa-bebê. Ela vai ter uma convulsão.

— Tenho, está aqui — respondo, enquanto pego minha bolsa.

Pego o esmalte e jogo no colo dela.

— Você passa para mim, Alvie? Não consigo fazer sozinha... — Beth me pede.

— Não, faça você mesma. É melhor se ficar um pouco ruim. Autêntico — digo.

Beth pega o esmalte como se o vidro fosse morder.

— Então, por que você estava chorando? — insisto...

— Chorando? Quem estava chorando?

— Ontem à noite — digo.

— Ernie estava chorando. Acho que ele estava com cólica.

— Cólica?

Sei, sei. Parecia que alguém estava sendo torturado.

Limpo minhas unhas com o algodão até todo o verde neon sair. O cheiro pungente de removedor de esmalte hidratante, sem acetona, enriquecido com vitamina E invadindo minhas narinas. Então ficamos sentadas e esperamos as unhas de Beth secar. É como observar tinta secar, porém é mais chato porque Beth está aqui.

— Que cor interessante — comenta ela, balançando os dedos. — Agora vamos pentear o cabelo exatamente do mesmo jeito — diz, forçando um sorriso.

Beth está diante do espelho com um secador e uma escova cilíndrica. Fico observando enquanto ela faz a mágica de transformar seu cabelo num penteado da Barbie Malibu. Cachos loiros caem por suas costas em ondas soltas. São horas de manutenção e dias de tratamento nos melhores salões para alcançar esse equilíbrio de sexy e desarrumado; é perfeito. Penso nas minha madeixas oleosas e nas minhas raízes de sete centímetros.

— Não vai funcionar — digo. — Não consigo deixar meu cabelo assim. Meu cabelo é uma merda.

Beth para o que está fazendo e franze a testa. Solto o cabelo, que cai sobre os meus ombros. Ela inspeciona uma mecha loira, que pende sem graça entre suas unhas pintadas.

— Você tem pontas duplas — comenta horrorizada. — Vou ligar para minha cabeleireira. Ela deve conseguir passar aqui e dar um jeito.

Beth tem resposta para tudo.

Ela pega o celular na bolsa e toca na tela. Desabo na cama e observo a fileira de perfumes e poções na penteadeira de Beth. Este é o País das Maravilhas: Beba-me. Coma-me. Esfregue-me por Todo o Seu Corpo Nu. Os vidros parecem obras de arte em miniatura, pequenas esculturas de vidro e porcelana. Eu me pergunto que alquimia desafiadora do envelhecimento eles contêm e penso no vidro pela metade de Clean & Clear que deixei na pia do apartamento dos Imundos. Ótimo, provavelmente vou ter uma crise de acne agora. É tudo de que eu preciso. Aposto que Beth nunca tem espinhas.

— Não vai dar. — Surge uma voz atrás de mim. — Ela está com a agenda cheia até sexta. Vamos ter que pensar em outra coisa.

Que sorte. Talvez Beth mude de ideia? Isso nunca, nunca ia dar certo.

Ela abre uma gaveta de uma cômoda de mogno e revira sua lingerie: seda rosa, cintilante, renda elaborada de um branco ofuscante. Tem até um par de algemas de pelúcia rosa ainda com a etiqueta que provavelmente nunca foi usado: um presente irônico de sua despedida de solteira em Puerto Banús? Será que a fizeram usar placas brilhantes escrito "Noiva" e tomar pina coladas com canudos em forma de pênis? É o que eu teria feito se tivesse sido convidada. Provavelmente foi por isso que não fui.

— Achei! — anuncia ela, pegando um sutiã com bojo e armação. — Meu Wonderbra: use isto, e ninguém vai reparar no seu cabelo.

Eu entendo a lógica dela. Luto para sair do vestido e colocar o sutiã. É a primeira vez na vida que eu tenho um decote. É totalmente inacreditável. Eu me sinto como se pudesse dançar num palco em troca de dinheiro, arrasar no Moulin Rouge ou no Crazy Horse. Meus olhos se arregalam, caem da minha cabeça e saem rolando pelo chão. Sinto pena de Ambrogio.

— E o Ambrogio? — pergunto, olhando para o meu próprio peito no espelho. — Você não acha que ele vai perceber?

Ele vai notar *estes peitos*, com certeza.

— Pegue esta faixa e uma escova. — Ela me entrega o secador. — Amarre o cabelo assim...

Ela prende meu cabelo num rabo de cavalo, depois o torce até fazer um coque alto. Ela está repuxando meu cabelo, arrancando os fios.

— Ai! Saia daqui, eu mesma faço — digo, me afastando.

Puxo o secador para o meu lado do espelho. Seria tão fácil estrangular minha irmã com o fio, eu poderia enrolá-lo no seu pescoço e acabar com ela em exatos dois minutos. Devo fazer isso? Beth prende o cabelo do mesmíssimo jeito. Com meu cabelo preso assim, não dá para ver minhas raízes. De fato parece o cabelo de Beth.

— Espere — diz ela. — Não acabei.

Beth pega um pouco de Crème de la Mer e massageia meu rosto e meu pescoço. Ela passa base DiorSkin com uma esponja minúscula. Em seguida, pega o pó finalizador da Chanel e um pincel enorme. O rosto dela é a imagem da concentração. Deve ser uma tarefa difícil.

— Espalhe isso no rosto e no *décolletage* — diz Beth, me entregando o pó. Deve significar "tetas" em francês. Ela passa sombra bronze e uma camada de rímel para aumentar o volume: Benefit "They're Real" com "Blackest Black", como se preto já não fosse preto o bastante. Meus olhos lacrimejam quando ela ataca meus cílios. Depois ela pega um gloss Juicy Tube de sua nécessaire e esfrega nos meu lábios entreabertos. Tem um cheiro doce e enjoativo e gosto de caramelo. Então Beth encontra um vidro de perfume decorado com um pequeno laço prateado: Miss Dior Chérie.

— Passe isso — ordena, me entregando o perfume. Espirro um pouco no pescoço: patchouli e laranja. Droga, agora estou até cheirando como Beth. — Coloque — continua minha irmã, tirando o relógio (um Omega Ladymatic de madrepérola com pequenos diamantes no lugar dos números) e seu inacreditável anel de noivado. Essa pedra vale mais que o PIB de um país em desenvolvimento. Quero este anel. Ele fica bem em mim. Puta que pariu, eu quero este anel. — E este par, Ambrogio mandou fazer quando tive Ernesto.

Ela me entrega um par de brincos de diamante: o toque final. Os brincos, em forma de lágrima, parecem bem caros. Eu poderia comprar um apartamento em Archway se os vendesse. Não quero saber o que Beth faria comigo se eu perdesse um deles. Minha irmã fica me olhando pôr os brincos.

Recoloco o vestido, e nós duas paramos, de novo, lado a lado no espelho. Desta vez, eu pareço ser a Beth, e Beth parece ser eu. Nossa transformação está completa. Até eu estou confusa. Mexo minha mão, ajeito o cabelo atrás da orelha, para poder conferir qual sou eu. Acho que vai acontecer então, isso vai acontecer mesmo. Meu Deus, ela é tão irritante. Pelo menos, é só por umas duas horas...

— Sua bolsa — diz ela, com uma voz animada que parece mais forçada do que contente. Beth aponta as duas bolsas sobre a cama. Por que me sinto uma marionete? Beth me controla. Minha vida se passa diante de mim, como se eu estivesse dançando no palco, meus braços e minhas pernas sendo controlados por fios invisíveis.

— Beth — digo, mas sei que é inútil antes mesmo de começar —, não acho que isso seja uma boa ideia.

— Alvie — explode ela, e seus olhos invadem os meus como agulhas —, deixe que eu tomo as decisões, tá? Nós sabemos quem tem o melhor histórico...

— O que você quer dizer com isso? — pergunto, apesar de saber perfeitamente. Olhe para mim e olhe para você. Veja como sou rica, feliz e bem-sucedida, então veja como a sua vida é uma merda de todas as maneiras possíveis. VADIA! VADIA! VADIA! Minhas mãos estão tremendo. Eu podia dar um soco ou um tapa nela, ou jogá-la pela janela. Se eu estilhaçar o espelho, posso usar um dos pedaços para cortar a sua garganta? Tento me controlar. Em geral, eu consigo me controlar.

— Ah, nada — dispara Beth.

Travo meu maxilar.

Beth esvazia a bolsa sobre a cama: uma carteira da Mulberry de couro pêssego muito macio, um par de óculos escuros Gucci e outro gloss Juicy Tube caramelo. Pego a linda Hermès de Beth e a acaricio. Entrego minha carteira surrada Primark, um maço de Marlboro e um protetor labial Chapstick de cereja. Ela vê meu batom roxo, minha marca registrada, no fundo da bolsa. É o que eu estava usando quando Ambrogio foi me buscar.

— Ah, posso usar? — pede ela. — Por favor?

Entrego o batom para ela. Beth abre a tampa, gira o batom e limpa alguns fiapos e uma migalha da base.

— Você não teve, hum, nenhuma ferida na boca nem nada, teve? — pergunta, virando o batom para examiná-lo.

— Você está perguntando se eu tenho herpes bucal?

— Acho que sim...

— Vá se foder.

Ela suspira e passa o batom, olhando bem nos próprios olhos enquanto faz bico para o espelho. Merda, o roxo fica melhor nela.

— Vamos precisar trocar os documentos. Só por garantia.

Beth me entrega seu passaporte, então faço o mesmo. Isso tudo parece um pouco exagerado. Por que ela está sendo tão meticulosa?

— E você vai precisar disto — diz, sem olhar para a frente. E me joga o molho de chaves da *villa*.

— Chaves? Acho que não. Não vou a lugar nenhum. E, de todo jeito, você só...

— Só por garantia.

Assim que terminamos, ela está pronta para sair.

— Agora lembre-se, você é a *Beth* — sussurra ela no meu ouvido.

— Eu já entendi.

Minha irmã acha que sou retardada.

— E não esqueça o que eu disse. — Agora ela está olhando para mim, segurando meu antebraço e me encarando com um olhar fixo. — Diga para o Ambrogio que você vai sentar no jardim e ler. Meu livro está no criado-mudo. Estou mais ou menos na metade... Tente não fazer sexo com ele.

— O quê? Ele é seu marido. Eu não...

— E, querida, muito, *muito* obrigada. — Ela aperta minha mão e me puxa para um abraço.

Eu me afasto.

— Certo. Tudo bem. Você faria o mesmo por mim, então pode ir.

— Vou aprontar o Ernie — diz, para em seguida fazer uma pausa. — Eu amo você, Alvie.

Fico paralisada. A última vez que ouvi isso foi quando Ambrogio disse, faz oito anos agora: "Eu amo você pra caralho". Aperto os olhos para as lágrimas não aparecerem. Respiro fundo pelo nariz e, bem devagar, solto o ar pela boca. Que se dane. Meu Deus, ela é *tão* manipuladora. Só está me adoçando para eu não avançar no marido dela nem estragar o disfarce. Consigo ler você como um livro, Elizabeth Caruso. Não o livro de banheiro, de dar ânsia de vômito, que você escreveu, mas um bom romance, com uma narrativa de fato que seja fácil de ler; por isso a comparação.

— Eu amo você de verdade — insiste ela.

Acho que ouvi a voz dela falhar. Beth sorri, mas está lutando para conter as lágrimas, lágrimas de verdade. Posso vê-las. Por um segundo, entro em pânico — uma sensação nauseante no meu estômago; ela vai me deixar sozinha com um brutamontes agressor de mulheres? Vou acabar no pronto-socorro? Ou, pior ainda, morta? Aonde ela vai? Mas Beth prometeu voltar para casa. Ela ainda nem saiu, e já quero que ela volte.

— Os sapatos? — pergunto.

Beth suspira. Ela me entrega os saltos dourados e brilhantes. Passo os scarpins da louca da Louis Vuitton. Sento na cama e experimento as sandálias, passo as tiras delicadas pelas pequenas fivelas douradas, mexo os dedos dos pés entre as joias. Ficaram perfeitos. São maravilhosos. Admiro meus pés, cintilantes, deslumbrante. Tenho os pés de uma modelo da Victoria's Secret. Uau! Beth vira e sai do quarto.

— Não vai dar certo — grito pelo corredor uma última vez só para ter certeza de que ela sabe disso.

Não sou muito boa atriz. A última vez que atuei foi como a parte traseira de um burro numa peça de Natal, e foi, no mínimo, pouco convincente. Não que alguém estivesse me vendo, Beth roubou a cena como Virgem Maria. Muitos anos depois, quando estávamos com onze, doze ou treze anos, encontramos a filmagem da peça.

"Vamos assistir!", disse Beth, limpando a poeira da fita e colocando-a no videocassete. Uma hora e quinze minutos depois de closes de Beth: nem sinal do burro.

Capítulo 13

Espero no meu quarto olhando pela janela e roendo as unhas. Ambrogio foi nadar na piscina e posso vê-lo tomando sol no terraço: sunga preta, um bronzeado intenso e a barriga de tanquinho de um herói de filme de ação. Ele pode ser um agressor de mulheres, mas ainda é gostoso pra caralho.

Vejo Beth, quero dizer, Alvie, quero dizer, Beth, saindo para o terraço com Ernie no carrinho. Ela olha para a janela direto para mim. Sou capaz de ouvir o que ela está pensando, perfeitamente: "Alvie, desça aqui agora. Mexa-se!". Acho que está na hora. Ambrogio se senta e passa o dedo pelo cabelo molhado. Isso é loucura. Não acho que consigo fazer isso. Ele vai perceber... talvez não agora, mas em algum momento hoje. De jeito nenhum Ambrogio vai achar que sou a esposa dele. Vou ter que contar que foi tudo ideia de Beth. Ela sabe ser muito persuasiva às vezes. Quero entrar no chuveiro e limpar a maquiagem, eu me sinto uma drag queen. Mas então penso em Beth, no "eu amo você, Alvie". Nos sapatos. Que merda. Desço as escadas. Ela vai ter que retribuir... talvez uma bolsa para combinar com os sapatos? E eu quero aquele colar de diamantes.

O ar está parado e seco. O sol brilha como se aquela bola de fogo estivesse a poucos metros de distância. Maldito perfume de jasmim-manga.

— Olá — cumprimento, alto demais.

Os dois olham para cima e me encaram. Fico paralisada, um sorriso artificial fixo no meu rosto maquiado. Ambrogio sorri de volta e então vira para minha irmã.

— Alvie, que belo bronzeado você conseguiu só de ontem. — Ele ri.

Ele está olhando para Beth. Isso vai ser confuso.

— Estou meio que roubando. — Beth ri. — St. Tropez. Eu não estava suportando parecer pálida ao lado dela. — Ela meneia a cabeça na minha direção. Sou Beth.

— Bom, vocês duas estão lindas — diz Ambrogio, sorrindo para ambas.

Os olhos dele pousam no meu peito turbinado; então é assim que Eva Herzigova se sente. Tenho vontade de acenar e dizer "Olá, rapazes" com uma piscadela e um beijo para o ar, mas pode não ser apropriado, dado o contexto. Droga, mas quero tirar uma selfie. Posso nunca mais estar tão bem assim.

Não faço ideia do que fazer nem do que dizer. O que Beth diria? Fico só ali parada, sorrindo como uma figurante num filme ruim, *Debi & Loide*, ou algo do gênero.

Beth vira para mim. Uau, ela realmente parece ser eu: o batom, o vestido, o esmalte verde. Eu num dia bom, ainda um pouco desarrumada.

— Beth — diz ela (sou eu... certo?) —, eu estava dizendo para o Ambrogio que acho que vou para Taormina, fazer um pouco de turismo. Provavelmente só devo voltar à noite.

— Uhum — assinto.

Por favor, não me deixe. Por favor, não vá embora. Ambrogio vai me pegar no flagra assim que você virar as costas.

— Quero dar uma olhada na *villa* de D. H. Lawrence e naquela igreja antiga famosa na praça. Vai ser bom explorar... me perder... sabe?

Beth está olhando para mim.

Ambrogio está olhando para mim.

— Claro, parece... parece divertido — respondo.

Foi leve e fácil. Essa é a voz da Beth?

— Tudo bem mesmo eu levar o Ernie comigo? Para a gente se conhecer melhor? Eu adoraria brincar de mamãe e bebê hoje à tarde — continua ela.

Ernesto levanta o braço do carrinho e pega um dos dedos dela com seu punho rechonchudo.

— Claro — respondo.

Estou começando a suar. Deve estar mais quente, de acordo com o relógio Ladymatic dela, é quase meio-dia.

— Então vamos ser só eu e você? — diz Ambrogio, se levantando da espreguiçadeira. Ele para atrás de mim e envolve minha cintura com os braços.

Olho para os antebraços fortes dele, bronzeados, definidos, me segurando com firmeza, suas mãos grandes me prendendo com um pulso de ferro. — Finalmente! Você vai poder passar um tempo de qualidade com seu belo marido.

Ele beija minha pele onde passei perfume. Os pelos da minha nuca ficam em pé. Meu corpo fica tenso. Não consigo ver o rosto dele, mas imagino Ambrogio piscando para Beth. Encaro minha irmã gêmea, meus olhos arregalados de incredulidade. Ela sorri, mas parece um pouco forçado. Beth está com ciúme? Com ciúme de mim? Seria a primeira vez.

— Sim, vou deixar os dois pombinhos a sós. Tenham um ótimo dia.

O que ela está dizendo?

— Não — murmuro.

Ele vai ficar todo romântico. Sei que vai. Bebês são cianureto para a sua vida sexual; Beth vai sair com Ernie, e esta é a oportunidade dele. Esse homem vai me atacar. Antes que eu me dê conta, Beth deu meia-volta e está atravessando o portão. O que exatamente ela acha que vai acontecer aqui? O *que* pode ser tão importante para ela colocar tudo isso em risco? A mão de Ambrogio desliza pelo meu quadril até minha bunda, e começo a surtar.

— Vou com você, para ajudar com Ernie — digo, me desvencilhando e correndo até ela.

Bom, eu disse correndo, mas é mais um passo acelerado. Saltos de quinze centímetros não foram feitos para correr. Sentar, talvez. Sentar e beber Sex on the Beach. Não chego muito longe antes de desistir.

— Não, não se preocupe — diz ela por sobre o ombro. — Vamos ficar bem, não vamos, Ernie?

— Você não quer uma carona até a cidade, Alvina? — pergunta Ambrogio para ela.

— Não, obrigada. — Surge a voz de Beth. — Não é tão longe.

Vemos ela fazer a curva e desaparecer.

— Você sabe aonde está indo? Você vai se perder. — Ele ri.

— É para isso que serve o Google Maps!

Ambrogio vira para mim e sussurra:

— Tem certeza de que Ernie vai ficar bem? Sua irmã não é exatamente a Mary Poppins.

Faço de tudo para me conter e não gritar "NÃO!".

— Ele vai ficar bem — respondo.

E, com isso, ela se vai. Fico olhando para o espaço no terraço onde Beth estava. Agora estou suando de verdade. Imagino o bronzeador artificial escorrendo pelas minhas pernas e gotas visíveis. Dou uma olhada, mas não está. Eu me encolho e volto para a *villa*.

— Ei, aonde você vai?

— Banheiro — respondo, sem parar.

— Certo. Bom, volte para cá quando acabar. Tive uma ideia — diz ele.

É sério, não consigo ler essa merda. Pensei em dar mais uma chance para o tal romance. Talvez eu estivesse de mau humor quando o li? Eu estava com fome ou na TPM? Mas, não. Eu tinha razão. É horrível de verdade. Bato o livro na mesa, meu corpo se curva na cadeira. Agora, o que vou fazer? Estou evitando Ambrogio, obviamente. O homem é um anúncio ambulante de Viagra. Um sério perigo. Normalmente eu adoraria uma chance de pular na cama com ele, mas não desse jeito. Não enquanto sou Beth. Não seria a mesma coisa.

Olho em volta na biblioteca de Beth: paredes de prateleiras até o teto cheias de livros. Metade em italiano; devem ser dele: Machiavel, Dante, Tomasi di Lampedusa. A outra metade está em inglês, mas isso não necessariamente é bom. Desconsidero tudo escrito em rosa com uma caligrafia rebuscada na lombada como literatura feminina açucarada. Histórias românticas me deixam enjoada, duvido que eu seja o público-alvo. Se vou ler um romance, quero algo mais intricado que uma jiboia e com o dobro de perigo. Precisa fazer meu coração parar e me engolir por completo. Não é *chick lit*, sinto em dizer. Ou o que quer que seja aquela besteira para meninas que Beth escreveu: *Filho da puta e absorventes internos* ou *Furação de amor*.

Tem uma pequena seção de livros em uma prateleira que parece promissora, mas pego um deles, é literatura erótica. Histórias de rasgar o corpete da Harlequin. Editora Mills and Boon. *Sem coração*, *Negócio arriscado*, *A escandalosa lady Felsham*. Como isso pode ser *erótico*? Não tem nem imagens. Não entendo mesmo. Qual é o problema dela? Beth tem o pior gosto para literatura de todo mundo que eu conheço. E ela diz que é uma *escritora*? *Francamente*. Quando éramos novas, costumávamos ler uma para a outra: Enid Blyton, Roald Dahl, Beatrix Potter. Agora parece que isso foi um milhão de anos atrás. Parece um sonho distante. Eu costumava querer ler terror gótico. Ela gostava de animais falantes e banquetes à meia-noite.

Eu seria capaz de matar por uma cópia de qualquer um dos clássicos: *Lolita*, *Psicose* ou *O silêncio dos inocentes*. Tiro a poeira da lombada de alguns livros velhos e marrons, esquecidos num canto. Adoro o cheiro de papel antigo. Seria tão fácil atear fogo neste lugar. Esses não são lidos há muito, muito tempo. Shakespeare. *Bem está o que bem acaba*, *As alegres matronas de Windsor*, *O conto do inverno*, *Macbeth*. Pego a peça escocesa e abro numa página qualquer. Lady Macbeth:

> Vinde, espíritos
> Que cuidam dos pensamentos mortais, tirai-me o sexo,
> Preencham-me, da coroa aos pés,
> Da mais terrível crueldade. Espessai-me o sangue;
> Obstruam os acessos da consciência,
> Para que nenhuma visita compungida da natureza
> Venha sacudir minha hórrida vontade nem promover acordo
> Entre ela e o ato; Ao feminino peito baixai-me,
> E fel bebei por leite, auxiliares do crime.

Incrível. Gostei do estilo dela. Só não sei por que ela está falando em "remorso"? Lady Macbeth é uma personagem brilhante. Ela tem coragem, não tem medo de ir atrás do que quer, como Hillary Clinton. Isso é raro hoje em dia. É impossível não admirá-la.

Fecho o livro e o coloco de volta na prateleira. *Otelo* está bem ao lado: minha peça favorita. Abro o volume perto do final:

> Prestei alguns serviços à República, o que é sabido.
> Mas sobre isso, basta. Peço-vos que em vossas cartas,
> Ao relatardes estes tristes fatos,
> Faleis de mim tal como sou. Sem atenuantes,
> Sem qualquer malícia. Então a alguém tereis de referir-vos
> Que amou bastante, embora sem prudência.
> A alguém que não sabia ser ciumento, mas, excitado,
> Cometeu excessos.

Meu Deus, cale a boca, Otelo. Que idiota. "Que amou bastante, embora sem prudência." Blá-blá-blá: besteira. Ele era só um agressor de mulheres, fim de papo. Um brutamontes ciumento e temperamental. Ele mereceu morrer... Iago é de longe o melhor personagem dessa peça. O inteligente era ele. Era ele que pregava peças. Quanto carisma! Ele deveria ter o papel-título. Por que a peça não se chamou *Iago*? Shakespeare de fato errou a mão aqui.

Jogo o livro de novo na mesa. Já estou bastante estressada, não preciso de uma tragédia. Vou comprar alguma coisa de poesia na Amazon amanhã de manhã, alguma coisa inspiradora como Siegfried Sassoon.

— Beth! Beth?

Ouço a voz de Ambrogio no corredor.

— Beth?

Merda. Ele está chegando mais perto.

— Beth?

E mais perto.

Puxo a cadeira — as pernas raspam o ladrilho, ruidosamente — e me escondo embaixo da mesa. Posso ouvir os passos dele do lado de fora. Puxo de novo a cadeira na minha direção, devagar, sem fazer barulho, o que bloqueia minha vista. Prendo a respiração. Ele abre a porta.

— Shakespeare? — diz Ambrogio para si mesmo.

Ele deve ter visto *Otelo*.

Ops. Preciso lembrar de me fingir de burra se eu for me passar por Beth...

Posso ver os pés dele e a parte de baixo dos tornozelos. Os sapatos italianos. Consigo ouvir a respiração dele. Ele pode me ver? Finalmente, Ambrogio vira e sai. Ouço os seus passos pelo corredor. Isso é ridículo. Por mais quanto tempo vou ter que ficar aqui? Já estou com torcicolo. Minha irmã está em dívida comigo, merda. Aonde diabos ela foi?

Rastejo para fora da mesa, esfregando meu pescoço. Desabo na cadeira. Foi por pouco. Ele quase me pegou. E se tivesse pegado? Estaríamos fazendo sexo neste momento, nesta mesa de nogueira do século XVII. Meu Deus, tudo o que eu quero é transar com Ambrogio. Até os tornozelos dele são sexy. Mas não consigo tirar o comentário de Beth da cabeça: "Aquela noite, em Oxford, ele achou que você fosse eu". E se for verdade? E se tiver sido um acidente mesmo? Não quero dormir com Ambrogio como *Beth*. Quero seduzi-lo e dar para ele como eu. Quero reconquistá-lo. Essa vai ser a grande vitória. Talvez amanhã, quando eu voltar a ser eu mesma.

Capítulo 14

Merda, onde ela está? Já passa das dez. Andorinhas se precipitam no céu até o jardim. Elas mergulham na piscina, tocam a superfície e então saem voando de novo como aparições silenciosas. Eu gostaria de ter uma arma de chumbinho ou uma bazuca. Talvez uma Kalashnikov? Estou sentada em uma espreguiçadeira no piso de pedras, vendo a noite cair e tremendo de raiva. Bebo da garrafa de Absolut que escondi embaixo da espreguiçadeira e cutuco a cutícula no canto dos meus polegares até sangrar. Estou furiosa, espumando. Tensa como uma cobra. Melada de suor. Faz *dez horas*. Sou capaz de matar minha irmã. E essa criança não precisa ir para a cama? É falta de responsabilidade, isso, sim. É totalmente insano.

Surge a lua cheia. Estou me sentindo um pouco como uma lunática. Será que é verdade o que dizem sobre a Lua? "Ela chega mais perto da Terra do que de costume. E deixa os homens loucos." As estrelas aparecem devagar, uma por uma. Existem muitos trilhões delas. É como se nunca acabassem. Estou cansada de esperar. Consegui evitar Ambrogio até agora, mas não posso ficar longe dele para sempre. Agora as portas francesas rangem, e ouço passos no telhado. Estou olhando para o portão, então sei que não é a Beth. Ou é a Emilia ou é ele.

— Beth? — Surge uma voz masculina. — Aí está você, eu estava me perguntando aonde você tinha ido. O que você está fazendo sentada aí no escuro sozinha?

— Ah. Oi — respondo, tentando soar leve.

Eu sou Elizabeth. Eu sou Beth. Ele se senta numa cadeira do deck e a puxa para perto de mim: o cheiro dos feromônios e de Armani Code Black. Com certeza é Ambrogio.

— Sua dor de cabeça passou? A aspirina fez efeito?

Ele passa uma mão quente pela minha coxa e a deixa no meu joelho. Meu Deus, Ambrogio é ainda mais sexy no escuro, quando não posso vê-lo. Fecho os olhos e engulo com dificuldade.

— Passou, obrigada. Estou muito melhor — respondo.

Minha voz soa pequena e distante, como se eu estivesse sendo estrangulada em algum lugar ao longe. Onde ela está? Maldição. Ele vai descobrir.

— Sua irmã vai voltar logo mais com o pequeno Ernie, e senti falta da minha linda esposa — diz ele, se aproximando mais e encostando o rosto, áspero por causa da barba por fazer, no meu.

Ambrogio, Ambrogio, Ambrogio, Ambrogio: até o nome dele soa como um néctar dos deuses. Inspiro sua loção pós-barba. Já quero esse homem. O que quer que aconteça, não vou beijá-lo. Beth vai chegar a qualquer instante.

— Sim — respondo, em voz baixa, sem fôlego.

Sinto os lábios deles contra os meus, e Ambrogio está me beijando. Ele puxa minha cabeça e me beija com mais intensidade, sua língua na minha boca, e eu — não consigo evitar —, eu retribuo o beijo. Ele tem gosto de *espresso* e tabaco doce. Passo a mão pelo cabelo quente e denso atrás de sua cabeça e solto um gemido: eu desejo Ambrogio. Caramba, como eu desejo esse homem. Ele é tudo o que já quis. Desde a última vez, minha primeira vez, nossa única vez. (Aquelas noitadas de sexo casual não significaram nada.) Sinto a ereção dele pela braguilha do jeans. Minha pele fica arrepiada, minhas coxas se abrem e derretem. A mão dele sobe pela parte interna da minha coxa, os dedos roçando minha calcinha. Caralho! É como uma descarga elétrica. Minha xoxota está molhada e latejando. Ele não faz ideia de quem eu sou; posso transar com ele bem aqui, neste momento. Seria totalmente orgásmico. Tudo o que eu quero é arrancar as roupas dele, mas então me lembro. Não desse jeito, não enquanto sou Beth. E me afasto.

— Eu não posso, desculpe — digo e me levanto. Alvie vai voltar a qualquer minuto. Não quero que ela veja a gente.

Perfeito, é exatamente o tipo de coisa que Beth diria. Ela é tão chata e pudica.

Ele senta na espreguiçadeira, a cabeça inclinada para o lado. Mesmo no escuro, consigo ver que está bravo.

— Onde está sua irmã? — pergunta Ambrogio. — Está tarde. Ernie não deveria estar na cama?

— Tenho certeza de que Alvie vai voltar logo. Vou ligar para ela.

Mantenha o tom leve. Mantenha o tom casual. Eu sou o monte Etna, pronto para entrar em erupção.

— Eu preciso... — começo a falar.

Mas não sei como terminar. Preciso o quê? Gritar? Sim, eu preciso gritar. Ela não deveria estar demorando tanto. Eu sei disso, e Ambrogio sabe disso. E se alguma coisa tiver acontecido com ela? Merda, espero que não. Não vou aguentar isso por muito mais tempo.

— Desculpe, querido — digo de repente, lembrando quem eu deveria ser. Passo os dedos pelo seu cabelo e massageio a parte de cima de seu crânio, como se ele fosse um gato. Vi Beth fazer isso às vezes quando ela quer alguma coisa. O cabelo dele é sedoso e macio. — Tenho certeza de que eles estão a caminho.

Ele assente e dou um beijo na testa dele, sentindo o gosto salgado de sua pele. Que gato lindo.

— Vejo você lá dentro — anuncia ele, se levantando.

Ambrogio não sorri, ele só dá meia-volta e sai. Fico olhando ele desaparecer. De novo.

Ótimo, agora ele está irritado comigo... mas não é comigo que ele está incomodado, é com Beth. Espero ele entrar na *villa*, fecho a porta, desabo na espreguiçadeira e grito em silêncio dentro da minha cabeça.

Não fiz nada além de ligar para Beth nas últimas três horas e ouvir a secretária eletrônica dela, repetidas vezes: "Olá, você ligou para Elizabeth Caruso. Desculpe, mas não posso atender agora. Por favor, deixe sua mensagem...", desligar e ligar de novo, sem parar, como alguém louco e obcecado. Mas o telefone dela está desligado. Não imagino por que o celular dela estaria desligado. Ela tem um iPhone novo, então a bateria não teria acabado. Ela deve ter desligado o aparelho de propósito. Vaca.

Pego a vodca Absolut e tomo um gole. Está quente. O álcool queima a parte de trás da minha garganta. Engulo mais uma dose. Depois mais uma. Até terminar o resto da garrafa. Coloco ela com força no chão de pedra: o barulho do concreto raspando no vidro. O jardim gira como se eu estivesse no meio de um redemoinho sendo sugada por um ralo. É uma sensação melhor do que estar sóbria.

Se eu ficar mais tempo sentada aqui, vou explodir.

Um som agudo atravessa o silêncio; um pernilongo vibra dentro da minha orelha, a nota mais alta de um violino. Dou um tapa forte na lateral da minha própria cabeça. Estou sendo devorada viva. Nuvens de mosquito pairam sobre a piscina. Existe malária na Sicília? Estamos praticamente na África. Levanto da espreguiçadeira com um salto e adentro a abominável escuridão. É preto de verdade aqui em Taormina, não como a monocromia cinza-alaranjada que temos em Londres. Sinto falta da poluição. Existem tantas estrelas de merda.

Tento ligar para o número de Beth de novo, mas — claro — o celular dela está desligado. O que eu estava pensando? Sou tão idiota. Como fui me enfiar nessa confusão? Tiro os sapatos de Beth com um chute e os deixo embaixo da espreguiçadeira, já estão me apertando. Claro, os pés dela são menores que os meus. Mais finos. Mais delicados. Eu me sinto como Anastasia ou Drizella, as meios-irmãs feias da *Cinderela*. Eu me sinto a abóbora que se transforma em carruagem.

Ando descalça pela grama áspera. Passo por uma roseira, meu vestido fica preso num espinho. Eu o puxo. O tecido rasga. Eu não gostava mesmo dele. Árvores bloqueiam meu caminho como cadáveres malignos, os dedos longos e retorcidos agarrando minha pele. O que Beth está inventando? Eu nunca deveria ter concordado com isso. Eu sabia que era um erro desde o começo. Uma teia de aranha gruda no meu rosto; alguma coisa rápida sobe pelo meu pescoço. Dou um grito, chacoalho o corpo e bato nas minhas costas. Acho que alguma coisa está escondida no meu cabelo.

Chego até a via no fim do jardim. Não sei muito bem aonde vou daqui. Respiro fundo — folhas mortas — e viro de novo para a *villa*. Eu devia ter dormido com ele quando tive a chance. Beth merece. Foi isso, minha única chance. Eu queria, inferno, eu queria muito, e Ambrogio também. Eu podia sentir. *Ele me* queria. Podíamos estar transando neste momento: nossos corpos grudados na espreguiçadeira, o marido de Beth sussurrando "eu amo você" no meu ouvido. Teria sido ótimo. Mas, não, eu estou aqui, sendo uma boa menina, fazendo exatamente o que ela queria, Beth sempre consegue o que quer, merda. Uma marionete. Um fantoche. Merda! Ouvi um barulho. Alguma coisa dura e pontiaguda, então alguma coisa grudenta se espalha entre meus dedos do pé. Acabei de pisar num caracol. Saio correndo pela grama para tentar limpar o pé. Que nojo! Que nojo! Que nojo!

Quando olho para a frente, estou no jardim do Salvatore. Luzes de segurança se acendem e fico cega: uma raposa hipnotizada pelos faróis de um carro.

Estou paralisada. Não respiro. Olho em volta, movendo apenas os olhos, mas as luzes são automáticas; não tem ninguém aqui. A área para carros está vazia, Salvatore saiu com o dele. Posso me mexer de novo. Posso respirar. Piso no cascalho e sigo a estrada até a casa dele. Devagar. Com cuidado. A *villa* dele não é tão obscena quanto a de Beth, mas mesmo assim é bem impressionante. Pressiono a palma das mãos contra uma janela e olho para dentro. É o hall de entrada de Salvatore: moderno, artístico. Tijolos aparentes, palmeiras em vasos de cerâmica, pinturas nas paredes...

É quando vejo: a estátua de uma mulher, uma mulher exatamente igual a mim. É feita de mármore em tamanho real, está num pedestal na entrada da casa de Salvatore. Ela tem o meu rosto, meu corpo, minhas dimensões. Mas então me dou conta: não sou eu, é a Beth. Salvatore fez uma escultura da minha irmã. Ou ele tem uma imaginação muito fértil, ou já viu minha irmã nua. O volume dos seios, a curva do quadril... ela é perfeita. É como olhar para Beth sem roupa, uma Beth feita de pedra. Não me admira que Ambrogio não goste das esculturas do vizinho. Será que ele sabe? Quero passar a mão pelo vidro e encostar nos lábios dela: seriam frios, macios. Acho que ela vai falar, rir, se mover. Que estranho. Ele deve estar comendo a minha irmã! Não posso acreditar. Claro que não é a Beth? Não é o estilo dela. Não entendo.

O ronco de um motor me dá um susto. Faróis invadem a passagem e eu fico paralisada. Sou feita de pedra, como a estátua. É o Salvatore? Quem está no carro? Pneus cantam no fim da entrada. Merda. O que vou fazer? Eu não deveria estar aqui. Hesito, então saio correndo, empurrando os arbustos entre o jardim de Salvatore e o de Beth. Galhos afiados machucam minha pele. Espinhos arranham minhas costas. Então eu escuto — finalmente — a voz de Beth: ofegante, rouca. Tem algo estranho, ela está *bêbada*? Então surge a voz de um homem: Salvatore? O que eles estão dizendo? Gritando? Discutindo? Estão brigando perto do carro por causa de alguma coisa. Capto algumas palavras. Salvatore diz: "Louca". Beth diz: "Minha irmã". Alguém bate a porta. Que merda está acontecendo? "Você prometeu", diz Beth. Não escuto o resto. Os dois continuam brigando por mais alguns minutos, até o motor ser ligado, e os pneus cantarem. Uma BMW está vindo na minha direção, espalhando o cascalho, tão perto agora que posso sentir o cheio do óleo queimado. Sinto sua força enquanto a Terra parece tremer. Agacho atrás de algumas folhas. Se eu não me mexer, ele não vai me ver. mas eu posso vê-lo.

Salvatore abre a porta do carro e sai. Ele está usando jeans e uma camisa preta e justa, marcando seu peito e seus ombros largos: um urso ou um animal selvagem; um homem enorme. Ouço os passos dele pisando no cascalho. Prendo a respiração. Por favor, não me veja; não olhe para a frente. Salvatore para, vira e olha para a estrada. O que ele está esperando? Beth foi embora. Uma chave faz um barulho metálico e a porta se abre. Quando ouço ela se fechar, eu me lembro de respirar.

Capítulo 15

BETH! ELA VOLTOU. VOU ENCONTRÁ-LA. Eu rastejo pelos arbustos até o jardim da minha irmã, arrancando folhas do cabelo e um galho do meu peito. O tecido rasga. O vestido está arruinado. Beth vai ficar brava. É a menor das minhas preocupações. Saio correndo pela grama, tropeçando em galhos, desviando de árvores. Paro por um instante para recuperar o fôlego, e minha cabeça continua girando. O gramado ondula e gira. Por que eu fui beber toda aquela vodca? Barulho de rodas e passos rápidos. Identifico uma figura empurrando um carrinho de bebê: preto contra preto. Uma olhada para a *villa* de Beth me informa que todo mundo está dormindo: todas as luzes estão apagadas.

— Psiu — chamo. — Aqui.

A silhueta de Beth para, vira, olha em volta, mas alguma coisa não está certa. Ela não está andando direito. Está cambaleando, tropeçando, instável. Ela para o carrinho perto das espreguiçadeiras e então — de algum jeito, devagar — vai me encontrar na beira da piscina no escuro.

— Beth, que merda é essa? Onde você estava?

Ela não responde. Sua cabeça está baixa.

— Beth? O que foi? Você está bêbada? — pergunto.

Estou sussurrando, mas quero gritar, segurá-la pelos ombros e sacudi-la até cansar. Caramba, eu preciso fumar. Onde estão meus cigarros? Eu mataria por um pouco de nicotina. O cheiro de cloro. O gosto amargo da vodca saturando minha garganta.

— Estou bem — responde ela, finalmente, olhando para a frente.

Os olhos dela estão engraçados, sem foco. Ela andou *chorando*? Meu Deus, de novo não. Quem falou em desequilíbrio emocional? Eu não choro desde 1995.

— Shhh. Fique quieta. Você vai acordar Ambrogio.

Meus ombros ficam tensos. Alguma coisa ferve dentro de mim. Como ainda pode estar tão quente? Estamos no meio da noite. O terraço está irradiando calor. O ar úmido pesa nos meus ombros, aperta meu peito, e começo a suar. Um pernilongo zumbe: irritante, insistente. Sinto a picada e a ardência no pescoço.

— Foda-se, o Ambrogio. Odeio ele — diz Beth.

Minhas mãos estão tremendo. Meus dentes estão travados. Como ela se atreve a falar assim de Ambrogio? Ele é *perfeito*. Beth não o merece. Ela o roubou de mim, e agora aposto que vai jogá-lo fora como um kebab velho. Ela está dormindo com aquele escultor, essa é a questão! Que vagabunda! Mas por que levar o bebê?

Beth começa a soluçar.

Ernie começa a chorar, um choro agudo, desesperado, desolado, como alguém estrangulando um gato indesejado. Acho que de fato são parecidos. Ainda não sei quem estava chorando ontem à noite. Pelo amor de Deus, é a última coisa de que preciso: uma criança histérica. Beth histérica. Essa minha irmã é inacreditável. Essa troca foi o único motivo por que ela me convidou para vir para cá. Ela só me usou. Eu sabia que era bom demais para ser verdade.

— Cale a boca, Beth.

Eu me aproximo mais um passo.

— Eu gostaria de estar a quilômetros de distância... — Beth está falando com uma voz estranha e arrastada que nunca ouvi antes. — Eu queria estar morta — diz olhando para o chão.

Chego um pouco mais perto. Ela quase cai. Eu a seguro pelos braços com as duas mãos e a aperto com força. Ela está rindo agora, rindo e chorando ao mesmo tempo.

— Foda-se, o Ambrogio, e foda-se, o Salvatore. Pode ficar com os dois. — Sinto o hálito dela no meu rosto. — Você gostaria disso, não gostaria? — Ela ri na minha cara, uma risada horrível, oca, sem alegria. — Pelo menos, alguém que também quer você.

Os olhos dela parecem brilhar sob a luz da lua cheia.

— Você é uma vaca! — digo.

— Você é louca! — devolve. — Vá se foder também. Você acha que é fácil ter uma irmã como você? Eu sempre tentei, tentei mesmo. A única vez que precisei de você. Está tudo uma merda!

Ela está gritando agora, com tanta raiva que está tremendo. Alguma coisa está muito errada, minha irmã não fala *palavrão*.

— O que você quer dizer com *uma irmã como eu*?

— Você é uma aberração. Você não serve para nada. Todo mundo sabe disso.

Uma raiva vulcânica surge dentro de mim.

— O que você quer dizer com *todo mundo*?

— Você quase fez a mamãe ter um colapso nervoso. Por que você acha que ela quis emigrar?

— Porque ela se casou...

— Você acha que Ambrogio escolheria você? Você é uma iludida de merda. Você acha que eu o roubei? Aposto que você o enganou. Você provavelmente fingiu que era eu para dormir com ele!

De onde veio isso? É tão injusto. Ter um ataque porque a vida dela não é *perfeita*.

— Não enganei, não! O que foi, Beth? O que está acontecendo?

— Claro. Que se dane.

— Ele me engravidou! — Deixo escapar. — Pois é, isso mesmo. Eu nunca contei para você. Você roubou esta vida de mim, Beth! Deveria ser o *meu* filho! Ele deveria ser *meu* marido! Essa deveria ser a *minha* maldita casa! — aponto para a *villa*, para o jardim à nossa volta, coberto de prateado pelo luar.

— Não acredito! Você não estava grávida! A mesma merda da Alvie. As mesmas mentiras idiotas.

— Eu estava! Eu estava! Eu perdi o bebê. Você roubou Ambrogio! E eu... e eu... — Eu chacoalho minha irmã, e chacoalho, e chacoalho...

Ela está escorregando, escorregando, passando pelos meus dedos. Beth cai — em silêncio para trás, na direção da piscina. Ouço um barulho de revirar o estômago! Tudo acontece em câmera superlenta, o tempo se estica como um chiclete. A cabeça dela bate na borda. O corpo cai na água. *Splash!* Fico ensopada. A água fria atinge meu corpo e solto um grito. Ela afunda, cada vez mais, na água, e eu fico parada — congelada — vendo-a desaparecer.

Merda. E agora?

Não faço ideia.

Essa pode ser a minha chance de me livrar dela!

Vejo a vida de Beth passar diante dos meus olhos: o dinheiro, o marido, o bebê, o carro. Quero essa *villa* para mim. Quero essa vida de luxo. *Ela* roubou Ambrogio de mim. Vou roubá-lo de volta. Vou roubar a vida dela. É o que eu mereço. É justiça poética.

Eu me abaixo atrás de uma espreguiçadeira e rezo para que ninguém me veja. De repente, estou totalmente desperta. Todas as terminações nervosas estão alertas. Estou vibrando, acelerada. Fora de mim. Vou esperar quatro minutos no Ladymatic de Beth. Se o seu coração parar por quatro minutos, você está oficialmente morto. Li isso em algum lugar pouco tempo atrás. Ou talvez tenha sido no Discovery Channel? Fico assistindo às vezes quando não consigo dormir.

Os quatro minutos passam como décadas, todos os segundos se arrastam. Olho em volta à procura de câmeras de segurança, mas não vejo nenhuma. Que estranho. Passo os olhos pelo jardim, todas as sombras são Ambrogio. Viro para a porta ao lado e observo as *villas*: Salvatore vai sair? Mas estou a salvo. Está quieto. Ernie parou de chorar. As cigarras continuam cantando.

Vejo o ponteiro grande se arrastar.

Um minuto: bolhas sobem para a superfície. Beth vai emergir em busca de ar? Se ela nadar para cima, vou segurá-la embaixo d'água? Ou puxá-la para fora? Ouço meu coração bater no peito TU-TUM! TU-TUM! Viro para a piscina, procurando sinais de vida. As bolhas param.

Dois minutos: merda. Onde estão as bolhas? Preciso tirá-la da água. Ela está se afogando ali. TU-TUM! TU-TUM! O que estou fazendo? Se eu não fizer isso agora, será tarde demais.

Três minutos: é isso. É isso. Fique calma, Alvina. Só mantenha a calma e continue. Controle os nervos, você consegue. TU-TUM! TU-TUM! TU-TUM! TU--TUM! Eu mordo o interior do meu lábio e observo a água como um falcão. Só mais um pouco. Esperei minha vida toda por este momento.

Três minutos e trinta segundos: Meu Deus. O que foi que eu fiz? Corro até a piscina e pulo. A água é como um bisturi cortando minha pele. Merda, que frio. Não consigo respirar. Não consigo me mexer. Meus braços estão pesados. Minhas pernas parecem chumbo. Tento nadar, mas meu vestido me puxa para baixo. TU-TUM! TU-TUM! TU-TUM!

— Socorro! — grito enquanto engulo água. — Alguém me ajude! Socorro! Socorro!

Esqueci como nadar. Meus membros se agitam, se debatem. Vou me afogar. A água se fecha sobre a minha cabeça. Escuridão. Silêncio. Agarro a borda, a boca cheia d'água. Estou ofegando, tremendo, xingando, que merda. O corpo dela foi parar no fundo da piscina, não tenho força suficiente para trazê-la para cima. Eu mergulho mais uma vez, mais uma e mais uma, segurando a mão de Beth, mas ela está escorregadia, mole. Mal consigo segurar. Estou tomada pela adrenalina, beirando o pânico. Não consigo... não consigo... não consigo puxá-la para cima. Finalmente, as luzes na *villa* se acendem, e uma figura aparece correndo: Ambrogio.

— Socorro!

O bebê começa a gritar. De novo.

— O que aconteceu?

— Ela está se afogando...

Ambrogio mergulha na piscina abraçando os joelhos e nada direto para o fundo. Seguro a borda como se nunca mais fosse soltar.

Ele emerge espalhando água e segurando Beth.

— Me ajude — pede ele.

Forço meu corpo para fora da água. O mundo está girando. Vou vomitar. Pego o braço de Beth com as mãos trêmulas. É um peso morto. Não consigo segurar. Ambrogio levanta mais o corpo, que rola pelo terraço, pesado e inerte. A cabeça dela pende horrivelmente de um lado para o outro. Ela quebrou o pescoço?

— Respire — grito, sacudindo os ombros de Beth, batendo no peito dela.

— Respire, respire, por favor, respire!

Ela parece uma boneca de pano sem ossos. Deito o corpo no chão de pedra, encosto os lábios nos dela — uma coisa que aprendi nos primeiros socorros anos atrás — e faço respiração boca a boca, soprando, soprando e soprando. Ambrogio salta para fora da piscina. Estou esperando a tosse, a água sendo cuspida. Mas nada acontece. Viro Beth e bato nas costas dela.

— Respire, por favor. Por favor, respire!

— Me deixe tentar — sugere ele, me afastando.

Ambrogio senta o corpo da minha irmã, a inclina para a frente e bate nas costas dela. Pá! Pá! Sangue escorre de um ferimento do lado direito da cabeça de Beth, o rosto está vermelho, o pescoço está vermelho. O sangue se acumula no peito e nos ombros dela. A cabeça pende para um lado.

— Alvie, Alvie, você está ouvindo? — grita ele. — Respire! Alvie. Respire, porra!

Ele bate muitas vezes nas costas dela. Os olhos de Beth estão vazios e arregalados como os de um manequim. Eles fitam o nada, vazios e inertes. Sem piscar. Sem enxergar. Sem saber. Mortos. A bile sobe pela minha garganta, sinto ânsia de vômito. Vomito nos meus pés, sobre o chão, sem parar, até não sobrar nada. Eu não devia ter bebido toda aquela vodca.

— Merda, Beth — diz Ambrogio, na escuridão. Ele se vira para mim. — Esse não era o plano.

A Terra para de girar no próprio eixo. Os planetas param de orbitar ao redor do Sol.

— O *plano?* — repito.

Do que ele está falando.

— Não era para você matá-la *aqui*? *Você* não deveria matá-la de jeito nenhum.

Abro a boca, mas nenhuma palavra sai.

— Por que você não conseguiu seguir o plano?

Ficamos em pé lado a lado, diante do corpo da minha irmã, num silêncio estupefato. Havia um *plano*? De que merda ele está falando? O bebê finalmente parou de gritar, ele chorou até dormir, pobrezinho. Está tudo quieto. Até as cigarras pararam sua serenata incessante. Um líquido escuro se espalha embaixo da cabeça de Beth, formando uma poça no piso de pedra. Deito ao lado dela e tento chorar. Estou assistindo a um filme de terror de baixo orçamento, um filme B sanguinolento ou algum da franquia *Pânico*. Isto não é a vida real. É um pesadelo, um sonho horrível. Beth e Ambrogio estavam planejando me matar. Claro que Beth não. Eu não entendo. Estou sendo paranoica? Ou estou completamente bêbada? Devo estar alucinando.

Pego a mão de Beth, está molhada e gelada. A silhueta dela forma uma curva contra a luz da *villa*. A cabeça. O quadril. Os tornozelos. Espero minha irmã levantar e sair andando. Espero ela chamar meu nome ou dizer algo irritante. Mas Beth está tão imóvel quanto aquela estátua na *villa* de Salvatore. Fria e inerte.

Finalmente, é Ambrogio que me chama.

— Beth, venha. Vamos entrar. Não tem nada que a gente possa fazer.

Beth, Beth, Beth. Ele fica me chamando de Beth. Ambrogio encontra a minha mão na lateral do meu corpo. Os dedos dele estão molhados por causa da piscina. Afasto minha mão, assustada. Não quero ir a lugar nenhum com este homem. Ele me quer morta. Ele quer matar Alvie! Mas Ambrogio tenta de novo e pega minha mão com um punho de ferro que não consigo resistir. Ele me força a levantar. Olho nos olhos dele. Um maxilar forte. Um belo rosto. Ele é tão lindo quanto Channing Tatum. Mas não vou me deixar enganar, sei que não posso confiar nele. Que merda de plano era esse?

Ambrogio empurra o carrinho com uma mão e toca meu ombro com a outra. Minha bolsa está pendurada no apoio do carrinho. Pego os sapatos de Beth de debaixo da espreguiçadeira. Estou operando em modo automático, minha mente está acelerada, minhas amígdalas, em choque cataclísmico. Eu me sinto como se tivesse sobrevivido a um tsunami: destruição à minha volta, desorientação, um zumbido persistente nos ouvidos. Cambaleio na direção da *villa*, um passo por vez: uma criança perdida voltando para casa aos tropeços. Não falamos enquanto ele me leva para o quarto, o quarto que ele dividia com Beth. Fico parada no meio do cômodo e olho em volta. Beth e eu nos trocamos aqui algumas horas atrás. Parece um quarto diferente, outra vida.

Ambrogio pega duas toalhas no banheiro da suíte e oferece uma para mim. Não me mexo. Ele envolve meus ombros caídos e então se seca. Em seguida, tira a camisa, a calça, a cueca e esfrega o corpo todo com a toalha. Ele está totalmente nu. Seu pênis parece menor do que eu me lembrava, mas faz tanto tempo, e acho que não está ereto agora... observo enquanto ele seca seu corpo musculoso, as costas, as coxas, as marcas de sol na sua bunda. Estou totalmente anestesiada. Olho para minhas mãos e mexo no anel de Beth, girando-o em volta do meu dedo sem parar. O anel de noivado dela fica bem em mim.

Este homem acha que eu sou Beth. E acha que estou morta.

Ele faz uma bola com as roupas molhadas e ensanguentadas e joga tudo no lixo. E rapidamente se veste com peças novas: uma camisa branca, calça cáqui, meias com listras azuis e brancas. Como Ambrogio faz isso? Dois minutos se passaram e ele parece tão arrumado quanto um modelo fotográfico, é estilo demais para ser verdade. Ambrogio vem até mim.

— Beth — chama ele, pegando minha mão, que está mole como uma enguia. Eu deixo. — Beth, por favor, se vista. Vamos. Você vai pegar um resfriado.

Um resfriado é a última coisa que me importa.

— Não precisamos chamar uma ambulância? — pergunto.

— Acho que é a tarde demais para isso.

Olho para este homem, para a preocupação estampada em seu rosto. Ambrogio não faz ideia. Nem imagina quem eu sou. Encosto o rosto no peito dele e tento não chorar, o rímel mancha sua camisa. Ele vai ter que se trocar de novo.

— Precisamos de uma ambulância para levar o corpo.

— Shhh, Beth. — Ele me conforta, acariciando meu cabelo. — Vamos secar você.

Ambrogio pega minha mão e me leva para o banheiro, minhas pernas estão trêmulas. Eu me sinto como se tivesse cem anos. Encosto na pia e ele abre o zíper atrás do meu vestido.

— Não — eu digo. Ele não pode me ver nua. — Deixe que eu faço... sozinha.

Pego a toalha, coloco Ambrogio para fora do banheiro e fecho a porta. Passo o trinco. Pressiono as costas contra a porta e respiro fundo. Puta merda. O que acabou de acontecer? Desgrudo as roupas molhadas: o vestido de Beth, o Wonderbra, minha calcinha encharcada e faço uma pilha no chão. Tenho sangue nas mãos, nos braços, no rosto. Pareço uma maldita serial killer. Pareço uma figurante de *Jogos mortais*. Passo o chuveirinho nos pés, para lavar o vômito, pelas mãos, para lavar o sangue embaixo das minhas unhas, as linhas vermelhas pelos meus antebraços, no meu pescoço, nas minhas bochechas.

— Vou colocar Ernie na cama — avisa Ambrogio pela porta.

— Tudo bem.

O pequeno Ernie... meu Deus, *agora eu sou a mamãe dele*.

Fecho a água e saio do chuveiro. Ainda não me sinto limpa, mas estou embaixo do jato pelo que parece ser uma hora. Pego a camisola de Beth — quente e aconchegante —, os chinelos de Beth, um par daqueles oferecidos como cortesia num hotel de luxo. Paro diante do meu reflexo no espelho e inspeciono meu rosto. Eu de fato me pareço com Beth? Estou apertando os olhos, balançando, zonza por causa do banho. Estabilizo meu corpo na pia. Não consigo ver nenhuma semelhança.

O rímel ainda está escorrendo pelo meu rosto como se fossem lágrimas pretas e falsas. O creme de limpeza de Beth está no canto. Tiro a maquiagem das pálpebras, de baixo dos olhos, esfregando sem parar até minha pele ficar vermelha e irritada, mas até todo o preto ter sumido.

Capítulo 16

— Foi um acidente. Ela escorregou — digo.

— Tudo bem, Beth, você não precisa explicar.

Ambrogio senta na beira da cama, a cabeça entre as mãos. Ele olha para a frente quando volto para o quarto. Entro furtivamente, devagar, devagar, milímetro por milímetro, centímetro por centímetro, como se me aproximasse de um tigre adormecido, como se evitasse uma bomba na beira da estrada. O rosto dele está pálido e exausto, é quase como se tivesse envelhecido de repente. A testa dele tem linhas que eu não tinha notado antes. É um fio grisalho que estou vendo nessa cabeça?

— Foi um acidente — digo mais uma vez, afundando ao lado dele.

Se continuar repetindo, talvez eu acredite?

— O que você quer dizer? Claro que não foi acidente. Nós íamos matá-la. Só que não no nosso quintal. *Merda*.

Os dois iam me matar. Ele não pode estar falando sério, será? Beth nunca concordaria com algo assim. E, de todo jeito, por que eles me queriam morta? Isso é ridículo. Não fiz nada de errado. Sei que minha irmã disse que me odiava, mas foi no calor do momento. Ela não estava falando sério. Beth, não.

— Não era a minha intenção — digo, finalmente.

Minha voz soa falsa e fraca.

— O que você está dizendo? Foi só uma coincidência?

— Estávamos discutindo perto da piscina, e ela caiu.

Ambrogio olha para cima com incredulidade. Ele observa meu rosto com olhos inquisidores. Ele acha que estou mentindo.

— Foi. Foi um acidente — respondo. — Sincronicidade? Serendipidade?

Ambrogio suspira.

— Certo. Tudo bem. Foi um acidente. Mas pode não parecer para as autoridades. Se chamarmos a ambulância, a polícia vai se envolver. Uma turista britânica morrendo aqui? A imprensa vai cair matando em cima de nós: um circo midiático. Você pode ser condenada por homicídio culposo. Não posso ter um escândalo. Não posso ser investigado pela maldita polícia.

Ele fala rápido, com urgência. Tem um tom desesperado na voz, como uma criança choramingando. *Ele* não pode ser investigado? Qual é o problema *dele*? Fique com a boca fechada, Alvina. Se você fosse a Beth, você saberia.

— Não é um risco que estou disposto a correr. Não *agora*, no meio dessa negociação... — Ele levanta da cama com um salto e dá um soco na porta: BANG! A madeira racha. Ele está de costas para mim, os ombros ofegando. De que merda Ambrogio está falando? Ele está bravo *comigo*? E vai *me* bater também? Eu me encolho contra a cabeceira e fico em posição fetal, me preparando para a agressão.

Nada.

Ele vira, o rosto duro. E começa a andar pelo quarto, de um lado para o outro, um gorila furioso dentro de uma jaula no zoológico.

— Então, o que vamos fazer? — pergunto finalmente, quando vejo que Ambrogio não vai me atacar. — Não podemos deixá-la ali no chão.

— Me deixe pensar — explode ele.

E anda mais um pouco.

Tudo o que importa para ele é ser pego. Ambrogio não dá a mínima para a Alvie. Para mim!

— Escute — começa, se aproximando. — Quem sabia que Alvie vinha para a Sicília? Você, eu e a British Airways. Mais alguém? — Balanço a cabeça. — Algum amigo?

— Ela não tinha amigos.

— Não tinha amigos? Tem certeza?

Eu balanço a cabeça.

— Todo mundo tem amigos, Beth. E no trabalho?

— Duvido. De verdade. Acho que ela acabou de ser demitida.

Olho para minhas mãos e brinco com o anel de Beth. Diamante e ônix, preto e branco.

Ambrogio suspira.

— Tudo aconteceu rápido demais. O plano era esperar. O plano era manter a merda do controle.

— Eu sinto muito — digo, porque acho que deveria. — Eu sinto muito por tudo.

Ambrogio senta na ponta da cama.

— Se alguém checar os voos dela, verá que Alvie aterrissou em Catânia. Quem sabe que ela veio para esta *villa*?

— Você, eu, Emilia, Salvatore — respondo.

Penso em Ernesto e no segurança do anfiteatro, mas não sei o nome dele. Beth sabia, mas agora não posso mais perguntar.

— E só?

Eu hesito.

— Sim, sim, só eles.

— Certo, agora me escute, vamos fazer o seguinte. Em circunstâncias normais, claro que chamaríamos uma ambulância. Mas dada a natureza dos meus negócios, dos *nossos* negócios, não podemos ter as autoridades farejando por aqui.

Ele perdeu a calma. Uma veia inchada apareceu na testa de Ambrogio, roxa, latejante, saliente.

— Agora, esta parte é importante — continua ele, se aproximando de mim na cama e se inclinando. Ambrogio pega a minha mão e a aperta com força. Um respingo de saliva branca está no lábio inferior dele. A voz mais baixa. — Vamos dizer para Emilia e Salvo que Alvie voltou para casa. É trágico o que aconteceu com sua irmã. Estou muito triste. Mas você precisa entender: vamos ter que lidar nós mesmos com o corpo.

Dou um salto da cama.

— *Lidar com o corpo?* — repito. — Ela acabou de morrer, e você está falando do *quê*?

— Beth, me escute: só temos algumas horas antes de ficar claro. Emilia vai chegar. Os vizinhos, o carteiro... Não podemos simplesmente deixá-la sangrando por todo o maldito terraço. Mesmo se tiver sido um acidente...

— O que você quer dizer com *se*?

— Apesar de ter sido um acidente... a polícia vai ficar em cima de nós. Tem muita coisa em jogo.

Por quê? O que está em jogo?

— Você pode até virar suspeita de assassinato.

Eis a palavra com "A". Não gosto disso. Eu o encaro. Acho que ele está tentando me proteger.

— Então o que vamos fazer? Enterrá-la no jardim? — pergunto finalmente.

— Para depois o jardineiro encontrar uma mulher enterrada embaixo do meu gramado? Você enlouqueceu?

Acho que eu não estava falando sério, mas não faço ideia. Nunca fiz isso antes. Não conheço o protocolo.

— Então o quê? — insisto.

Ambrogio abaixa a voz:

— Vou chamar minha equipe. Eles me devem um favor; vão resolver por nós. Mas precisa ser agora. Neste instante. Esta noite.

— Para onde vão levá-la? E o funeral?

— Merda, Beth, você não é exatamente uma católica fervorosa. Não vem dar uma de religiosa para cima de mim e fingir que se importa com um ritual fúnebre de igreja. Isso era só parte do plano para nos dar tempo para fugir. Não finja que está preocupada com a alma dela. *Cristo! Dio!*

Ele aperta alguns botões no celular e então grita de um jeito raivoso em italiano no bocal. Deveria ser uma língua linda, melíflua, romântica, mas hoje à noite ela ecoa como disparos de uma arma. Olho para o relógio no criado-mudo. Os números estão saltando, brilhando vermelhos contra o preto. Mal consigo ler: 1h13. Depois de um tempo, ele desliga. Sua voz está mais calma, mais gentil.

— Beth, você quer ir lá fora se despedir?

Merda. Eu *não* quero vê-la. De repente, sinto um enjoo. Ainda sinto o gosto do vômito no fundo da garganta.

— Aonde vão levá-la? — pergunto de novo.

— Não é problema nosso. Não precisamos saber. Na Sicília, muita gente *desaparece*. Neste momento, preciso fazer outra ligação. — Ele aponta para a porta.

Beth aceitaria isso? Descartar o meu corpo no meio da noite? Ligar para alguns homens me fazerem "desaparecer"? Balanço a cabeça com incredulidade. Com certeza Beth não levaria isso numa boa, de jeito nenhum, é uma loucura completa. Mas eu? Sabe de uma coisa? Também não quero que a polícia apareça aqui. É uma coisa que está funcionando do meu jeito...

Capítulo 17

Olho para a mão como se fosse de uma estranha, não pareço reconhecê-la. Não consigo lembrar a quem ela pertence. Não conheço as costas da minha maldita mão. Está tremendo, tremendo tanto, que não consigo firmá-la. Tento pegar a maçaneta e abrir a porta que dá para o terraço, que dá para minha irmã, mas não consigo segurá-la. Meus dedos tremem, minha palma escorrega, e não consigo, não consigo nem abrir a merda da porta.

Ambrogio está no telefone de novo, falando com seus "amigos". Quem são esses amigos que devem um favor a ele? Que eliminam cadáveres no meio da noite? Não importa, contanto que se livrem dela. Nunca mais quero vê-la. Não sei quanto tempo fico aqui parada tremendo, agitando as mãos como as asas quebradas de um pássaro, mas então a maçaneta gira, e passo pela porta.

Está escuro. Está quieto. Fico esperando um policial pular das sombras ("Você está presa!"), ouvir Salvo correndo pela entrada ("*Ma che cazzo hai fatto?*"). Mas está silencioso, não há ninguém. A noite fria está me fazendo tremer. A temperatura parece ter diminuído uns vinte graus. Para além da piscina, o jardim se espalha até o nada, nada além da escuridão. A luz da *villa* ilumina a piscina e a figura longa e monstruosa do corpo da minha irmã, deitado à beira da água.

As estrelas olham para mim, me julgando, me culpando, como trilhões de pequenos globos oculares, os olhos de Deus. A lua está começando a se pôr atrás do Etna. Logo, o sol vai nascer e revelar a carnificina. O carteiro vai chegar. Salvatore. Emilia. Preciso me apressar.

Eu me concentro em mover as pernas. E estou andando, um pé silencioso depois do outro, os passos de chinelos macios. Como num sonho, estou flutuando, caminhando pelo ar. Olho para baixo para me firmar; eu me concentro no chão para não sair voando, para o alto e para longe. Não tenho peso, sou lunar, andando na lua. Paro a alguns centímetros da cabeça da minha irmã. Uma poça de sangue se espalha ao redor do crânio: um lago preto e brilhante. E agora que estou aqui, não sei o que fazer. Só fico olhando. Mais uma vez, estou observando Elizabeth, em silêncio e sem fala. O corpo de Elizabeth. O rosto de Elizabeth. O cabelo de Elizabeth. Um calafrio percorre a minha espinha. Ela está morta, e eu a matei. Tão fácil. Tão rápido. É como se nada tivesse acontecido. As estrelas ainda estão brilhando. Estou no mesmo jardim. O vulcão ainda está ali. Não parece real.

Não consigo acreditar.

Preciso de mais provas.

Estendo a mão na direção do sangue, levanto um dedo, mergulho na poça. O sangue está morno no ar frio da noite. É escorregadio, denso e molhado. Estudo a ponta do meu dedo, brilhante, preto-avermelhado. É algo instintivo, primitivo, ancestral. Preciso fazer isso. Verificar se é real. Eu lambo meu dedo: ferro quente e molhado. Inequívoco. Sangue.

Ambrogio está parado quando apareço na porta. Ele não está mais ao telefone. Seu rosto tem uma expressão estranha que não consigo decifrar. Ele levanta a mão na direção da minha cabeça — merda! —, eu me encolho e viro, mas ele tira uma mecha de cabelo do meu rosto.

— O que foi? Você se encolheu?

— Nada — respondo.

Estou hipervigilante, arisca como um gato.

— Foi, sim. Você se encolheu. *Amore*, venha aqui. Você sabe que eu nunca bateria em você! O que é isso? — diz ele, me trazendo para perto e me abraçando forte.

Acho que acredito nele. Quase. Talvez ele não seja um agressor de mulheres, afinal? Ele não bateria em Beth, mas bateria em Alvie? A parte assustadora é que não sei.

— Você se despediu? — pergunta ele, finalmente.

— Uhum. — Meneio a cabeça.

— *Bene*. Que bom. — Ele passa o braço pela minha cintura e me leva para a cama. — Nino vai chegar em quinze minutos. Vou começar a limpar. Acho que você deveria dormir, tentar descansar um pouco.

— Tá bom — respondo.

Quem é Nino? Tomo um copo d'água e a náusea passa.

— Eu sinto muito, Beth — diz ele de novo, dando um beijo na minha testa. — É horrível, mas... estou tão feliz que não tenha sido você.

Meu estômago afunda, a Terra some de debaixo dos meus pés. Mas que PORRA? Lanço um olhar como se quisesse sua morte. Devo parecer brava, porque Ambrogio diz no mesmo instante:

— Me desculpe, foi totalmente inoportuno. É só que... eu amo tanto você.

Ele tenta me beijar, mas viro o rosto. Ainda sinto o gosto de vômito. Então Ambrogio me abraça.

— Tudo isso é para manter você em segurança, não se esqueça disso. Isso é para você! Você, eu e Ernie. Quando a vi ali deitada, idêntica a você, eu só... Estamos fazendo a coisa certa. Para a nossa família.

— Obrigada — respondo, porque não consigo pensar em mais nada.

Meu cérebro não está funcionando, esqueci como falar. Afasto o lençol e sento na cama. Na cama de Beth. Minha cama. Estou prestes a deitar quando Ambrogio pergunta:

— Você não quer colocar sua camisola?

Não sei onde Beth guarda os pijamas. Olho para ele, perdida. Não faço ideia. Não posso deixá-lo ver que estou confusa aqui. Estou ciente do meu coração: TU-TUM, TU-TUM. Todos os músculos dos meus ombros ficam tensos. Eu deveria saber isso! Eu sou Beth! Ambrogio quer matar Alvina. Finalmente, depois do que parecem ser horas, ele vira para a cômoda de mogno e abre a segunda gaveta. Oh. Então lá está. E me entrega uma pequena camisola de seda da Giorgio Armani. É mais leve que o ar. Seguro a peça e olho para ela, para as pequenas rosas cor-de-rosa bordadas na barra, na linda renda, nas alças delicadas. Tem o cheiro da Beth: Miss Dior Chérie. Deito na cama e fecho os olhos.

Alguém bate na porta e Ambrogio dá um pulo.

— Ah, Nino — diz ele.

DIA 4

Luxúria

"Minhas partes femininas se contraem como as gengivas da minha avó em volta de um manjar turco."
@Alvinaknightly69

Capítulo 18

Foi culpa da Beth meu coração ter sido partido.
Era a Semana de Orientação e nosso décimo nono aniversário. Foi luxúria à primeira vista. Cinco *pints* de Snakebite, três jogos alcoólicos e uma garrafa de Malibu em uma noite de bebedeira no bar Corpus Christi College, e eu estava vendo duplicado. Tudo o que eu tinha comido no dia foi um pacote de amendoins torrados. Eu estava fumando um maço inteiro de vinte cigarros mentolados que encontrei no banheiro e usando o vestido que minha irmã tinha me dado: apertado, fúcsia, tão justo que não conseguia respirar. Beth estava usando uma peça igual. Eu estava muito concentrada em não cair do banco, quando ela parou de falar e olhou para a porta. Um homem entrou.
— Quem é *esse*? — perguntei.
No começo, era um borrão, mas, ao se aproximar, um semideus mediterrâneo surgiu como se atravessasse o gelo seco na parte de trás do palco de um show dos Backstreet Boys. Era uma beleza digna de Hollywood; jeans, camisa branca — com dois botões abertos e paletó de smoking. O cabelo escuro caía em ondas até seus ombros. Seus dentes era brilhantes e tão brancos quanto um anúncio de Colgate. O que *ele* estava fazendo em Oxford? Todos os outros homens pareciam o Gollum de *O senhor dos anéis*. E por que ele era tão bronzeado? Beth estendeu a mão e o puxou para um abraço. Fiquei olhando sem acreditar. Minha irmã o *conhecia*?
— Alvie, este é o Ambrogio. Ambrogio, esta é minha irmã gêmea, Alvina.
— Beth nos apresentou.

— Irmã gêmea? Não acredito, que loucura. Você são idênticas, certo?

Nós nos entreolhamos e demos de ombro.

— Beth nunca mencionou que tinha uma irmã gêmea — comentou ele.

Ela fez uma careta. Beth também não tinha falado de *Ambrogio* para mim: não é algo que eu esqueceria.

— Inacreditável! — exclamou ele. — Vocês duas são exatamente iguais...

— Apertei a mão que Ambrogio estendeu. A pele dele era quente e macia. — Prazer em conhecê-la. Em que curso você está?

Ele falava com um sotaque que eu não conseguia entender. Achei que pudesse ser espanhol.

— Ah, ela não estuda aqui — disse Beth —, minha irmã está me visitando este fim de semana.

Forcei um sorriso e assenti.

— Isso mesmo.

— Ah, você estuda em outra universidade? O que você está lendo?

— Er, não, não estudo — respondi, olhando para o chão. — Eu trabalho no Yo Sushi.

Eu não tinha nenhuma qualificação porque fui expulsa. Não estava indo bem. E que pergunta estranha. Eu tinha acabado de terminar *Os versos satânicos*, mas ele não precisava saber disso.

— O que *você* está lendo?

— Estou fazendo mestrado em história da arte.

Saímos do bar. Ambrogio e Beth de braços dados enquanto andavam, e eu um pouco atrás, ouvindo Beth flertar, rir e olhar para o traseiro de anúncio de Diet Coke dele. Andamos pelo vento e pela chuva caindo em diagonal até um bar subterrâneo chamado Golfinho Laranja, Peixinho Dourado Turquesa, Porco-Espinho de Ouro ou algo assim. Tinha cheiro de desodorante vencido. O teto pingava. Havia uma pequena poça de vômito no meio da pista de dança. Acho que o DJ devia ser surdo, estar morto ou chapado, porque ele tocou "The Power of Love", da Celine Dion, treze vezes consecutivas. Ninguém mais pareceu notar. Em Oxford, era o que as pessoas chamavam de "balada".

Bebi um pouco de Hooch e algumas doses de tequila. A música estava tão alta que eu não conseguia ouvir o que estava sendo dito. Nem eu nem ninguém. Estávamos em pé num círculo tomando "refrigerantes alcoólicos" fluorescentes com canudo. Beth foi até o bar comprar outra rodada de Bacardi Breezers, e eu sorri para Ambrogio. Ele sorriu de volta. Ficamos balançando fora de ritmo ao som da música por um tempo, então ele colocou os braços ao redor da minha cintura e me puxou para perto. Estava claro desde o começo que Beth estava muito interessada nele. Bom, adivinhe? Eu também. E ela conhecia o sujeito fazia menos de uma semana. Então foda-se. Ambrogio era um homem desimpedido e podia ser todo meu. Eu o abracei forte.

— Você é linda — sussurrou ele, e eu me derreti.

Ninguém nunca tinha dito isso para mim antes. Sempre diziam para Beth. O hálito dele estava quente contra o meu ouvido. Sua loção pós-barba era um sonho. Encostei o rosto no peito de Ambrogio, e dançamos juntos. Provavelmente foram apenas vinte segundos, mas pareceu durar para sempre. O tempo faz coisas engraçadas assim. "The Power of Love" tocava à nossa volta bem alto. A pista de dança pareceu desaparecer. Cedo demais, as luzes se acenderam, e, de repente, a música parou. Beth disse que estava na hora de ir embora. Nosso grupo saiu cambaleando pela rua até algum tipo de estabelecimento que vendia comida. Pedi batata frita com queijo e feijão, e Ambrogio pediu um hambúrguer.

— Não quero nada — disse Beth. — Vou voltar para o dormitório. Você vem?

Olhei para as minhas batatas com queijo e então olhei para Ambrogio.

— Vejo você lá daqui a pouco.

Beth fez cara feia. Ambrogio estava balançando, acho que ele devia estar bêbado. Mais bêbado do que eu, ou eu não teria notado. Pegamos uma mesa para dois para comer. Fui pegar o ketchup.

— *Ciao* — disse ele com um aceno. — Vejo você mais tarde.

Beth revirou os olhos e saiu batendo o pé.

Não me lembro de comer nada, eu estava olhando para Ambrogio. Os olhos de príncipe da Disney, os lábios que diziam "me beije". Ele não parecia real. Parecia o anúncio de algum tipo de suplemento que torna você mais jovem e mais bonito. Parecia um personagem de *Zoolander*.

— Vamos — disse ele, se levantando e pegando minha mão.

Eu não podia acreditar que aquilo estava acontecendo comigo. Por que ele tinha me escolhido, e não a Beth?

Quando me dou conta, estou no quarto de Ambrogio, ouvindo "Written in the Stars", de Tinie Tempa, e pensando que era o destino, como *Romeu e Julieta*. Era óbvio que íamos ficar juntos. Estava claro que era o nosso destino. Torci para não sermos como os apaixonados da peça. Aquilo acabou mal.

Havia uma luminária de lava na mesa dele, ao lado da cama de solteiro desfeita. Alguma coisa vermelha se movia e borbulhava em uma coluna de vidro e metal prateado. Fiquei olhando, observando aquilo se transformar em algo como magma ou lava... (Ah, "luminária de *lava*", acho que o objetivo era esse), fervendo, borbulhando, quente. Eu estava hipnotizada. Fascinada. Quando olhei de novo, Ambrogio estava tirando a camisa.

— Sei que acabei de conhecer você — disse ele para o próprio umbigo enquanto tentava desabotoar a camisa. — Mas eu amo você pra caralho.

Ele desistiu dos botões e tirou a camisa pela cabeça. Depois, abriu o zíper e abaixou a calça. Fiquei olhando em choque. Não sei por quê. Acho que eu nunca tinha visto um homem nu antes. Claro, eu já tinha visto imagens e fotos. Eu sabia o que esperar. Qual era a aparência. Mas não na vida real. Não de perto. Não desse jeito. Foi uma loucura. Eletrizante. De repente, eu estava muito desperta. Fiquei sóbria.

— O que você disse?

— Eu amo você — disse, pegando a saia do meu vestido e puxando-a para cima.

As palavras dele me atingiram como balas e se alojaram no meu peito. Ninguém nunca tinha dito isso para mim antes.

— Você me *ama*? Mesmo? Tem certeza?

— Juro por Deus. Quer casar comigo? — perguntou.

Ambrogio tirou a cueca presa em seu pé, tropeçou e caiu na cama.

— Pare — falei, me virando. Ele estava enrolando as palavras. — Você está bêbado, não está falando sério.

Ele estava brincando.

— Estou, sim. Estou mesmo.

Ele encostou no meu sutiã e tentou abrir o fecho, mas, como estava muito difícil, desistiu.

— Você prefere a minha irmã, admita. Os homens nunca gostam de mim. Ele me acham *esquisita*; a *irmã esquisita*. A inútil. A aberração.

Levantei da cama e olhei em volta para procurar meus sapatos. Só encontrei um, como a Cinderela. Ambrogio também levantou e me agarrou pela cintura, me puxou e me abraçou forte. Eu podia sentir o cheiro de Jaegermeister no hálito dele. Ele estava tão perto que eu podia quase sentir seu gosto.

— Eu gosto de *esquisitice*.

Olhei nos olhos dele e nós nos beijamos.

Tudo ficou um pouco nebuloso depois disso, mas, de manhã, quando acordei, eu sabia que não era mais virgem porque havia sangue nos lençóis, e Beth parecia brava.

Saí correndo de Oxford. Eu tinha que trabalhar ao meio-dia no Yo Sushi, em Londres, e não podia chegar atrasada. De novo. Eu já estava na minha última advertência. E precisava do dinheiro. Então anotei meu número na parte de trás de um envelope e coloquei ao lado dele no travesseiro: 07755 878 4557: Alvie. Me ligue bj. Ele parecia tão tranquilo que não quis acordá-lo. Só saí furtivamente, em silêncio, e fechei a porta. Saí pelo corredor na ponta dos pés. Não sei por que dizem que é a caminhada da vergonha. Se alguém tivesse me visto tão cedo, saindo do quarto dele às sete da manhã, teria pensado que eu era uma "vadia", ou condenado minhas roupas desarrumadas. Sem sapato (como eu tinha perdido um, com certeza não usar sapatos era melhor do que usar apenas um?), vestido amassado, cabelo desgrenhado, maquiagem borrada no rosto, mordidas, manchas de sêmen, mau hálito. Mas eu não me sentia suja, nem envergonhada, encabulada. Eu tinha conhecido o homem com quem queria me casar. Eu estava exultante, em êxtase, eufórica. Feliz pela primeira vez na vida. Eu me sentia plena.

Mais adiante naquela semana, quando ele não me ligou, telefonei para minha irmã gêmea só para saber o que estava acontecendo. Beth disse que Ambrogio a tinha chamado para sair e que eles estavam num relacionamento. Um casal. Juntos. Ela disse que estava loucamente apaixonada. Que o tinha perdoado por aquela noite (claro que tinha sido apenas um erro bobo). Estava praticamente planejando o casamento.

Quinta-feira, 27 de agosto de 2015, 10h
Taormina, Sicília

Se drogas recreativas fossem ferramentas, o álcool seria uma marreta — não, nada disso, seria um martelo-pilão (segunda lei de Newton: mais força). Não me lembro de beber, mas "bang! bang! bang!" dentro da minha cabeça é um sinal claro como o fogo de uma ressaca. A fada da vodca deve ter visitado e chutado meu traseiro; não me lembro de muita coisa de ontem à noite. Minhas retinas se contraem e encolhem nas órbitas dos meus olhos. Não sei onde estou. Um roupão macio, de algodão, quente contra a minha pele, um travesseiro de seda rosa que não reconheço. Bocejo, me espreguiço, esfrego os olhos com os punhos.

Dormi bem (é mais provável que tenha desmaiado; pare de fazer isso, Alvina, não é bom para o seu fígado). Meus olhos se abrem para uma luz ofuscante. Fecho-os de novo. Onde diabos estou? Este não é o meu quarto. Esta não é minha cama.

Eu me sento com um sobressalto e passo os olhos pelo cômodo, é o quarto de Beth. É a cama de Beth. Olho para o outro lado do colchão, não tem ninguém. Sinto os lençóis, mas estão frios. Onde está Ambrogio? Ele não dorme aqui? Eu dormi com o marido da minha irmã? (De novo.) Balanço a cabeça, eu me lembraria *disso*. O quarto parece exatamente igual a ontem, quando Beth e eu estávamos trocando de roupa. Uma camisola está sobre o travesseiro com pequenas rosas cor-de-rosa bordadas.

Beth!

A constatação se infiltra como sangue escorrendo do cabelo molhado no piso de pedras. Beth. Eu a matei. Eu a empurrei, ou ela escorregou? Não consigo lembrar. Sou uma assassina? Puta merda, o que foi que eu fiz? Salto da cama, corro para a janela e olho para fora pelas ripas da persiana. O jardim na frente da *villa* está vazio. Não consigo ver a piscina daqui.

Onde ela está? O que vou fazer? E onde diabos está Ambrogio? Não havia alguma coisa sobre um plano? Mantenha a calma, Alvina, digo para mim mesma. Mantenha a calma e vá em frente. Relaxe. Aja com normalidade. Você consegue. Você é uma estrela do rock. Pense: o que Beyoncé faria? Respiro fundo.

Oh, meu Deus:

Eu fiz isso!!!!

A euforia borbulha dentro de mim.

Estou tão empolgada que poderia voar até o céu, e estou planando, flutuando, pairando, olhando para baixo, para o corpo dela, olhando para a Terra. Eu poderia dançar, poderia cantar, poderia explodir. Estou livre! Finalmente! Quero rir. Quero chorar lágrimas de alegria. O arrebatamento. A euforia. Como correr demais num patinete. Um sorriso involuntário se espalha no meu rosto, cubro a boca com as mãos.

Elizabeth está morta! Vida longa a Elizabeth!

Era Alvie ali deitada com sangue no cabelo, um vestido preto molhado, uma alça rasgada e a pele branca brilhando no luar agonizante. Ela estava serena. Estava linda. Alvina. Ninguém vai sentir falta dela. Sem marido preocupado com o paradeiro dela. Sem bebê chorando para pedir colo. Sem amigos na Inglaterra esperando que ela escreva, telefone, implorando para ela voltar. É melhor assim. É bom que Alvina esteja morta.

"*Eu sempre tentei, tentei mesmo!*" De que merda ela estava falando? A voz da minha irmã na minha cabeça.

Não, estou aqui e vou ficar. Estou pronta para a briga. Não tenho nada a perder e tudo para apostar. É Ambrogio que deveria estar com medo. Bom, adivinhe só, *signore*? Agora *eu* tenho um plano. Meu plano é viver a vida da minha irmã e aproveitar cada maldito segundo. Enquanto ele achar que sou Beth, tudo certo. Tudo está lindo. Nada a temer. Mas no instante em que ele suspeitar, tchau, príncipe encantado. *Arrivederci,* Ambrogio. Se eu matei uma vez, então posso matar duas. É ele que deveria estar surtando. Não vou sentir medo. (Uau, sou ainda mais incrível do que eu achava. Sou Lisbeth Salander. Sou Joana d'Arc.)

Minha bolsa está pendurada numa cadeira perto da penteadeira. A bolsa de Beth. A minha bolsa. Ambrogio a trouxe para dentro ontem à noite. Agora eu me lembro, estava no carrinho. Vou pegá-la e olho para dentro: minha carteira Primark, meu protetor labial de cereja e mais uma coisa... solta no fundo... o colar de diamante de Beth! O que está fazendo aí? Por que ela levou o colar para passear? Eu poderia ficar aqui para sempre tentando descobrir, mas preciso muito fazer xixi.

Paro na pia e me olho no espelho.

— Olá, Elizabeth.

Ligo o chuveiro e entro no boxe. Ainda estou me sentindo suja de ontem à noite. Esfrego meu corpo com uma esponja, uso um vidro inteiro de sabonete Molton Brown. Por que não depilar as pernas e a virilha já que estou aqui? Beth não tinha pelos das sobrancelhas para baixo. Encontro a lâmina dela numa pequena prateleira e passo um pouco de espuma para barba. Saio do chuveiro em uma nuvem de vapor quente e me enrolo numa toalha.

Minha boca está rançosa. Duas escovas elétricas estão presas ao carregador numa prateleira; pego uma sem pensar. Nunca quis tanto escovar os dentes na vida. A vibração alta me faz dar um salto, como uma motosserra num jardim, como uma furadeira no cérebro. Olho para o espelho e esfrego meus dentes. Sou Elizabeth. Sou Beth; digo isso para mim mesma várias vezes.

Então eu paro. Merda, se eu sou Beth, sou destra. Troco de mão. Tento de novo. Escovar os dentes com a mão errada é quase impossível. Eu me sinto tão desajeitada quanto uma criança de colo, mas continuo. Preciso praticar. Preciso fazer isso direito. Então uma figura no espelho me faz dar um pulo, Ambrogio.

— Bom dia, querida — diz ele atrás de mim.

A voz de Ambrogio está rouca, áspera. Paro o zumbido, a boca cheia de pasta.

— Como você está se sentindo? — pergunta.

Cuspo a pasta na pia e abro a torneira. Observo o rosto dele: olheiras, barba por fazer. Ele parece não ter dormido nada.

— Emilia está com Ernesto, eles tomaram café da manhã e estão brincando no quarto dele. Ela quer levá-lo para o parque, se estiver tudo bem por você.

E o corpo? E minha irmã?

— Tudo bem — respondo.

Quero ver Ernie... beijá-lo, segurá-lo. O pequeno Ernie! Ele é todo meu!

— Ouça, Beth — começa Ambrogio. — Hum... bem...

Abaixo até a pia para enxaguar a boca com água morna e cuspo a pasta na pia.

— Temos um problema.

— Um problema?

— Sim.

Pego uma toalha e seco a boca.

— Sua mãe — diz ele.

— Minha mãe está na Austrália.

— Eu sei, *amore*, mas ela é uma ponta solta. Em algum momento, ela vai se perguntar o que aconteceu com sua irmã. — Ele para e franze a testa para mim através do espelho. — O último lugar onde Alvie vai aparecer em qualquer registro é o aeroporto de Catânia, visitando você.

Merda. Ele tem razão. Minha mãe é uma maldita ponta solta.

— Então, o que vamos fazer? Onde está o corpo? — pergunto, secando o rosto com uma toalha.

— O corpo está com os meus amigos, bem aqui em Taormina.

— E?

— Acho melhor agirmos como se nada tivesse acontecido. Como antes de ela chegar — diz ele.

— E minha mãe?

— Você precisa ligar para ela e dizer que Alvie morreu. Convide-a para o funeral.

O quê?

— O funeral? Que funeral? Achei que não pudéssemos fazer um funeral?

— Diga que o funeral é *hoje*. Ela está do outro lado do mundo, sua mãe não vai vir. Mas, se vier, tudo bem. Nino está com o corpo na casa, por garantia.

Estamos na Sicília, podemos organizar um funeral sem registro. É um saco, mas podemos fazer. Acontece o tempo todo.

Abro a torneira e limpo a pasta de dente, que gira na cuba e desce até o ralo, fazendo barulho, jorrando, borbulhando. Ele deve estar certo. Minha mãe viria se tivesse sido Beth quem morreu, mas é uma viagem bem longa para ver alguns estranhos encherem um buraco no chão com uma pessoa de quem você não gosta. Finco as unhas na parte plástica do cabo da escova de dente.

— Vou ligar para ela — digo. Não tenho escolha. Mas, se ela vier, estou perdida. Minha mãe é a única que sabe nos diferenciar. — Vou ligar hoje para ela... mas quero ver.

— Quer ver o quê?

Ambrogio coloca as mãos nos meus ombros e massageia meu pescoço. Dói. Estou tensa.

— Onde ela foi colocada. Onde foi enterrada.

Quero me certificar de que ela está embaixo da terra.

— Você não quer ver, não vai ser bom.

— Eu *preciso* ver.

Preciso saber que ela não vai voltar.

Fazemos contato visual pelo espelho, onde ele está bem atrás de mim.

— *Eu vou* — digo.

Ele suspira e balança a cabeça.

— Tudo bem. Você pode vir. Vou ligar para o Nino e avisá-lo. — Ele passa os braços pela minha cintura e me abraça. — Vai ficar tudo bem, Beth.

Ambrogio está quente, a sensação é boa, e, de repente, eu acredito nele. Tudo vai ficar incrivelmente bem. Ainda estou com a escova de dente na mão; eu a coloco de volta na prateleira.

— Ei, por que você está usando a minha escova? Use a sua — diz ele.

Capítulo 19

Estou parada no meio do closet olhando em volta: uma criança numa loja de doces. Veja só todas estas roupas maravilhosas! Todas são de alta-costura, caras, de designers. Como Beth conseguia pagar por isso tudo? Ela não pode ter ganhado tanto dinheiro assim com o livro. Ambrogio comprou tudo com o dinheiro dos pais? Ou ele ganha uma fortuna no mercado de arte? O que devo usar? Algo preto, claro. Mas, não. Aja como se nada tivesse acontecido, como as coisas eram antes. Foi o que ele disse. Certo, querido: o que você quiser...

Pego um vestido Roberto Cavalli amarelo-vivo, com uma barra dourada na gola e nas mangas. Encontro plataformas amarelas de couro legítimo que combinam perfeitamente com ele. Amarelo como o sol, belo e luminoso, combina com o meu humor. Contanto que todo mundo pense que sou Beth, não tenho com que me preocupar. Não existe nenhuma lei que diz que você precisa salvar a vida das pessoas. Quatro minutinhos: o que é isso? Nada. Num tribunal, acho que eu me safaria.

Se eu conseguir enrolar minha mãe, terei ganhado na loteria. Chega de Alvina Knightly. Está resolvido, sou uma milionária. Giro diante do espelho e admiro o vestido. Pareço uma celebridade de reality show, alguém glamoroso de *Geordie Shore*. Sou casada com o sujeito mais maravilhoso da ilha, o homem que eu mereço. Quem se importa se ele ia matar Alvie? Não sou Alvie. Sou Beth. Estou em segurança. *Sou eu* quem está no controle aqui. Sou eu quem ainda está viva. Contanto que Ambrogio ainda pense que sou Beth, vou ficar bem. Vou ser a melhor Beth que eu puder ser. Vou ser ainda mais

Beth do que *Beth*. Não vou voltar para Archway de jeito nenhum, não quando posso ter tudo isso!

E, finalmente, sou uma mãe! Acabei de ganhar um filho sem passar pelo parto. Mas, até aí, Beth também, ela fez uma cesárea (chique demais para fazer força).

Todos os meus Natais chegaram juntos!

Passo a maquiagem de Beth sem pressa, cantarolando para mim mesma o clássico de Kylie Minogue: "I Should Be So Lucky". Base Chanel, gloss Juicy Tube, rímel Benefit... uma generosa borrifada de Miss Dior Chérie. Encontro a escova de Beth sobre a penteadeira, me penteio e faço um coque, como ontem. Parece bom, mas preciso lembrar de ligar para a cabeleireira. Vou procurar o iPhone de Beth mais tarde. Talvez eu também faça a unha? Uma massagem, um tratamento facial e uma daquelas bandagens em que cobrem seu corpo com papel-alumínio como um peru assado. Quanto tempo será que esse bronzeado artificial vai durar? Não posso me esquecer de tomar sol hoje. Dou uma olhada no espelho: nem sinal de Alvina. Estou pronta.

Atravesso o corredor cambaleando por causa das plataformas. Essa é a parte mais difícil de ser Beth: saltos de quinze centímetros. Ela sempre se vestiu como se tivesse acabado de sair da passarela: semana de moda de Londres, Paris, Milão. Eu me seguro nas paredes para me equilibrar. Encontro uma janela e olho para a piscina. Respiro fundo e olho para fora: ali no terraço está o espaço onde o corpo de Beth esteve. Está vazio. Está limpo. A piscina parece plácida, como se nada tivesse acontecido. A água azul brilha sob o sol da manhã. Talvez eu nade um pouco mais tarde? Posso fazer o que eu quiser.

Uma onda repentina percorre meu corpo todo, um formigamento da cabeça aos pés. Uma excitação. Uma explosão. Como correr demais num patinete. Todos os meus sonhos mais loucos se realizaram. Eu me inclino na janela e respiro fundo. Já posso sentir que vai ser um dia quente, seriamente escaldante. Acho que Beth me avisou no e-mail: *Não se esqueça de trazer biquíni e chapéu de sol; está um calor de matar aqui!* Hoje, sabe, o calor não me incomoda, é o clima perfeito para me bronzear. Beth estava tão bronzeada quanto Tom Hanks em *Náufrago*. Não vou ser pega! Não vou perder! Este é o meu jogo, e vou vencer.

Ando pela *villa* até encontrar a cozinha. Este lugar é um labirinto. Procuro David Bowie. A academia. O cinema. A sala. A biblioteca. Finalmente, eu a encontro, a cozinha é enorme. É uma cozinha tradicional siciliana: azulejos amarelos e brancos, placas de madeira no teto, panelas de cobre brilhante penduradas em uma barra. O cheiro de limões sicilianos e de alguma coisa no forno. Cerâmicas pintadas à mão organizadas em um armário. Parecem saídas de um anúncio de Cath Kidston. Tudo parece limpo e imaculado.

Tem uma mulher em pé de costas para mim. É a Beth? Fico paralisada. Meu corpo inteiro fica tenso. Mas o cabelo está errado: encaracolado e preto. Ela vira e me vê.

— *Ciao, signora* — diz ela com um sorriso.

Agora eu me lembro. Deve ser Emilia. Emilia e Ernesto foram ao parque. Meu rosto desaba. Não sei falar italiano (só palavrões... e "pizza" e "cappuccino"), então digo apenas:

— Tudo certo.

Por sorte Beth nunca se deu ao trabalho de aprender italiano. Poderia ter sido um problema.

— Como vai? — pergunta ela.

— Bem — respondo. Nunca estive melhor. Sou Elizabeth. Está tudo ótimo. — Como vai você? Como está o Ernesto?

Vou até o carrinho e dou uma olhada. Ele está dormindo como um bebê. A boca está aberta e um pouco de baba escorre pelo queixo. Não acredito no quanto ele é lindo. Ele é perfeito. É maravilhoso e é todo meu. Será que ele vai perceber que matei a mãe dele? Estendo o braço e acaricio sua bochecha macia com o dedo. Suas pálpebras piscam, mas ele não acorda.

— Ah! Ele está dormindo — diz Emilia, se aproximando para me cumprimentar à moda italiana: um beijo em cada lado do rosto e um abraço de urso.

Ela tem um cheiro gostoso: sabonete de lavanda? Fico feliz por ter me lembrado de passar o perfume de Beth.

— Que bom! — Eu sorrio, deixando meus olhos se apertarem de carinho, como vi Beth sorrir ao falar com a babá.

— Onde está sua irmã, Alana?

Meu Deus. Sério? Por que ela quer saber?

— Alvie teve que ir para casa, voltou para Londres — respondo. — Uma crise no trabalho. Ela tem um cargo muito importante. É a poeta-chefe do *Times Literary Supplement*. — Emilia me olha sem expressão. — Cappuccino?

— Vou preparar, *signora* — diz ela com um sorriso.

Na verdade, eu não preciso de cafeína, já estou ligada, totalmente desperta. Esqueci que estou de ressaca. Isso *nunca* acontece. Às vezes ressacas duram dois ou três dias. Às vezes quatro. Uma vez, passei uma semana inteira na cama no pronto-socorro. Emilia se ocupa com uma cafeteira prateada e um saco de café em grãos. Não tiro os olhos da mulher. Ela pode não estar sempre disponível, e preciso saber como preparar café sozinha na minha maldita cozinha. Nada de Nescafé solúvel nem chaleira, eu não teria a menor ideia de por onde começar.

Emilia localiza um pequeno apetrecho prateado em uma prateleira e a desmonta. Ela enche a base com água de um filtro. Em outra máquina, ela despeja grãos cor de chocolate e aperta um botão. Um zumbido ensurdecedor começa, e sinto o cheiro de crack-cocaína de café recém-moído. Fico com água na boca. Ela pega uma colherada de café moído e coloca na coisa prateada. Em seguida, Emilia abre o gás e acende uma boca do fogão com um fósforo fino e comprido. Observo onde ela guarda os fósforos, caso eu precise de um: ficam num prato de cerâmica à esquerda do fogão.

— *Cinque minuti* — avisa ela.

Acho que quer dizer *cinco minutos*.

— Leite? — pergunta Emilia?

Indico que sim com a cabeça. O apetrecho borbulha. Emilia serve um centímetro de café em uma xícara e então acrescenta uma colher de chá de espuma de leite. *Só isso?* Não vai funcionar. Estou acostumada com os *ventis* da Starbucks: dois litros de espuma em um balde com cobertura de caramelo. Essa xícara é do tamanho de um dedal.

— Obrigada — digo.

Ótimo.

Tomo um gole. *Puta que pariu*. É como beber ácido.

— Uh! Preciso de açúcar — peço.

Emilia me olha como se eu tivesse acabado de aterrissar neste planeta.

— Mas, *signora, mi dispiache!* Sempre a senhora diz: *açúcar é maligno?*

— Pois é, bom, mudei de ideia.

Enfio umas duas colheradas cheia e misturo até o gosto amargo desaparecer. Ela olha para mim com uma expressão estranha, a cabeça inclinada para o lado. Hum, Emilia, preciso tomar cuidado com essa mulher. Se isto fosse um romance, seria ela que me entregaria. São sempre os serviçais, nas histórias de mistérios, que sabem exatamente o que está acontecendo: os mordomos, as empregadas, as babás ou as arrumadeiras. Arrumando as cortinas. Ouvindo à porta. São os olhos e os ouvidos do estabelecimento. Nenhum escândalo passa por eles. Nenhum segredo se esconde deles. Sim, preciso ficar de olho em Emilia.

— Onde está Ambrogio? — pergunto.

— Nadando — responde ela. Olho pela janela, para a piscina. Calma como um lago. — No mar.

Ah, sim. Eu tinha esquecido do mar. Agora o que devo fazer? Preciso aliviar um pouco a tensão nervosa; eu pareço uma mola contraída no topo da escada. Talvez eu vá fazer uma caminhada para explorar meu novo bairro? Posso praticar andar com meus sapatos novos.

— Acho que vou fazer uma caminhada... até o anfiteatro! — aviso. Beth costumava ir para lá. Para ela, era "inspirador". E talvez o segurança esteja lá, ele pode lançar um pouco de luz sobre o que estava acontecendo com minha irmã. — Vejo você mais tarde.

Eu me inclino sobre o carrinho e dou um beijo em Ernie, seu rosto pequenino quente e macio. Saio da cozinha e vou para o corredor. Estou me virando bem com os saltos. Mas então me lembro: preciso fazer aquela ligação internacional. Meu Deus. Isso vai ser doloroso. Vou ter que acordá-la, é tarde da noite em Sydney. A última coisa que quero fazer é falar com a minha mãe.

Capítulo 20

— Como assim, *ela se foi*?
— Quero dizer, *morta*, mãe. Sinto muito. — Faz-se um silêncio desconfortável. Aperto o fone mais perto da cabeça e torço o fio em espiral nos dedos.
— Alô?
— Beth? Beth? A ligação está entrecortada, querida. Não ouvi uma palavra do que você acabou de dizer.
Respiro fundo. Isso vai ser uma tortura. Faz muito meses que não falo com minha mãe. Ou talvez um ano. Em geral eu evito as suas ligações; não que ela costume pegar o telefone. Ela não sabe usar e-mail. Nem sabe que Facebook ou Twitter existem. Recebi uma vez um cartão-postal de Ayre's Rock, mas foi em dezembro de 2009. Eu me encolho ao ouvir o sotaque australiano na voz dela. Tudo o que minha mãe diz parece uma pergunta, tem uma inflexão ao final de cada frase. É como ter uma relação com o elenco de *Neighbours*: Mrs Ramsay ou outro. Ela ainda está no programa?
— É a Alvie, mãe — pronuncio tudo devagar, como se estivesse falando com uma criança difícil. — Houve um acidente. Ela está *morta*.
Como um dodô.
A linha fica em silêncio por um minuto. Acho que a ligação caiu.
— Alôôôôôôôôôôôôôô? — digo. — Mãe?
— Ah, meu Deus... Quem é que morreu?
Que inferno.
— *Al-vi-na*.

Dou um suspiro.

— Ah, entendo — diz ela finalmente.

Posso sentir o alívio em sua voz do outro lado do mundo. Meu Deus. Eu sabia! É verdade. Ela sempre odiou a pobre Alvina. O que foi que eu fiz para merecer isso? É tão injusto. Ela nem está triste. Talvez chateada. Pisco para afastar as lágrimas.

— O funeral é hoje, então você provavelmente não vai conseguir vir. *Definitivamente* não vai conseguir vir.

— Como aconteceu? — pergunta minha mãe, falando ao mesmo tempo que eu.

Ela parece um pouco mais triste, fico feliz com isso, apesar de que ainda não diria *angustiada*.

— Houve um acidente na piscina. Ela estava bêbada — respondo.

Parece adequado. Alvie sempre gostou de beber. Bastante. Muito. Ela gostava de beber até ficar anestesiada, e o mundo parecer um lugar melhor. E então beber mais um pouco. E mais um tanto. E mais ainda. E não lembrar como chegou em casa. E às vezes (sempre) nem voltar para casa. (Lugares onde eu dormi que não eram uma cama: corredores, valas, arbustos, escadarias, elevadores, ônibus, lagos.)

— Bêbada — repete minha mãe. — A piscina. Entendo. — Ela parece distante, mais longe agora, mais do que no Hemisfério Sul, Júpiter ou Marte. — Típico de Alvina. Não posso dizer que estou surpresa. Ela sempre...

— Como eu disse — interrompo —, o funeral é hoje.

Puxo o fio do telefone entre os dedos até deixá-lo tenso e esticado como a corda de um enforcado. Ela não está surpresa. Ela meio que esperava. E provavelmente está até *feliz*.

— Vou comprar a passagem.

Merda.

— Não! Mãe, você não precisa vir. — Estou falando alto; tento controlar a voz. — Você não vai chegar a tempo e, de todo jeito, na verdade, não tem nada que você possa fazer.

Faz-se uma pausa enquanto minha mãe pensa no assunto. Prendo a respiração. Ouço as células cerebrais dela funcionando como se as engrenagens estivessem girando. É muito longe. É muito dinheiro. *Foi só Alvina que morreu, não Beth*. Por favor, não venha, mãe, estou pedindo em silêncio. Não venha, merda.

— Você não pode adiar o funeral, querida? Eu não entendo.

— É assim que as coisas são feitas aqui. Precisa ser hoje. É uma questão católica. Você com certeza vai perder. Eu sinto muito — digo, deixando minha voz falhar com a quantidade certa de "tristeza". Quero que este telefonema acabe logo. Se fosse Beth que tivesse morrido, ela viria, sem dúvida. Se fosse Beth que tivesse morrido, ela estaria no próximo voo. Eu devia desligar agora. Devo desligar na cara dela?

— Bem... — diz ela, pensando no assunto. — Se é assim, querida. Eu deveria estar aí. Mas estou *muito* ocupada com a venda de bolos da paróquia e... bom, é uma pena. Vou perder o funeral da minha própria filha.

— Hum.

Até parece que ela se importa. Inacreditável. Minha mãe está praticamente dançando — aliás, *rebolando* — no meu túmulo.

— Eu sinto muito não poder estar aí para cuidar de *você*... você está bem?

— Estou bem — respondo. — Quero dizer, bom, claro que... estamos todos em choque.

— Claro — diz ela. — Tudo parece tão terrível, mas, Beth, estou tão feliz que não tenha sido você.

Meu Deus, de novo *não*. Não aguento mais isso. Primeiro Ambrogio e agora minha própria mãe. Enfio a mão fechada na boca e a mordo forte. A dor me distrai e impede meus olhos de chorarem, mas não por muito tempo. Pelo menos minha mãe não estava planejando me matar. A menos que ela estivesse por dentro do plano com Ambrogio? Não posso confiar em Ambrogio. Não posso confiar na minha mãe. Meus dentes rangem, e prendo a respiração. Mantenha o controle, Alvina. Vamos!

Desligamos o telefone, e era o que eu queria. Minha mãe não vem, não estou totalmente encrencada. Mas parte de mim está completamente furiosa. Não foi preciso insistir muito. Como ela ousa não vir ao meu funeral? A venda de bolos da paróquia? Quem se importa? O que confirma minha eterna suspeita: minha mãe nunca gostou de Alvina. Desde o início, só Beth importava. Ela sempre achou que éramos o Médico e o Monstro. Eu me recuso terminantemente a chorar. Minha mãe morreu para mim.

Vejo um vaso antigo sobre uma mesa de madeira polida no canto do cômodo. É azul, pintado à mão, com lindas flores brancas e um lindo padrão ao redor da borda. Pego-o com cuidado, as duas mãos na base, e o atiro no chão de mosaico.

Ele se estilhaça em mil pedaços.

***

Minha sombra é longa. O sol está baixo no horizonte. Chuto a terra no chão seco e tento andar como Beth: queixo levantado, ombros para trás, calma e confiante. O ar está parado; já parece uma caldeira. É cedo e o anfiteatro acabou de abrir. Ao contrário das multidões malvestidas de antes, agora não tem quase ninguém aqui. Tem um quê de mistério, desamparo, está praticamente deserto. Eu me junto aos dois outros turistas na fila e tento me integrar. Não funciona, eles se viram e me encaram. Estou arrumada demais. Ou talvez seja o amarelo de vendedora de doces? Estou prestes a fazer uma careta e olhar feio para eles, quando me lembro, eu deveria ser Beth. Abro meu sorriso mais doce de "olá!". Todos parecem um pouco assustados. Eles viram e conversam entre si.

— Ah, você precisa provar a massa *a la Norma*. Vem com berinjela frita.

— Nunca gostei de berinjela, não consigo digerir direito.

Porra, que nojo. Eu queria que calassem a boca.

O mar está com um tom feio de azul-esverdeado, amontoados de algas se espalham pela água como hematomas. A luz do sol se reflete na superfície e queima minhas retinas. O céu está insuportavelmente azul.

— Elisabetta! Elisabetta!

Um homem vem correndo e se junta a mim no fim da fila, sem fôlego. Ele tem olhos azul-claros e cabelo loiro bagunçado, o que é incomum para um siciliano. Deve ser aquele segurança, o que vimos antes. Ele está de uniforme. Com certeza é ele.

— Elisabetta? É você? Ou... você é a outra?

Fazemos contato visual. Faço uma pausa. Desvio os olhos.

— Sou eu, *Elizabeth* — respondo.

— Claro que é, tudo bem?

— Tudo — digo. — Como você está?

Qual é o nome dele? Beth não me disse. Não posso exatamente perguntar agora. Eu queria que ele estivesse usando um crachá.

— *Bene, bene*. Onde está sua irmã? — pergunta ele com um sorriso. E olha por sobre o ombro, procurando minha irmã gêmea, perdendo a diversão gratuita.

— Ah, Alvina voltou para casa — respondo, fingindo um tom casual.

De repente, estou com muito calor. Minhas mãos estão grudentas, esfrego as palmas para cima e para baixo no vestido amarelo-lima de Beth. Eu queria uma bebida.

Ele franze a testa.

— Já? Mas ela não tinha acabado de chegar?

— Pois é, eu sei. Crise no trabalho...

Ele analisa meu rosto. Olho para os meus sapatos. Finjo bocejar e cruzo os braços, parecendo estar distraída com um pôster de *Nabucco*.

— Então... você está... você está bem mesmo? — pergunta ele, *de novo*.

— Por que você ainda está aqui? Achei que o plano fosse fugir? Achei que você fosse embora ontem à noite?

Olho para onde ele encostou no meu braço: unhas roídas, relógio digital. Não quero que ele me toque. Não sei por onde ele andou.

— Estou bem — respondo, me afastando.

Saia do meu espaço. Por que ele se importa? O que ele sabe sobre o *plano*?

— Você é *Elisabetta*, não é? — pergunta.

A voz dele desaparece. Seus olhos percorrem o meu corpo, até os dedos do pé. Respire, Alvie. Respire. Tudo *bem*. Esta é uma roupa bem "Beth". Eu não poderia parecer mais com a minha irmã gêmea. Então por que estou tremendo? Por que tem uma gota de suor escorrendo pelo meu peito? Por que meu coração está batendo nos meus ouvidos? Merda, espero que ele não consiga ouvir.

— Sim, sou eu. Já falei para você. Alvie teve que ir embora.

Meu Deus, qual é o problema dele? Eu não devia ter vindo para cá. Foi um erro.

Ele suspira e balança a cabeça dourada e, de repente, parece preocupado. Ele passa os braços pelo meu pescoço e me puxa para um grande abraço de urso. Posso sentir o cheiro do gel que ele passou no cabelo. Significa que ele se penteou? Deve ser o estilo "acabei de sair da cama". Eu me levanto, dura como um cadáver, não gosto de ser abraçada por estranhos completos. Mas então me lembro: não é um estranho, eu deveria ser Beth. Nós somos amigos. Pelo jeito, eu contei *tudo* para ele. Pelo jeito, ele sabe tudo sobre o tal plano. Então retribuo o abraço. O que será que ele sabe... exatamente.

— Eu ia embora ontem à noite. — Acho. É o que eu digo, finalmente, me desvencilhando.

— Eu sei, você me contou que planejava fugir.

Fugir do quê? O que é tão terrível?

— Pois é, isso mesmo, mas então Alvie foi embora.

— Então o que você vai fazer? — pergunta ele.

— Ah, pensei em ficar aqui, na verdade. Veja só, é tão agradável. — Faço um gesto para o entorno, indicando a paisagem e o teatro. — Acho que devo estar me afeiçoando. E eu amo o tipo de bolo que fazem aqui...

Ele me olha de um jeito estranho por meio segundo, uma expressão confusa em seu rosto jovem.

— Mas, Elisabetta, você disse que não tinha escolha. Se ficar aqui, você morre. Você e o bebê.

Espero que ele caia na gargalhada, que diga que era piada, mas ele muda de pose no silêncio desconfortável e espera a minha resposta. Não respondo. Olho para meu relógio como se tivesse um compromisso e não quisesse me atrasar.

— Merda. Desculpe. Preciso ir.

Dou meia-volta e vou em direção à saída.

— Elisabetta? Aonde você vai?

— Vejo você depois — grito por sobre o ombro.

— Não vá para casa! Não é seguro.

Saio correndo do teatro tão rápido quanto consigo com esses sapatos amarelos ridículos. Corro pela estrada e desço a colina ofegando, desvio, hesito e disparo por becos, então pulo uma cerca e entro num jardim. Outro jardim. Um beco. Uma estrada. Então me perco em pomares de frutas cítricas, árvores girando à minha volta, engancho em galhos e tropeço em suas raízes. Continuo correndo até meus pulmões arderem e eu não conseguir respirar o ar sufocante. Árvores e vespas passam zumbindo pelo meu rosto. Eu me chacoalho e bato em mim mesma com as mãos. Já estou coberta de picadas de pernilongo. Este país está tentando me devorar.

Desabo na base de uma árvore velha e retorcida, recosto em seu tronco, meu peito arfando, as mãos tremendo. Olho para o meu corpo jogado na terra. Não parece nada comigo. Eu não me sinto eu. Laranjas e limões estão espalhados pelo pomar. "Laranjas e limões, dizem os sinos de St. Clements", dizia a cantiga que Beth e eu cantávamos na escola.

"Você disse que não tinha escolha", o segurança tinha dito. "Se ficar aqui, você morre."

Não sei o que fazer. Parte de mim quer sair correndo e nunca parar. É uma ilha. Eu logo alcançaria o mar. Então eu poderia nadar sem parar, até não conseguir nadar mais. Parte de mim quer voltar para a *villa*, pegar meu passaporte e correr para o aeroporto. Não tenho para onde ir. Sem família. Sem amigos.

Até minha mãe acha que estou morta. "Laranjas e limões, dizem os sinos de St. Clements. Você me deve cinco moedas, dizem os sinos de St. Martin's. Quando vai me pagar?, dizem os sinos de Old Bailey. Quando eu ficar rico, dizem os sinos de Shoreditch." Contenho a vontade de chorar.

Controle-se, Alvie. Pelo amor de Deus, dê um jeito, merda.

Seco meu rosto com um dedo e começo a fungar. Eu quero ficar. É o que Beth teria querido. Ambrogio precisa de uma esposa. Ernesto precisa de uma mãe. É a coisa altruísta a fazer.

Mas por que aquele segurança estava tão preocupado comigo? Por que Beth me fez trocar de lugar com ela? O que aconteceu com a minha irmã ontem à noite? Por que ela estava chorando? Tão chateada? E por que diabos ela estava coberta de hematomas?

Não faço ideia do que estava acontecendo.

A única maneira de descobrir é ser Beth. Então preciso continuar. É a única saída. Vou ser Beth para sempre se for necessário. Vou continuar sendo Beth até morrer. Eu me levanto e limpo a poeira. O lindo vestido de Beth está coberto de terra. Ela me mataria se me visse assim. Leio a etiqueta: lavar a seco. Claro.

Capítulo 21

Parco dell'Etna, Sicília

Nino parece ter saído direto do cenário de *O poderoso chefão*. Acho que essa é a moda nessa parte da Sicília. Ele tem uma pose, do mesmo jeito que Al Pacino como Michael Corleone tinha pose. Bigode de ferradura. Jaqueta preta, gravata preta, chapéu fedora cinza com uma faixa preta. Agora eu me lembro: é o sujeito que vi saindo sorrateiramente da *villa* quando cheguei.

— Gostei do chapéu — comento.

Ele não responde. Nino não diz nada quando embarcamos em sua van preta brilhante e disparamos pelo interior da Sicília. Ele está ouvindo Metallica numa altura ensurdecedora ("Master of Puppets", gosto dessa faixa) e balançando a cabeça ao som da batida.

— *Dove il cadavere?* — grita Ambrogio.

— *Bagagliaio* — responde Nino.

— Hum? — digo, virando para Ambrogio.

Estou sentada no banco de trás sozinha, comendo Pringles sabor queijo e cebola.

— Quer uma? — ofereço.

Ambrogio olha para mim de um jeito estranho e balança a cabeça.

Ele e Nino estão sentados na frente. Um aromatizador com cheiro de chiclete está pendurado no retrovisor. Tem uma imagem de Jesus colado com fita transparente no painel. Um rosário de madeira com um crucifixo prateado.

— Sua irmã está no porta-malas.

Sinto um calafrio e viro para a parte de trás do carro, coloco a batatinha de volta na lata e fecho a tampa. Uma capa grossa e preta cobre o porta-malas bem atrás de mim, então não consigo ver o que tem dentro.

— Mesmo? — grito. — Ela está ali?

— Sim — grita Ambrogio de volta.

— Tem certeza?

— O quê? — grita Ambrogio, olhando por sobre o ombro. — Quer sair e dar uma olhada? Você acha que Nino se esqueceu dela? Vamos enterrar um cadáver, mas esquecemos o cadáver? Esse sujeito é profissional, não é, Nino?

— Profissional — diz Nino.

Acho que acredito nele, só parece muito improvável que o corpo da minha irmã esteja no porta-malas do carro. Afinal, estamos passando por ruas em plena luz do dia. Nino dirige pior que Ambrogio. É como se estivesse tentando morrer. Ao que parece todo mundo dirige assim aqui, então não vamos ser parados pela polícia. Seria suspeito se respeitássemos o limite de velocidade. E se parassem para fazer uma inspeção aleatória? Só um procedimento de rotina? Aí vamos ter problemas. Aperto os olhos e procuro uma viatura na estrada, mas não vejo nenhuma. Deslizo de um lado para o outro no banco de trás e me choco com uma porta a cada esquina. Talvez tenha sido assim que Beth ganhou todos aqueles hematomas? Não tem nenhum cinto de segurança. Não é muito seguro.

Olho pela janela para os ciprestes altos, que se afinam na direção do céu como velas longas e verdes; para a frente exposta e cinza dos rochedos nos encarando das colinas. A autoestrada para Catânia faz uma curva sinuosa pela costa, e nunca estamos muito longe do mar. Talvez eles joguem o corpo em algum ponto do oceano? Enterrada no mar como Osama bin Laden. Espero que ela não boie como uma bruxa.

— Aonde estamos indo? — pergunto finalmente.

— Um amigo do Nino está construindo uma casa de campo — berra Ambrogio por cima da música. — Não é, Nino?

O vocalista grita "Master! Master!". A linha de baixo faz DOOF! DOOF!

— Casa de campo — repete Nino.

— Certo... — respondo. — E daí?

— Você vai ver.

Vamos até uma parte remota do interior, algum lugar não muito longe de Catânia. Nino pega uma estrada de terra, e dirigimos por alguns minutos através de um bosque. A estrada está cheia de raízes de árvore e buracos. Estou pulando para cima e para baixo no banco de trás. As árvores são bastante próximas, então elas bloqueiam a luz do sol. É sombrio e está ficando cada vez mais escuro. Quando chegamos a uma clareira, Nino para o carro. Primeiro, acho que não tem nada ali, só uma clareira entre as árvores, terra no chão e uma pequena nesga de céu por entre as copas. Então vejo uma pilha de tijolos vazados, um buraco no chão e uma picape. Tem um misturador de concreto num caminhão, que está estacionado atrás dos galhos. É basicamente uma obra. O que estamos fazendo *aqui*?

— Você quer sair? Se for demais para você, pode ficar no carro. — Ambrogio força um sorriso e então salta da van. Eu me encolho quando ele bate a porta.

Por que eu quis vir? Acho que Ambrogio está de mau humor, porque causei todos esses problemas e não segui seu plano. Observo os homens pelas janelas filmadas: Ambrogio, Nino e mais alguém. Nino está perto do buraco no chão: silencioso, quieto. Ele está de costas para mim. E não parece estar se mexendo. Nem respirando. Nunca vi ninguém parecer tão calmo. Tem alguma coisa nele. Não sei dizer o quê. De repente, está quente demais no carro. Sufocante. Pegajoso. O ar-condicionado está desligado. O aromatizador de chiclete está me dando ânsia de vômito. Preciso sair, estou enjoada. Não consigo respirar. Abro a porta e saio do carro.

— *Domenico, è pronto il cemento?*
— *Si, si. È pronto. È pronto.*

Um homem grande de macacão azul está sentado na parte de trás da picape fumando um charuto cubano. Acho que deve ser Domenico. Ele olha para a frente quando me vê: cicatrizes de acne, nariz quebrado, cabeça raspada como se usa na cadeia. Ele deixa o charuto queimando na borda de metal e desce.

— *Professore* — diz Domenico, meneando a cabeça para Ambrogio.

Por que ele o chamou de *"Professore"*? Domenico vira para mim.

— Sua irmã morreu?

Não digo nada. É bem óbvio. É por isso que estamos todos aqui. Não estou com vontade de jogar conversa fora com um completo estranho, especialmente com alguém que parece ter acabado de fugir da cadeia: unhas sujas e enlameadas, terra no rosto, calça rasgada, cabelo de presidiário: ele parece um cruzamento bem feio entre Steve McQueen e uma toupeira, mas menos atraente.

— Pois é, meu irmão morreu semana passada — diz Domenico. — Estripado.

Porra, que nojo.

Ambrogio balança a cabeça.

— Que diabos você está falando na frente de uma *dama*?

Acho que ele está falando de mim. Ele confronta Domenico.

— Exato — diz Nino. — Quem se importa com seu irmão? Ele era um idiota.

— Não fale assim da minha família — diz Domenico, virando-se para Nino. Sua voz parece uma lixa.

— Ele não era da *minha* família — diz Nino. — Minha mãe não fez sexo com o próprio irmão. Idiota. Eu mesmo devia ter matado o sujeito.

— *Figghiu de buttana*.

— *Minchia*.

— Calma — diz Ambrogio, se colocando entre eles.

Os homens se afastam. Rosnando, como cães.

— O que aconteceu? — pergunto, virando-me para Nino. — Com o irmão dele.

— Comeu mulheres demais e ficou *pazzo* — diz ele, acendendo um Marlboro vermelho e jogando o fósforo no rosto de Domenico.

Bem, acho que está explicado então.

Agora eu quero um cigarro.

Nino e Domenico vão até a parte de trás da van e abrem o porta-malas. Eu me encolho ao lado de Ambrogio. Ele também acende um cigarro. Agora eu quero *muito* fumar.

— Hum, você me dá um? — peço.

Eu sei, eu sei, Beth não fumava, mas acredito que sejam circunstâncias excepcionais. Além do mais, se eu não consumir um pouco de nicotina, as coisas podem ficar feias. Quero dizer, mais feias. Se é que isso é possível.

Ele me olha, mas em seguida assente. Coloca um cigarro entre os meus lábios, acende para mim e outro para si mesmo. Dou um longo trago. Eu me sinto um pouco melhor. Ele passa o braço pelo meu ombro e me aperta.

É quando eu a vejo e levo um susto.

Beth não está num caixão nem nada. Não está nem dentro de um saco. Ela está seminua, pura e branca como leite. E ainda está usando o vestido da Louis Vuitton que roubei no aeroporto. A alça ainda está rasgada. Seu rosto está manchado de sangue seco e seu cabelo está bagunçado. Não sei por que isso é tão surpreendente. Acho que é porque o cabelo dela estava sempre perfeito. Ela estava sempre tão arrumada.

— Ah, meu Deus — exclamo e cubro o rosto com as mãos.

Nino e Domenico carregam o corpo de Beth pelos ombros e tornozelos e a levam para o buraco no chão. O pescoço dela está duro, e seus braços parecem presos ao lado do tronco. Acho que isso é *rigor mortis*; ela parece a Barbie que encontrei no lixo, mas a cabeça ainda está presa.

— *Uno, due, tre.* — Eles contam e então jogam minha irmã na vala.

Ploft.

— A fundação da casa — diz Ambrogio.

Ele vai até os outros dois homens e para na beira do buraco. Vou atrás dele. Nós quatro ficamos paramos ao lado do buraco no chão e olhamos para o corpo de Beth. Ela está virada para baixo na terra. O vestido está levantado, e dá para ver sua bunda. Talvez ela esteja usando uma calcinha fio dental, mas, se estiver, é tão pequena que não dá para saber desse ângulo. Para mim, é óbvio que é a bunda da *Beth*. A minha parece ser tão maior. Estrias. Celulite. Viro para Ambrogio, mas ele não parece ter notado.

A pele dela está tão clara, como se seu bronzeado tivesse saído na piscina. Nunca a vi tão pálida. Olho para os meus próprios antebraços. Acho que o bronzeador artificial saiu no chuveiro, então estamos da mesma cor. Que sorte.

Domenico volta para a picape e dá a partida. O motor tosse, engasga e começa a funcionar. O veículo faz um barulho agudo e uma luz azul se acende no topo da cabine enquanto dá a marcha a ré na direção da vala. A picape se move devagar, muito devagar, dolorosamente devagar, e então para. Domenico desce da cabine e faz alguma coisa com o misturador de concreto. A máquina grunhe, range, gira, se inclina, e concreto líquido e denso escorre até o buraco no chão. Faz um barulho molhado ao cair na terra recém-cavada e cobre o cadáver. Os pés, os tornozelos, os joelhos, as coxas. S<small>LAP</small>, <small>SLAP</small>, <small>SLAP</small>. O traseiro, as costas, as omoplatas, a cabeça. Sinto o cheiro de óleo queimado. Fumaça preta começa a sair e subir do misturador. Em poucos minutos, Beth não existe mais, só um buraco retangular cheio de uma mistura clara e cinza.

O que Beth faria se estivesse aqui no meu funeral? Seria estoica? Reservada? Relaxada? Gritaria e soluçaria de um jeito histérico? Não faço ideia. Não tenho referência para essa merda. Tudo o que sei é que, se não fosse a minha irmã lá embaixo, no buraco, então seria eu. Nunca vou saber quão perto eu cheguei. Beth só me pediu para vir para cá para me matar? Balanço a cabeça. Não Beth. De jeito nenhum. Mas talvez Ambrogio? O que está acontecendo? Olho para ele, que está distraído com o celular. Ambrogio é deslumbrante, de jeito nenhum pode ser um assassino. Acho que eu deveria estar feliz por ainda estar aqui. Solto um longo e profundo suspiro de alívio, apago o cigarro e amasso a bituca no chão. Ambrogio, Nino e Domenico fazem o sinal da cruz ao mesmo tempo. É como se fosse coreografado e ensaiado, como dançarinos num show da Taylor Swift. Imito o gesto.

Volto para o carro.

Dou uma olhada no Ladymatic de Beth: 11h42. Espero que a viagem de volta não demore muito; marquei uma sessão com a esteticista de Beth e não quero me atrasar.

Capítulo 22

Taormina, Sicília

— Mamma mia, seu cabelo cresce tão rápido. Fizemos as luzes duas semanas atrás, e veja só suas raízes! *Non ci credo...*

A esteticista, cujo nome é "Cristina Cabelo e Beleza", de acordo com o iPhone de Beth, está atrás de mim, passando os dedos pelo meu cabelo. Seus olhos maquiados com kajal estão arregalados de surpresa. Ela balança a cabeça e seus cabelos brilhantes.

— Hum — respondo, folheando uma *Vogue* italiana. Uh, amei esse vestido da Valentino: lindo, camadas fluidas e decote profundo. Perfeito para um tapete vermelho. Talvez eu o compre para sair com Ambrogio. Beth tem um par maravilhoso de Jimmy Choos que combinaria muito bem. Devo ir fazer compras em Taormina ou pegar um voo para o continente para fazer uma viagem por Milão? Qual é o nome daquela famosa rua com as lojas da moda? Via Monte Napoleone? Aposto que todas as celebridades vão lá...

— Você está tomando suplementos? Ou comendo ostras? — pergunta Cristina.

Levanto os olhos da revista que está aberta no meu colo. Fazemos contato visual pelo espelho.

— O quê? Não tenho, não — respondo.

— Ostras têm muito zinco. Zinco faz o cabelo crescer.

Bom, quem diria? Tem muito zinco no sêmen também. Engraçado, ela não perguntou se eu tenho feito muitos boquetes.

— E o que aconteceu com os cílios postiços? Eles caíram?

— Sim, eles caíram. Na piscina — respondo.

— Já? Sem problema. Vamos fazer de novo...

Tomo um gole do prosecco que está gelando na penteadeira: leve e frutado. Uma delícia. Coloco um morango na boca e começo a mastigar. O iPhone de Beth está sobre a mesa, pego o aparelho e olho para a tela. Sinto falta do Twitter. Não acredito que Beth não tem um perfil. O que ela fazia o dia todo se não estava no Twitter? Vou criar um. Para mim. Para ela. De nada.

@ElizabethCaruso @TaylorSwift Olá, Taylor! Meu nome é Elizabeth Caruso. Acho que você conhece a minha irmã, Alvina. De todo jeito, eu queria dar oi.

Postar.

Aposto que ela vai mandar uma resposta para Elizabeth. Ela nunca me respondeu.

Cristina passa os dedos pelo meu cabelo, massageando o couro cabeludo. Suas unhas de gel arranham minha cabeça. Ela coloca meu cabelo em tiras de papel-alumínio e passa descolorante na minha raiz. Tem cheiro de água sanitária ou Pato Purific. Ela leva uma hora para cobrir meu cabelo com pequenos embrulhos prateados. Cristina me conta *minuciosamente* sobre o rompimento de Gina e Matteo, os testes de seu filho na liga infantil de futebol, e o casamento de Stefania, ao qual ela compareceu no fim de semana passado. Ela entra nos mínimos detalhes sobre sua dificuldade com sua nova geladeira-freezer, o estômago inchado de seu marido (talvez ele tenha alergia a ovos?) e o que aconteceu ontem à noite no programa *Inspector Montalbano*. Meneio a cabeça como se eu desse a mínima. Acho que eu deveria conhecer essas pessoas, ficcionais ou não.

Observo os anúncios no fim da revista. Não consigo ler, mas posso olhar as imagens. São tão ruins na Itália quanto eram na Inglaterra. Não posso dizer que sinto falta do trabalho. Não sinto falta daquele porão. Não sinto nenhuma falta da Angela Merkel e duvido que ela sinta a minha.

— Precisamos fazer sua sobrancelha — avisa Cristina. Se fosse possível franzir a testa com todo o botox, ela o faria. — E você precisa fazer a mão e o pé. Vamos passar o dia inteiro aqui...

Cristina coloca um secador sobre a minha cabeça para acelerar o efeito do descolorante no meu cabelo. Então pega uma lixa e começa a trabalhar nos meus dedos da mão e do pé. Ela passa o esmalte rosa-bebê "de sempre" nas minhas unhas, com pontas brancas, em estilo francesinha. É tão mais conveniente quando a esteticista vem até você, não é? Ela levanta um canto para checar a cor, em seguida tira as tiras de papel-alumínio, uma por uma. Cristina enxagua o descolorante com um chuveirinho sobre a banheira. A água está morna e uma delícia. Ela seca meu cabelo, formando ondas largas e fluidas e volta a atenção para meu rosto.

Cristina pega muitas dúzias de pequenos cílios e cola um por um nas minhas pálpebras. Espero que ela saiba o que está fazendo. Quero poder abrir os olhos. Depois, ela passa tiras de cera derretida na pele embaixo das minhas sobrancelhas. Com um movimento rápido, ela puxa uma tira, depois outra e mais uma. Dou um grito! Está quente! E dói!

Quando Cristina acaba, olhamos para o espelho.

— Gostou?

— Amei.

Tuitar. Tuitar. Tuitar.

Olá, Elizabeth! É um prazer conhecer você! Beijos e abraços, @ElizabethCaruso @TaylorSwift

— Emilia? Emilia!

— *Si, signora?* — Surge uma voz do outro lado da *villa*.

— Vou levar Ernesto para fazer compras.

Ambrogio saiu com os amigos. Está na hora de fazer terapia de consumo.

— *Si, signora* — responde Emilia.

— Volto às três.

— *Si, signora. Ciao, signora.*

— *Ciao* — digo.

Gosto de dizer *ciao*. Eu me sinto chique. É como falam por aqui, então não é pretensioso. Tchau, tchau, tchau.

Deito Ernie no carrinho: um Silver Cross Balmoral. Beth disse que a duquesa de Cambridge tem um igual para a princesa Charlotte.

— Vamos às compras! — digo.

Ernie sorri para mim, satisfeito, seus grandes olhos azuis estão arregalados de alegria. Bagunço os cachos macios e dourados em sua cabeça gorda e redonda. Ele ri, baba e balança os bracinhos rechonchudos como um pintinho recém-nascido.

— Ma, ma, ma.

Acaricio a bochecha rosada dele.

— Fofura.

Sinto uma onda de amor materno. Ainda não consigo acreditar que ele é todo meu. Sempre quis ter um filho de Ambrogio. Sonhei com esse momento por oito anos inteiros! E agora aqui está! Meu próprio filho. Não consigo conter a sensação de que estava escrito. Eu me debruço sobre o carrinho e tiro uma selfie minha com Ernie abraçados. Posto no Facebook de Elizabeth: "Eu e meu menino lindo!!!!". Empurro o carrinho pela saída até a estrada.

O dia está lindo. Coloco os óculos escuros da Beth para proteger os olhos do sol ofuscante, então puxo a cobertura do carrinho para proteger Ernesto. Está vendo, sou uma boa mãe. Não quero que ele se queime. Eu até trouxe água numa mamadeira (caso ele sinta sede) e alguns chocolates belgas que encontrei na cozinha para um lanche da tarde (eu mesma como, se ele não quiser). Merda, esqueci o protetor solar! E as fraldas! E os lenços umedecidos! E uma muda de roupas! E o urso de pelúcia. Mas tudo bem. Não vamos demorar muito. Tenho certeza de que ele vai sobreviver. Vou cuidar bem do meu bebê. Levá-lo à Disney World. Matriculá-lo na Eton. Aulas de violino. Críquete. Um mordomo. Um cavalo. Todas as coisas que eu nunca tive. Ele vai ser totalmente mimado e mais um pouco. Ernesto vai ficar feliz que eu seja a mãe dele.

As rodas do carrinho fazem barulho quando descemos a colina. Sinto vontade de bater os calcanhares. Ernie está cantando algo incompreensível, pode ser uma tentativa de "Ba Ba Blacksheep", mas eu não apostaria dinheiro nisso. Vou colocá-lo para fazer aulas de canto quando estiver maior. Talvez ele se torne um famoso cantor de ópera? O protagonista em *Nabucco* um dia? Um Pavarotti mais novo e mais magro? Afinal, ele é meio italiano. E o pai dele é deslumbrante.

Respiro fundo. Ahhhh, ar limpo e fresco, o aroma dos limões sicilianos. Não, eu nunca mais quero voltar para Londres: fumaça de escapamento, latas de lixo, cocô de cachorro, graxa. Por que eu iria embora quando tenho tudo isso? Acho que sou a garota mais sortuda do mundo. A carteira da Mulberry de Beth (macia como um pêssego) está na minha bolsa (na bolsa de Beth) e explodindo de tão cheia: setecentos e treze euros (eu contei) e três cartões de crédito brilhantes. Estou um pouco preocupada por não saber a senha dela. Mas vou pensar nisso quando chegar a hora.

Viramos uma esquina e caminhamos por uma rua estreita e sinuosa: construções antigas com paredes descascando num tom de rosa-pastel. Árvores cheias de botões de um violeta profundo. Uma igreja de mármore com esculturas de querubins. A paisagem é um perfeito cartão-postal: não parece de verdade. Vê-se o Etna ao longe, emoldurado por algumas palmeiras. Para além do vulcão, um mar turquesa. O perfume de jasmim-manga. O canto dos pássaros. Este lugar é o paraíso.

Viramos outra esquina na Via Umberto. Não, *aqui* é o paraíso: o paraíso das compras. Lojas chegam até onde o olho consegue alcaçar: marcas famosas, pequenas butiques, galerias de arte, restaurante, bares. Pessoas lindas estão sentadas em terraços com guarda-sóis, observando outras pessoas lindas que passam de mãos dadas. É o lugar perfeito para uma lua de mel. Ouço as conversas em italiano cantado e os vejo soprando fumaça de cigarro nas multidões bem-vestidas. Sinto o gosto da nicotina do fumo passivo e sorrio. Que vida boa.

Tem um caixa eletrônico depois do café. Tento o primeiro dos cartões de Beth. Coloco na pequena entrada na máquina e aperto a tela. Vou tentar a mesma senha do iPhone. Se eu bem conhecia Beth, ela não ia querer lembrar mais do que uma. Como era? "Wannabe". 1-9-9-6. "Scorretto" pisca vermelho contra o preto. Um barulho raivoso. O caixa devolve o cartão, que eu jogo no fundo da bolsa de Beth. Pego o próximo. 1-9-9-6. "Scorretto". Não. Outro barulho horrível. O cartão é cuspido. Merda, é bom o último funcionar. Pego o cartão que falta com dedos trêmulos. É preto, brilhante, lindo, com letras prateadas, *Signora Elizabeth Caruso*. Platinum. Premium. Se esse não funcionar, estou totalmente ferrada... 1-9-9-6. Iuhuuuu! Eu sabia! Vejo o saldo de Beth e quase desmaio. Ela tem duzentos e vinte mil euros só na conta corrente. Saco quinhentos euros, só porque posso. As notas são contadas, e eu pego a bolada nova e macia. Elas parecem deliciosas. Têm cheiro de novas. Faço um esforço para não esfregá-las no meu rosto. Guardo todas na carteira, que está tão gorda que não vai fechar. Retiro o cartão de Beth e dou um beijo nele.

De repente, estou dividida: quero pegar uma mesa coberta por uma toalha engomada e pedir prosecco e um prato de azeitonas verdes, ou quero fazer compras? Quantas decisões... O que você acha, pequeno Ernie? Um artista de rua está sentado com seus trabalho à mostra, imagens de atores, cantores, políticos. São muito boas, ele é bem talentoso. Todas têm uma forte semelhança, quase fotográfica. Dá para saber quem é. Uma é de Nicole Kidman, Gwyneth Paltrow, Channing Tatum e Tom Cruise. Ops! Espere um minuto. Channing Tatum? Compras!

— *Ciao*.
— *Ciao*. — O homem olha para cima.
— Quanto pela imagem de Channing Tatum?
— *Venti* euros.
— Isso é quanto? Vinte?
— *Si*. Vinte.
— Não vou pagar isso. É muito dinheiro. Eu pago dez.
— Não, é vinte.
— Certo. Onze. É minha oferta final.
— É vinte. É vinte.
— Então tá. Doze. É pegar ou largar.
— Não.
— Treze?
— Não.
— Catorze?
— Não. *Mamma mia!*
— Quinze então? Esta é minha oferta final.
— *Venti* euros! Vinte! Vinte!
— Certo. Dou dezesseis euros. Nem um centavo a mais. E quero embrulhado para presente.

Mesmo que seja para mim.
— Não. Não é possível.
— Dezessete?
— Não.
— Dezoito?
— Não.
Filho da puta.

Eu devia simplesmente pegar o retrato e sair correndo, mas talvez o carrinho me detenha.

— Certo! Chega! Eu nem queria nada, na verdade. Veja, olhe só. Estou indo embora!

Dou meia-volta e desço a rua, puxando o carrinho a uma velocidade absurda. O vendedor nem pisca. Ele toma um gole de sua cerveja Nastro Azzurro e olha para o outro lado.

— Aaaaaaaargh!!! — Volto voando pela rua e corro até ele.
— Dezenove euros! Ok? Estamos conversados?

O homem olha para mim e franze a testa.

— Vinte euros pela pintura.

Durão. Ele não vai ceder.

Olho para o retrato de Channing Tatum: seu lindo rosto, os olhos gentis. Estou com saudade do meu pôster. Se preciso substituí-lo, acho que está resolvido.

— Certo. Tudo bem. Dezenove euros e cinquenta centavos. Que tal? É uma ótima oferta.

O homem levanta e aperta minha mão. Isso! Eu sabia que uma hora ele ia ceder. Alvie: Um. Artista de rua: Zero.

— *Bene, bene.* Finalmente.

Ele estende o braço e pega o retrato. Tiro uma nota de vinte da bolsa de Beth.

— Ah, você tem troco para vinte?

— Não tenho troco. Desculpe. *Mi dispiace.*

Ele dá de ombros e aponta para um bolo de notas enroladas em uma lata. Nada prateado em vista.

Enfio a nota de vinte na cara do homem e pego o retrato. Ele rasga um pouco.

— Tudo bem. Que se dane. Foda-se. Aqui está, pegue. Fique com tudo!

— *Arrivederci, signorina* — diz ele atrás de mim.

Jogo Channing no carrinho com o bebê.

Uma bolsa de couro de crocodilo ocupa um lugar de destaque na vitrine de uma loja de roupas. Um cinto e uma bolsa de mão do mesmo material estão ao lado, sobre uma réplica de um pedestal coríntio. Emporio Armani. É incrivelmente sexy. Já quero a bolsa. Vou dar uma olhada. A loja se chama "Marianna". Empurro o carrinho até a entrada. Quero comprar algo especial, Deus sabe que eu mereço. Depois de tudo o que passei. Depois de tudo o que fiz. Não quero usar só as antigas roupas de Beth para todo o sempre. Quero meu próprio guarda-roupa. Algo novo. Algo único. Vou precisar de algo sexy para sair com Ambrogio: sua esposa nova, melhor, mais atraente, mais sexy. Talvez ele me leve para aquele restaurante de novo? Ou, quem sabe, para outro lugar, uma casa noturna, talvez, ou um bar pequeno e adorável bem perto do mar. Posso me ver deslizando num vestido longo: verde-claro ou laranja como o pôr do sol. Algo chamativo. Algo caro. Quero que as cabeças virem e que as multidões se abram, murmurem e encarem: "Quem é essa garota?". Quero minha parcela dos holofotes.

E então, claro, os acessórios... vou precisar de diamantes novos, claro. Brincos, uma pulseira e mais alguns anéis. Vi algumas lindezas na Van Cleef & Arpels. Quero uma bolsa de mão da Valentino. E botas até a coxa da Miu Miu.

As portas de vidro brilhantes se abrem, e entro no frescor da loja.

— *Ciao*, Betta! — grita a vendedora, se aproximando de mim com saltos altíssimos. Merda, ela me conhece. — *Ciao*, Ernie!

— *Ciao!* — cumprimento com minha melhor voz de Beth: estridente, áspera. Forço um sorriso.

Uma vendedora muito magra com cabelo preto e brilhante e quase nenhuma bunda aparece para nós cumprimentar. Beijos no ar. Abraços. Ela se inclina sobre o carrinho e fala com Ernesto com uma voz infantilizada.

— *Come stai, bimbo* Ernesto? *Mamma mia, che bello* — diz a mulher, fazendo cócegas embaixo do queixo dele.

Ernie balbucia satisfeito como se os dois fossem velhos amigos. *Ele* conhece a vendedora?

Ela olha para mim e sorri: aparelho ortodôntico invisível, lábios rosa-fúcsia. Ela tem um cheiro doce e enjoativo, como refresco Ribena não diluído. Perfume barato. Prefiro muito mais o de Beth.

— Betta, tenho sapatos novos incríveis! Venha! Dê uma olhada! Você vai amar!

A mulher não pega minha mão e me arrasta pela loja, mas é a sensação que tenho. Atravesso o piso de ladrilhos de mármore atrás dela e as paredes cheias de sapatos em prateleiras de vidro. Brilhantes. Cintilantes. Reluzentes. Holofotes, como pequenos sóis, iluminam fileiras e mais fileiras de bolsas sem preço: Dolce & Gabbana, Gucci, Hogan, Roberto Cavalli, Tod's. Ela para e vira para mim, um sorriso ansioso em seu rosto jovem. Ela gesticula na direção de um par de sapatos.

— Veja!

São feitos de acrílico vermelho com saltos pretos e brancos. São medonhos.

— Ah. Certo — digo.

Comprei os sapatos. Claro que sim. Não tive escolha. Comprei, mesmo tendo odiado o modelo, e o cinto e a bolsa de mão de acrílico para combinar. Quatro mil, quatrocentos e noventa e oito euros. Fiz isso porque é o que Beth teria feito. Se eu não tivesse comprado, ela teria adivinhado que não sou Beth. Desço pelas pedras da calçada da Via Umberto rangendo os dentes. As alças da sacola machucam minhas mãos. Essas coisas são pesadas.

Um vestido. Compro um vestido. Isso vai me animar. Uma fonte bloqueia minha passagem. A água jorra da boca de peixes de pedra. E espirra em mim. E me molha. Encharca minhas roupas. A água deveria ser relaxante, não deveria? Seu barulho deveria ser reconfortante, como jardins japoneses: vitórias-régias e Budas, mas nesse caso está me irritando. Passo pela fonte e desço a rua. Preciso encontrar outra loja de roupas. Preciso de um vestido.

Chego a uma loja com dois andares de vitrine. As folhas de vidro brilham sob o sol forte: devem usar litros de limpa-vidro para fazer tudo brilhar desse jeito. A placa diz "Parisi Taormina". Manequins brancos e lustrosos vestem prateado brilhante, amarelo luminoso, branco ofuscante. Prada, Fendi, Pucci, Missoni. Tudo parece tão perfeito. Eu entro. Estão tocando um tipo de música eletrônica: etérea, mágica, estranha. Um corredor longo e claro leva às luzes intensas no interior da loja. O hall está lotado de ainda mais manequins, posando, com rostos perfeitos. Espelhos polidos. Um espaço sagrado. Os manequins ocupam caixas de vidro quadradas: reais, imóveis. Observo as cabeças de plástico. Os olhos vazios, mortos, como os de Beth. Eles me encaram de volta. E se movem. Estão vindo me pegar, tenho certeza. Vejo Beth em um espelho.

Dou um salto.

Entro em pânico.

E corro!

Estou de volta à rua, recuperando o fôlego, tentando respirar. De repente me sinto fraca e abaixo a cabeça entre as pernas. O chão está girando. Que merda é essa? Era Beth! Eu juro! E a vi! Olho em volta, mas ela não está aqui. Suor. Estou hiperventilando. As pessoas estão me olhando. Onde está o carrinho? De repente me dou conta de que não está comigo. Ernie sumiu! Meu estômago fica apertado. Onde aquele bebê foi parar? Olho ao redor, volto para a loja. Corro de volta para a Via Umberto, empurrando turistas, tropeçando. A maldita fonte no meu caminho. Meu sangue está bombeando. Meu cérebro, latejando. Minha boca está seca. Preciso beber algo. Meu Deus. Beth vai me matar... Que loja era? São tantas. Eu o deixei ali dentro? Alguém levou o bebê? As ruas estão um inferno, o sol, incandescente. Corro de uma vitrine para a outra, procurando aquela bolsa: couro de crocodilo? Ou era cobra? Emporio Armani? Ou Dolce & Gabbana? Vamos lá, Alvie, ele tem que estar aqui! Em algum lugar. Em algum lugar. Se não estivesse tão desidratada, acho que começaria a chorar. Bottega Veneta. John Galliano. Emilio Pucci. Moncler...

Finalmente, vejo do outro lado da rua: "Marianna". Emporio Armani: couro de crocodilo. Graças a Deus! Entro cambaleando, tropeçando, caindo, arfando, suando, todo mundo se vira para mim. O carrinho ainda está ali, parado na entrada. Achei que o tivesse perdido, achei mesmo. O pequeno Ernie está dormindo. A vendedora abre e fecha a boca. Pego o carrinho e volto para a *villa*. Não acredito que quase perdi Channing. Compro um vestido outro dia.

Capítulo 23

— Mas por que eu preciso ir? — pergunto, descendo a via atrás de Ambrogio. Estamos chegando a Taormina e passamos por um bar chamado Mocambo com cadeira em um terraço. Toalhas de estampa xadrez. Aroma de *caffè*. Eu estava torcendo para ele ficar fora com os amigos por um pouco mais de tempo, para eu poder processar isso tudo. Mas, não, aqui está ele. Ambrogio apareceu na *villa* e, pelo jeito, precisa da minha ajuda.

— Porque ele gosta de você — responde ele.
— Quem?
— O padre.

Não faz sentido, mas, se é importante para Ambrogio, então acho que devo ir. A esposa dedicada. A esposa amorosa. Vou ser a parceira perfeita. Não achei que ele fosse religioso, mas, pelo jeito, hoje vamos à igreja. Espero ter escolhido a roupa certa. O que Beth usaria para a ir à igreja? Prada é apropriada para um padre?

Atravessamos uma praça chamada piazza ix Aprile, com ladrilhos pretos e brancos e um caos de flores. E postes de ferro fundido com lanternas antigas. A igreja é a Chiesa di San Giuseppe. Parece um bolo de casamento derretendo no sol. Senhoras idosas e pequenas se espalham pela praça depois da missa. Um garoto chuta uma bola de futebol perto demais da minha cabeça. Merdinha. Quase me acertou. Se eu não fosse Beth, chutaria a bola de volta na cabeça dele. Outro garoto, com uma camiseta "Totti", chuta a bola contra o muro da igreja. "Gol! Gol!" Eles saem correndo rindo, comemorando e gritando. Tento não fazer uma careta. Nem xingar.

Deixamos o sol e a vista para o mar para as multidões de turistas, todos rezando para a paisagem, e adentramos o frescor de uma igreja barroca do século XVII. Pinturas de tons pastéis. Querubins voando. Sempre tenho uma sensação engraçada quando vou a uma igreja, como se estivesse invadindo ou algo assim. Uma sensação sutil, mas persistente, de estar no lugar errado. (A última vez que estive numa igreja foi naquela catedral em Milão, mas acho melhor guardar essa informação.)

Ambrogio me leva pela mão através da nave pouco iluminada. Incenso. Poeira. Meus olhos se ajustam. Essa é a aparência do limbo: esse *chiaroscuro*. Posso sentir o cheiro dos muitos séculos de pecado acumulados.

O padre está fazendo a liturgia na frente da igreja. Ele é alto, incomumente alto para um italiano, magro e encurvado, com um nariz longo e adunco. O homem parece muito entediado. Ele já fez isso um milhão de vezes. Acho que as palavras perderam o sentido. Não há emoção na sua voz. Eu também soaria assim se tivesse que falar latim todo dia por — pela aparência dele — cem anos.

Acompanho Ambrogio pela nave e nos juntamos a uma fileira de fiéis ainda esperando pela comunhão. Não tenho ideia do que fazer quando chegar minha vez. O padre diz "Corpus Christi", e cada um diz "Amém". Um por um, eles abrem a boca e o padre coloca uma hóstia em cada língua. Certo, parece bem fácil. Deixo Ambrogio ir primeiro. O padre parece irritado quando o vê. Ele franze os lábios e a testa. Que estranho. Então chega o momento da minha hóstia. O corpo de Cristo é seco, como comer uma Pringles. Um pouco de vinho para ajudar a descer seria bom. Ou o sangue de Cristo, eu deveria dizer. Ambrogio e eu nos sentamos em um banco do lado esquerdo, na frente, e esperamos em silêncio o padre se aproximar.

Vestes farfalham.

— Salve — diz o padre. — Elisabetta! Que bom vê-la! Como sempre!

Ele beija minha mão. Posso sentir o cheiro do *espresso* que ele tomou e o cigarro que fumou antes de começar seu turno.

— Que bom vê-lo, padre. Como vai o senhor?

Eu sei falar com padres. Eu costumava ver a série *Ballykissangel*.

— Muito melhor agora que vejo você. — Ele sorri, olhando fundo nos meus olhos e segurando minha mão.

Nojento. Galanteador. Inconveniente. Eu queria que ele soltasse minha mão. O que esse padre está fazendo? Ele está procurando minha alma (e não encontrando)? Está lendo minha mente? Ele sabe que não sou Beth? Jesus contou para ele?

Um calafrio percorre a minha espinha. A igreja está fria. O padre desvia os olhos.

— Ambrogio — diz ele, apertando a mão dele e o abraçando como um filho há muito perdido. — *Come stai?*

— *Bene, bene, grazie, padre.*

Ambrogio se vira para mim e coloca a mão no meu ombro.

— *Amore,* por que você não me espera aqui? — Ele aponta para o banco.

— Vou me confessar. Não devo demorar.

Vejo Ambrogio e o padre caminhando de braços dados na direção de uma cabine de madeira na lateral da igreja. O confessionário parece um guarda-roupa gigante. O paraíso é igual a Nárnia? Deus parece Aslam ou Tumnus? Do que os dois vão falar ali? Espero que não seja de mim. Eles fecham uma cortina de veludo vermelho na pequena porta. O grito do trilho de metal. Penso em Adam. Aquele que nunca me ligou. Ambrogio vai fazer sexo com o padre?

Imagino os dois ajoelhados como vejo as pessoas fazerem nos filmes. Abençoe-me, padre, porque pequei. Eu me pergunto quantas "Ave-Maria" eu receberia. Espero que não demore muito, já estou entediada. O que mesmo estou fazendo aqui? Olho para Jesus, pregado na cruz, e sei exatamente como ele se sente. Ande logo...

Sento e observo as estátuas e pinturas. É um pouco aflitivo, para dizer a verdade. Há muitas imagens de gente pegando fogo. Onde quer que você olhe, mulheres estão em chamas. Gritando em silêncio, se contorcendo de dor. Acho que deveria ser uma imagem do purgatório. Vejo uma pintura renascentista de Jesus e Maria, uma deslumbrante paisagem da Toscana se expande atrás deles: colinas que se espalham, árvores verdes e exuberantes e um lago azul-claro. Não se parece muito com a Judeia do século I. Por alguma razão, Maria sempre me lembra Beth. Será que Maria tinha uma irmã?

Ouço um barulho vindo do confessionário. Alguém diz alguma coisa que soa como "Caravaggio". Ambrogio e o padre estão gritando em italiano, ou, pelo menos, Ambrogio parece estar. Não faço ideia do que estão dizendo. Vou precisar aprender italiano se for ficar na Sicília. Se bem que Beth nunca se deu ao trabalho. Se você disser as coisas alto e devagar o suficiente em inglês, as pessoas tendem a entender.

Ambrogio abre a cortina e sai do confessionário.

— Elizabeth! Estamos de saída. — A voz dele ressoa e reverbera, ecoando pelas paredes da igreja. Até o chão parece tremer. — Venha. Vamos embora — diz Ambrogio, pegando minha mão e me forçando a levantar.

Merda, ele parece irritado. Será que o padre contou que sou a gêmea errada? Ele está bravo comigo ou com o padre?

— Ei! — exclamo, tropeçando nos saltos.

Ambrogio não me solta, me arrasta até a porta da frente e me empurra na direção do sol ofuscante.

— Maldito padre — diz ele, quando estamos do lado de fora, e bate a porta da igreja.

Bom, eis a resposta. Espero.

— O que aconteceu? — pergunto.

Viramos a esquina do bar Mocambo e sentamos a uma mesa que dá para a praça. Ambrogio pede duas doses de grappa. Ele está tremendo de raiva. Estou tremendo de medo.

Minha mão oscila quando pego o maço de cigarro dele sobre a mesa. Pego dois. E então lembro: sou Beth, portanto, sou destra. Tenho dificuldade com a maldita mão errada e não consigo acender o isqueiro. Ambrogio olha para mim.

— O quê? Fumando ainda?

— Estou estressada.

De algum jeito, consigo acender um para ele e colocar entre seus lábios. Acendo outro para mim e dou um trago. Ah, formol e alcatrão, bem melhor.

— Desde quando você começou a fumar? — Ele franze a testa.

— Desde agora — respondo, tentando parecer casual. Não acho que ele saiba. Acho que está tudo bem. — Então, sobre o que era a gritaria?

Ele lança um olhar para mim: *aqui, não*. E faz cara feia. O garçom chega com suas doses de grappa numa bandeja. Olho a bunda dele. Nada mal, mas nem se compara com a do Ambrogio. Viramos nossas doses. Não é muito bom. Acho que prefiro Malibu.

— Vamos velejar, tirar a cabeça dessa merda — diz ele, batendo o copo na mesa. — Venha. Podemos conversar direito lá.

Ah, não. Nada de barco. Nada de iate na água. Nada de Ambrogio e eu sozinhos no mar. Vejo a cena se desenrolar na minha cabeça e não termina bem para mim. Talvez ele esteja blefando? Talvez ele saiba? Ambrogio está só me enrolando até ficar a sós comigo. Ele queria me matar. Esse era o plano! Ele vai me nocautear e me jogar na água assim que tiver uma chance.

— Não podemos ficar aqui? — peço. — Por favor?

É mais seguro estar em público, com toda essa gente. Imagino que ele não possa fazer nada comigo no meio da cidade. No meio do dia.

— Nós vamos! — diz ele, e se levanta.

Capítulo 24

Mar Jônico

— Mais champanhe, querida? — oferece Ambrogio.

Ele enche minha taça com uma garrafa de algo antigo de aparência cara.

— Hum, Krug 1983 — comento, lendo o rótulo.

Seria "Kr*u*g", como em "pug", ou "Kr*u*g", como "uva"? Ele me olha. Pronunciei errado? Ou talvez sejam as mãos? Será que Ambrogio percebeu? Troco a taça da mão esquerda para a direita. E viro o champanhe de uma vez. Ele devolve a garrafa ao balde de gelo. Esse gelo não vai durar muito aqui neste calor, parece que o mar está prestes a pegar fogo. É como se estivéssemos velejando por carvão em brasa. Com certeza estou me bronzeando.

— Acho que este é melhor do que o 86, e você?

Não faço a menor ideia.

— Ah, sim. Com certeza — respondo.

— É o Grand Cuvée, tem uma dosagem menor e uma textura mais refinada. O Pinot Noir tem gosto de maçã, você não acha?

Tem gosto de Lambrini.

— Sim, maçã, sem dúvida, maçã.

Ambrogio sorri e parece satisfeito que eu concorde. Estou feliz que ele tenha se acalmado um pouco agora, pelo menos. Não acho que ele esteja planejando se livrar de mim no mar. Eu me pergunto por que ele ficou tão irritado com o padre. Preciso descobrir o que está acontecendo. Quero mais champanhe.

Nossas toalhas estão abertas no deque. A madeira escura queima a planta dos meus pés. Estou usando um dos biquínis mínimos de Beth, é da Agent Provocateur. É basicamente um fio dental (por sorte, depilei a virilha). Com estes óculos escuros, pareço bem convincente, mas não vou tirar o sarongue, só por garantia. Ambrogio deita ao meu lado com sua sunga selada a vácuo, nossos corpos um contra o outro. Ele é tão atraente quanto um salva-vidas de Bondi Beach (não que eu assista a *Bondi Rescue* ou a esse tipo de série de TV diurna). A pele dele está tão quente. Ele está praticamente nu. Meu Deus, quero tanto esse homem. Todo esse perigo está me excitando. (Eu sei, eu sei, é bem errado, mas isso acontece *mesmo*, não é só *comigo*. Como durante a Blitz de 1941, os londrinos passaram todos os bombardeios aéreos transando. Medo é um afrodisíaco natural. A ameaça está me deixando com tesão.)

Um vento leve começou a soprar, fico feliz em dizer. A brisa é suficiente para nos refrescar enquanto o iate balança ao longo do lânguido mar Jônico. É um fim de tarde perfeito; o céu azul está vazio, interminável. O mar se expande, infinitamente cerúleo. A água brilha e cintila ao nosso redor enquanto o sol se põe na direção do horizonte distante. É o paraíso. O éden. A felicidade. Melhor que todos aqueles folhetos de viagem. Melhor que *A Place in the Sun*. (Bom, então talvez eu tenha assistido só uma ou duas vezes.) Olho para água, límpida como um diamante, e começo a relaxar. Posso pensar em toda essa loucura mais tarde, mas, por enquanto, quero só aproveitar.

— Quer mais ostras? — pergunta Ambrogio.

— Ah, sim. Estão uma delícia.

Sabe, nunca achei que gostaria de ostras (são criaturas feias com a concha cinza e os órgãos marrons e pegajosos), mas eram a comida preferida da minha irmã e, surpreendentemente, são bem gostosas. Além do mais, têm zinco! Aparentemente.

— As ostras de Languedoc estão tão mirradas hoje em dia, essas italianas têm gosto do mar.

— Hum, têm mesmo.

O que você disser.

Ambrogio traz uma bandeja coberta de gelo e pinga suco de limão sobre as ostras. Depois, acrescenta chalotas e um toque de Tabasco. Um pouco de salsinha picada e pimenta-do-reino preta moída.

— Abra.

Abro a boca e engulo de uma vez. Eu me sinto uma foca no show do Sea World.

— Hum — digo, rindo como minha irmã gêmea: despreocupada, feminina.

Ambrogio tem razão. Elas têm gosto de mar mesmo. Mas de um jeito bom.

Estamos deitados na lateral do deque. Ambrogio acaricia meu cabelo, e eu me enrosco nele. Eu gosto de ser Beth. Posso nos imaginar envelhecendo juntos. Ambrogio e eu. Alvie e Ambrogio. Ambrogio e Alvie: AA, como uma marca, como os Alcoólicos Anônimos. Imagino passar incontáveis horas velejando no iate dele, o iate milionário. Tardes que se tornam noites. Noites que se tornam madrugadas. Nós deitados, lado a lado, bem aqui no deque, vendo o sol se pôr e se diluir no oceano, vendo a lua nascer e as estrelas despontarem. É perfeito, como um sonho. Quase perfeito demais, não parece real. Mas é real, e eu conquistei isso. É como o anúncio da L'Oréal, *porque eu mereço*. Batalhei muito por isso. É tudo com que sempre sonhei. Eu mereço. Mesmo.

— Quer ir até Lampedusa? — pergunta Ambrogio, passando uma mão quente pelo meus ombros até a base do meu pescoço.

Que diabos é Lampedusa?

— Hum — hesito, olhando em volta.

Seria algum tipo de farol?

— Dá para ver a estibordo.

Olho para a esquerda.

— Não, isso é bombordo. *Estibordo* — diz ele. — O que você tem hoje? Você bateu a cabeça?

Merda. Eu sei. Beth saberia essas coisas. Abro um sorriso doce e olho ao longe, para a direita. Balanço a cabeça. Não vejo nada.

— Não, você tem razão. Vamos ficar aqui. Uma ilha parece muito com a outra. Depois de um tempo, todas as praias parecem iguais. É entediante.

Deitamos de novo e observamos as aves marinhas dançando alto no céu, valsando e girando em duplas e trios, as penas brancas e brilhantes pálidas como fantasmas. Talvez a gente tenha um filho, Ambrogio e eu? Uma menina, para combinar com Ernesto. Ela vai se parecer comigo, mas ser meio italiana. Cabelo escuro. Um bronzeado melhor. E o nome? Algo que pareça italiano: Sophia? Angelina? Monica Belucci? Sim, seria perfeito. Nossa família perfeita. Nosso lar perfeito. Vou tirar milhares de fotos e postar no Instagram. Facebook. Twitter. Tuitar sobre minha família maravilhosa. Minha vida linda. Vejam como meu marido é sexy. Vejam como meus filhos são fofos. Vou ter mais seguidores que Kim Kardashian, vou ganhar milhares de "curtidas".

E com todo esse dinheiro, não vou precisar trabalhar. Vou comer, beber, fazer compras e comer. Emilia pode ajudar com as crianças. Talvez a gente contrate mais empregados também? Finalmente vou ter tempo para me dedicar à poesia. Uma coleção de haicais. Um livro premiado. Talvez eu compre um cachorro minúsculo. Um chihuahua para substituir o Mr Dick? Ou talvez um urso de estimação, como Lord Byron. Seria chique.

— Beth? — chama ele.

— Sim, meu querido?

Viro para o meu belo marido. Meu homem maravilhoso, lindo, deslumbrante. Ainda não sei como aqueles hematomas apareceram em Beth. Por que minha irmã gêmea estava tão brava com Ambrogio? Por que ela estava fugindo dele? Os diamantes na bolsa? A discussão com o vizinho? O que Ambrogio ia dizer? De repente, ele parece sério. Ele vai me matar? Vai me atacar, me estrangular e jogar o corpo no mar!

— Sinto muito pela sua irmã, por como as coisas acabaram acontecendo.

Ah, *isso*. Entendi.

Eu me apoio nos cotovelos e aperto os olhos para me proteger do sol. Encontro os óculos escuros Gucci de Elizabeth e os coloco de novo.

— Ah. Sim, eu também — digo, virando-me para ele. Faço meus lábios formarem um bico. Enrugo o nariz como Beth costumava fazer.

— Quero dizer, como as coisas aconteceram, não poder enterrá-la direito... sei que íamos fazer um funeral de verdade, sem poupar gastos. Eu me sinto péssimo por causa disso.

Pego a mão dele. A sensação é boa.

— Eu entendo — respondo, acariciando seus dedos.

Podemos mudar de assunto? Eu estava começando a me divertir.

— É só que... não poderia ter acontecido num momento pior, sabe, com esse acordo? Com o Caravaggio? Não sei o que vamos fazer agora. Precisamos de outro plano.

Eu literalmente não poderia fazer menos ideia.

— Eu sei. A coisa toda está... uma confusão.

— Vamos ter que pensar em outra coisa. O tempo está acabando. Essa é nossa única chance. Nossa saída. Não podemos correr o risco de cometer um erro. Você sabe o que poderia acontecer... o que eles poderiam fazer...

— Hum, pois é. Sei.

Ambrogio suspira, se apoia nos cotovelos e toma um gole de champanhe.

— Quero dizer, de certa forma, é melhor que ela esteja morta, sabe, como uma eutanásia.

Minha pele fica eriçada, e meus ombros, tensos.

— Não, querido, não sei do que você está falando.

— Bom, como você estava sempre dizendo que ela era esquisita... como a vida dela era triste. Pelo menos o sofrimento dela acabou. Talvez tenha sido melhor assim.

Ela disse o *quê*? Como Beth pôde dizer essas coisas de mim? Quero dar um tapa nela, mas minha irmã não está aqui. Quero arrastá-la até o fundo do mar e enchê-la de chutes e socos! Vadia de duas caras! Como ela pôde? Como se atreveu? Falar mal de mim pelas costas para o homem dos meus sonhos! Mentir sobre mim! Vaca!

Ele me dá um sorriso reconfortante, então sorrio de volta e finjo concordar.

— É, foi melhor assim.

Olho para as aves marinhas. Acho que aquilo é um albatroz.

— Beth? — chama ele *de novo*. De repente, Ambrogio se levanta e dá uma volta para mim. — Você não comentou nada. Não gostou da minha sunga nova?

Olho como uma boba para a sunga dele. Suas nádegas duras estão a poucos centímetros do meu nariz. É só uma sunga azul.

— Ah, ela é nova?

Ele vira e mostra a bunda.

— Sim. Você não lembra mesmo? Eu não conseguia decidir entre a vermelha e a azul...

— Então você comprou a azul.

— Então eu comprei as duas! Esta é a azul. Você não gostou?

Ele passa as mãos por seu abdômen digno da *Men's Health* e ajeita o tecido da sunga.

— É bonita — respondo. — Quero dizer, é *perfeita*!

— Você prefere a vermelha, não é?

— Não prefiro, não. Eu gosto das duas.

Ele se inclina e me beija direto na boca: um beijo macio, quente, demorado. Ambrogio tem gosto de maçã: ah, o champanhe.

— Você vai me perdoar um dia? — pergunta ele num sussurro, beijando meu queixo, meu pescoço, minha clavícula. — Pela sua irmã?

Ah, Ambrogio...

— Já perdoei.

Passo a palma das mãos por suas costas quentes, bronzeadas e musculosas e respiro fundo. O cheiro dele é puro sexo: Armani Code Black, feromônios, tabaco. Está me deixando louca. O que quer que aconteça, não vou dormir com ele... aqui, não. Ainda não. Não me sinto pronta. Preciso de mais tempo para entrar no personagem. Preciso de uma chance para me "transformar". Se eu fizer sexo com ele agora, estou totalmente ferrada. De jeito nenhum eu transo como a minha irmã; Beth era um capacho na cama. Certeza.

Ambrogio passa a mão sob as alças do meu biquíni e segura meus seios com as duas mãos. Meus mamilos endurecem. Mordo meu lábio. Ele se inclina sobre mim, beijando meu pescoço, me puxando para perto. Eu me afasto.

— Merda! — exclama ele, dando um salto do nada.

Ambrogio corre até o leme do iate. Rochedos estão a apenas metros de distância. Como assim?

— Me ajude — diz ele, pegando o timão e girando-o sem parar.

Eu me levanto e vou até lá. Como não vimos isso? Vamos bater. Vai ser outro *Costa Concordia*. Estamos lado a lado puxando o timão. Então me dou conta. Meu sarongue: sumiu. Ficou no deque, onde eu o deixei. Olho para o meu próprio corpo, subitamente constrangida. Estou desesperada. Preciso distraí-lo. Salto sobre o leme e o puxo para baixo com força. Ambrogio o segura e puxa de novo para cima.

Mas é tarde demais.

Crash! Bam! Bum!

O iate faz um movimento abrupto, treme e chacoalha. Vamos virar? Ouvimos um barulho quando o timão bate em algumas rochas.

— Merda! — exclama ele. — Espero que o barco não esteja preso!

Mas estamos. Bem presos.

— Me desculpe. Eu caí.

Ambrogio olha para o mar, mas não tem nenhum barco.

— Venha — diz ele depois de um tempo. — Vamos pular. A gente pode nadar até a costa. Não é longe. — Ele pega minha mão e me leva até a borda do iate. Olho para baixo, para a água verde-escura. Parece bem funda. Parece bem assustadora. — Vamos ter que voltar e pedir ajuda.

Ele desaparece e ouço um splash! Antes que eu me dê conta, Ambrogio está nadando para longe. Ele parece um golfinho, liso e brilhante na água. E parece um nadador muito melhor do que eu. Ambrogio vira dentro d'água e grita:

— Venha, Beth! Pule! Vamos.

Paro na borda do iate e olho para baixo. Não tenho muita escolha. Não posso exatamente ficar aqui na merda do *Titanic* sozinha. Cenas do filme *Tubarão* passam pela minha cabeça. Fileiras e mais fileiras de dentes afiados. Braços e pernas flutuando. Pedaços de cartilagem. A água salgada vermelha por causa dos litros de sangue. Olho em volta em busca de barbatanas. Nada. Certo, lá vou eu. Fecho os olhos e tampo o nariz. Um, dois, três: pule! Eu mergulho no mar abraçando os joelhos. Parecia tão quente lá do barco, mas não está! Está gelado. Meus braços e minhas pernas se movem, se debatem, se agitam como um sapo eletrocutado. Vamos, Alvie, *você é uma sereia*. Ambrogio está olhando. Nade como Beth.

Faço minha melhor imitação de Ariel e nado crawl devagar até a praia. Procuro sombras na água. Se você vir um tubarão, só precisa dar um soco no nariz dele. Ambrogio pega minha mão — finalmente — e me puxa para as rochas na costa. Olho para trás, para o barco que está afundando aos poucos atrás de mim. Uma rachadura no casco está se enchendo de água. O iate está totalmente destruído.

Capítulo 25

Taormina, Sicília

Desabamos na cama, braços e pernas enroscados, corpos colados.
— Sinto muito pelo iate. Vou fazer você se sentir melhor.
Ambrogio não responde, só me beija mais. A boca dele está louca pela minha. Ele não pode comprar outro barco? Eu me afasto, e ele tira a camisa polo. Vejo os músculos da barriga dele e os acaricio com o dedo. A pele dele está quente, macia e com um tom dourado escuro. Ele é tão delicioso, dá vontade de comer. Sua barriga parece uma barra de chocolate ao leite. Estendo a mão para a luminária no criado-mudo e viro o interruptor, puxando um canto do lençol para cobrir meus seios. Não quero que ele me veja, por via das dúvidas. Mas não posso esperar mais, quero transar.
— Não apague — pede Ambrogio. — Você sabe que eu não gosto de fazer no escuro.
— Estou com um pouco de dor de cabeça.
Vai acontecer! Agora! Vamos transar mesmo! Coloco a mão na cueca dele e a puxo para baixo, para pegar no seu pênis.
— Ah.
— O que foi?
— Nada.
— Por que você parou?
Parecia mais um aperitivo de salsicha do que um salsichão alemão.

Tenho certeza de que era maior do que isso em Oxford. Na verdade, pensando bem, não consigo lembrar... Eu estava muito, muito bêbada, e faz muito tempo. Não é como se eu tivesse uma referência naquela época. Eu não tinha experiência com homens.

Ambrogio me puxa, lambe meu pescoço e morde minha orelha. Ele aperta meus peitos como uma bola de fisioterapia. Desço a mão pela barriga dele em direção ao pênis. Talvez se eu tocar, acariciar, ele fique maior. Nossas pernas estão enroscadas. Sinto o arco do pé dele com meu dedão. Ah.

— Você não vai tirar as meias?

— O quê? Por quê? Nunca incomodou você antes.

— Não faz diferença.

Reviro os olhos na semiescuridão.

Ele desce pelo meu corpo até parar entre as minhas pernas. Alguma coisa melada: o queixo dele no meu ânus, o nariz no meu clitóris. A língua dele está em algum lugar ao sul da minha vulva. Não está funcionando.

— Você já terminou? — pergunto.

Ele limpa a boca e fica por cima. Meu corpo inteiro está tenso. E se eu for diferente de Beth? E se ela não era um capacho e tivesse truques incríveis que eu não conheço? Ela conhecia sexo tântrico? Ela chupava como um aspirador de pó? Ela conseguia juntar os calcanhares atrás do pescoço?

Já entrou?

Eu não precisava ter me preocupado.

Ambrogio me penetra por uns quatro, cinco minutos, suando, grunhindo, ofegando, tenso. Não é muito agradável. Acho que ele vai de fato arrancar minha orelha. Vou só fingir. Eu me lembro da cena de *Harry e Sally: Feitos um para o outro*. E recordo minha experiência com o brinquedo sexual número 5.

— Ohhhhhhhhhhhhhhhhhhhhhhhhhhhhhhhhhhhhhhhhhhhhhhh!

Ambrogio goza em três estocadas curtas e desaba com tudo do outro lado da cama.

Bom, foi péssimo. Sério? É só isso? Eu devia estar *chapada* em Oxford. Ele parece ter gostado, pelo jeito, mas acho que prefiro o Mr Dick. Não acredito. Depois de todos esses anos. É tão injusto. Estou arrasada.

— Merda! — diz Ambrogio, pulando da cama e se encolhendo, as costas na parede. — Que porra é essa? *Alvina?*

Ele está me olhando nos olhos como um tubarão, tentando me decifrar como Larry David, como um agente da CIA. Uma sombra recai sobre seu rosto.

— *Alvina?* — respondo. — Por que... por que você me chamaria disso?

Nenhum pelo do meu corpo se move. Não que tenha sobrado algum. Depilei tudo quando me tornei Beth. Estou paralisada, petrificada, imóvel, como uma daquelas pessoas no museu em Pompeia, como aquela estátua de mármore de Beth.

— Você não é a Beth. Você goza diferente — diz ele.

Ah, é? Merda. Claro, entendi: ele quer dizer que nós *fingimos* diferente.

— Que diabos está acontecendo? É melhor você se explicar! — grita ele, dando um soco na cabeceira da cama. — O que você fez com a minha esposa?

Eu *poderia* explicar, mas não acho que faria diferença. Pela expressão nos olhos dele, Ambrogio quer acabar comigo.

— Não sei do que você está falando — respondo, finalmente, a voz trêmula.

Vou *morrer*. Acabou.

— É mesmo? — grita ele, e sua voz é como um trovão.

— Mesmo.

Ambrogio fica de pé do outro lado da cama, flexionando os punhos. Ele parece muito bravo.

— O que você fez? Você a matou, não matou? Sua vadia, você matou minha esposa!

— Não! Não matei! Por favor... só escute!

— Você matou sua irmã! Eu deveria ter percebido! Você tem andado estranha. Beth nunca comeria uma embalagem inteira de Pringles! E aquela história toda no iate... Beth sabia o que fazer num barco. Ela... ela... ela... nós íamos matar *você*! — Ambrogio está puxando o próprio cabelo, praticamente arrancado tufos pela raiz

— Eu sou Beth! Sou Beth! Juro que não sou Alvie!

Eu me encolho contra a cabeceira, tentando conter as lágrimas. Ele agarra meus tornozelos e me puxa para a cama. Depois, sobe no meu corpo e me prende.

— Qual foi meu presente de Natal para você ano passado?

— Eu... eu... eu não lembro.

— Onde foi nosso primeiro encontro?

— Eu... eu... eu não me recordo.

O rosto dele está a menos de dois centímetros do meu, posso sentir sua saliva espirrar nos meus olhos. Se eu não estivesse com tanto medo, estaria com nojo. Seu peso imenso faz pressão sobre mim.

— Para que time de futebol eu torço?

Vou chutar...

— Itália?

Atrás de Ambrogio, tem uma boneca na cornija, a que Elizabeth tinha na infância. Ela está caída sobre a lareira olhando para mim, algo brilhando em seus olhos vítreos. Um alfinete solitário no dedo do pé. É como se Beth estivesse aqui. É como se ela estivesse me observando, agora, neste momento. Posso sentir sua presença. Posso sentir sua ira.

— Tem alguma coisa que você quer me dizer, *Alvina*? — pergunta Ambrogio, se aproximando mais. Ele está tremendo, os olhos arregalados. Eu não tinha notado como ele é forte, os músculos salientes nos ombros, bíceps, peito. Ele seria capaz de quebrar meu pescoço como um graveto.

— Como... como você sabe que nós gozamos diferente?

Vale a pena tentar...

— Eu comi você em Oxford. Ou você estava bêbada demais para lembrar?

— Merda — sussurro, cobrindo a boca. — Então você sabia que era eu? Que era Alvie?

— Claro que sim. O quê? Você acha que sou idiota?

Balanço a cabeça.

— Não, claro que não.

Ambrogio diminui um pouco a pressão, esfrega as próprias têmporas e fecha os olhos.

— Eu... eu... eu não entendo. Por que diabos você estava vestida como Beth?

Aproveito a oportunidade. Ele parece confuso, é a minha chance! Eu me desvencilho e salto da cama. Pego meu vestido e corro para a porta; por sorte, está do meu lado do quarto. Ambrogio está nu e, de canto de olho, vejo que está procurando sua calça. Atravesso a porta voando e não olho para trás.

Saio correndo pelo corredor, escada abaixo, pela *villa*, colocando o vestido pela cabeça. Minhas mãos estão suadas: a transpiração faz meu corpo todo formigar, minhas costas, meu pescoço. O ar noturno me dá calafrios. Abro a porta e corro pelo terraço, os pés descalços pisando nos ladrilhos. Corro pela entrada de carros e pela estrada. Não olho para trás, mas posso ouvir que ele está perto, seus pés pisando o cascalho, a voz elevada.

— A<small>LVINA</small>! V<small>OLTE AQUI</small>!

Ele vai me matar.

Está quieto. Está escuro. Não vou conseguir correr mais do que ele, mas talvez eu consiga me esconder. Desço a escada correndo na direção do anfiteatro. São só uns dois minutos a pé, então não deve demorar. Deve ter algum lugar para eu me esconder por aqui: um arbusto, uma pedra. Olho em volta, procurando, procurando. Desço a colina correndo e balançando os braços loucamente. O suor escorre pelo meu rosto. O vestido está grudado na minha pele. Eu gostaria de estar usando calcinha. Pedras pontiagudas machucam a sola dos meus pés. Chuto algo forte — Merda! Doeu —, acho que quebrei um dedo! A adrenalina está fluindo, estou tropeçando, caindo, mas é melhor do que a outra opção: Ambrogio, furioso.

Vejo uma rocha contra uma cerca na semiescuridão e salto sobre ela. Rastejo até o topo e minha coxa engancha em um prego enferrujado — Ai! Merda! —, a pele rasga. Agora eu peguei tétano. Algo quente escorre pela minha perna. O que é isso? Sangue, suor, sêmen? Mas não tenho tempo. Passei pelo topo. Dou um salto e corro para o teatro. Ambrogio está vindo, alguns metros atrás de mim.

— Alvie! Pare! Volte aqui e me conte. Por que você estava vestida como Beth? O que ela estava tramando?

A cerca cede quando ele a escala.

— Quero saber o que está acontecendo.

A única iluminação é a lua cheia. Mal posso ver o auditório lá embaixo. Desço a escada na direção do palco. Tropeço na escuridão e bato o joelho. Meu rosto vai parar na terra, sujeira e ferro. Tenho terra nos olhos, que estão ardendo e lacrimejando. Pisco várias vezes e respiro na poeira. Ouço passos atrás de mim, perto. Ambrogio está se aproximando. Merda! Dou um impulso para me levantar, meu joelho está latejando, meu dedo do pé dói. Estou tossindo, engasgada, tentando respirar. Corro para o palco e subo na plataforma. Noto colunas na parte de trás e corro até elas. Eu me escondo atrás de uma, agacho e prendo a respiração. Vejo que ele está correndo na direção do palco. Eu me arrasto até a próxima coluna.

— Você não pode fugir para sempre — diz Ambrogio. — Venha aqui, Alvina! Todo mundo vai saber o que você fez. Está ouvindo?

Não! Não! Não! Não! Balanço a cabeça para bloquear os gritos. Canto para mim mesma, "I Should Be So Lucky". "Shake It Off"... Ele pula no palco. Vejo Ambrogio parar e olhar para os dois lados. Um brilho prateado. Algo na mão dele! Que merda é essa? Uma faca? Uma arma?

Ele vai me fazer pagar.

Ambrogio não sabe para que lado eu fui. Ele vira as costas e, furtivamente, vai para o outro lado do palco vazio. Ando na ponta dos pés até a próxima coluna. Eu me agacho num canto escuro, ofegante, xingando, o coração explodindo, a testa encostada no mármore frio. Minha pele está pegando fogo. Minha garganta está seca. Há pelo menos três colunas entre mim e Ambrogio. Preciso de uma vodca. Quero chorar.

Ele vira e vem na minha direção.

É uma porra de uma arma!

Eu me encolho e recupero o fôlego, respirando o mais discretamente que consigo. Não faça barulho. Fique quieta, Alvina. Não faça merda. Eu queria estar com meu canivete suíço, ou com um saca-rolhas como aquela garota do trem. Eu queria ter uma arma. Sinto uma rocha no chão, perto dos meus pés e a seguro firme com meus dedos trêmulos. É do tamanho de uma laranja sanguínea siciliana, pesada e redonda, com uma ponta pronunciada. Ambrogio está chegando perto. Mais perto. Mais perto. Ele sabe que estou aqui... em algum lugar... em algum lugar. Vejo a figura dele se movendo, furtiva, na ponta dos pés, uma silhueta preta, tentando se esconder. Ele se aproxima de mim, olhando pelas sombras. Está tudo quieto, com exceção da respiração de Ambrogio. Animalesca. Perigosa. É quase um rosnado. Prendo a respiração, mesmo querendo gritar. Se eu posso ouvi-lo, ele pode me ouvir. Ele está a poucos metros de distância. Dois metros. Um metro.

— Por que você estava vestida como Elizabeth, Alvie? — pergunta Ambrogio na escuridão. — Esse não era o plano. O que está acontecendo?

Dou um salto e acerto a rocha com força na cabeça dele. Bato mais uma vez com toda a minha força. Ele cai e solta a arma. Ele desaba no chão, o rosto virado para baixo no palco. Paro sobre Ambrogio, a rocha pontiaguda ainda entre os dedos, meu corpo inteiro tremendo, pronto para o ataque. Os braços dele se movem dos dois lados do corpo, ele tenta agarrar meu tornozelo. E consegue.

— Merda! — grito.

Ele segura forte. Ambrogio está longe de estar morto. Preciso acabar com ele, mas estou caindo. Ele agarra meus dois tornozelos e me puxa para si. Tropeço e caio sobre o peito dele. Levanto a rocha acima de mim e golpeio o crânio dele, batendo em sua cabeça de novo e de novo e de novo e de novo e de novo.

Crack!

Crack!

Crack!
Crack!
Estou gritando e chorando e tremendo ao mesmo tempo. Ambrogio parou de se mexer, finalmente, mas seus dedos ainda seguram meus tornozelos, fortes como grilhões de ferro. Chuto para livrar meus pés. Solto a rocha, meus dedos não aguentam mais. Alguma coisa grudenta cobre minhas mãos, meus braços e meu vestido. Um respingo de sangue está pendurado no meu lábio: o gosto de carne malpassada. Gotas de sangue estão espalhadas pelo meu rosto e meu pescoço. Meu corpo todo está em chamas, emanando calor. Estou ofegando, suando e morrendo de calor. O ar frio da noite me envolve com seus tentáculos como se fosse uma lula, um polvo ou os dedos de um cadáver. Olho para meu corpo e sinto um calafrio.

Dou um salto e cambaleio para trás, vejo a arma onde Ambrogio a derrubou, a poucos metros de distância. Por que ele tinha uma arma? Foi por pouco. Ele podia ter atirado em mim. Quem são essas pessoas? Achei que os conhecesse. Eu achava que eram minha família. Não sei absolutamente nada. Vou até lá e pego a arma. Eu nunca tinha visto uma de verdade antes, só de brinquedo e pistolas d'água. Nunca brinquei de paintball nem de Laser Quest. Sinto seu peso com as duas mãos: fria e pesada, surpreendentemente pesada. Bizarra. Estranha. Uma onda de empolgação percorre meu corpo. A arma de Ambrogio! Vou ficar com ela. Agora é minha!

Olho para sua figura esparramada. Ele está nu com exceção de uma cueca boxer preta. A parte de trás de sua cabeça está suja de sangue. Paro, dobro o corpo, as mãos nos joelhos, e recupero o fôlego. Meu corpo inteiro está tremendo, sem controle. Meus braços doem. Minhas coxas estão latejando. Ele não está se movendo. Será que Ambrogio está morto mesmo? Seguro a arma com a mão esquerda e aponto, vagamente, para a cabeça dele. Eu me aproximo devagar do corpo e abaixo para sentir sua jugular. Coloco meus dedos nele e conto dez segundos. Um, dois, três, quatro... Graças a Deus: sem pulso. Afasto minha mão de seu pescoço, esperando que Ambrogio se vire, me morda, dê um salto e me agarre ou grite. Vou atirar se isso acontecer. Mas ele continua imóvel. Está morto. Não posso acreditar. Ele morreu. Estou a salvo!

Agora que diabos vou fazer?

Capítulo 26

Bato na porta com toda a minha força.

— Salvatore! Salvatore!

Bato sem parar até passos soarem dentro da *villa*. Merda, a arma! Ele vai ter um ataque. Jogo a arma embaixo de um arbusto perto da porta de entrada e chuto algumas folhas por cima dela. Vou voltar para pegá-la depois.

— *Che cosa? Che cosa?* — pergunta ele.

Um homem abre a porta. Ele é alto e musculoso, mais largo e mais alto que Ambrogio; é Salvatore. Ele me faz lembrar de um lutador famoso, algum gostoso da WWE. Ele esfrega os olhos. Pobrezinho, ele estava dormindo. Eu o acordei. Salvatore deve achar que este é seu pior pesadelo: sua amante na porta de casa pingando sangue.

— Ah, *minchia*. Você está bem?

Ele acha que o sangue é meu.

— Salvatore — digo, antes de desabar nos braços dele e começar a chorar em seu peito.

Ele me afasta e dá um passo para trás, em choque.

— Betta? O que aconteceu? Que horas são?

Salvatore olha para o próprio pulso, para onde seu Petek Phillippe estaria durante o dia, mas não está. Estamos no meio da noite.

— Por favor, por favor, você precisa me ajudar — digo, segurando os antebraços dele, lhe cravando as unhas, meus olhos enormes. — Ele ia me matar, eu não tive escolha!

Vejo seu rosto se modificar conforme Salvatore registra o que acabei de dizer.

— O quê? Quem? *Matar* você? — pergunta ele.

— Ambrogio.

Mordo meu lábio. Ainda sinto o gosto de sangue. Passo a língua pelos meus dentes da frente e engulo com dificuldade.

— Ambrogio? Matar você? — repete Salvatore. — Não acredito! Ambrogio nunca encostaria um dedo em você. Ele é um maldito *cornuto*. Um covarde.

— Ele tinha uma arma — explico. — Tinha mesmo!

Ele pega minha mão e me puxa para dentro, inclina o corpo para fora e passa os olhos pelo jardim. Nada. Ninguém. Salvatore bate a porta. Ele me leva para a cozinha e acende as luzes, tão insuportavelmente claras que incomodam meus olhos. Estou no escuro há muito tempo, como algum tipo de coruja.

— Sente — ordena ele.

Salvatore está usando uma camiseta branca justa e uma cueca verde da Calvin Klein. Já o vi seminu no jardim. Sei que ele fica melhor sem camisa. Ele se avulta acima de mim, alto e musculoso. Ele deve se exercitar, tipo, todo dia. Entendo o que Beth viu nele. Tenho certeza de que eu provavelmente teria um caso com ele. Como os homens italianos podem ser tão impossivelmente atraentes? Eu ficaria louca no Tinder se morasse aqui! Mas não é o estilo de Beth ser infiel. É tão atípico para ela. Por que minha irmã estava traindo? Fugindo? Ambrogio era perfeito. Se bem que, na verdade, ele era péssimo de cama. Mas, mesmo assim, devia ser outra coisa. Ela nunca teria querido deixar seu marido. Não é o estilo dela. Não entendo.

Salvatore me serve um copo d'água. Minha mão está tremendo, então derrubo um pouco. Bebo a água e olho para o relógio na parede: 1h13. Que engraçado, é exatamente o mesmo horário da morte de Beth. Salvatore está parado diante de mim, me olhando com uma expressão estranha. Ele deve ter quase dois metros. Se não fosse pelo sangue espalhado pelos meus braços e no meu vestido, acho que ele não acreditaria em mim.

— Então, você acha que matou *Ambrogio*? — pergunta ele.

Posso ver que ele continua não acreditando.

— Sim. — Eu meneio a cabeça.

— E você tem certeza de que ele está *morto*?

Surge uma onda de dúvida. A terra se move sob meus pés. E se Ambrogio não estiver morto? E se ele tiver levantado e me seguido até aqui? Meus olhos vão parar na porta de entrada depois do hall, mas está fechada. Está escuro. Não tem ninguém ali. Salvatore checou. Ele olhou o jardim. As luzes automáticas detectariam qualquer movimento. Eu respiro fundo.

— Tenho certeza.

— Como você o matou?

— Com uma rocha.

Até para mim isso soa absurdo. Faz-se uma pausa enquanto ele reflete sobre esse fato.

— *Minchia* — repete Salvatore. — Uma rocha.

Então eu me dou conta. Ele me olha feio, seus olhos azuis bravos e acusatórios. O que foi que eu fiz? Ele vai me ajudar? Ou ele está irritado? Salvatore vai me entregar para a polícia? Ele anda pela cozinha, seus braços musculosos se contraindo e flexionado, seus pés descalços pisando as lajotas: quase dois metros de pura carne e puro músculo. Não me admira que Beth quisesse *este homem*. Um gorila raivoso. Um urso-pardo. Meu Deus. De repente, eu me dou conta, os hematomas nos braços de Beth. Não eram por causa do Ambrogio, "Ele é um covarde". São de *Salvatore*!

— Por que diabos ele estava tentando matar você? Foi porque ele descobriu sobre nós?

— Foi — respondo, zonza.

Acho que vou desmaiar. Ele vai bater em mim. Vai me agredir. Ah, por que eu joguei a arma fora?

— Como ele descobriu?

— Minha irmã contou.

Isso soa plausível?

Salvatore faz uma pausa.

— Por que ela faria isso?

— Acho que ela queria roubar o Ambrogio. Ela meio que não presta.

Ótimo. Falei no presente. Como se ela ainda estivesse viva. Muito bem, Alvie. Pensando rápido.

Ele suspira. Acho que acredita em mim. Por quê? O que Beth contou a ele sobre Alvina? Salvatore acha que ela é uma vadia.

— Então... onde está? O corpo? — pergunta ele.

— No palco do anfiteatro.

— No *anfiteatro*? Que diabos ele está fazendo lá?

Eu gostaria de saber também.

— Não sei. Ele veio atrás de mim — explico, e minha voz falha.

Minha cabeça está girando. Minha visão é borrada pelas lágrimas. Estou prestes a limpar o rosto quando vejo que minha mão está coberta de sangue.

Salvatore está tremendo de raiva. Eu o acordei e trouxe um problema para cá. Ele está furioso.

— Por que eu deveria ajudar você? Depois do que você disse.

O que foi que eu disse?

— Eu, eu, eu...

— Achei que você não estivesse falando comigo. Que você nunca mais quisesse me ver. Se eu não ajudasse, você não queria mais saber.

O quê? Ah. A briga com a minha irmã. Eu me lembro dos dois discutindo perto do carro.

— Eu quero ver você. Me desculpe — respondo.

Eu pareço convincente? Essa é a quantidade certa de remorso? As lágrimas caem livremente agora, elas enchem meus olhos e escorrem pelo meu rosto. Lágrimas de verdade, eu tinha esquecido como era. Meu Deus, estou *chorando* de verdade? Devo estar me transformando em Beth. Ele não vai me ajudar. Por que eu vim até aqui? Ele vai me bater ou chamar a polícia.

— Então, na verdade, você não queria que eu estivesse morto?

— Não.

Sério? Foi *isso* que ela disse? O que será que ele fez? Deve ter sido feio.

— Mas você disse...

Merda. Muito bem, Beth.

— Eu não estava falando sério... não mesmo. Por favor. — O que Beth faria? Mexo meus cílios. O flerte deve funcionar melhor quando a pessoa não está coberta de sangue. — Por favor. Por favor.

Estou soluçando nas minhas mãos agora. Quem se importa com o sangue? Já estou suja. Se ele não me ajudar, estou perdida.

— Espere aqui, vou me vestir — diz Salvatore, depois de um tempo.

Olho para ele —*jura?* —, piscando em meio às lágrimas.

— Ah. Obrigada! Obrigada! Obrigada! — repito.

Meu salvador!

Ele passa por uma porta no fim do corredor e desaparece. Sobe a escada com passos pesados. Ouço seus movimentos no andar superior. O piso de madeira rangendo. O abajur balança. Salvatore é um homem grande. Duzentos quilos? Tão pesado quanto um touro premiado.

Termino de beber a água e coloco o copo na pia. A cozinha dele é brilhante e supermoderna, feita sob medida, cheia de marcas. BOSCH. SMEG. NESPRESSO. ALESSI. Tudo parece novo, como se nunca tivesse sido usado. Superfícies brancas cintilam. Eletrodomésticos minimalistas. Design italiano. Tem um vestígio de sangue onde apoiei o braço na mesa de plástico branco. Pego um pedaço de papel-toalha, passo sob a água da torneira e limpo a superfície. É uma daquelas cozinhas em que o lixo fica escondido. Não faço ideia de onde procurar. Se eu encostar em mais alguma coisa, vou deixar uma mancha de sangue. Fico parada no meio da cozinha com o papel-toalha molhando pingando líquido rosa nos ladrilhos brancos do chão.

Salvatore desce a escada. BUM. BUM. BUM. Ele vestiu uma calça jeans escura e uma camisa preta elegante. A camisa tem um caimento perfeito, deve ter sido feita sob medida. Ele para, olha para mim por um segundo, vê o papel na minha mão. Ele tira o papel-toalha da minha mão e o joga numa lixeira. Que fica escondida em um armário embaixo da pia. Ah, então é ali que fica. Vou lembrar da próxima vez. Se houver uma próxima vez.

— Vamos precisar de água para limpar a sujeira. Alguns baldes e uma esponja?

— Vamos — diz ele.

— Onde ele está? — pergunta Salvatore.

Eu gostaria de ter trazido uma lanterna. Parece ter ficado mais escuro. Uma grande nuvem preta engoliu a lua. Passo os olhos no que consigo ver do palco. Colunas. Rochas. O mar. Puta merda! Meu Deus, o monte Etna está entrando em erupção? Eu sabia que não podia confiar nele. Isso não é perigoso? A cratera do vulcão reluz e solta faíscas. Lava quente irrompe: laranja, amarela, dourada, magenta. Uma nuvem de fumaça se forma no pico. Raios riscam a nuvem de cinzas. Um cheiro leve de enxofre. O gosto do calor. Olho para Salvatore, mas ele não parece incomodado. Talvez isso aconteça sempre? Olho para o pico. Está inacreditável. Acho que seria legal sobreviver a uma erupção. Se nós sobrevivermos. Algo interessante para contar para os netos?

De início, eu não o vejo. Acho que Ambrogio sumiu, ele se levantou e foi embora cambaleando. Parece tão irreal, como se eu tivesse inventado tudo: fruto de uma imaginação problemática. Olho por sobre o ombro, talvez ele ainda esteja aqui? Pronto para aparecer com uma rocha ou uma arma? Imagino um zumbi de *Madrugada dos mortos*. Mas eu finalmente o vejo, deitado no palco no ponto onde o deixei. Uma longa figura preta contra as lajotas cinzentas. Silencioso. Imóvel. Morto.

— Ali no palco. Veja! — respondo.

Mordo o interior do meu lábio com tanta força que ele sangra.

Salvatore olha para onde estou apontando. Sinto sua tensão. Ele não tinha acreditado. Eu também não. Descemos a escada correndo para a parte da frente do palco. Trouxemos dois baldes, transbordando, para limpar a bagunça: a água dentro deles está se movendo e caindo. Meus pés estão molhados; minhas pernas, todas respingadas. Meus joelhos estão fracos enquanto desço os degraus: dois, três ou quatro por vez. Os degraus parecem se estender infinitamente.

Que diabos estou fazendo? Parece que estou me observando de longe: uma espectadora numa tragédia grega: quanto mais sangue e vísceras derramados, melhor. Todo mundo morre no final. Daqui de fora no auditório os assassinatos parecem reais, mas é só uma peça, uma emoção de três horas, empolgante, envolvente, catártica. Sei que o sangue é só corante comestível. Os intestinos são de um porco.

Chegamos à beira e pulamos no palco. Salvatore primeiro, depois ele me oferece a mão, mas fico parada olhando. Não quero chegar mais perto. Acho que corro o risco de vomitar. Ele pega minha mão e me puxa para cima também, como se eu fosse leve como uma pluma (quem me dera). Vou com ele na direção das colunas que formam uma linha no fundo do palco, na direção do corpo. Fico paralisada. Os olhos de Ambrogio ainda estão abertos, com um brilho branco da luz da lua. Ele está olhando direto para mim. Olhos grandes e imbecis, como um peixe conservado no gelo numa peixaria; a boca aberta, a língua para fora. Peixes têm língua? A cabeça dele está rachada, sangue está escorrendo. O cabelo dele está preto e molhado. Noto algo claro. O que é isso? O crânio dele?

Para além do cadáver, uma imagem impressionante. O Etna ainda está em erupção. Estou começando a gostar. Lampejos vermelhos brilham na noite. Está deslumbrante, maravilhoso, épico, sublime. Agora que descobri que não é a morte por lava, não consigo tirar os olhos do fogo.

— Beth? Beth? Beth!

— O quê?

— Precisamos limpar essa merda — diz ele.

Viro de novo para o corpo e chego um pouco mais perto. O fedor de sangue fresco me deixa enjoada: sangue misturado com enxofre e maresia. Ele enche minhas narinas e fecha minha garganta: um golpe na boca, um dente faltando, uma língua sangrando. Estou engasgada, me afogando, afundando no sague.

As lajotas estão escuras, escorregadias, molhadas. Mergulho a esponja no balde e aperto. Água fria espirra nos meus tornozelos, meus pés, e refresca meu dedo quebrado. Esfrego as pedras com a esponja. Não está saindo. Mesmo no escuro, posso ver que ainda está lá: sangue preto e pegajoso. Esfrego com mais força e mais rápido, estou arranhando as articulações dos meus dedos, fazendo-as sangrar, ficar em carne viva. Meus braços estão começando a doer. Merda, não está adiantando. Está só piorando. Sangue é uma merda para limpar.

— Beth?
— Sim.

Meu Deus, o que foi agora?

— Você não disse que Ambrogio tinha uma arma?
— Ele tinha! Ele tinha! Ele tinha uma arma.
— Então onde ela está? — pergunta ele. — Não está aqui.
— Deve... ele deve... ele deve ter derrubado.
— Não está no palco. Não estou vendo.

Merda.

— Deve estar em algum lugar no teatro.

Ele franze o cenho para mim e depois olha em volta. O teatro está escuro e tomado por sombras. O auditório é enorme.

— Ele tinha uma arma. Eu juro. Eu vi — insisto.

Salvatore suspira.

— Certo. Tanto faz. Me ajude a mover o corpo — diz ele, finalmente.

Jogo a esponja no balde. Salvatore para diante da cabeça de Ambrogio, as mãos embaixo das axilas, pronto. Limpo a testa com as costas da mão: grudenta, molhada. Não quero encostar nele. Sei que a pele vai estar fria.

— Os pés — diz Salvatore.

Fico de pé e me encolho: meu joelho! Meu dedo! Abaixo para pegar os pés de Ambrogio, seguro os calcanhares, mas então:

Passos.

Um feixe de luz.

Uma silhueta.

— *Che cazzo fai?* — Vem uma voz masculina.

A luz de uma lanterna ataca meus olhos. Estou cega. Levo um susto. Solto os pés e me levanto.

— Merda — digo.

— *Merda* — diz Salvatore.

A figura se aproxima. Os passos ficam mais altos. Ele desce as escadas e, em exatos dois segundos, está embaixo de nós no palco.

Cabelo loiro e bagunçado. Um uniforme. O segurança. Claro. Quem mais?

— Betta? — diz ele.

Este seria um bom momento para chorar. Caio de joelhos e começo a soluçar.

— *Che cazzo?*

Ele pula no palco. Sinto um braço ao redor dos meus ombros.

— Ah, meu Deus! Betta? O que você fez?

— Eu, eu, eu...

— O que aconteceu? Betta? Você está bem?

— Ela está bem — responde Salvatore, sua voz alta e estrondosa no silêncio do palco. — O marido a atacou, então ela o derrubou. Ele vai ficar bem.

O segurança se levanta. Mira a lanterna na direção do corpo de Ambrogio. Parece ainda pior com a luz dele. Um feixe de luz ilumina o cadáver, como uma espécie de acessório cênico. Com a maquiagem e o figurino, o corpo parece realista. Mas sei que é apenas cera, uma marionete, falso. Bile sobe pela minha garganta. Olho para o outro lado.

— *Ma è morto?* — pergunta o segurança.

— *Forse è morto* — responde Salvatore.

— Por favor — digo, finalmente, e me levanto. — Por favor, por favor, não conte a ninguém. Eu tive que fazer. Eu tive que fazer — peço.

O segurança me olha nos olhos. Com a luz da lanterna, posso ver o seu terror. Que inferno, ele vai surtar. Deve ser o primeiro corpo dele.

— *Madonna mia* — sussurra ele. — Betta, *você* o matou? Não este sujeito?

Ele coloca a lanterna na direção de Salvatore, que se encolhe e vira de costas. Ele protege os olhos com as mãos.

— Fui eu. Fui eu. Por favor, não diga nada. — Eu lhe seguro pela camisa. O segurança volta a luz da lanterna para mim. Fecho os olhos. — Por favor. Por favor.

— *Madonna Mia*. Você ficou louca? — pergunta ele. — Você enlouqueceu? Você sabe o que fez? Esse é *Ambrogio Caruso*! E você ainda está *aqui*? Você precisa sair daqui! Vão matar você. Você precisa desaparecer!

Olho para o segurança. Os olhos estão enormes em seu rosto, como um daqueles peixes dourados com olhos de telescópio. Ele parece genuinamente assustado. Quem vai me matar? Nino? Domenico? Emilia? Salvatore? Sou a única que está matando por aqui. É com *isso* que ele está preocupado?

— Merda — diz ele, como se tivesse acabado de fazer uma constatação. — O que vou falar para o meu chefe?

Eu me levanto, devagar, trêmula, instável, e coloco os braços em volta do seu pescoço. Eu gostaria de saber seu maldito nome. Puxo o segurança para um abraço, meu hálito quente e úmido contra sua orelha.

— Não se preocupe. Nós... nós vamos limpar tudo. Ele ia me matar, então eu, eu, eu...

Meu peito está ofegante — e pesado — enquanto choro. Pressiono meus seios contra seu peito e encosto o rosto no dele. Corro os dedos pelo seu cabelo. Se eu soubesse como ele se chama, sussurraria seu nome, com delicadeza. Qual é o nome desse homem?

O segurança dá um passo para trás e se afasta. Ele me olha nos olhos: estou pedindo, implorando. Eu gostaria de ser uma hipnóloga. Gostaria de praticar controle da mente.

— Limpem isso. Agora — diz ele. — Meu chefe vai chegar em uma hora.

Capítulo 27

A-18 Autostrada: Messina — Catânia

SALVATORE ME AJUDOU A COLOCAR O CORPO de Ambrogio no porta-malas de sua BMW. Estamos passando por um penhasco que ele conhece a alguns quilômetros. É uma queda direta para o mar. Será que foi aqui que batemos o iate? Seria uma coincidência. Salvatore está na BMW, e eu estou no Lamborghini, atrás dele. Vamos deixar o carro de Ambrogio na beira do penhasco, como se ele tivesse ido até lá. Eu gostaria de poder ficar com o carro. Talvez eu possa pegá-lo de volta depois que tudo acabar, é um carro tão lindo. Ele combina comigo. Com a capota baixa e o vento no cabelo, sou a imagem perfeita de *la vita bella*.

O câmbio emperra, se arrasta e engasga. Não sei ao certo tudo o que os diferentes botões fazem. Não sei o que são todos os controles. Não é um carro automático. Mal consegui dar a partida. Estamos acelerando em curvas estreitas enquanto o sol nasce no horizonte preguiçoso. Deve ser cinco da manhã. Não tem mais ninguém nas estradas. Piso no acelerador, a adrenalina fluindo. Salvatore está indo rápido, é perigoso. Estou amando. Quase esqueci o cadáver no porta-malas. Nunca me senti mais viva. Agora que sei que Salvo está ajudando, estou um pouco mais tranquila. Se não estivéssemos agindo em segredo, em sigilo, eu aumentaria o volume em um álbum da Taylor Swift. Procuraria uma música da Miley Cyrus no rádio e sairia gritando.

O vento está soprando pelo meu cabelo, açoitando meu rosto e fazendo meus olhos arderem. Tiro uma mecha da boca e passo a língua pelos meus lábios rachados, que estão secos por causa da poeira no anfiteatro. Um pouco machucados da minha mordida. Ainda sinto o gosto de sangue. Eu me sinto uma vampira, mas agora que sou Beth, pelo menos, sou uma vampira atraente: Kristen Stewart como Bella Swan.

Fazemos uma curva, e as rodas param com um barulho. Olho para a BMW de Salvatore. Ele estacionou e está saindo do carro. Devemos ter chegado aonde quer que estivéssemos indo. Saio do Lamborghini com um salto e vou com Salvatore até a borda de um penhasco gigantesco. Estamos lado a lado, admirando a paisagem. A brisa está quente e delicada como caxemira. A costa em forma de semicírculo se expande diante de nós, luzes brilhantes cintilando ao longe, a longa curva negra do mar. Em poucos minutos, Ambrogio vai estar lá embaixo nessa abominável escuridão, mergulhando na água fria; o que os olhos não veem, o coração não sente. Ele vai dormir com os peixes, não é o que dizem? Em poucos minutos, os peixes vão chegar mordendo. Em poucos meses, não vai ter sobrado nada. Pelo menos, esse é o plano. O Mediterrâneo tem piranhas? Tem grandes tubarões brancos?

— Betta — Salvatore me chama, enquanto abre o porta-malas.

Ele pega as pernas de Ambrogio e indica com a cabeça para eu me aproximar. Vou até a BMW. Certo, lá vamos nós... pego os braços dele, frios, pesados, irreais, e, juntos, damos um impulso para jogá-lo no chão. PLOFT. Meu Deus, ele está ainda mais pesado. Como isso é possível? Não deveria estar mais leve? Dizem que a alma pesa vinte e um gramas. Olho para a estrada, nas duas direções. Seria o momento errado para um carro passar, para uma van de turistas ou a polícia aparecerem. Imagino a colegial japonesa acenando e sorrindo pela janela, câmera do iPhone a postos: CLIQUE, CLIQUE, CLIQUE. Direto para o Pinterest: "Minhas férias na Europa". Outro filme proibido para menores no maldito YouTube. Sério. Eu poderia seguir carreira. Eu podia ser Zoella 2.0. Engulo em seco e olho para Salvatore.

— Precisamos fazer parecer suicídio — diz ele, olhando para as próprias mãos, enquanto acende um cigarro, que fica pendurado no canto de sua boca, como um caubói do Wyoming por volta de 1954. É bem sexy.

— Boa ideia — concordo.

Se alguém perguntar, Ambrogio estava deprimido. Loucamente deprimido. No limite. À beira do colapso. Ele chorava toda noite até dormir. Não estou surpresa que ele tenha se matado. Era só uma questão de tempo.

— Se você vai se jogar de um penhasco, não faz isso nu — comento, tocando no peito de Ambrogio com a ponta de um dedo do pé que não está quebrado. — Mesmo que o fizesse, alguém tem que encontrar suas roupas.

É um detalhe importante. Ambrogio está nu, com exceção da cueca boxer preta. Não pareceria normal. Acho que estou pegando o jeito da coisa toda agora. Estou entendendo...

— É verdade — diz ele.

Viu? Sou um ponto forte nesta operação. Estou aprendendo sobre o cargo. Sendo útil. Sendo proativa. É a primeira vez.

Vejo Salvatore tirar a camisa e o jeans azul e se abaixar para vestir Ambrogio. Olho a bunda dele. Respiro fundo; mesmo no escuro, dá para ver como ele é gostoso. O peito largo, as costas musculosas. Ele tem o corpo de um astro do rúgbi: um jogador do All Blacks. Ele é alto como uma muralha. Salvatore deve malhar pelo menos duas vezes por dia. Eu o imagino nu, tenho uma fantasia de sexo num penhasco. Estou distraída, deveríamos estar descartando um corpo.

— Me ajude — diz ele. — Pegue as pernas.

Vestimos a calça e depois a camisa. As peças ficam um pouco grandes em Ambrogio. Salvatore provavelmente é um tamanho maior, grande, em vez de médio (ou um GG), mas vai ter que funcionar. Não temos muita escolha.

— E os sapatos? — pergunto, olhando para os tênis de Salvatore.

Acho que são Air Jordans. Parecem muito estilosos. Ele provavelmente quer ficar com eles. Eu sei que é o que eu iria querer. São melhores que meu Reeboks velhos.

— Sapatos podem cair — diz ele. É verdade. — E nós usamos tamanhos diferentes...

Se os policiais encontrarem um cadáver usando sapatos do tamanho errado, acho que pareceria bem estranho. Olho os pés de Salvatore: são enormes, como nadadeiras. Aposto que ele é um bom nadador. Será que é verdade o que dizem sobre pés grandes? Espero descobrir.

— Pronta? — pergunta ele.

— Um, dois, três...

Nós o levantamos e chegamos mais perto do penhasco. Merda, agora que estou aqui, parada na beira, vejo que é um longo caminho até o chão. Mal dá para distinguir a espuma branca das nuvens que batem nas rochas embaixo de nós. Isso é bom, as rochas. Se alguém o encontrar, vai parecer que ele bateu a cabeça quando caiu. *Quando* alguém o encontrar. Acho que é inevitável, apenas uma questão de tempo... todo o resto é otimismo: esta é a Europa, Alvina, não La La Land.

Não quero chegar mais perto da beira, tenho medo de altura e não quero cair. Já estou zonza. Um pouco enjoada. Estou balançando ou é o mar? Precisamos ficar aqui na beira para jogá-lo, ou o corpo nunca vai cair. Chegamos mais perto do limite, pouco a pouco. Não me atrevo a olhar para baixo. O corpo balança como uma rede entre nós. Sinto a palma das mãos começar a escorregar. Precisamos jogar o corpo. Vou derrubar Ambrogio! Eu queria que fosse mais rápido.

— Espere um segundo — diz Salvatore.

Esperar? O que foi agora?

— Por quê? O que foi?

Soltamos o corpo no chão. Estou ofegando, suando. Quero acabar com isso. Precisamos nos livrar desse corpo.

— Beth, preciso perguntar uma coisa para você.

Agora? Você está falando sério? Estamos meio que ocupados aqui. E se um carro aparecer? E a polícia?

— Claro — respondo. — O que foi?

Vamos papear. Vamos jogar um daqueles jogos de festa: "Você já...?".

Olho nos olhos dele, mas está escuro, e não consigo decifrá-los. O que está acontecendo? Ele desvia o olhar. Meu Deus, ele ainda está bravo? Salvatore vai *me* jogar do penhasco também? Que diabos será que ele sabe?

— Beth, depois disso, você vai parar de agir como louca? A semana passada inteira... foi demais. Primeiro essa história da sua irmã, e agora isto? Eu só... não acho que conheço mais você. Você parece outra pessoa.

— Eu prometo. Eu prometo. Chega de loucura. Chega de insanidade. Vou ser apenas eu.

O que você quiser. O que você disser. Tento abrir um sorriso reconfortante.

O que ele está falando sobre a minha irmã? Eu não entendo. Deve ter algo a ver com a briga. Com o plano. Eu gostaria de saber...

Salvatore não mexe um músculo. Não diz mais nada. Espero que ele esteja convencido. Espero que acredite em mim. Olho para o corpo de Ambrogio, no chão, na terra. Ele parece bem indefeso deitado desse jeito, não o monstro assustador que vi antes, não o homem sedento por sangue de quem eu fugi.

Levantamos o corpo e o atiramos do penhasco.

*Riserva Naturale Orientata Fiumedinisi e
Monte Scuderi, Província Messina, Sicília*

DE VOLTA À BMW, NÓS NÃO CONVERSAMOS. Quero acender um cigarro dele, um maço de MS está perto do câmbio, mas ainda sou Beth e não quero me explicar. Além do mais, acho que está ventando demais. Olho para Salvatore, seu perfil delineado contra a estrada. Merda, ele é tão sexy: nariz romano, queixo duro, o corpo de um herói de filme de ação. Ele poderia ser um dublê de Jason Bourne. Ou talvez Thor? Minha irmã tinha bom gosto para homens, preciso admitir. É uma pena essa coisa do Ambrogio, ele era lindo, é verdade, mas Salvatore pode ser ainda melhor. E Ambrogio era mau. E péssimo na cama. Então ele que se foda. Na verdade, ainda bem que ele está morto.

O cabelo de Salvatore, grosso e, sob esta luz, preto, em vez de loiro-escuro, voa atrás dele no vento. Olho a barba malfeita em seu rosto, parece que faz uma semana que ele não se barbeia. Salvatore tem um estilo que grita: "Sou um artista! Não dou a mínima". É incrivelmente sexy.

Ele está fazendo um caminho diferente para voltar para os penhascos, e não sei por quê.

— Onde estamos?
— Em um parque.
— Esse não foi o caminho que fizemos na ida.
— Eu sei.

Passamos por uma densa mata. Ele pega um caminho que é mais uma trilha de terra do que uma estrada e, de repente, para o carro. A floresta tem cheiro de folhas podres e terra úmida. O silêncio é mortal. *A hora mais escura é antes do amanhecer* — ouvi isso em algum lugar, mas só agora me dei conta de que é verdade. Nunca escurece de verdade no centro de Londres. Nunca fica tão silencioso. O único som vem dos pássaros cantando nas árvores à nossa volta. A floresta está começando a acordar. Por que paramos aqui? Estou começando a surtar. Na minha experiência, a mata siciliana é um lugar para enterrar mulheres mortas. Mulheres que têm exatamente a minha aparência. Salvatore tem uma expressão estranha no rosto... ou ele vai me beijar, ou vai me matar. Merda.

Estamos os dois sujos, suados e com manchas de sangue. Estou usando um vestido rasgado, sem sapatos nem lingerie. Ele não está usando nada além de tênis e uma cueca Calvin Klein. Se alguém nos vir, vamos parecer ainda mais suspeitos. Não é preciso ser um gênio para nos conectar àquele corpo que apareceu nas rochas do penhasco. Meu joelho ainda está sangrando, assim como um corte na minha coxa. Meu dedo do pé quebrado está começando a latejar. Posso ouvir minha própria respiração, curta e rápida. Se ele tentar me atacar, não tenho nenhuma chance aqui, não por conta própria, não com meus músculos. Não tenho nenhuma arma. Nem uma rocha. Por que não fiquei com aquela arma? Está escuro, mas consigo distinguir a curva grossa dos seus bíceps; ele é forte como um touro.

— Salvatore? — sussurro.

Não consigo tirar os hematomas de Beth da cabeça. Pretos e roxos, azuis e verdes. Nos dois braços. Primeiro em um, depois nos dois. Ela tentou negar. Tentou escondê-los com corretivo. Aperto os olhos e prendo a respiração. Todos os músculos do meu corpo estão tensos. Meu coração bate no meu peito como se quisesse fugir. O que estou fazendo aqui, na calada da noite? No meio da mata? Quero ir para casa.

Salvatore vira e me dá um beijo agressivo na boca — claro, ele acha que sou Beth — e, antes que eu me dê conta, o estou beijando também. Ele agarra o cabelo atrás da minha cabeça, os dedos cravados no meu couro cabeludo, e me puxa para um beijo desesperado.

— Desculpe — sussurra ele na minha boca —, não aguentei esperar mais. Quero tanto você.

E eu sigo o ritmo. Claro que sim. Acho que Beth estava mesmo tendo um caso! Não sei por quê. Não é o estilo da minha irmã. Mesmo que Salvo seja gostoso pra caralho. Talvez ela o estivesse usando para ajudá-la a fugir. Usando Salvatore como me usou. É a única coisa que faz sentido! Faço meu papel e, sabe de uma coisa, eu quero mesmo esse homem. Quero dizer, quem não iria querer? Ele é absurdamente sexy: nível Channing. De repente, todo o meu medo desaparece. Minha pele parece estar viva, quase sensível demais. Meu coração está batendo muito rápido. Ele pega meu vestido e o rasga, as alças arranham meus braços e meu pescoço. Suas mãos fortes me puxam para mais perto, me pressionando contra seu corpo. E estou beijando Salvatore. Sua pele quente e macia, seus ombros esculpidos. Já estou molhada, estou louca por ele. Nunca estive tão excitada. Ele está beijando meu pescoço, me mordendo, me lambendo. Posso sentir ele endurecer por baixo da cueca: latejando, ereto. Deslizo os dedos pela cueca e seguro seu pau duro na minha mão; é liso e macio, como o Mr Dick. É absolutamente enorme.

Salvatore me joga no banco do passageiro e reclina totalmente o assento. Ele puxa uma alavanca na lateral, e eu me deito. Ele já fez isso antes... com minha irmã? E fica em cima de mim. Estou aqui deitada, suja, nua, coberta de sangue. Tenho certeza de que minha aparência está péssima. Mas eu o quero, e ele me quer. Eu o quero dentro de mim, estou implorando, em silêncio. Só quero gozar.

Puxo a cueca para baixo, que fica presa na perna dele; falta espaço. Caralho, ele é enorme, a história dos pés é verdade. Uso minhas mãos nele, forte e latejando, e depois minha boca: doce, delicioso; um pau perfeito. Adoro o gosto dele, quero devorá-lo. Chupo o pênis dele, fundo e com força, movendo a cabeça para cima e para baixo pelo seu comprimento, e ele é macio na ponta da minha língua. Salvatore solta um grunhido.

Ele me segura pelos braços, se afasta e me vira, deixando meu corpo dobrado sobre o assento. Por sorte o carro é conversível, ou não haveria espaço. Ouço o barulho do plástico da embalagem da camisinha. Ele afunda meu rosto no banco e sinto o gosto de couro. Meu Deus, quero Salvatore. Posso senti-lo atrás de mim, quero que ele me penetre de uma vez. Ele agarra meus ombros. Dói um pouco, mas eu não me importo. Sei que vou gozar assim que Salvatore encostar em mim. Vou explodir. Ele força a entrada no meu corpo, suas mãos pegam meus seios. As costuras do assento arranham minha pele.

— Isso, baby, vai, assim...

Estou mais leve que o ar.

Um cuco canta em algum lugar da floresta.

Taormina, Sicília

OLHO PARA A ÁGUA QUE LAVA MEUS PÉS INCHADOS: está cinza por causa da sujeira. Passo água pela minha coxa e lavo o sangue, ela fica rosa. O corte arde. Limpo meu joelho. Pequenas pedras estão presas nas laterais do corte, onde uma casca começou a se formar. Tiro uma por uma. O corte se abre e começa a sangrar; a água fica vermelha. Pego uma esponja de banho e esfrego minha pele. Estou pensando em Salvatore, em como foi bom. Ainda posso sentir o gosto dele, seu pênis duro, doce, sua pele salgada. Fecho os olhos e ouço a água caindo e espirrando à minha volta. Abro um sorriso.

Então começo a pensar no corpo.

Foi por pouco. Ambrogio podia ter me matado! Foi sorte eu ter feito isso primeiro. Que diabos ele estava planejando? Não poderia ter sido minha irmã perfeita, tenho certeza de que o plano era todo *dele*. Isso está me deixando louca. Mas minha irmã está morta. Ambrogio também. Suicídio. Não tenho nada a temer. Pela manhã, quando eu tiver descansado um pouco, vou levantar e perguntar aonde ele foi. Não vou parecer muito preocupada. Só vou continuar meu dia. Talvez fazer uma massagem relaxante. Fazer a unha. Uma massagem facial. Um daqueles tratamentos estéticos em que envolvem seu corpo com papel-alumínio como se fosse um peru prestes a ir para o forno. Mas então, depois de alguns dias, quando ele não aparecer nem atender o telefone, quando seus amigos não fizerem ideia de para onde ele foi, vou chamar a polícia, louca de preocupação. Ambrogio? Sim... pensando bem... ele *estava* deprimido. Ele parecia incomodado com alguma coisa. Agora eu me lembro! Ele ameaçou se matar. Eu nunca dei ouvidos de verdade. Achei que era só um jeito de falar, "se sua mãe ligar de novo, vou me matar. Se a Itália não vencer o Eurovision, vou me matar", esse tipo de coisa.

Eu deveria matar aquele segurança também? Só por garantia? Talvez seja mais seguro. Mas acho que ele nos ajudou... e ele pode ser útil de algum jeito no futuro. Vou pensar um pouco sobre isso... acho que ele gosta de mim. Ele gostava de Beth.

Eu me seco com uma toalha felpuda e visto a camisola Armani de Beth, a que tem rosas cor-de-rosa bordadas na barra. É linda. Subo na cama de Beth e de Ambrogio. É um modelo super king size, então tenho espaço suficiente para me espreguiçar, bocejar, rolar para os lados e me acomodar. Afundo nos travesseiros fofos e aconchegantes, me cubro com os lençóis acetinados e pego no sono. Foi um dia cansativo.

DIA 5

GULA

"Quantas batatinhas Pringles você consegue colocar na boca ao mesmo tempo? Meu recorde é dezenove."
@Alvinaknightly69

Capítulo 28

Foi culpa de Beth eu ter sido presa por furto na promoção de 1999 do supermercado Woolworth. Foi culpa de Beth eu ter começado a roubar.

Ela tinha uma amiga imaginária chamada Talulah quando éramos crianças, que costumava me irritar profundamente. Só Beth conseguia vê-la e só Beth conseguia ouvir o que ela dizia.

— Ah, Talulah, você é tão engraçada. — Beth ria.

Eu sabia que as duas estavam falando de mim, zombando de mim. Elas brincavam de faz de conta por horas, todas as brincadeiras favoritas da minha irmã: princesas, princesas-fadas, mamãe e bebê. Não sei para que Beth queria uma amiga imaginária, ela já tinha a mim. Também não sei de onde ela saiu, nunca encontrei uma; não que eu quisesse uma ou tivesse tentado. Talvez fosse por isso que eu era tão solitária?

Nossa mãe encorajava, colocando um lugar à mesa toda noite para a amiga imaginária, comprando coisas para Talulah nas lojas, escrevendo cartões de aniversário para Talulah, convidando Talulah para as férias.

— Beth, querida, Talulah vai vir com a gente na excursão para o teatro? Precisamos comprar uma passagem para ela!

Era uma loucura. Talulah recebia mais atenção do que eu. Talulah era muito mais importante do que eu.

Então, no nosso oitavo aniversário, decidi que bastava, era o *meu* dia especial, não da Talulah. Vaca. Roubei uma barra de chocolate Mars na doceria da escola. Escondi o chocolate na manga do meu blazer grande demais quando a mulher do refeitório não estava olhando, com água na boca, meu coração batendo nos ouvidos como um tambor. A adrenalina foi uma loucura. Passei o dia com o Mars no fundo da minha mochila da escola: uma Jansport azul-escura. Só consegui pensar nisso pelo resto do dia, durante a aula de inglês, de história e de arte. Só de saber que estava ali já ficava agitada. Então, naquela tarde, quando cheguei em casa, escondi o chocolate embaixo do travesseiro. Mais tarde naquela noite, quando ouvi Beth roncando na cama de cima do beliche, tentei subornar a "amiga" dela a aparecer.

— Olá? Talulah? — chamei com doçura. — Tenho uma barra de chocolate bem aqui. Se você sair, pode ficar com ela...

Esperei e esperei, o travesseiro a postos; não porque eu queria fazer amigos, mas porque queria sufocá-la até a morte. Continuei esperando pelo que pareceram horas, mas ela nunca apareceu.

No fim, acabei comendo eu mesma o Mars.

O chocolate estava doce, ilícito, delicioso. Foi o primeiro de uma farra de doces clandestinos que acabou no Woolworth em 1999. Um segurança me flagrou, minha mão dentro de um pote cheio daqueles pirulitos que vêm numa embalagem cheia de açúcar aromatizado, os bolsos lotados de confeitos Gobstoppers e a boca cheia por causa de um rato rosa de chocolate. Ele chamou a polícia e ligou para minha mãe. Eu era nova demais para ir para a cadeia. Eu esperava que minha mãe surtasse, gritasse e tivesse um ataque. Mas ela nem se deu ao trabalho de me castigar. Era como se eu não existisse.

Eu não podia comer chocolate. Minha mãe nunca me deu dinheiro, ela dizia que eu era muito malcomportada, que eu não merecia, que eu já estava bem gorda, que tinha obesidade mórbida... Minha mãe dizia que meu corpo era um trambolho, que eu parecia uma baleia. Eu não podia comprar doces, como a minha irmã e todo mundo. Eu sei, eu sei, Beth costumava dividir os dela, tentava me dar doces quando nossa mãe não estava olhando, dividir comigo metade de seus confeitos Nerds. Mas eu queria *tudo*, tudo só para mim. Queria que minha mãe comprasse os doces para *mim*.

Tinha sido tão fácil roubar aquela barra de Mars, tão rápido, tão simples. Minha mãe nunca percebeu. Ela não fazia ideia. Eu não precisava da porcaria do dinheiro dela agora que eu sabia roubar. Não precisava de ninguém.

Então, essa foi minha primeira vez, e, como eu disse, foi tudo culpa da Beth. Portanto, não coloque a culpa em mim, coloque nela.

Sexta-feira, 28 de agosto de 2015, 9h
Taormina, Sicília

— MAMMA, MAMMA!
É o pequeno Ernesto. Emilia me acorda com o bebê no colo.
— Bom dia, *signora* — cumprimenta ela. — Como vai?
— *Mamma!* — Ernie chora, as mãos estendidas para mim.
Uma lágrima gorda e cheia escorre pelo seu rosto. Pobrezinho.
— Ah, bom dia, Emilia — respondo, sentando e me espreguiçando.
Meus ossos estalam. Minhas articulações rangem. Alguma coisa não está certa. Não estou me sentindo bem. Rearranjo os travesseiros e pego o bebê. Por favor, pare de chorar. Por favor, cale a boca.
— Shh, shh, shh. — Aconchego Ernesto no meu peito e acaricio as costas dele.
— Ele queria a mãe — diz Emilia, dando de ombros. — Quer que eu traga café? São quase dez da manhã.
— Sim, obrigada.
Ele não para de soluçar, lágrimas quentes contra a minha pele, meleca de nariz se espalhando pelos meus seios. Eu o abraço forte e acaricio o cabelo em sua pequena cabeça.
— Shh... shh... não chore.
Emilia sorri, vira as costas e sai andando.
— Emilia?
— Sim? — Ela está quase na porta.
— Você viu Ambrogio?
— Não, *signora*, não vi. Hoje, não.
— Você sabe onde ele está?
— Não. Não sei.
— Talvez ele tenha ido nadar de novo, no mar?
— Talvez, *signora*. O carro não está na entrada.
— Certo. Vou ligar para ele. Obrigada — digo.
Volto minha atenção para o menino aos berros que tenho nos braços. Emilia sai. Meu Deus! E agora? O que devo fazer com esse bebê? Ele não veio com um manual de instruções. Não me lembro de ter tido nenhuma aula de criação infantil na escola, teria sido mais útil do que a merda da educação física. Cite uma situação em que lacrosse é útil. Essa curva de aprendizado vai ser dura.

Saio da cama, aninhando Ernie nos braços, e quase caio. Merda, meu dedo do pé! Não consigo andar. Não consigo ficar de pé! O choro do Ernie atinge uma nova altura, e fico preocupada que todas as janelas à minha volta vão se estilhaçar. Tento fazê-lo ficar quieto e o balanço de um lado para o outro. De um lado para o outro. Por favor, pare de chorar. Por favor, cale a boca. Olho nos olhos dele e vejo puro pânico. Ele sabe que não sou sua mãe? Bebês têm um olfato incrível, como porcos e pastores-alemães. Preciso me lembrar de passar um pouco do perfume da Beth: Miss Dior Chérie. Isso deve resolver.

O bebê chora.

E o bebê chora.

Os gritos se tornam mais altos e mais persistentes.

Eles ficam cada vez mais estridentes e mais agudos, até se tornarem audíveis apenas para cachorros.

O bebê dá soluços monstruosos que chacoalham seu pequeno corpo.

Um som de engasgo.

Um lamento abafado.

Uma tomada de fôlego.

Ah, socorro. Onde fica o botão de desligar? Onde fica o botão de pausar?

Emilia volta com meu café numa bandeja. Ela a deixa no criado-mudo e olha para mim. Seu rosto está pálido.

— Oh, *signora*! — exclama ela, em meio aos soluços, com olhos arregalados e dedos apontados para meus braços. — Tudo bem?

Olho para baixo e vejo hematomas espalhados pelos meus braços e meus ombros; estão feios e azuis. De onde eles vieram? Eu não tinha nem notado. Emilia não viu meu dedo do pé nem meu joelho (inchado, vermelho e muito mais feio que os hematomas). Distendi todos os músculos dos braços e das pernas. A planta dos meus pés está em carne viva.

— E seu joelho está cortado! — diz ela, apontando para minha perna.

— Estou bem — respondo. — Mesmo!

Estou um *horror*.

Eu queria estar vestindo algo diferente dessa camisola minúscula.

— Levantei no meio da noite para ir ao banheiro e tropecei no tapete. Quer pegar o Ernie enquanto eu me visto?

Ela aperta os olhos e balança a cabeça. Acho que ela não acreditou em mim.

— *Signora*, quer que eu chame a polícia?

— Meu Deus, não, eu disse que estou BEM! — Dou risada, de um jeito nada convincente.

Emilia faz uma pausa, como se fosse dizer mais alguma coisa, mas então muda de ideia. Passo o bebê para ela; Ernesto está gritando e agitando os braços e as pernas. Parece um polvo raivoso. Emilia o abraça e beija sua testa.

— Ma, ma, ma.

Ele para de chorar quase imediatamente. Ela deve ter algum tipo de truque que eu desconheço, como telepatia ou encantamento de cavalos. Emilia deve ter um sétimo sentido. Ela me olha de novo, de cima a baixo, uma expressão preocupada, um rosto desaprovador. Mas, depois de um tempo, ela sai para o corredor e fecha a porta. Graças a Deus! Os gritos ecoam nos meus ouvidos, ensurdecedores. Minha cabeça está girando. Dores. Ainda consigo ouvir aquele choro, como as conchas do mar. Limpo a meleca do meu peito. Ser mãe é um trabalho *muito, muito* pesado. Que diabos eu faria sem ajuda?

Entro no banheiro e me olho no espelho. Os hematomas nos meus braços parecem iguais aos da Beth. Estão no mesmo lugar, são do mesmo tamanho, do mesmo formato, ainda que os dela estivessem mais roxos, acho, quase pretos. Balanço a cabeça e olho para o espelho com o cenho franzido. Ambrogio nunca encostou em mim. Não entendo. Deve ter sido onde Salvatore estava me segurando quando transamos no carro ontem à noite. Eu me lembro da pressão, acho que tinha força envolvida, com certeza foi violento, mas na hora eu mal percebi. Deve ser genético. Minha irmã e eu nos machucamos com facilidade. Bom, isso explica essa parte.

Mas não faz sentido. Se Ambrogio não era violento, então qual era o problema da Beth? Ela parecia tão infeliz, xingando, chorando. Dizendo todas aquelas coisas horríveis sobre mim. Nunca a vi tão transtornada antes. Ela parecia ter surtado. Perdido o prumo. Aqueles diamantes em sua bolsa sugerem que ela estava fugindo. Esfrego a mão nos hematomas; eles doem um pouco, mas a aparência é pior do que a sensação. Certo, tudo bem. Então ele não era um brutamontes, mas alguma coisa estava acontecendo. Ambrogio achava que eles estavam maquinando juntos. Para ele, os dois tinham um plano. Um plano! E *ambos* estavam de acordo. Pelo menos, era o que ele achava. Foi o que ele disse. Mas sei que Beth planejou nossa troca em segredo...

Talvez ela estivesse tentando salvar a minha vida!

Sim, é isso. Só pode ser. Era *ele* que estava pensando em assassinato. *Ela* estava tentando me manter em segurança. Beth estava planejando fugir sem ele. Foi por isso que Ambrogio pareceu tão chocado! *"Por que você estava vestida como Elizabeth, Alvie?"* Ela o enganou. Que vadia sorrateira.

Ainda preciso chegar ao fundo disso, mas é um ótimo começo. Preciso dizer que estou impressionada com meus poderes de dedução. Sou a própria Miss Marple. Sou Sherlock Holmes. Talvez eu devesse trabalhar para a Scotland Yard?

Pego uma escova, não importa qual, e escovo os dentes.

Estou nadando longas distâncias na piscina. Nado de peito, para não molhar meu cabelo. De uma ponta à outra. De uma ponta à outra. De uma ponta à outra. Está um calor dos infernos, e está me refrescando. Isso e o fato de ser bom para a minha bunda. A bunda da Beth parecia um pêssego maduro. Preciso tonificar meu corpo. É fundamental para o meu estilo. Vi um par de *hot pants* maravilhoso (mas minúsculo) da Balenciaga no closet de Beth, mas neste momento seria um crime usá-las. *Hot pants* não combinam com celulite, isso é um fato. Quero uma bunda como a da Kardashian, perfeitamente empinada, melhor que a da Beth.

Vai ter que ser natação. Odeio todas as outras formas de exercício (além de sexo). Eu costumava correr um pouco quando era mais nova, mas agora eu com certeza não gosto mais disso. Não gosto de suar (com exceção do sexo). Quando você nada, pode suar na água, então não nota, na verdade. É perfeito para mim. Merda. Se eu sou Beth, vou ter que fazer pilates. Aposto que ela tem um personal trainer. Ele vai se perguntar por que sou tão ruim.

Eu me concentro em contar as voltas: nove, dez, onze, doze. Vou tentar chegar a vinte antes de desmaiar e acender um cigarro. Estou tentando limpar a mente. Relaxar. Meditar. Estou toda tensa e preciso me distrair. Tudo tem sido bem estressante. Eu não estava esperando uma viagem tão agitada. Pelo amor de Deus, eu deveria estar de férias! Quero desestressar. Mas o rosto belo e bronzeado de Ambrogio fica aparecendo na minha mente. Não consigo tirá-lo da cabeça.

Estou desapontada, para dizer a verdade. Por oito longos anos tive fantasias com esse homem. Desde aquela noite fatídica em que entramos naquele bar universitário. Aquela noite mágica que mudou nossa vida para sempre. Eu acreditava de verdade que ele fosse meu *príncipe encantado*. Oito anos desperdiçados, quando eu podia ter ficado obcecada por outra pessoa. Podia ter tido uma chance com Channing Tatum. Eu sei... eu sei... ele é um superastro de Hollywood... mas eu podia ter me mudado para Los Angeles. Podia ter descoberto onde ele mora. Podia tê-lo seguido até em casa uma noite, depois de uma sessão de filmagem... treze, catorze, quinze, dezesseis.

Mas estou divagando.

Eu tinha muitas esperanças com Ambrogio. Nós podíamos ter sido perfeitos juntos. Poderíamos ter vivido aqui juntos para sempre, bem aqui nesta *villa*, nesta maldita *villa* perfeita, com nosso bebê perfeito. Com aquele carro sexy. Mas, não, ele tinha que estragar tudo. Arruinar tudo. Esfregar tudo na minha cara. Ambrogio não viu que eu estava tentando ajudar? Tirar algo bom de uma situação ruim? Por que ele não podia apenas participar do jogo? Quem se importa se sou Alvie ou Beth? Quero dizer, falando sério, me diga, qual é a diferença? Eu estava interpretando o papel. Estava fazendo a minha parte. Ele podia ter feito um pouco mais de esforço. Ele precisava de uma esposa. Ernie precisa de uma mãe.

Ambrogio... Ambrogio... Ambrogio... vá se foder. Sabe, por sorte estou tomando pílula anticoncepcional, ou eu poderia engravidar daquele homem (de novo). Por que preciso pensar em tudo? Típico de homem. Dezessete, dezoito, dezenove, vinte. Tem uma linha de sangue seco na borda da piscina, onde Beth bateu a cabeça quando caiu. Na parte superior, à direita. Ainda posso ouvir o CRACK! Não quero pensar nisso. Jogo um pouco de água no sangue e esfrego com os dedos. Pronto. Olho para a *villa*, e lá está Emilia, parada na janela da cozinha, olhando, encarando. Ela vira. E continua a limpeza. Ela não pode ter visto o sangue de lá. Não tenho nada a temer. De jeito nenhum ela teria entendido tudo o que aconteceu. Mantenha a calma, Alvina. Não se preocupe, menina. Subo os três degraus prateados, que brilham sob a luz clara e branca, e me seco com uma toalha de praia de Beth. Chega de ficar obcecada por Ambrogio. Ele era lamentável. Uma decepção. Era um maldito risco. Letal demais para se ter por perto. Ele apontou uma arma para mim, pelo amor de Deus! Acendo um cigarro e deito na espreguiçadeira. Fecho os olhos. Vou concentrar minha obsessão em Salvatore.

— *Signora*, Nino está aqui para vê-la. Posso deixá-lo entrar?

A voz de Emilia me assusta. Eu não tinha ouvido a campainha tocar. Nino? Que diabos ele está fazendo aqui? Deve estar procurando Ambrogio.

— Claro — respondo, arrumando meu cabelo e me sentando na espreguiçadeira. — Peça para ele entrar.

— *Si signora. Un momento.*
Emilia olha para o meu Marlboro Light, franze a testa e, em seguida, vira e volta para a *villa*.
Limpo as gotas de suor da sobrancelha. Já estou fritando. O sol do meio-dia é brutal aqui. Cubro os ombros com o sarongue para esconder os hematomas e coloco os enormes óculos escuros de Beth. Apago o cigarro. Meu disfarce está completo. Nino irrompe pelas portas francesas com um barulho ensurdecedor. Ouço os pés dele no piso de pedra. Ele passa os olhos no jardim e vem na minha direção. Ha! Ele não vai encontrar Ambrogio, por mais que procure. Nino está chegando mais perto. E olha direto para mim. Meu estômago fica pesado. Abraço meus joelhos. Será que Nino conhecia minha irmã bem? Um calafrio percorre a minha espinha, me fazendo tremer.
— Onde diabos está *Il Professore*? Ele deveria me encontrar!
Enrolo o sarongue em volta do corpo para formar um casulo. Nino se avulta sobre mim e a espreguiçadeira, como uma espécie de monólito agourento. Esperando. Ele tira os óculos escuros. Seus olhos são como buracos negros. Uma cicatriz fina e longa do lado esquerdo do rosto, rosada como uma minhoca.
— *Il Professore?* — repito.
Por que será que o chamam assim, é porque ele tem um diploma?
Nino abre um meio sorriso que revela um dente de ouro.
— Seu marido de merda. Onde você o escondeu?
Hum, o tipo hostil.
— Não sei. Não o vejo desde ontem à noite. Dormi até mais tarde e, quando acordei, ele tinha saído.
Ele franze o cenho: um vinco escuro e profundo no centro da testa. Nino não acredita em mim. Observo seu rosto, seu bigode volumoso, sua figura esguia: firme, ágil, mau. Se fosse um animal, Nino seria uma daquelas aves usadas nas brigas de galo na Tailândia. Um frango raivoso. Que fura seus olhos. Arranha sua garganta. Mas ele tem algo de magnético. Não dá para tirar os olhos desse homem. Ele é cativante, hipnotizante, como aquela cobra em *O livro da selva*, Kaa. Ele não é tão bonito, mas carismático, uma dessas pessoas que têm um charme natural, uma confiança inabalável. É estranhamente sedutor. Ele não é velho, talvez trinta e cinco? Quarenta, no máximo. Mas sua pele está enrugada pelo excesso de sol. Linhas na testa, linhas perto da boca. Ele não parece o tipo que se lambuza de protetor solar. E duvido que use creme noturno.

— Ele não está atendendo o celular.

— Eu sei — respondo. — Acabei de tentar ligar, mas imaginei que estivesse ocupado. Ele não atendeu. — Dou de ombros. — Liguei várias vezes.

Nino tira um maço de Marlboro vermelho do bolso da jaqueta; é uma jaqueta preta de couro grande, com imensas tachas prateadas. Ele deve estar fervendo dentro dela. Ele me oferece um cigarro, mas balanço a cabeça. Nino pega um fósforo, acende a chama e sopra a fumaça no meu rosto. Vejo o palito de fósforo cair no chão; o fogo tremula, ainda está aceso. Vejo a chama se esgotar.

— O que aconteceu com seu pé? — pergunta, apontando para os meus pés. — Seu dedo parece arrebentado.

— Ah, nada. Eu caí.

Sento sobre as minhas pernas na espreguiçadeira e olho para a piscina. Uma brisa leve está soprando, tão sutil que mal dá para sentir, mas a superfície se ondula como ferro corrugado. Nino se senta ao meu lado na espreguiçadeira, o braço encostando no meu. Ele tem cheiro de couro. Sua jaqueta está fervendo por causa do sol. Ele olha para o meu rosto, procurando, avaliando. Seu radar para mentiras deve estar afinado. Meu corpo inteiro fica tenso. Estou paralisada.

— Betta, vou perguntar mais uma vez. Onde está seu marido? — Mais força na voz. — Acho que você sabe.

Posso sentir o gosto de tabaco no hálito dele. Posso ver a fúria em seus olhos.

Olho para ele, suplicante:

— Não, eu não sei. Tenho certeza de que ele vai voltar para casa. Faz poucas horas que saiu...

Minha voz falha. O cabo de uma arma aparece no cinto da calça dele: preto, metálico, grande o bastante para causar danos sérios. As iniciais G.M.B. estão entalhadas em madrepérola. Merda. Nota mental: não se meta com Nino. E vá pegar a arma de Ambrogio. Deixei naquela cerca viva. Espero que ainda esteja lá...

Ele mantém os olhos nos meus, como se estivesse lendo minha mente, me encarando como um gato bravo. Nino olha as horas no relógio, um Rolex dourado e gordo, que cintila como fogo.

— São quase três. Deveríamos ter nos encontrado às dez. Era uma reunião importante, merda. Você falou com Domenico?

— Domenico? Não, por quê? — pergunto.

Dou de ombros. O sarongue escorrega. Nino vê meus braços, meus ombros, os hematomas. Merda.

— Que merda é essa? Quem bateu em você?

— Ninguém. Não foi nada.

Tento pegá-lo.

Ele agarra meus pulsos com mãos ásperas e secas e me força a ficar de pé.

— Ai! — grito de dor: meu dedo do pé quebrado!

O sarongue cai, e Nino me examina devagar, analisando meu corpo azul e preto — me arrependi de escolher o biquíni fio dental de Beth —, e se abaixa para enxergar melhor: dedos, o corte na minha coxa, o machucado no meu joelho.

— Ai! — grito de novo.

Os hematomas nos meus braços estão ficando roxos. Aqui fora, em plena luz do dia, pareço bem avariada.

— Quem fez isso? — pergunta ele.

— Ninguém. Eu caí.

— *Va fannculo*. — Ele cospe no chão. — Quem foi? Me diga. — Estou tendo uma sensação de déjà-vu. — *Il Professore* nunca...

— Não, não, claro que não — respondo.

Ele me solta. Eu desabo na espreguiçadeira. E cubro os ombros com o sarongue, ainda que seja tarde demais para esconder. E dobro meu corpo. Eu devia ter usado um traje de esqui ou um daqueles macacões com orelhas de urso.

— Betta, Betta, Betta — sussurra ele. — Tem alguma coisa que você não está me contando. Se seu marido não estiver em casa no começo da noite, eu volto.

Meneio a cabeça.

Isso não é bom.

Ele se inclina sobre mim na espreguiçadeira e chega tão perto que seus olhos estão a poucos centímetros de distância. Gotas quentes de saliva caem no meu rosto.

— Esta é a hora errada para desaparecer.

Nino joga o cigarro no chão e amassa a bituca com a ponteira prateada de sua bota de couro preto. Ela brilha e cintila sob o sol. É o tipo de bota feita para chutar e machucar alguém. Fico olhando as suas costas, ágeis e pretas, desaparecerem pelo piso de pedra e pelas portas francesas. Respiro fundo e solto o ar devagar. Meu corpo todo está tremendo. Foi intenso. Nino parece um bad boy de verdade. É meu tipo de homem. Ele é tão sedutor.

Capítulo 29

Nino me deixou tão excitada que me visto e vou bater na porta ao lado para ver Salvatore.

— Ah, Elizabeth. Que bom. Eu estava indo buscar você — disse ele. — Quero que você pose para mim.

Posar para ele? O quê? Ah, sim, ele é um *artista*.

— Hum, ok — respondo.

Não que ele estivesse pedindo.

Salvatore me leva por sua *villa* até o andar superior, o seu estúdio. O espaço é vasto, cheio de luz, amplo: esculturas, desenhos, escadas dobráveis, longas mesas de madeira, pinturas, argila.

— Tire a roupa.

Não me mexo.

— Hum, tem certeza? Estou bem machucada.

Ele me olha de um jeito sombrio. Ele não gosta de se repetir.

— Tire a roupa. Agora.

Salvatore dá meia-volta, vai até o fundo do estúdio e então traz um cavalete para o centro do espaço. O cavalete é uns sessenta centímetros mais alto do que ele, com folhas enormes de papel creme. Ele pega um pedaço de carvão de uma caixa sobre a mesa e olha para a frente.

Ele aponta para uma cadeira:

— Deixe suas roupas ali.

Desabotoo o vestido com dedos trêmulos. Claro, Salvatore, o que você quiser. Contanto que você me coma de novo como fez ontem à noite. Aquilo foi uma loucura.

— Quer uma bebida? Vodca?

Ele não espera uma resposta.

— Quero — respondo, sorrindo.

É tudo de que eu preciso. Está sendo um daqueles dias... Como ele adivinhou?

Salvatore vai até um armário de bebidas no fundo do estúdio. Ouço o barulho de uma dobradiça. E de vidro.

— Gelo?

— Não, obrigada.

Tiro o sutiã e o penduro no espaldar de uma cadeira de madeira entalhada. Será que foi ele que fez? Minhas mãos estão tremendo. Ele vem até mim trazendo dois copos pequenos e uma garrafa de Grey Goose. Parece uma boa vodca. Eu costumo comprar a marca genérica da Tesco quando está em oferta.

Salvatore anda como John Wayne. Agora ele está tão perto que eu poderia tocá-lo. Olho para o meu próprio corpo, machucado e roxo. Ele parece não notar.

— E a calcinha — ele diz, apontando para ela.

Tiro a peça e a coloco sobre a cadeira. É um *caleçon* de renda vermelha da Beth. É meu modelo favorito das calcinhas dela. Estou até usando o sutiã do conjunto (o que *nunca* acontecia quando eu era Alvina...). Ele coloca os copos sobre a mesa, serve a vodca transparente até transbordar e então me entrega uma dose generosa. Salvatore olha nos meus olhos, suas pupilas estão dilatadas. Ele está ficando excitado? Viramos a vodca. Minha garganta arde. O frenesi é instantâneo. E agora?

Ele pega minha mão.

— Sente assim — instrui ele, me colocando na posição certa. Salvatore põe um banco atrás de mim e abaixa meu corpo. Ele cruza uma perna sobre a outra e me vira, me fazendo olhar para a parede. — Vire assim. Olhe por sobre o ombro. — Ele pega minha mão e a coloca ao redor da cintura, em seguida, segura meu queixo e o posiciona também. Ele dá um passo para trás, me olhando de cima a baixo. — *Perfetta*.

Abro um sorriso. Ele é tão sexy: o short jeans e a camisa manchada de tinta, que tem um rasgo que percorre a lateral inteira. Posso ver a barriga dele por essa abertura: o abdômen de Channing Tatum e um bronzeado de matar. Ele tem uma covinha no queixo que eu quero muito beijar. Salvatore serve mais duas doses. Ele olha nos meus olhos, e eu faço o mesmo.

— Não se mexa — diz ele, levando o copo aos meus lábios e virando a vodca direto na minha garganta.

Esse homem salvou minha pele ontem à noite. Agora que temos esse segredo compartilhado, essa história entre nós, é como se ele me conhecesse do avesso. É como se fôssemos parceiros no nosso crime, vamos manter nosso segredo até a morte. Nunca me senti tão próxima de alguém. Sinto como se ele conseguisse ver minha alma... mas ele ainda acha que sou Beth.

Salvatore vira a outra dose e vai até o cavalete. Passa os dedos por seu cabelo loiro-escuro, com fios brancos clareados pelo sol. Se eu não soubesse que ele é siciliano, teria achado que é sueco. Sueco ou holandês. Os holandeses são altos. Tiro uma mecha de cabelo do rosto, estava fazendo meu nariz coçar.

— Estou falando sério, não se mexa. Nem um milímetro.

A voz dele está séria.

Dou risada. Essa vodca subiu direto para minha cabeça. Ele está tentando me embebedar? Espero que sim.

— Ok, Salvo, o que você quiser. — Eu seguro as bordas do banco. — Não vou mover um músculo.

— Pare de rir. Você está se mexendo — diz ele.

Agora Salvatore está irritado.

Forço meu rosto a parar de sorrir.

Ele pega um pedaço de carvão e se posiciona atrás do cavalete, a poucos metros de distância. Encolho a barriga e melhoro minha postura. Sou Beth. Sou *maravilhosa*. De repente, me sinto sexy, mais sexy do que nunca. Sinto meu cabelo caído sobre um ombro. Sou sensual. Poderosa. Prendo a respiração. Seus olhos azuis percorrem as curvas do meu corpo, se demoram no meu pescoço, meus ombros, meus seios. Nunca senti um olhar tão intenso. É muito sedutor. Ele olha para o meu quadril, franzindo a testa, e começa a desenhar, com traços lindos, selvagens, frenéticos. Suas mãos se movem pela largura e pelo comprimento da folha, dando forma, sombreado, densidade. O olhar de Salvatore para em mim, volta para a folha, repetidas vezes. O carvão risca o papel. Minha respiração está curta. O cheiro do carvão queimado.

Passo os olhos pelo estúdio: todas as esculturas e todos os desenhos se parecem com Beth. Agora eles olham para mim, por sobre os ombros com olhos arregalados de Beth, o lindo rosto de Beth. Que estranho. É como se ela ainda estivesse aqui, nos observando. Me observando. As paredes do estúdio estão cheias de pinturas e desenhos de mulheres, todas de costas, as nádegas redondas, empinadas e perfeitas. Beth. Ela devia ser a musa de Salvatore.

Vejo seus antebraços se movendo, trabalhando; são musculosos, tonificados, definidos. Quero tanto tocá-lo. Ir até lá e beijá-lo. Mas fico imóvel. Minha xoxota está latejando, quero muito, muito transar com ele. Sinto que já estou muito molhada. Ele bate o carvão sobre a mesa. Tento recuperar o fôlego.

— Certo, acabamos — avisa ele.

— O quê? Já? Posso ver?

— Não — responde ele.

Não recebo uma explicação, parece um pouco injusto.

— Ah. Tudo bem. Bom, acho que, se você terminou... então vou me vestir. — Eu levanto e vou pegar minhas roupas.

— Não é necessário — diz Salvatore. — Somos só eu e você agora, garota.

Ele me joga contra a parede, a superfície está fria e dura contra a minha pele. Ele passa os braços pela minha cintura e já está me beijando, sua língua profunda e dura dentro da minha boca. Suas mãos estão no meu cabelo, agarrando montes de fios. O corpo dele está pressionado contra a minha pele.

— Ei! — exclamo, para a boca dele.

Salvatore está puxando meu cabelo, está doendo. Estou adorando.

Ele arranca a camisa e a joga no chão. Seu peito é perfeito, uma obra de arte. Seu abdômen parece esculpido: o *David* de Michelangelo. Ele é uma obra-prima. Salvatore me joga de novo no banco e, de um jeito firme e rude, abre minhas pernas. Ele se ajoelha na minha frente, olha para mim — como um predador faminto — e então afunda o rosto entre as minhas pernas. O arco do nariz dele, as maçãs do rosto, as sobrancelhas, o cabelo bagunçado penteado para trás. Sua língua, grossa e molhada, se move para cima e para baixo, da esquerda para a direita, no meu clitóris, para a frente e para trás, em círculos. Os dedos dele dentro de mim. Seus lábios macios beijam e sua boca firme e faminta me chupa com uma fúria louca e agressiva, em um desejo insano, furioso e ardente de me fazer gozar, de me levar ao limite do aqui e agora, ao êxtase de revirar os olhos.

— Ah, assim...

Seguro as bordas do banco com dedos curvados, cravando-os na madeira. Forço minha boceta na boca dele. Me chupe. Me chupe. Quero que ele me engula por inteiro. Quero que ele me sugue em seu corpo quente, doce e sexy.

— Ah...

Salvatore é *tão* melhor do que Ambrogio.

Os ombros dele estão arfando e brilhando sob a luz do sol que entra pelas janelas do estúdio. Sua pele é sedosa, carnal, macia, como um Henry Moore. Ele parece ter sido polido, e agora está fazendo o mesmo comigo com sua língua e o movimento elegante e circular de uma ostra polindo uma pérola até fazê-la reluzir. Estou brilhando e gemendo, o corpo esquentando cada vez mais até que, acho, vou gozar. Suas mãos seguram minha barriga, seus dedos alisam minha pele quente. Cada nervo está vivo. Estou zonza, flutuando. Vou gozar, preciso gozar, mas ele para...

Abro os olhos e vejo Salvatore em toda a sua nudez gloriosa, encarando minha barriga, olhando para um pedaço de pele logo abaixo do umbigo, como se fosse a coisa mais interessante que ele já viu na vida. Seu rosto tem uma expressão estranha, distante.

— Salvatore?

Agarro os ombros dele e o trago para meu peito nu e ofegante, beijo sua boca quente e molhada, coberta de boceta; o queixo e a barba por fazer molhados, o hálito quente no meu rosto. O cheiro de sexo.

— Me come — sussurro, no cabelo dele.

Salvatore me vira, me inclinando sobre a mesa, as costas pressionadas contra o seu peito. Os dedos dele desenham linhas nos meus ombros, nas minhas costas, na minha bunda. Suas mãos são ásperas, as mãos de um escultor, secas e cheias de calos, fortes e largas. Elas deslizam pelo interior das minhas coxas e encontram meu clitóris. Solto um grunhido. Ele está massageando meu clitóris com o polegar, e eu me afundo nele. Salvatore me empurra na mesa, meu rosto bate na superfície de madeira. Sinto o gosto de cera de abelha. O carvalho duro e frio. Ele abre o zíper, ouço o farfalhar do jeans; abaixa o short e o chuta para o chão. Em seguida, agarra meus seios, me puxa contra seu corpo sexy com tanta força que não consigo respirar.

— Ah, meu Deus. Ande logo — peço.

Ele coloca uma camisinha e me penetra de uma vez, fundo e forte, com tanta intensidade que solto um suspiro. Agora ele está me comendo sobre a mesa, as pernas do móvel arranhando os ladrilhos. As quinas de madeira machucam minhas coxas. Ele é tão grande e tão duro; eu quero esse homem, preciso dele. Ele é agressivo, estou gemendo. Vou gozar. Está vindo, vindo, aquela sensação distante. Salvatore me pega pelo pescoço com as duas mãos, seus dedos se fecham na minha garganta. E ele aperta, aperta! Mais forte. Mais fechado. Estou engasgando, sufocando, o pânico tomando minha mente.

— O que você fez com a sua irmã, hein? — Ele ofega no meu ouvido. — Onde diabos ela está? Você não é a Beth.

E eu gozo tão forte no pau dele que acho que nunca vou parar. Não sei onde estou nem o que ele está dizendo, mas ouço seus grunhidos e sinto as ondas de seu orgasmo dentro de mim, me apertando, puxando meu quadril contra ele, latejando, pulsando e me preenchendo.

Merda.

Merda.

Merda.

Capítulo 30

Estamos caídos sobre a mesa, ofegantes e suados. Ele sai de dentro de mim, e eu desabo, respirando com dificuldade. Mas que diabos? Salvatore sabe? Mas como? Passo a mão na minha barriga. O que ele estava olhando? Eu me cubro com as duas mãos. Claro! Beth tinha uma cicatriz de cesárea. É isso! A única diferença física entre nós, a única maneira de nos distinguir.

— Isso é surreal — diz Salvatore, depois de um tempo. — Eu devia ter percebido. Sua irmã tem uma bunda espetacular.

Travo meu maxilar. E cravo as unhas na madeira.

— Eu posso explicar — digo, virada para a mesa.

Minha voz falha. *Posso mesmo explicar?*

— Então, onde ela está? — pergunta ele, pegando um cigarro do maço sobre a mesa para depois jogá-lo de volta com força sobre a madeira.

— Ela... ela me pediu para trocarmos de lugar. E fugiu — digo finalmente.

Ele acende o cigarro, vê que estou olhando e o oferece para mim. Dou um trago. O gosto é bom. Acho que ajuda, pelo menos é algo para fazer com as mãos. Ele acende outro.

— Agora, por que você não me contaria isso? Você não acha que eu ia querer saber?

— Beth pediu para manter o segredo entre nós. Você está bravo?

Paro de respirar. Minhas mãos tremem. Meu coração está batendo forte. Ele balança a cabeça.

— Não. Tanto faz. Vocês duas são boas de comer. — Tento sorrir, mas não sei ao certo se é engraçado. — Quer outra bebida? — oferece ele.

Salvatore se abaixa e veste a cueca.

— Vodca.

Eu preciso. Pego minha calcinha no espaldar da cadeira e visto.

— Então, como é o seu nome mesmo? Olivia ou algo assim?

— Alvina.

Que constrangedor.

— Belo nome. Gostei. — Ele serve mais duas doses. — Alvina. Bom, muito prazer. *Piacere* — diz ele.

— Obrigada — respondo, pegando o copo e evitando os olhos dele.

Minha mão está tremendo, não quero derrubar nada. Não quero que Salvatore veja que estou com medo. Viro a bebida e disparo:

— Mas você não está apaixonado pela minha irmã?

Ele abre um meio sorriso.

— O quê? De jeito nenhum. Ela achou que eu estivesse. Queria fugir comigo. Dá para acreditar? Ela queria se esconder em Londres.

— Ah?

Então era para lá que ela ia, foi por isso que levou Ernesto, por isso que "roubou" aqueles diamantes. Beth ia se casar escondido? Com esse sujeito? Não, não acredito nisso. Ambrogio estava tramando algo contra mim, mas está claro que minha irmã tinha outra coisa em mente. Eu sabia que Beth nunca planejaria me *assassinar*. Que loucura.

— Mas você não queria fugir? — pergunto com a voz baixa.

Essa é a minha chance. Preciso descobrir que diabos está acontecendo. Dou um trago. Gostei desse cigarro, é mais forte que os meus. Minha cabeça está leve por causa do efeito da nicotina.

— Eu? De jeito nenhum. E abandonar tudo isto? — Ele gesticula para o estúdio. — De todo modo, era perigoso demais. Nunca mais conseguiríamos voltar.

O quê? Por que não? O que é tão assustador? O que está acontecendo? Deixo o copo na mesa. Ele balança e faz barulho sobre a madeira. Salvatore está seminu, encostado na beira da mesa. Sua testa está franzida como se estivesse pensando muito sobre algo.

— Então o que aconteceu com a sua irmã? Onde ela está?

Engulo em seco.

— Beth foi embora. Fugiu. Não sei para onde.

— Certo, faz sentido. Ela estava desesperada para escapar — diz ele. — E o garoto? O garoto era o motivo para ela fugir...

— O bebê ainda está aqui. Na *villa*, com a babá.

Ele franze a testa, balança a cabeça e apaga o cigarro dentro de um copo.

— Ela deixou o filho aqui? Tem certeza?

— Sim, tenho certeza.

Que tipo de pergunta idiota é essa? Ah, não, achei que fosse a criança, mas era só um gato?

— Não, isso não está certo. Merda, é melhor você tomar cuidado. Ela vai voltar. Vai voltar por sua causa e do menino...

Todos os músculos do meu corpo ficam tensos. Olho nos olhos dele.

— O quê? Por que preciso ter cuidado? — Salvatore não responde. — Por que diabos eu preciso tomar cuidado?

Minha voz está estranha. Meus lábios se curvam para baixo. Uma sensação ruim vai do meu estômago para minha garganta.

— Salvatore?

— Ei... eu salvei sua vida, você deveria agradecer — diz ele, segurando meus pulsos e me olhando nos olhos.

— *Você salvou minha vida?*

Solto meus braços.

— Escute, não foi ideia minha, tá? — Ele levanta a voz. — A doente mental da sua irmã queria que eu a ajudasse matar você. Naquela noite ela enlouqueceu! Disse que um cadáver era sua única maneira de fugir. Fugir daquele *stronzo* do *Ambrogio*. Que não iriam atrás dela. E provavelmente tinha razão.

Eu me afasto de Salvatore e me apoio no banco de madeira. De repente, estou zonza. Que merda ele está dizendo? A vaca da minha irmã queria o *quê*?

— Eu não entendo. — Balanço a cabeça. Isso não se parece nada com a minha irmã. Beth é a gêmea boa. Beth é o anjo. — Você está mentindo!

— Não estou, não! Estou dizendo. Acho que você deveria saber. Ela estava desesperada. *Pazzo*. E disse que você era a única chance que ela tinha de escapar. De fugir do marido, da Sicília, de tudo.

Não faz sentido. A menos que... Beth *estivesse* desesperada. A menos que estivesse com medo. A menos que tivesse ficado louca.

— Ela queria incriminar você — continua Salvatore. — Fazer todo mundo pensar que você tinha fugido com o bebê. Ela sempre falava do quanto você sentia ciúmes, do quanto queria um filho...

— Quando? Quando ela ia me *matar*?

— Primeiro ela achou que trocar de lugar seria suficiente, daria o tempo de que precisava para fugir, mas acho que ela passou a querer mais depois.

— Mais?

— Ela queria você morta. Estava histérica, chorando, me implorando para ajudar. Consegui convencê-la a mudar de ideia. Ela não ia levar adiante. Acho...

— Foi isso... a discussão foi sobre isso?

Eu me lembro deles brigando aquela noite perto do carro.

— Foi... nós tivemos uma discussão — responde ele.

O olhar de Salvatore se fixa no meu, seus olhos inquisidores, tensos.

— Como? Como ela ia fazer?

Beth sabia que Ambrogio tinha uma arma?

— Não importa agora...

Ele cruza os braços e olha para o piso, desenhando um nó na madeira com o dedão do pé, vários círculos e várias espirais para baixo.

Olhamos para o chão.

Estou feliz por ter matado minha irmã, cheguei primeiro (dessa vez). Mas, ainda assim, dói. Até minha irmã? Minha própria irmã? Parece que levei uma facada no coração. Minha cabeça desaba entre as minhas mãos, o chão gira sob meus pés. Acho que eu estava errada sobre Beth ser boa. Talvez eu estivesse errada sobre tudo? O que isso significa? Estou totalmente perdida. Isso significa que eu sou a irmã boa?

— Eu disse que não ia fazer. Você devia estar agradecida — diz ele.

— Estou agradecida — digo, olhando para o chão.

Estou falando no piloto automático. Não sei o que estou dizendo. Por alguma razão, solto uma risada, mas é vazia, oca.

Quero sair daqui.

Olho em volta para procurar minhas roupas. Salvatore me vê vestir o sutiã e tentar fechá-lo, mas não consigo prender os ganchos.

— Por quê? Por que ela queria fugir? Não faz sentido. A vida dela parecia tão perfeita.

— Quer dizer que você não sabe?

Balanço a cabeça, meus olhos se enchem de lágrimas. Meu Deus, não vou chorar *de novo*.

— Sua irmã nunca contou para você?

— Contou o quê? Até onde sei, a vida dela era um sonho.

— Merda — dispara ele. — Você não sabe mesmo?

Eu gostaria que Salvatore parasse de repetir isso.

— Você vai me contar?

Viro e olho em seus olhos. Ele franze a testa e vira o rosto. Incomodado.

Salvatore cruza os braços, os bíceps pressionados contra o peito. Prendo a respiração. Não faço ideia do que ele vai dizer, mas, de repente, eu sinto. Vai ser ruim. Vai mudar tudo.

— É melhor você sentar.

Pego o banco, as pernas de madeira arranhando o piso. Desabo com força, me sentindo tonta. Fraca como uma criança. Meu corpo todo está frio agora. Quero beber mais vodca. Puxo o vestido sobre minhas pernas. Queria estar usando meu suéter velho.

— Tem uma maldita guerra acontecendo aqui — começa Salvatore, apontando para a janela com a mão aberta.

— Uma guerra? Onde? Aqui em Taormina?

— Uma batalha. Em toda parte. Por toda a Sicília. Nas ruas. Em plena luz do dia. Eles atirariam num homem andando na rua. E só vai piorar.

— Do que você está falando? Que *guerra*?

Tenho certeza de que teria visto isso no noticiário; no Metro de Londres. *Eu não teria vindo.*

Salvatore suspira.

— Ambrogio estava profundamente envolvido com a Cosa Nostra, o que significa que Beth estava profundamente envolvida, e o garoto estava profundamente... É uma questão de família.

Eu o encaro como se ele estivesse falando grego.

— O que é isso? É tipo a *máfia* ou algo assim?

Ele assente e sua boca se curva para baixo.

— São animais. *Vermini.*

Não posso acreditar. A *máfia*, não. Essas coisas só acontecem nos filmes. Não é? Ah. Agora eu entendi. E de lá que vem todo o dinheiro, é por isso que Ambrogio tinha uma arma. Achei que Nino parecia perigoso. Tudo faz sentido. Minha irmã teria *odiado* esse merda. Respiro fundo.

— E essa *guerra*? — pergunto.

— É tudo uma questão de território. Palermo, Catânia, Caltagirona... tudo. Acabou para *la* Cosa Nostra. Eles vão lutar até a morte. Gangues criminosas do Sul chegaram, da África e do Oriente Médio. Estão brigando por controle: o comércio de drogas, heroína, prostituição, tudo. Cocaína...

— Ah. Entendi.

É ruim.

— O garoto está no meio disso — continua Salvatore. — O *nonno* de Ambrogio, o pai de Ambrogio: todos da Cosa Nostra. A linhagem de sangue do Ernie é siciliana...

— Elisabeth não sabia. — Subitamente, me dou conta. — Quando o conheceu em Oxford, ela não fazia ideia. Os dois se casaram em Milão, que é de onde a mãe de Ambrogio veio.

— Isso mesmo — responde Salvatore.

— E Ernesto... é só um bebê. Ela não ia querer um filho só para que ele levasse um tiro na cabeça.

Salvatore assente.

—Algo assim. Ambrogio comprou uma arma para o Ernesto, e Beth ficou louca. O menino não tem nem um ano. Ela queria sair. Eles a matariam se soubessem que sua irmã queria fugir. Uma vez dentro, você está dentro. Não tem volta.

— Mesmo depois que você morre, tem um lugar especial no inferno — interrompo.

Salvatore me olha com seus olhos azuis e intensos.

— Beth estava com medo, estava com medo pelo menino.

Acho que entendi. Eu entendo. Ambrogio e Beth iam fugir. Mas não era suficiente. Ela queria mais. Beth queria fugir de Ambrogio. É por isso que estou aqui. Eu era a dublê de corpo. Eu era o corpo. Eu me levanto do banco, ainda instável, e tiro o vestido pela cabeça. Vou até Salvatore e passo os braços em volta de seu pescoço.

— Então, você não se importa que eu não seja a Beth?

Sou o menor de dois males, aposto que ele está aliviado. Encosto a cabeça no peito largo de Salvatore. Posso sentir seu coração batendo sob as costelas. A pele dele está pegajosa. Ele tem um cheiro pungente, como suor.

— De jeito nenhum, *baby*, eu só queria estar comendo vocês duas ao mesmo tempo.

Saio da *villa* dele e volto andando para a de Beth. Acho que acredito em Salvatore. Beth não se apaixonaria por esse sujeito de jeito nenhum. Para ele era apenas sexo, um sexo fantástico, então não posso *culpá-lo* de fato. (Tenho certeza de que foi melhor comigo do que com ela.) E, para Beth, ele era útil. Salvatore era só uma saída. Pobre Salvatore. Acho que ele é só um homem típico. Mas agora é um homem que sabe demais. Agora é um homem com um problema.

Capítulo 31

Entro na sala batendo o pé e desabo no sofá de Beth. Como ela ousou? Como ela pôde? Minha própria irmã, planejando me *matar*? Ouço a voz de Salvo ecoando na minha cabeça: "Ela queria você morta". Não posso acreditar. "Ela disse que um cadáver era sua única maneira de escapar, que não viriam atrás dela." Vadia! Vadia! Vadia! Vadia! Não havia *nada* de bom na minha irmã. Ela era uma bruxa. Pego o iPhone de Beth. Preciso pesquisar "La Cosa Nostra" no Google para saber com o que estou lidando aqui. Entro no site da Wikipédia: "La Cosa Nostra, também conhecida como máfia italiana. Atividades criminosas incluem: crime organizado, tráfico de drogas, assassinato, corrupção, fraude, gestão ilegal de resíduos, extorsão, agressão, contrabando, jogos de azar, agiotagem, lavagem de dinheiro, receptação e roubo". É sério? Eles parecem *incríveis!*

Alguém bate na porta. Argh, o que foi agora? Emilia levou Ernesto para o parque. Acho que eu mesma vou ter que atender. Não há descanso para os ímpios, pelo jeito. Preciso mesmo contratar um mordomo. Espero que não sejam nem Salvatore nem Nino. Abro a cortina para ver quem é. Merda, a polícia. Estou fodida? Dois oficiais estão parados no capacho. Isso é uma péssima notícia. Olho para minhas pernas, olho para meus braços. Os hematomas parecem suspeitos. Não quero que eles os vejam, vão começar a fazer perguntas. Preciso me trocar.

— Só um segundo! — grito de dentro da *villa*.

Subo a escada correndo e entro no quarto de Beth. Procuro no guarda-roupa alguma coisa para vestir. Algo comprido. Algo discreto. Inocente.

Feminino. Nada muito chamativo. Pego um moletom da Juicy Couture — veludo rosa-choque tão macio quanto um filhote de gato — e desço de novo.

— Elizabetta Caruso?

— Sim? — respondo. — *Si?*

— *Posse entrate, per favore?*

— Inglês, por favor? Eu não falo italiano.

— Por favor, podemos entrar?

Meu Deus, acabou. Vão me prender!

Abro caminho e deixo os dois policiais passarem pela porta: dois homens uniformizados com expressões sombrias em rostos exaustos.

— Sou o *commissario* Edillio Grasso, e este é o *commissario* Savastano. — Ele se apresenta.

Savastano? Ele só pode estar brincando. Eu vi *Gomorra*. Isso é absurdo. Sei que Savastano é um nome da máfia. Contrataram um policial da família Camorra? Sei que é uma série de ficção da TV, mas, mesmo assim, parece bem imprudente. Eu não confiaria nele de jeito nenhum. Eles precisam ter uma conversa com o departamento de RH.

— Por favor, sentem-se — digo, indicando um sofá cheio de almofadas.

— Obrigado, *signora*. Sua casa é muito bonita.

Olhamos para a sala, os lustres de cristal cintilando à luz do sol, os ornamentos de porcelana organizados sobre a lareira, os arranjos de flores em vasos antigos. Eu tenho coisas boas *mesmo*.

— Obrigada — respondo.

Andem logo e me contem. O que quer que seja, falem agora e sumam.

— *Signora* Caruso, infelizmente, temos más notícias.

Meu corpo inteiro fica tenso. *Chegou o momento.*

— É sobre o seu marido.

Ufa.

— Não sei onde ele está, e ele não está atendendo o celular — explico rápido.

Faço minha melhor atuação e mostro a eles uma expressão de: "Por favor, meu Deus, meu marido, não!". Estranhamente, funciona. Muita coisa aconteceu desde aquele imbecil. O que fala inglês me lança um olhar de solidariedade.

— A senhora é esposa de Ambrogio Caruso, correto?

— Sim.

— Eu sinto muito, *signora* — diz o maior dos dois, o que tem tufos de cabelos escapando do quepe, caspa nas sobrancelhas e dentes amarelos. —

O corpo do seu marido foi encontrado na base do penhasco perto do Continental Hotel. Parece ter sido suicídio.

Faço contato visual com um deles, depois com o outro, em busca de conforto, em busca de esperança. Os dois me olham com expressões pesarosas. São bem convincentes. Acho que eles devem fazer esse tipo de coisa o tempo todo. Eu não gostaria de ser policial na Sicília. Tenho a impressão de que eles também não gostam muito. Acho que a máfia domina, e esses sujeitos são apenas fantoches, como a *Opera dei Pupi* em cartaz em Palermo. Li sobre isso no Trip Advisor. Eu gostaria muito de assistir, quando isso tudo acabar. *Se* isso acabar. Sempre adorei *Punch & Judy* quando criança. Principalmente Punch.

— Suicídio? — pergunto depois de um tempo, minha voz está ofegante, quase um sussurro.

Acho que preciso muito chorar.

— Sim, *signora*. Meu parceiro aqui viu o corpo hoje de manhã e o reconheceu imediatamente. *Commissario* Savastano tem certeza de que é Ambrogio. Ele foi identificado pelo anel de sinete, que tinha as iniciais AC?

Opa, devíamos ter tirado o anel, teria nos feito ganhar tempo. Preciso lembrar desse truque na próxima vez.

O policial menor, o que tem um pedaço de papel higiênico preso no rosto por causa de um corte feito pela lâmina de barbear, revira uma mochila preta surrada e pega um saco plástico transparente. Contém o anel de sinete de ouro. Que ele entrega para mim.

— Isso pertence ao seu marido, não pertence? — pergunta o que fala inglês.

Dou uma olhada rápida e então noto algo gravado no interior do anel de ouro: *Com todo o meu amor, Beth*. Deve ter sido um presente de quando ela ainda gostava de Ambrogio. Posso fingir que não o reconheço? Mas sem dúvida é dele, e eu só os deixaria desconfiados. Coloco o anel de novo na mão do policial, afundo a cabeça nas mãos e começo a chorar: soluços barulhentos, molhados e histéricos. Ele passa o braço pelos meus ombros, e eu babo em sua camisa engomada.

— A senhora gostaria de vir à delegacia identificar o corpo? — pergunta ele, depois que me acalmo um pouco.

— Não! Não! Eu não quero ver.

Levanto da poltrona com um salto e começo a andar de um lado para o outro da sala pela borda do tapete de luxo, esmagando todos os lírios bordados. Preciso me livrar desses policiais. Não quero esses dois na minha *villa*, prejudicando meu estilo, me fazendo perder tempo, me deixando nervosa...

— Como eu disse, *parece* ter sido suicídio. *Signora*, qual era o estado de espírito do seu marido ontem?

Olho para o policial, que quer saber se meu marido estava deprimido.

— Ele parecia chateado. Teve um desentendimento com alguém, um amigo. Não sei quem. Não sei sobre o quê.

O policial maior meneia a cabeça. Ele tem uma cabeça grande. E me faz lembrar uma lhama, um pouco.

— *Signora*, seu marido tinha inimigos? Alguém o queria morto?

Paro por um instante, como se estivesse pensando.

— Ambrogio? Não. Ele só tinha amigos. Todo mundo o amava.

— Só estamos perguntando, *signora*, porque precisamos ter certeza de que foi suicídio.

Inclino a cabeça para o lado. Meu cérebro inocente não consegue conceber outra opção.

— Quer dizer...?

Minha cabeça confusa de mulher não consegue entender direito.

— Nós achamos que ele pode ter sido assassinado.

— *Assassinado?*

— Não podemos descartar isso por enquanto.

Merda.

— Existe alguma *evidência* de que ele foi assassinado?

— Não, ainda não. No momento, de fato parece que ele pulou, mas pode ter sido encenado.

— *Encenado?*

O que ele sabe sobre encenar as coisas? O palco do anfiteatro? Espero que tenhamos limpado todo o sangue. Estava escuro.

Desabo no sofá. Eu me apoio nos braços e afundo nas almofadas fofas e luxuosas. Por que este lugar tem tantas almofadas? Minha irmã era obcecada por objetos de decoração macios.

— Sim. Ele pode ter sido assassinado... e então alguém pode tê-lo jogado do penhasco... quando já estava morto.

— Entendi — respondo.

Ótimo. Eu devia ter forjado um bilhete suicida.

— Bom, até onde sei, ele não tinha inimigos. Ontem à noite, como comentei, ele parecia chateado. *Deprimido*. — Faço uma pausa. Os dois estão ouvindo atentamente, até o que não fala inglês. — Eu estava preocupada hoje de manhã, quando não consegui encontrá-lo, que ele tivesse feito alguma coisa idiota. Algo assim! Meu marido tem uma tendência a... exagerar.

— Exagerar?

Dou um suspiro, afundo mais no sofá e seguro uma almofada junto ao peito.

— É, sabe... vocês, adoráveis italianos. Vocês são tão passionais. Românticos. — Sorrio para os policiais. Eles sabem do que estou falando. — Sempre perdendo as estribeiras por coisas pequenas que deixam vocês chateados, fazendo tempestade num copo d'água...

— Copo d'água, *signora*?

Os dois me encaram com uma expressão impassível. Deve ser uma expressão nova. Talvez não exista nada parecido na Sicília.

— Ele já ameaçou se matar antes, quando ficava chateado com alguma coisa. Nunca dei muita atenção. Achei que era só um jeito de falar, sabe?

Os policiais se entreolham, e então o maior anota alguma coisa em um bloco gasto. Talvez eu fique quieta agora. Talvez já tenha falado demais?

— Onde a *signora* estava ontem à noite? — pergunta ele.

Meus ombros ficam tensos. Não gosto dessa pergunta.

— Eu? Por quê? Eu estava bem aqui, na *villa*.

— Alguém viu a senhora?

O que é isso? Eles estão procurando álibis? Estou sendo interrogada? As paredes da sala se fecham cada vez mais. O teto fica mais baixo. Falta ar.

— Por favor, responda à pergunta.

— Eu estava sozinha com meu filho. Ele tem dez meses.

Eu acho. Algo assim. Ou cinco meses? Sete? Ele já tem *um ano*?

Preciso de ar fresco. Estou ficando estressada. Primeiro minha irmã estava planejando me matar, agora esses policiais estão farejando. Minha pressão sanguínea está explodindo. Levanto de um salto, abro uma janela e coloco a cabeça para fora. Respiro fundo: jasmim-manga. Olho para dentro, para os dois policiais; a lhama anota alguma coisa. De novo. O que ele está escrevendo? Um romance policial? Ele está escrevendo um episódio de *Inspector Montalbano*? Será que eles desconfiam de mim?

— O corpo está no necrotério em Catânia.

Coloco a cabeça de volta para dentro da sala.

— Aqui está o cartão com as informações, para a senhora poder organizar o funeral — diz o policial. E coloca um pequeno cartão preto na minha mão.

— Ah. Claro. Obrigada — respondo. — Quando posso ter o carro de volta?

Eu gostava muito daquele Lamborghini.

— Vamos trazê-lo de volta quando a perícia terminar a inspeção, no fim da tarde, espero. — Ele olha para mim e franze a testa. — Precisamos avisar, *signora*, a notícia da morte do seu marido vai aparecer nos jornais de hoje. *Arrivederci, signora*. Sentimos muito pela sua perda.

— Vocês vão me avisar se descobrirem mais alguma coisa? Alguma pista? — pergunto, meus olhos cheios de lágrimas de crocodilo.

— Certo, *signora*. *Arrivederci* — diz ele.

O outro policial acena de um jeito estranho. Nenhum dos dois sorri. Não aceno de volta. Eles se levantam e saem.

Ótimo. Agora preciso organizar um funeral. Vai ser um inferno. Devíamos ter tirado aquele anel de sinete e esmagado o rosto dele. Arrancado os dentes. Fora isso, a coisa até que foi bem. Ou isso ou estou destinada a terminar meus dias em uma cadeia italiana, assistindo à programação diurna de um canal que não entendo. Comida de cantina. Jogos de carta. Ratos. Drogas contrabandeadas na bunda de alguém. Não vou suportar chuveiros coletivos. Mas, não. Tudo bem. Vou arranjar o advogado de Amanda Knox e transformar minha experiência num best-seller. E, de todo jeito, o que vão dizer? Que não sou Beth, na verdade? Onde está a prova? Em lugar nenhum. Não existem provas. Sem um *corpo*, Beth nem está *morta*. Então é tudo sobre o cadáver de Ambrogio. Mas os jornais vão cobrir isso hoje à tarde: suicídio. Caso encerrado. Não havia nada de suspeito nisso. Foi o assassinato perfeito, e apenas o meu segundo! O que posso dizer, eu aprendo rápido. Estou lidando muito bem com tudo: relaxada, calma, profissional, hábil... para ser totalmente honesta, não me sinto nem culpada. Eram *eles* ou *eu*. Foram Beth e Ambrogio que começaram. Só vim para cá para tirar férias. Sou Cyndi Lauper, sou uma garota e quero me divertir.

Eu me espreguiço no sofá, tiro o sapato e apoio os pés no braço do móvel. A única falha técnica é que todo mundo sabe que Ambrogio estava bem. Ele estava bem-humorado, rindo e fazendo piadas, no dia anterior. Pessoas felizes não podem se matar? Claro que podem. As pessoas colocam uma máscara estoica quando estão morrendo por dentro. Era o que Ambrogio estava fazendo, sorrindo por fora, mas chorando até dormir. Pobrezinho, realmente foi demais para ele... o estresse das transações no mercado negro, lidar com aqueles *animais* da Cosa Nostra. Dá para entender por que um homem como ele poderia querer acabar com sua infinidade de problemas pulando de um penhasco para um mar agitado. Talvez alguém o tenha ouvido discutindo com o padre? Sim! Claro! Tinha gente na igreja depois da missa. Talvez elas contem para a polícia que o padre é um suspeito. Isso tiraria as suspeitas da *esposa*.

A Itália tem pena de morte? É melhor checar no Google. Pego o iPhone de Beth. Não. Foi abolida depois dos nazistas em 1º de janeiro de 1948. Graças a Deus! O que as pessoas faziam antes do Google? O Google é o novo Deus, o Twitter é Jesus Cristo, e o Instagram é o Espírito Santo. Amém.

Capítulo 32

Pelo espelho, olho bem fundo nos meus olhos, que são de um verde-mar escuro: piscinas naturais cheias de algas e liquens. Sorrio para o meu reflexo. Estou mais bonita agora que sou Beth. Meus olhos formam pequenas rugas nos cantos, linhas de expressão aparecem em cada lado. Estico a pele para deixá-la lisa e firme. Talvez eu aplique botox? Ficar jovem para sempre? Como a banda Alphaville, Cher ou algum tipo de androide. Passo a língua pelos lábios ressecados pelo sol. Sinto falta do meu batom roxo clássico. Do meu esmalte verde fluorescente. Do meu gorro. Não posso usar essas coisas. Não são muito "Beth". Não posso comer kebabs. Não posso maltratar o Ed. Estou quase começando a sentir falta dos Imundos.

O que devo fazer com Salvatore? Ele sabe demais. Ele sabe de *tudo*. Sabe que fui eu que matei Ambrogio. Sabe que não sou Beth. E disse que prefere a bunda da Beth. Não sei por que ela parecia confiar nele. Acho que minha irmã só o usou porque não tinha escolha. Ela o estava usando assim como me usou. Ela não amava *Salvatore* e não amava *Alvie*. De todo jeito, preciso me livrar dele. Salvatore pode falar com a polícia. Pode acabar com o meu disfarce. Arruinar tudo. Todas as coisas pelas quais lutei tanto. Meu merecido prêmio. Minha recompensa dourada. Não, não resta dúvida: ele precisa morrer. Mas como?

Tive sorte até agora. Sorte de principiante. Talvez tenha sido só uma onda favorável? Eu devia ir aos cassinos em Palermo enquanto estou ganhando. Voltar para os jogos on-line e faturar no vinte e um. Mas não quero forçar a barra. Não quero ser pega. Não quero ter que fugir. Não tenho medo de um pouco de Cosa Nostra na minha vida. Parece divertido. Ouço uma porta bater. Passos pelo corredor: pesados, metálicos: Nino! Claro. É o som de suas botas. E disse que ia voltar. Esfrego os olhos para parecer que estava chorando, bagunço meu cabelo para deixá-lo todo desarrumado e faço um bico forçado. Os homens são uns fracos quando uma mulher chora, aposto que Nino também é, por mais desalmado que seja; desalmado, sem coração e morto por dentro.

— Betta?
— Sim?

Viro do espelho.

Ele atravessa o cômodo com passos pesados. Mantenho os olhos baixos, fixos nas bordas do tapete persa. Vejo as botas com biqueira de metal antes de vê-lo.

— Betta?

Levanto os olhos cheio de terror para o Nino. Balanço a cabeça. Não. Não. Minhas mãos tremem, não excessivamente, mas na medida.

— Betta — repete ele, se sentando no sofá ao meu lado. Sinto o cheiro do couro da jaqueta, do Marlboro que Nino fumou antes de entrar. — Seu marido?

Meneio a cabeça.

— Acabei de ver as notícias, *Minchia* — diz ele.
— Pois é — respondo.

Ele sussurra palavrões em italiano: porco-alguma coisa.

Nino não gosta de emoções, dá para ver. Ele faz o que pode para dar uns tapinhas nas minhas costas e parecer preocupado, mas está um pouco tenso. Ele preferia estar em qualquer outro lugar. Confortar uma viúva de luto não faz parte das suas atribuições. É melhor eu ir direto ao assunto, ou ele vai se entediar e vai embora.

— Ah, Nino. — Eu choro, agarrando as suas mãos: anéis de metal frio pressionam minha pele.

Ele se afasta.

— Quer cheirar uma carreira, Betta? Para se sentir melhor? Vamos lá, vamos cheirar uma.

Ele tira um saco do bolso da jaqueta, arrasta a mesa de centro pelo tapete e monta duas carreiras sobre o vidro. São longas, finas e brancas como dentes. Claro. Por que não? Vamos comemorar!

Ele tira uma nota de cinquenta euros da carteira preta e faz um canudo. Cheiramos as carreiras. Uau, que pó bom. Já estou me sentindo melhor. Essa cocaína é muito mais forte do que a que eu costumava roubar dos Imundos em Archway. Aquilo era oitenta por cento bicarbonato de sódio, no mínimo.

— Você vai falar agora? Hein? Vai me contar o que sabe?

Engulo as lágrimas que não estão caindo e limpo o nariz com as costas da mão.

— Ok — respondo.

— Vamos começar com os hematomas. Quem bateu em você?

Uau! Uau! Esse pó tem força. Estou viva. Sou invencível. Sou mágica. Posso voar. Estou tão chapada que não me importo se o mundo todo pegar fogo enquanto eu estiver sentada nele. Agora, do que estávamos falando?

— Salvatore — respondo.

Bom, ele *meio* que me bateu. É só uma mentirinha de nada. Não sou uma mentirosa, sou só criativa. Tudo o que digo é verdade, como as bruxas de *Macbeth*.

Viro para Nino e deixo minha coxa encostar na dele. Estou usando o sutiã com armação da Beth e um monte de Miss Dior Chérie. Mordo meu lábio.

— Foi ele.

— Salvatore? Sei, já ouvi esse nome. O vizinho, não é? Ele é amigo do seu marido? — pergunta Nino.

Faço uma pausa, longa o bastante para levantar suspeitas.

— Eles não eram exatamente *amigos*...

Arregalo os olhos e mantenho o contato visual, desejando que Nino leia nas entrelinhas. *Salvatore matou Ambrogio e atacou a esposa dele.*

— Por que ele bateu em você? Por ciúme? — continua ele. — Salvatore e Ambrogio estavam brigando por você?

Claro, por que não? Eu não tinha pensado nisso.

— Sim. — Eu soluço e deixo as lágrimas falarem.

Afundo a cabeça entre as mãos. Meus ombros estão arfando. Minha respiração se torna irregular.

— *Stronzo!* — exclama Nino, saltando do sofá. — Aquele *figlio di puttana* matou seu marido, Betta? *Vaffanculo. Stronzo!*

Olho para o Nino, que está andando de um lado para o outro pelo tapete, suas botas com ponteira de metal pisando duro e fazendo barulho, os dedos cheios de ouro e prata. Não falo nada, apenas observo.

— Vou dar uma lição naquele filho da puta. *Il Professore* era como um irmão para mim.

Meneio a cabeça para indicar que eu entendo.

— Um irmão!

— O que você vai fazer? — pergunto depois de um tempo.

Espero mesmo que ele o mate.

— Vou cuidar disso.

Nino bate a porta. O motor da sua van faz barulho enquanto ele desliza pela entrada da casa e pega a estrada.

Bom, foi fácil. Simples assim. Amei. Nino é elegante e discreto. Uma mamba negra ou uma viúva-negra: silencioso, sutil, totalmente letal. Recosto no sofá, acendo um cigarro e sopro a fumaça no lustre. Beth teria um ataque se me visse fumando aqui. Ela costumava fazer Ambrogio ir para a sacada. Mas Beth está morta. Ambrogio também. E adivinhe? Salvo é o próximo. Deixo meu pescoço afundar nas almofadas e giro a cabeça de um lado para o outro. Enquanto a cocaína anestesia meu cérebro, um sorriso se forma em meus lábios.

Estou aqui há *horas*, observando, esperando. Estou sentada na sacada olhando para a estrada. É meu oitavo cigarro. Minha boca tem gosto de uma pira funerária, mas a nicotina está ajudando. Um pouco. Pelo menos não estou mais tremendo. Estou entornando uma garrafa de Nero D'Avola (o vinho é tão melhor quando não vem numa caixa) e comendo uma torta *de la Nonna* para me reconfortar. Enfio um pedaço depois do outro na boca. Como, sem parar, até não aguentar mais, e então como mais um pouco até tudo acabar. Pego as migalhas com os dedos e passo a língua no prato até deixá-lo limpo. É doce, cremosa, exuberante, deliciosa. Quero mais, mas não sobrou nada. Então acendo outro cigarro.

Está começando a escurecer, mas vou esperar a noite toda se for preciso. Eu preciso ver. Preciso ter certeza. Não vou dormir se não souber, então não faz sentido ir para a cama. Quem conseguiria dormir numa noite como esta? Quem, em sã consciência? Você precisaria ser um sociopata. Um psicopata clássico: Thomas Ripley, Patrick Bateman ou Amy Dunne. Eu não sou. Eu me importo. Eu quero saber.

Olho o relógio da Beth: oito e meia da noite. Já estou aqui há quatro horas, *pelo menos*. Minha bunda está totalmente dormente. Parece cheia de alfinetes como aquela boneca de Elizabeth. Avisei Emilia para não servir o jantar. Ela tem passado muito tempo aqui ultimamente. Observando. Encarando. Agindo como se houvesse alguma coisa que ela não tem coragem de me contar. Está me deixando louca. Arrumando as cortinas. Ouvindo. Inquieta. De todo jeito, ela não ficou surpresa com o jantar. Acho que Beth não comia comida de verdade: um pistache no café da manhã, uma folha de alface no almoço, meio tomate cereja no jantar, uma lambida de granita de sobremesa. Não tenho apetite. Não com todo esse peso na cabeça. Não agora que comi toda essa torta. Ele pode nem fazer hoje à noite. Mas precisa fazer. Ele é um profissional. Não vai deixar uma ponta solta desse jeito. Nino vai querer finalizar as coisas. Agora. Esta noite. É o que eu faria.

Merda, estou meio enjoada. Não é o vinho. Não é a torta. Não é de fumar um cigarro atrás do outro, estou acostumada com isso. Nino está *matando* o Salvatore. A esta hora, amanhã, ele estará *morto*. E é tudo minha culpa. Minha ideia louca. Eu nunca *assassinei* alguém de verdade. Quero dizer, eu não matei com a "intenção" de matar. Não é esse o termo que usam no tribunal? Não é o que a juíza do *Judge Judy* diz? Essa é a diferença entre homicídio simples e culposo. Esse é o ponto crucial. Beth e Ambrogio: foi diferente com eles. Quero dizer, Beth foi um acidente — pelo menos eu acho que foi. Já o Ambrogio, eu não tive escolha! Aquilo foi claramente legítima defesa. Era mesmo Ambrogio ou eu. Mas isso é diferente. Premeditado. Estou me sentindo mal, de um jeito bom. Como o nervosismo antes de um show. Eu meio que gosto... Uau, estou meio chapada!

Preciso ir ao banheiro. Faz quase uma hora que quero fazer xixi, mas estou com medo de perdê-lo se sair daqui. Meus olhos estão grudados na estrada. Mas não consigo segurar. É a dor física de uma bexiga cheia demais e a dor mental de impedir o alívio. Olho para a *villa*, as luzes estão apagadas. Ernie está dormindo. Acho que Emilia foi para casa. Levanto da espreguiçadeira com um salto e corro pelo gramado, ainda observando a estrada como um gavião. Como um drone. Abaixo a calcinha e agacho no chão. O chiado do xixi na grama. Por que me lembrei da Joni Mitchell? É "The Hissing of Summer Lawns"? Estou na metade quando, de repente, escuto: o barulho de um veículo na estrada. Olho para cima e vejo: um carro grande e preto com os faróis apagados, se deslocando lentamente, tão devagar quanto um carro funerário. É a van de Nino. Ela passa pela *villa* e para no fim da entrada de Salvatore. Visto a calcinha e me levanto.

— Você fez? — sussurro.

— Fiz — diz uma voz na escuridão.

Eu não estava dormindo, estava olhando para a escuridão infinita que é o teto. Sento na cama e procuro a luminária no criado-mudo com a mão. Acendo a luz e quase fico cega. Nino se debruça sobre mim, seus olhos como fogo.

— Você fez — murmuro.

Olho nos olhos dele por uma fração de segundo a mais, me sinto quente, como se estivesse queimando de dentro para fora.

— Nino — suspiro. — Ninguém nunca matou por mim antes. É... tão... excitante.

Nino é meu super-herói.

— Você gostou?

— Uhum.

— É, eu também. Estou no trabalho certo.

Não aguento, eu preciso saber. Minha curiosidade vai me matar, como um gato idiota:

— O que é que você faz exatamente, hum, da vida?

Nino ri.

— Quer dizer que você não sabe?

— Não *exatamente*.

Balanço a cabeça.

Ele ri de novo: seus ombros balançam e o colchão treme: é como o som de água suja escorrendo pelo ralo.

— Eu mato pessoas — responde ele. — Por dinheiro.

E não tenho certeza se Nino está brincando ou se está dizendo a verdade, mas então ele ri, ri e ri mais um pouco, como se fosse a última vez antes que alguém colocasse uma bala entre os seus olhos, e sei que é verdade. Puta merda, como ele é sexy: sotaque italiano, cabelo engomado e brilhante como óleo. E, meu Deus, eu quero muito o Nino. Nunca desejei tanto alguém na vida. Nino é mais sedutor que o Christian Grey.

— Achei que você fosse uma boa menina — comenta ele, inclinando-se sobre mim. Ele limpa uma lágrima do canto de um olho preto e morto. — Que odiasse violência. Que odiasse mortes. — Ele levanta uma sobrancelha. —Ambrogio disse que você era uma *pacifista*.

Quero estender a mão e agarrá-lo.

— Bom, acho que vocês estavam errados. Sou cheia de surpresas.

Uma força gravitacional parece nos unir. Ele é o Sol, e eu sou Marte. Ou seria o contrário? Arranco os lençóis para Nino entrar. Ele se joga sobre mim.

Ele ainda está usando a jaqueta e as botas. As tachas de metal afundam na minha pele. Nino enfia a língua na minha boca, e sinto o gosto de sangue; o lábio dele está sangrando? Ou o sangue é do Salvatore?

Ele rasga meu vestido e o tira pela minha cabeça. Nino puxa a minha calcinha e a arranca pelas minhas pernas. Estou totalmente nua. Ele para e me olha de cima a baixo lambendo os lábios: um cachorro pronto para devorar um osso. Observo com os olhos arregalados e sinto o cheiro dele: suor misturado com sangue. Minha xoxota está desesperada.

Ele se debruça sobre mim: seu hálito quente e úmido, seus lábios a centímetros dos meus.

— Betta, eu não sabia que você era tão *má*.

Nino tira a jaqueta e chuta as botas no chão. Ele tira a arma do cinto e a bate com força sobre o criado-mudo.

— Não — peço. — Fique com ela.

— O quê?

— A arma. Eu gosto. Dê ela para mim.

Minha mão vai até o criado-mudo, enquanto olho nos olhos dele. Pego a arma; está carregada. As pupilas dele estão escuras e dilatadas. Deito na cama com o cano entre as pernas. Será que tem uma trava de segurança? Será que está acionada? Esfrego a pistola no clitóris. O que será que aconteceria se disparasse?

— Isso — diz Nino.

Brinco com a arma, e Nino observa. Está fria e dura dentro de mim. Solto um gemido. O cano desaparece e reaparece, dentro e fora, dentro e fora. Ele gira e desliza, as extremidades duras, frias e metálicas. Um calafrio percorre a minha espinha.

— Assim.

Nino pega a arma, a coloca de novo no criado-mudo e se ajoelha diante de mim na cama. Sei o que ele quer. Abro o zíper dele e tiro sua calça jeans. Puta que pariu, ele é enorme, o maior que eu já vi. Maior até que o de Salvatore. Igual ao Mark Wahlberg. Igual ao Mr Dick. Não parece real. Uma veia roxa sobressai na pele. Ele tem cheiro de carne, de corpo. Abro a boca. Nino está tremendo, os olhos brilhando e em chamas.

— Venha aqui, *puttana* — diz ele, agarrando meus ombros e me forçando a deitar na cama.

Minha xoxota está tão desesperada que chega a doer. As unhas dele cravadas na minha cintura, me puxando, me apertando. Estou tão molhada, estou pingando.

— Tem certeza de que ele está morto? — pergunto olhando para a cabeceira.

— O cérebro dele está no chão da cozinha. Domenico está limpando.

Eu meio que queria ter matado Salvatore agora... mas é tarde demais. Nino me penetra de uma vez, com tanta força e tão fundo que não consigo conter um grito. Ele segura o meu cabelo e afunda o meu rosto no travesseiro. Não consigo respirar. Não consigo me mexer. Ele ataca meu ponto G sem parar. Malvado. Grosseiro. Viro meu rosto para o lado e solto um grunhido.

— Não pare! Não pare!

As mãos dele sobem pelas minhas costas, pelo meu pescoço e pelos meus ombros. Nino enfia o dedo na minha boca, e eu mordo forte. Estou ofegando, arfando, implorando, suplicando:

— Não pare. Não pare.

Ele bate na minha bunda; arde, como uma picada de cobra.

— Ei! — exclamo, me afastando.

Finjo estar brava, mas na verdade gostei.

Nino me vira e deita na cama. Monto no corpo dele e me abaixo. Deslizo sobre seu pau, devagar, bem devagar. Estou por cima agora, e ele puxa minha cintura para perto. A sensação é maravilhosa, tão grande e tão grosso. A pressão aumenta, aumenta, aumenta, e estou gozando, gozando, gozando e *porra*!

Ele me vira de novo, estou zonza. Estou extasiada. Os dedos dele tateiam minha bunda e, de repente, um deles entra em mim. Meu Deus! Por *isso* eu não esperava. Ele enfia o pau no meu cu. Arde. É normal? Nunca fiz isso antes. Minha mão escorrega, e bato a cabeça. Nino me levanta. E respira no meu cabelo, seu hálito quente e úmido na minha nuca. Ele esfrega meu clitóris com o dedo e come o meu cu. Foda-se o que é *normal*, isso é espetacular! Dizem que o cu é a nova vagina. Ele goza dentro de mim; sinto meu corpo se contrair e um líquido espirra da minha boceta, violento e estranho. Estou gozando de novo como nunca gozei antes.

Ele matou por mim!

Nino matou Salvatore!

Não consigo respirar.

Não consigo enxergar.

Meu Deus.

Nino é o meu final feliz.

Acho que talvez Nino seja minha alma gêmea.

DIA 6

Avareza

"O amor pelo dinheiro é a raiz de todo sucesso financeiro,
então por que estou tão dura?"
@Alvinaknightly69

Capítulo 33

Foi culpa de Beth eu ter sido expulsa das escoteiras em 2005.

Durante aquele ano todo, Beth e eu organizamos incontáveis eventos beneficentes: vendas, corridas, maratonas de natação, festas do pijama, noite de gala, festas e pedaladas patrocinadas. Li doze romances de Enid Blyton de ponta a ponta para a maratona de leitura de Páscoa (você nunca se recupera desse tipo de coisa). Eu me vesti de cachorro-quente para o piquenique à fantasia. Tricotei três quilos de cachecóis. Nós éramos as escoteiras mais benevolentes da nossa unidade. Estávamos fazendo boas ações, seguindo as leis como foram decretadas pelo grande e finado barão Baden-Powell. Nós nos reunimos com a presidente das escoteiras, sua alteza real, a condessa Sophie de Wessex, recebemos nossos distintivos por "segurança contra incêndios", "primeiros socorros", "sobrevivência", e galgamos a hierarquia até a vertiginosa categoria de "Primas".

Dizer que eu fui *destruída* é eufemismo; *crucificada* é mais adequado.

Eu tinha sido um exemplo, um modelo a ser seguido. As Arco-Íris, as Brownies e todas as outras escoteiras me admiravam. Ainda posso ouvir os aplausos ecoando nas paredes do velho salão da igreja, a hesitação na voz de Beaver ao anunciar a quantia recordista que eu tinha angariado para boas causas naquele ano. Os olhos da Coruja Marrom se encheram de orgulho quando fui receber meu distintivo de "ação comunitária". A Esquilo chorou lágrimas de alegria.

No seu auge, nosso surto de arrecadação nos fez organizar um evento por semana; era bem agitado. A pressão finalmente me atingiu logo antes do nosso décimo quarto aniversário. Fizemos uma fogueira para a instituição Salve as Crianças, um silêncio coletivo para a NSPCC e um jantar de gala para a Unicef. O estresse era imenso. Não dormi por um mês.

Mas valeu a pena: em 2005, angariei £ 5.487,56. Nada mal para uma adolescente estudando em período integral. Eu não tinha mais onde esconder o dinheiro, a maior parte eram moedas de uma libra, um centavo, xelins, cinco centavos, dez centavos, poucas de vinte, alguns cheques e umas duas remessas postais. Levantei uma manhã e não consegui encontrar nenhuma calcinha porque minhas gavetas estavam todas cheias de notas de dinheiro. Eu precisava abrir uma conta bancária. Fui a uma agência local do Lloyds na manhã daquele sábado e expliquei minha situação. Desnecessário dizer, o caixa ficou impressionado com todo o tempo que passei como babá e com minha habilidade natural para poupar. Ele tentou me convencer a abrir uma conta poupança individual, mas eu tinha outros planos. Precisava de uma conta corrente digital.

Eu tinha acabado de assistir a *Rain Man*, com Dustin Hoffman e Tom Cruise. Comprei um livro de autoajuda sobre contagem de cartas; não parecia difícil quando Raymond fazia e, se um autista podia fazer aquilo, achei que eu também podia. Perdi cinco mil em cassinos on-line em vinte e quatro horas. Para piorar, recebi uma ligação raivosa de um advogado representando a Salve as Crianças e a minha expulsão imediata do escotismo. Foi um outubro ruim.

Mas eu teria sido uma péssima escoteira se não estivesse pronta para qualquer eventualidade; afinal, nosso lema era "sempre alerta". Preparei uma garrafa de Pepsi vazia com a gasolina do Volvo antigo da minha mãe e uma caixa cheia de fósforos. Uma terça à noite, quando todo mundo estava dormindo, desci a escada na ponta dos pés, de pijama, vesti meu casaco de lã e saí pela porta da frente. Foram apenas alguns minutos de caminhada até o salão da igreja. Eu estava na cama antes que os caminhões dos bombeiros aparecessem. O barulho das sirenes. O rugido das chamas. O cheiro leve de fumaça entrando no nosso quarto, passando pela janela. Pungente. Acre. Ardor nos olhos. Incômodo na garganta. Beth dormiu o tempo todo. Eu teria ateado fogo na Salve as Crianças também, mas a sede ficava em Londres e era longe demais.

Ninguém nunca achou que tivesse sido eu. Com exceção de Beth, mas ela não falou nada. Não sei ao certo por que minha irmã guardou o segredo. Ela não contou nem para minha mãe.

Sábado, 29 de setembro de 2015
Taormina, Sicília

— BUONGIORNO.

É Emilia. Ela trouxe *caffè*, um croissant e suco de laranja fresco numa bandeja. O que eu fazia antes de ter empregados? Nescafé solúvel? Chá PG Tips? Eu não me lembro. Era outra vida.

É um lindo dia. Emilia puxa o cordão da persiana e revela um retângulo ofuscante de céu azul. Uma selva de palmeiras lança sombras pelo chão de pedras. Eu me sento. Nino? Olho para o travesseiro amassado do outro lado da cama. Ele foi embora. Claro. Nem nos meus sonhos eu consigo fazê-los ficar. Sei que é isso que minha irmã diria. Ela que se foda: *Elizabeth, a assassina*. Ou, pelo menos, em *tentativa*. Ah, ela não é nem uma assassina de verdade. Ela tentou e falhou; *eu estou no cadáver número 3*.

— Ernie acordou?

— Ainda não, *signora*.

— Deixe ele dormir. Vou vê-lo depois que me vestir.

Talvez eu o leve à praia. Pode ser divertido. Crianças gostam de castelos de areia, certo?

— Certo — responde ela, inclinando a cabeça. Emilia vai até a porta, mas para. — *Signora?*

Olho para cima, o rosto dela cheio de massa folhada.

— Hum?

Meu Deus, o que foi agora? O que ela vai dizer? Não posso nem tomar o café da manhã em paz?

— *Sono preoccupata*. Preocupada. Ouvi a senhora gritando hoje de manhã.

— Gritando?

— *Si*.

De que merda ela está falando? Que gritos? Ela me ouviu fazendo sexo com Nino ontem à noite? (Uau, aquilo foi bom. Estou quase apaixonada. Quase.) Talvez Emilia tenha me ouvido gemendo de prazer, mas gritando? Não.

— Eu não estava gritando.

— Talvez a senhora tenha tido um *incubo*... um pesadelo?

— Acabei de perder meu marido. Minha vida toda é um pesadelo. — Lanço um olhar firme para ela. — Eu gostaria de outro croissant.

— Certo.

— Talvez outro cappuccino?

Ela vira para sair do quarto. Mas então para.

— *Signora*.

— Sim, Emilia?

— Eu sinto muito pelo *signor* Caruso. Quando meu marido foi assassinado, não falei com outro homem por mais de dez anos. Só usei preto.

— Meu marido não foi assassinado. Foi suicídio.

— *Si, signora*.

— Pode ir.

— *Signora?*

— O quê?

— Quero dizer que a senhora, a senhora e o Ernesto, são como uma família para mim. Eu faria qualquer coisa por vocês. Morreria por vocês!

— Uau, Emilia, isso é um pouco de exagero, mas eu agradeço o sentimento. Que tal aquele cappuccino agora?

Ela *finalmente* sai do quarto.

Humm... qual terá sido a razão para isso? Talvez Emilia esteja preocupada comigo? Talvez ela seja apenas uma *boa pessoa*? Estranho. Preciso ficar de olho nela. Está tudo ficando bastante pessoal, próximo demais, para o meu gosto. Mas eu preciso da Emilia. Ela é boa com o bebê, lava minha roupa, prepara meu jantar. Ainda não descobri como preparar meu próprio café, parece um tipo de alquimia. Preciso mantê-la no jogo.

Eu paro diante da janela olhando para a rua. Um policial está descendo a estrada na direção da *villa*. É o *commissario* Savastano? Não consigo ver o rosto. Ele está vindo para cá? Fico congelada, a xícara de café suspensa no ar. O homem desaparece em algum lugar perto da *villa* de Salvatore. O que ele está fazendo aqui? Já encontraram o corpo de Salvatore? Viram o cérebro dele espalhado no chão? O sangue espirrado na geladeira como um mural de Jackson Pollock? Respiro fundo. Que desperdício. Ele era fantástico na cama. Muito talentoso, podia ter sido um profissional, como aquele ator pornô, Rocco. Mesmo assim, não se compara ao Nino...

Não gosto desses policiais farejando.

E daí se me conectarem ao assassinato de Salvatore? Ha! Boa sorte para eles. Nem fui eu. E daí que eu tenha feito Nino matá-lo? Não existem provas disso. Nenhuma evidência. É a palavra de Nino contra a minha. O sangue de Salvo não está nas *minhas* mãos. Pelo menos, não dessa vez. (Olho para minhas unhas em busca de sinais de sangue; ainda tem um pouco embaixo da do polegar. Deve ser de Ambrogio. Preciso me lembrar de limpar. Preciso de uma lixa de unha e do esmalte Rouge Noir, da Chanel. Ah, não, sou Beth: *rosa-bebê*.)

De todo jeito, é a mesma velha história de sempre, alguém troque o disco. Sério, estou morrendo de tédio: sem corpo não há assassinato. E não vai haver um corpo. Nino é um profissional, Domenico também. Nino sabe o que está fazendo, tenho certeza disso. Já vão ter limpado a sujeira: nada de cérebro. Nada de sangue. Vão ter lidado com o corpo. Nino é mais esperto e mais sexy do que aqueles malditos policiais preguiçosos — corruptos, pelo menos, a maioria — aceitando propinas da máfia para fazer vista grossa. Tenho certeza de que poderia subornar os dois, se fosse o caso.

Não, tudo bem. Até onde todo mundo sabe, Salvatore decidiu tirar longas férias sozinho na praia mais reclusa da Itália. Ele tem um temperamento de artista. Talvez ele tenha sentido vontade de se isolar e mergulhar em suas esculturas. Sim, tenho certeza de que Salvo mencionou algo assim logo antes de partir. A pressões da vida moderna em Taormina o estavam afetando. Ele queria voltar para a pureza da natureza, tirar inspiração do mar e do barulho das ondas... alguma bobagem assim. Aliás, ele com certeza disse que ia viajar. Estou disposta a colocar a mão sobre a Bíblia e jurar num tribunal.

Checo o iPhone de Beth carregando ao lado da cama para ver se aconteceu alguma coisa urgente que preciso responder. Recebi 325 "curtidas" pela minha selfie com Ernie. Outro "tuíte" da Taylor Swift. E três ligações perdidas, todas da minha mãe. Meu Deus, e agora? Ela deixou uma mensagem, mas não vou me dar ao trabalho de ouvir. Com certeza não vou retornar a ligação.

Visto uma roupa que é fofa demais para ser verdade: uma blusa de seda rosa com laço e uma saia em camadas até o joelho para combinar. Estou simplesmente *adorável*. Igual a Miss Universo, quando chega aquela parte em que ela tem que conversar e usar roupas. Esse look vai direto para o Instagram. Giro diante do espelho e o pesadelo volta num flash! Eu estava sonhando com Beth! Ela estava me perseguindo, me chamando. Estava vindo atrás de mim como uma espécie de zumbi. Eu estava correndo para me salvar! Agora eu me lembro! Foi um sonho ruim. Por que Beth não pode me deixar em paz? Mesmo agora, quando ela deveria estar morta! Isso está se tornando muito incômodo. Por que não posso ter pesadelos agradáveis e normais como todo mundo? Cair no fosso de um elevador ou ser perseguida por aranhas gigantes. Dentes caindo. O fim do mundo ou o Armagedom. Mas, não. Eu preciso sonhar com Beth.

Sabe do que eu preciso? Preciso de um plano. Se você falha em planejar, você planeja falhar. Preciso seguir em frente. Viver a vida. Chega dessa merda. Chega de perder tempo. Chega da minha irmã. Vou entrar em contato com o advogado de Beth. Resolver a herança do testamento de Ambrogio. Vou arrumar outra esteticista. Contratar uma babá nova, só por garantia. Pronto. Missão cumprida. Viu só?

Capítulo 34

— Então, onde está? — pergunta Nino, passando pela porta e entrando na sala.

Uau, de onde *ele* veio? Nino é tão silencioso quanto um Prius. Ele tem as chaves da casa? Solto o exemplar de *A mulher eunuco* que comecei a ler (um dos poucos livros que trouxe, eu tinha me esquecido dele no fundo da mala, junto com o canivete suíço). O que será que Germaine acharia de Nino?

— Onde está o quê?
— A porra da pintura?

Pintura? Sim, tinha alguma coisa sobre uma pintura. Alguma coisa sobre o Caravaggio.

— O Caravaggio? — pergunto.

O que é isso? Uma pintura de uma caravana italiana? Uma aquarela do furgão de *Breaking Bad*?

— Sim, claro que é o Caravaggio. O que você acha?

Ele começa a andar pelo tapete, inquieto, ansioso, como se tivesse cheirado cocaína demais. Ele provavelmente cheirou demais.

— Ah — respondo —, vamos cheirar um pouco? Não sei onde a pintura está.

— *Você não sabe onde ela está?*
— Não.

Nino tira o chapéu, o coloca com força sobre a mesa de centro e passa os dedos por seus cabelos de ébano. Eu gosto do chapéu. Acho que vou roubá-lo.

— Você é a maldita esposa dele, claro que sabe onde está.

Ele pega um saco de cocaína e monta as carreiras.

— Então — digo, tentando mudar de assunto —, por que você não dormiu aqui ontem à noite? Eu queria que você ficasse.

Ele olha para a frente e franze a testa.

— Eu não durmo.

— Como assim, *você não dorme*? Todo mundo dorme.

Nino cheira sua fileira e limpa o nariz com as costas da mão.

— Onde está a pintura, Betta?

— Você é o quê? Um vampiro ou algo assim? Você é o Edward do *Crepúsculo*? Você é um dos Volturi?

— De que merda você está falando? Quem é Edward?

— Você *precisa* dormir. Eu preciso de pelo menos dez horas por noite. É bom para a pele.

— Eu tiro a sesta à tarde.

— A sesta? Um cochilo?

— Eu trabalho à noite.

— Você é o quê? Um *bebê*?

— Na Sicília, todo mundo tira a sesta. Fica quente demais para trabalhar durante o dia.

Só cachorros loucos e meninas inglesas saem no sol do meio-dia...

Nino me entrega a nota de cinquenta enrolada.

— Então você é notívago? Como um morcego? Como um galagonídeo? — pergunto.

Nino assente. Achei que ele se parecia um pouco com um morcego da primeira vez que o vi, passando pela entrada com seu casaco longo e preto.

— Mesmo assim, teria sido legal se você tivesse ficado, em vez de simplesmente ir embora. A gente podia ter dormido de conchinha — digo e cheiro minha carreira.

Nino suspira.

— Betta, eu sei que você sabe onde a pintura está, então me fale de uma vez.

Merda. Ele tem razão. Beth saberia. Onde Ambrogio esconderia uma pintura? Um Caravaggio?

— Ambrogio não quis me contar. Ele disse que era melhor eu não saber. Mais seguro — respondo.

Nino dá de ombros

— Bom, deve estar em algum lugar da *villa*, e precisamos encontrá-la — diz ele.

Cheiro outra fileira. Porra, que bom: é um orgasmo cerebral. Ou algo assim. A parte de trás do meu cérebro está borbulhando, como uma Coca-Cola. Essa é a sensação da felicidade?

— Certo, então vamos procurar.

Abro um sorriso de um milhão de watts para Nino. Um sorriso verdadeiro. De coração. Deus abençoe a cocaína. Vou ser tão prestativa desta vez. Útil. Alvie superproativa! Claro, quis dizer, Beth.

Nino cheira mais uma carreira. E começa a andar pela sala.

— Então quem era o cliente? Para quem Ambrogio ia vender?

— Desculpe, o quê? — Eu deveria saber *isso*? — Eu... eu... eu...

— E não me diga que você não sabe, porque ele não quis me contar. Queria lidar com essa sozinho.

Faço uma pausa, olho para a cintura dele onde o cabo da arma está aparente. Uma mamba negra. Uma viúva-negra. Merda. Preciso adoçá-lo.

— Desculpe, querido, eu não sei.

Nino chuta a perna da mesa de centro, e a luminária de cerâmica treme perigosamente. Eu a seguro antes que caia e se quebre. A etiqueta na base diz Wedgewood.

— Betta, pode parar com esse papel de esposa inocente. Eu sei que vocês dois estavam juntos nessa. Ele me contou que o cliente gostava da mulher dele. Então quem é ele, porra?

Boa pergunta. Eu gostaria de saber... mas Nino me fez lembrar de uma coisa: Ambrogio me levou para visitar o padre. Ele gostava de mim, quero dizer, o padre gostava de Beth. Caravaggio... Caravaggio... eu sabia que tinha ouvido isso antes. Olho para Nino e sorrio.

— O padre! — respondo. — O cliente é o padre.

Graças a Deus. Estou aprendendo.

Nino abre um sorriso desagradável.

— Agora estamos fazendo progresso. *Bene*. Que padre era esse? Existem centenas de milhares na Sicília.

— O da igreja na praça. — Merda, como era o nome? — A... a... a Chiesa di San Giuseppe?

Giro o anel de Beth no dedo. Espero ter pronunciado direito.

— Bem aqui? Em Taormina?
— Isso mesmo, em Taormina.

Nino solta um assobio lento e longo, recosta no sofá e ajeita o bigode com o polegar e um dedo. O bigode dele se parece um pouco com uma lesma. Mas é sexy.

— Você só pode estar brincando. A igreja na Piazza IX Aprile?

Acho que sim...

— Sim. Era lá.
— Como ele se chama, esse padre? — Ele ri e endireita o corpo.

Nino tira um maço de cigarros da jaqueta. E me oferece um, mas balanço a cabeça. Ele parece estar mais animado... foi a pintura ou a cocaína?

— Não sei. Ele era muito muito velho. Tinha um nariz grande... me lembrou do Belial de *Paraíso perdido*.

Se ele era o Belial, então Nino é o Moloch. Vou ser o Satan, ele era o herói.

— Nariz grande? Tanto faz. Vamos encontrá-lo. Quanto vocês fecharam? — Ele solta um monte de fumaça. Meus olhos ardem.

— Não fui eu. Eu não fechei nada.
— Seu marido, *Il Professore*. Qual era o preço?
— Não faço ideia. Na verdade, Nino, da última vez que se encontraram, eles tiveram uma discussão. Acho que talvez o acordo tenha sido desfeito...

Nino fica paralisado e me olha nos olhos. Se um olhar matasse... Acho que foi a coisa errada a dizer? Vejo a arma.

— Ah, não. Não foi desfeito merda nenhuma. Quando foi isso?
— Uns dois dias atrás... acho.

Não faço ideia. Perdi a noção do tempo. Nem sei que dia é hoje. Terça? Sábado? A manhã de Natal?

— Vamos vender essa pintura de merda, nem que seja a última coisa que a gente faça. Aquele padre quer comprá-la. Não vamos deixá-la parada aqui na *villa* quando ela vale vinte milhões de dólares.

— Vinte milhões de dólares?

Não devo ter ouvido direito. Essa cocaína está confundindo e fazendo cócegas no meu cérebro.

— Pelo menos. Num leilão, talvez mais. Mas no mercado negro vamos conseguir um décimo, se tivermos sorte.

— Um décimo, então dois milhões?

Meu Deus.

— Bravo, baby. Parabéns pela conta. Aposto que Ambrogio queria mais. A discussão foi sobre isso. Ganancioso. O *papa* dele estava guardando essa coisa desde os anos 1990.

— É mesmo? Tanto tempo?

— É um inferno vender algo tão importante. Sabe quanto tempo demorou para encontrar esse comprador?

— Hum... não.

— Seu marido não contou nada disso para você, Betta? Vocês não conversavam? — Nino me olha de canto de olho. — Esse era um acordo muito importante para o Ambrogio, o maior da vida dele. Todas as outras pinturas que ele estava vendendo? Nada, merda no papel higiênico comparada a essa...

— Entendi — respondo.

Não entendi, na verdade. Estou preocupada que minha cabeça esteja prestes a explodir. Nino parece estar falando rápido demais, como um vendedor de carros de Nova York ou Jimmy Carr.

— A pintura, que ainda precisamos encontrar, a propósito, não é só um Caravaggio velho qualquer. Não que existam pinturas regulares desse sujeito. É a *Natividade*. Entendeu?

— Entendi.

Não entendi.

Pego o celular de Beth e pesquiso "Caravaggio" e "Natividade" no Google enquanto Nino não está olhando. A internet diz que existem apenas umas cinquenta pinturas desse sujeito no mundo todo. Mas essa do nascimento de Jesus? De acordo com a Wikipédia, essa é a maior, a estrela do show. É a obra-prima dele.

— Merda. — Deixo escapar.

— Pois é, merda. Você não sabia? Você é casada com *Ambrogio Caruso* e não sabe isso? Caralho...

Nino está acariciando o bigode. Meu coração está batendo a um milhão e meio de quilômetros por hora. Eu realmente não sabia o que o Ambrogio fazia. Se eu fosse Beth, saberia. Minha pele está queimando. Estou quente demais. Eu conheço Waterhouse, Hogarth e Gainsborough, Turner e todos os pré-rafaelitas. Conheço Freud, Bacon e Banksy, mas não ele. Nunca li sobre arte italiana, eu nunca teria escolhido essa como minha matéria no *Mastermind*. Aposto que Beth sabia tudo sobre essas coisas. Foi ela que fez a excursão para a National Gallery quando tínhamos treze anos. (Fui banida das excursões da escola depois do incidente no zoológico. Eu fugi quando a professora não estava olhando. Fui encontrada à noite escondida na jaula dos macacos, me entupindo de bananas.)

— Arte nunca foi minha especialidade, era tudo o Ambrogio — comento.
— Vamos cheirar mais uma?

Nino serve mais duas carreiras com um cartão de crédito prateado e brilhante. Onde Ambrogio teria escondido essa pintura? Eu meio que queria não tê-lo matado agora, para poder perguntar. Que irritante. Por que não sou clarividente? Ou qual é aquela que consegue falar com os mortos? Clariaudiente? Médium? Eu gostaria de ser uma xamã. Se ao menos eu soubesse dessa pintura antes da morte dele, mas Ambrogio foi tão evasivo quando perguntei sobre seu trabalho: "Sou apenas um atravessador. Não é muito interessante". Vinte milhões de dólares? É A COISA MAIS INTERESSANTE QUE JÁ OUVI NA VIDA.

Pode ser um belo montante. Se conseguirmos encontrar a pintura.

Faço mais uma pesquisa no Google enquanto Nino cuida da cocaína. A *Natividade* foi roubada em 1969 da Chiesa di San Lorenzo em Palermo. Pelo jeito, uns dois aventureiros com lâminas tinham visto o quadro algumas semanas antes num programa de TV sobre os tesouros escondidos da Itália. Não eram nem muito espertos, eram amadores. Claro que naqueles tempos a segurança era inútil, nada como é hoje. A pintura era protegida por um velho que provavelmente dormiu durante a coisa toda. Uma noite, eles a cortaram de cima do altar e foram embora com a pintura numa van de três rodas. Uma van de três rodas! Como Del Boy, de *Only Fools and Horses*! "Comércio independente: Nova York, Paris, Peckham. Palermo."

Claramente precisamos encontrar essa pintura. Parece bem especial. Cheiro a minha carreira.

— Então, como o pai de Ambrogio tinha essa pintura?

Nino parece inquieto. Ele levanta o tapete persa pela ponta. Depois, arrasta o sofá e olha a parede. *Niente*. Nada. Lhufas.

— Ela mudou de mãos algumas vezes; estava com Rosario Riccobono antes de ir parar nas mãos dele em 1982. O *papa* de Ambrogio a comprou de U Paccarè, sabe, Gerlando Alberti, o sujeito dos cigarros e da heroína? Isso foi em 1991.

Não faço ideia de quem sejam essas pessoas.

— Então, como ele nunca vendeu a pintura antes?

Meus lábios estão dormentes. Estou falando engraçado? Não consigo sentir meu rosto, como naquela canção. Espero não estar babando. Nino olha embaixo da mesa de jantar, puxa as cadeiras e checa a parte de baixo.

— Você acha que é fácil vender algo assim? Essa pintura é importante. O FBI está em cima dessa história. Está na lista dos mais procurados... Não, Ambrogio teve sorte. Ele finalmente conseguiu a pintura quando seus pais morreram. O pai dele não era idiota, ele precisava deixar a coisa esfriar. Ele até fez um *stronzo*, Gaspare Spatuzza, inventar uma história sobre o quadro.

— Que história?

— O informante contou para a polícia que a pintura tinha sido comida por ratos, enquanto estava guardada no galpão de uma fazenda. Dá para imaginar alguém tão idiota? Vale vinte milhões de dólares, e um imbecil deixa os ratos comerem? Ele disse que estava tão destruída que queimou os restos. A polícia acreditou. Engoliram. — Nino dá um trago raivoso no que sobrou do cigarro. — Só mostra que eles não têm respeito por nós, os iniciados. É por isso que nunca vão ganhar de nós. Eles acham que somos retardados, então nos subestimam... Somos os iniciados. Os homens-feitos.

Estou ouvindo numa espécie de transe, minhas células cinzentas estão fazendo hora extra, juntando as peças do quebra-cabeça aos poucos, montando tudo. Agora eu entendi. Tudo faz sentido. A lâmpada metafórica se acende. Ambrogio tinha finalmente encontrado um comprador. Ele ia vender a pintura roubada e depois planejava desaparecer com Beth. Meu cadáver ia ser uma armadilha para a Beth: eu era a isca, uma pista falsa, uma cenoura ou um pato. O funeral, a polícia e a imprensa internacional iam criar uma confusão gigantesca. Todo mundo ia pensar que Beth estava morta, então ela estaria a salvo. Minha irmã poderia ter fugido, e ninguém ia procurá-la. Por que o fariam, se ela estava sob sete palmos? Ambrogio ia fazer o papel de viúvo desolado e sumir, fugir de Taormina no meio da noite, quando o mundo todo achasse que ele estava de luto pela esposa. Ele provavelmente ia se organizar para encontrar minha irmã gêmea no Havaí, no Taiti ou em Bora Bora. Os dois planejavam pegar o filho, os milhões e fugir dessa *guerra da máfia*. Eles tinham planejado escapar e começar de novo.

Mas alguma coisa deu errado; para ser exata, minha irmã. Algo a fez se desinteressar pelo marido. Beth não queria só sair da Sicília, ela queria se afastar *dele*. Não pode ter sido apenas a parte do sexo, isso é ridículo, até para Beth. Até para mim. Deve ter sido outra coisa. Ele não batia nela, não era violento. Então o quê? O que foi? Ela estava apaixonada por Salvatore de verdade? Vou descobrir. Mas, primeiro, vou ganhar um dinheiro.

— Vou ajudar você a procurar — anuncio, me levantando.

Capítulo 35

Procuramos em todo lugar, dentro e fora da *villa*. Na garagem. No galpão. No que pareciam ser cem quartos e banheiros. Encontrei algumas coisas interessantes — um cômodo cheio de exemplares novos do livro de Beth, a coleção secreta de pornografia de Ambrogio (pelo jeito, ele gostava de "universitárias", "babás" e "adolescentes", tudo bem baunilha) e uma bolsa vintage de couro de avestruz que com certeza vou pegar para mim, mas a pintura não está em lugar nenhum. Estou começando a surtar para valer. Estamos vasculhando tudo há horas, abastecidos pela cocaína e pelo café preto e forte, cheio de açúcar (o açúcar é para mim, Nino parece preferir preto e amargo. Não imagino como ele consegue tomar café assim). Pensei em perguntar para Emilia se ela viu a pintura, ou até para Ernesto. Mas provavelmente não é uma boa ideia. Onde Ambrogio guardaria uma pintura? Uma pintura que vale vinte milhões de dólares? Ele a deixaria por perto, certo? Ia precisar mantê-la em segurança. Volto para o quarto que ele dividia com Beth e paro na porta, encostando a testa contra a madeira fria. Não adianta, ela sumiu.

— Betta? Onde você está?

Uma voz explode no corredor, me fazendo dar um salto. É o Nino. Ele parece bravo.

— Aqui — respondo. — Quer me ajudar a procurar no quarto?

Entro na suíte e paro no meio do tapete creme e fofo. Passo os olhos pelo teto em busca de uma porta para o sótão, mas não vejo nada. Nino aparece e para atrás de mim.

— Betta, vamos, já olhamos aqui — diz ele num sibilo, sussurrando como uma víbora.

Ernesto pode acordar. Precisamos ficar quietos. Ele coloca a mão no meu ombro. Seu anel de sinete é um rubi vermelho-sangue, do tamanho de um olho, sobre uma base de ouro.

— Não sei — respondo. — Tenho uma sensação. Algo tão valioso, tão especial, você ia querer deixar perto...

— No quarto onde você dorme — diz Nino, andando pelo tapete com suas botas pretas e pesadas.

Isso está acabando com ele, dá para ver. *Paciência* claramente não é sua especialidade. Duvido que Nino escute Take That. Ando pelo quarto da minha irmã, meus dedos deslizando pelo mogno: o guarda-roupa, a penteadeira, a cômoda. Nem um grão de poeira, é incrível. Emilia vale o próprio peso em ouro.

Olho embaixo da cama. Nino parece estressado.

— Pelo amor de Deus. Já olhamos tudo. Vamos ter que procurar de novo, pela merda da casa toda, direito desta vez.

Estamos quase saindo do quarto quando ele diz:

— Você olhou dentro desse guarda-roupa? Pode haver um fundo falso.

Nós nos entreolhamos e corremos até o móvel. Escancaro a porta e afasto as roupas, as roupas de Ambrogio: calças, paletós, camisas, gravatas. Meus dedos procuram as bordas de um painel no fundo, mas a madeira está bem presa.

— Não — comento e me afasto.

— Deixa que eu tento — diz Nino.

Ele mergulha no guarda-roupa como se estivesse procurando o Aslan. Ouço os xingamentos murmurados.

— *Niente*. Merda.

Ele tira o corpo de lá e dá um soco na porta! Tum! Merda. Ele está perdendo o controle. A qualquer minuto, Nino vai sacar a arma!

— Vamos lá, Betta! Onde está essa merda? Sei que você sabe, então pare de enrolar.

Estou começando a suar. Meu peito está apertado. Sento na cama e esfrego o rosto com as mãos. Vamos lá, Alvie, onde? Onde? Estou ardendo. É a cocaína ou o clima? Este é o Death Valley, em Nevada, no meio de uma onda de calor. Minha respiração está curta, não consigo inspirar ar suficiente. Eu me levanto, vou até a janela, abro o vidro e respiro fundo. Fecho os olhos. Algo de valor. Algo importante. Algo especial que você quer proteger. Uma imagem de Ernie surge na minha mente.

— O quarto do bebê? — pergunto para a escuridão.

Saio correndo pelo corredor e Nino vem atrás.

— Ei, Betta! Aonde você vai?

— Shh, venha comigo. Precisamos ficar quietos.

Ernesto está dormindo no berço, posso ouvi-lo ressonar no escuro: delicado, sutil, inspirando e expirando. Entro na ponta dos pés e acendo a luz noturna: azul-bebê em formato de lua. Tem um tapete no chão, ao lado da cama do bebê. Eu o levanto, é um chute, mas dá certo! Embaixo dele fica uma porta de alçapão. Deve estar ali, não é? Tiro o tapete com dedos trêmulos e abro a porta: a dobradiça range. Olho para Ernie, mas ele continua num sono profundo e não ouviu nada. Abro a porta toda e a apoio no tapete dobrado. Enfio o braço embaixo das tábuas do piso e sinto uma bolsa pesada de lona. Pego as alças e a puxo para cima. Não acho que tem uma pintura aqui. É pequena demais. Olho para Nino e ele balança a cabeça. Abro o zíper mesmo assim, vou dar uma olhada rápida só por garantia. Meu Deus! Escondidos lá dentro estão centenas de sacos pequenos de pó branco. Nunca vi tanta cocaína na vida. Deve ser o estoque particular do Ambrogio. É uma imagem linda, como uma paisagem do Ártico. Tão fresca e pura quanto a neve. Aliso o plástico nas mãos. Humm, drogas! Será que Beth sabia que tudo isso estava guardado no quarto do Ernie? Ela teria tido um ataque.

— Continue procurando — diz Nino. — Lá embaixo.

Estou prestes a fechar o zíper da bolsa quando Nino se abaixa e pega um saco. Olho para cima, e ele dá de ombros. Tudo bem. Ambrogio está morto. O que ele vai fazer? Ele guarda a cocaína no bolso da jaqueta. Pego outro saco para mim e enfio no sutiã. Fecho a bolsa e a jogo para o lado. Olho dentro do alçapão. Ali, embaixo das tábuas e enrolada em papel pardo, está uma tela longa, fina e empoeirada. Não posso acreditar. Só pode ser isso! Deve ser a *Natividade*. Não consigo respirar. Não consigo me mexer. Só consigo olhar. Vinte milhões de dólares bem aqui? Não acredito que todas essas coisas estão no quarto do bebê. Não é perigoso? Beth não devia saber onde Ambrogio escondeu isso. Ela nunca teria permitido. Ou talvez soubesse e fosse esse o problema. Aposto que isso a deixou bem furiosa. Cocaína da melhor qualidade e uma arma para seu precioso filho? Beth estava brava com o marido, certeza.

Nino me tira do caminho e enfia o braço no alçapão. Com muito cuidado, como se estivesse fazendo o parto de um recém-nascido, como se estivesse segurando o menino Jesus, ele tira a pintura. Tem cheiro de mofo, de algo velho. Parece muito frágil. É mais comprida do que eu imaginava. É uma imagem grande. Nino a coloca no chão. Seus olhos parecem estar em chamas na sombra. Encontramos!

— Feche — sussurra ele, apontando para a porta do alçapão.

Nino se levanta com a tela nos braços. A pintura é enorme, nós dois vamos precisar carregá-la. Eu abaixo a porta com um rangido. A poeira me faz espirrar: ATCHIM! ATCHIM! Cubro o nariz com as duas mãos. Dessa vez, Ernie acorda, se mexe e começa a reclamar. Ele solta um miado agudo como se fosse um gato enquanto ajeito o tapete sobre o alçapão de novo. Por favor, não acorde. Por favor, não chore. Nino e eu ficamos imóveis, ouvindo, esperando Ernie gritar loucamente. Ele não se move. Ele balbucia um pouco e volta a dormir. Que sorte.

Eu me levanto devagar. Uma tábua range.

Ernie acorda e berra. Meu Deus, lá vamos nós. Vou até o berço. Olho para Nino, que parece ainda mais aterrorizado do que eu, uma expressão de puro pânico em seu rosto endurecido: *Não se atreva a deixar essa coisa comigo.* Onde está Emilia quando preciso dela? Pego Ernie e *shh, shh, shh.* O que ele quer? Por que está chorando? Comer? Beber? Dormir? Fazer cocô? Balanço, faço carinho, sussurro para ele e o beijo. Dou de ombros para Nino, que está observando, furioso. O que eu posso fazer?

— O que você quer? — pergunto para o bebê.

Ele me encara com os olhos cheios de lágrimas, o lábio inferior tremendo. Ernie funga. E chora. Uma pequena bolha de meleca sai do seu nariz. Pego um lenço de papel no criado-mudo e limpo seu rosto. Eu o beijo, balanço, abraço e aperto. Isso dura uns quarenta e cinco minutos até que finalmente ele para. Eu o coloco de novo no berço. Assim que sua cabeça pequena encosta no travesseiro, ele começa a chorar de novo. É muito pior do que qualquer coisa que já ouvi na vida, *como os gritos de um bando de carneiros.* Minha pele está toda arrepiada. Os fios de cabelo na minha nuca ficam eriçados.

— O quê? O que foi agora? Você não gosta do berço?

Pego Ernie no colo, e ele para de chorar.

Coloco-o de novo no berço, e o choro recomeça.

Levanto.

Abaixo.

Levanto.

Abaixo.

— *Ma che cazzo?* — grita Nino. Ele está bravo.

— Acho que ele só quer ficar no meu colo — explico. — Quer que eu segure você? — pergunto para o Ernie. O bebê encosta a bochecha quente e vermelha no meu peito e chupa o dedo. — Vou deixá-lo no meu colo, só um pouco. Só até ele dormir.

Espero que seja logo. Pobre carneirinho.

Nino e eu levamos a tela pelo corredor até o quarto de Beth e Ambrogio. Estou com o bebê num braço e a pintura no outro. Colocamos a tela sobre a cama, e eu fecho a porta. Pego uma cadeira e a coloco contra a maçaneta, só para o caso de alguém querer entrar. Talvez Emilia. Ou a maldita polícia. Não contei para o Nino sobre aquele policial, o que eu vi na porta ao lado. Não quero irritá-lo mais do que já fiz (isto é, muito).

Nino está com a pintura enrolada num lado da cama. Vou até lá e me junto a ele. Passo a palma da mão pela tela; é antiga, áspera. Poeira e teias de aranha. Ele solta o papel pardo e desenrola o quadro pela cama. Por sorte é uma *super king size*, ainda que até mesmo essa superfície seja pequena demais. A pintura tem três metros de comprimento, pelo menos. Só conseguimos desenrolar uma parte, ou ela vai cair pela beira da cama até o chão. A imagem está escurecida, com bordas rasgadas e rotas de onde os aspirantes a mafiosos a tiraram da moldura com uma lâmina.

Não faço ideia do que essa imagem deveria ser, mas sei que é o Caravaggio assim que a vejo. Posso sentir nos meus ossos. Vejo Nino de canto de olho, que faz o sinal da cruz. Ele ficou todo religioso na presença de algo tão valioso. O dinheiro faz coisas engraçadas com as pessoas. Ou talvez seja o tema religioso que o tenha emocionado. Afinal, Nino tem uma imagem de Jesus no carro. Ele pode estar genuinamente comovido.

Acho que podemos ver mais ou menos um terço da imagem assim, mas aqui está o Cristo recém-nascido: pequenino, nu e rosado. Ele está deitado num tecido branco sobre um chão coberto de feno. Parece frágil e até que bonito, um pouco como Ernie (que ainda não está dormindo, a propósito. Ele está puxando meus cabelos aos montes e babando no meu ombro todo. Pobrezinho). Jesus olha nos olhos cheios de adoração de sua mãe, uma Virgem Maria de aparência desarrumada, que está debruçada, exausta, os cabelos e as roupas totalmente descuidados. Está claro que ela acabou de dar à luz e parece completamente esgotada. Deve ter sido um parto difícil. Será que Jesus ficou entalado como eu? Eles não tinham gás nem morfina naquela época. Não dá para fazer uma cesárea num barracão.

À direita da pintura, um homem está sentado de costas para nós, calça branca e justa, pernas cruzadas, uma camisa verde-grama solta: uma espécie de Robin Hood. Ele está tocando o menino Jesus com o dedo do pé. Não sei quem é. Ele parece jovem demais para ser o José, bem-vestido demais para ser um pastor. Talvez seja um dos primeiros *paparazzi*? E não quis perder essa foto? À esquerda, está alguém de robe longo e amarelo-ouro que imagino ser um rei ou um santo.

— *Mamma mia* — exclama Nino.

— Ainda bem que a gente encontrou — comento.

— Ma, ma, ma — emenda Ernie.

O iPhone de Beth apita: um som de pássaro. Piu. Piu. Piu. Meu Deus, é a Taylor *de novo*? Pego o celular e dou uma olhada. Tem uma mensagem da "mamãe". Quantos anos Beth tem? Cinco? Clico nela e respiro fundo.

Tentei ligar. Embarcando num voo para Catânia. Vou pegar um táxi no aeroporto. Chego aí em 24h. Amo você. Mamãe.

Merda.

— O que foi? Qual é o problema? — pergunta Nino.

— Ah, nada. É só a minha mãe. Vou ligar de volta para ela. Pegue — digo, empurrando o bebê para os braços de Nino. — É só um minuto.

Não sei quem parece mais apavorado, ele ou o bebê. Ernie começa a chorar. De novo.

Pego o celular, saio do quarto e desço a escada correndo até a cozinha. Minhas mãos estão tremendo. Meus dedos erram as teclas pequenas. A última coisa de que preciso é minha mãe aparecendo na *villa*. Aperto o ícone para fazer a ligação. Preciso fazê-la desistir. Ela não pode vir para cá. Mas o celular da minha mãe está desligado ou, o mais provável, em modo "avião". Ela já embarcou.

Capítulo 36

Fiz um belo esforço. Eu me vesti para a ocasião: um vestido curto e preto, véu longo preto, luvas de renda preta e Louboutins clássicos de couro. Tenho até um lenço de renda antigo para limpar o rímel dos olhos. Batom vermelho-sangue. Montes de kajal. Estou à altura do papel: a viúva jovem e atraente no primeiro dia de luto. Eu queria mesmo poder tirar uma foto. O Instagram ficaria louco com essa merda. Sem contar o Tinder.

A igreja está vazia. O ar está fresco e úmido. Abro as pesadas portas de madeira e adentro a escuridão: o cheiro de incenso, o brilho das velas. Posso ver o padre atrás do altar, a cabeça grisalha baixa. Ele está de batina branca, com ornamentos dourados. Eu o encontrei, ele está aqui. O padre está murmurando alguma coisa. Está rezando? Ele me ouve entrar, olha para a frente e demora um instante para me reconhecer, mas, quando o faz, seu rosto enrugado se abre num sorriso.

— Betta, você veio.

Ele abre bem os braços para me abraçar. Parece um santo com essa roupa branca esvoaçante. Mas sei que não é. Ele é um corrupto. É só um disfarce inteligente. Subo os degraus até o altar e ficamos parados por um instante em completo silêncio. Observo seu comportamento calmo: olhos firmes, sorriso benevolente. Na *villa*, eu estava convencida de que ele era o cliente, mas, agora que estou aqui, não tenho mais tanta certeza. O padre é corrupto? Como vou perguntar? Se ele não for o comprador, estou perdida.

— Betta, sinto muito pelo seu marido — diz ele, colocando a mão no meu ombro esquerdo: um pai confortando uma filha. A mão parece torta e velha.

— Só fiquei sabendo hoje à tarde. Sinto muito pela sua perda. Que Cristo conforte você neste momento difícil.

— Obrigada — respondo, olhando para o chão, lajotas gastas, inscrições entalhadas. O que está escrito? Estamos sobre um túmulo?

— Fico feliz que você tenha vindo. Eu ia fazer uma visita.

Ele lança um olhar para mim: intenso, suplicante.

— É seguro falar? — pergunto, olhando para a frente.

Os olhos do padre vão da esquerda para a direita.

— Estamos a sós.

Ele me conduz pela mão até um banco de madeira polida. Sentamos sob uma estátua de Jesus em tamanho real, aquela que estava me encarando antes. O rosto tem a mesma expressão, sob a coroa de espinhos horríveis. Nas paredes estão penduradas cenas renascentistas do Novo Testamento. Reconheço Maria e Jesus, claro. Aquele sujeito de barba pode ser São Pedro? Ele está segurando as chaves douradas das portas do Céu. Duvido que me deixasse entrar. As mãos cheias de veias azuis do padre seguram minhas mãos enluvadas, sua pele cheia de manchas hepáticas é transparente como papel vegetal e fria como a pele de um cadáver.

— Eu li o jornal. Suicídio? — pergunta ele.

Eu inspiro fundo.

— Sim, com certeza é o que parece. Ele foi encontrado nas rochas na base de um penhasco.

O padre assente, uma expressão grave e cúmplice no rosto.

— La Cosa Nostra — sussurra ele, como se estivesse falando um palavrão, proferindo uma praga na casa de Deus.

Ficamos sentados sem falar. Observo os longos pregos pretos que saem das mãos e dos pés de Jesus. Lembro da boneca de Beth, com todos aqueles alfinetes espetados. La Cosa Nostra. Sim. Claro. Essa vai ser a versão do padre para a verdade. A verdade é aquilo em que escolhemos acreditar. Não existe realidade objetiva.

— Você ainda tem a pintura? — pergunta ele de repente. E me encara com olhos embaçados.

— Tenho — respondo.

Meus ombros se abrem. Posso relaxar. Ele definitivamente é o comprador.

— Você ainda quer vender?

Eu assinto.

— Uhum.

Dá para ver que ele quer muito o quadro. Eu me pergunto por quanto. O padre passa as mãos pelas coxas, alisando as dobras de sua batina, e endireita um pouco o corpo.

— Precisamos ter cuidado, Betta — diz ele com delicadeza. — Existem pessoas lá fora que sabem: as pessoas que mataram seu marido. Não é mais seguro para você estar aqui. Quem quer que o tenha matado não vai ser impedido de roubar a imagem por nada.

Pois é. Que se dane.

— Eu entendo.

— Você devia ir embora.

Lanço um olhar para ele.

— Não se preocupe comigo.

O padre desvia o rosto. E olha para Jesus. Jesus olha de volta. Os dois parecem estar tendo uma conversa secreta. Penso em Talulah. Isso me faz lembrar de Beth e de sua amiga imaginária. Ele hesita antes de continuar.

— Acertei três milhões com seu marido, mas ele queria mais — suspira o padre. — O amor pelo dinheiro é a raiz de todos os males. Timóteo 6,10.

— Era sobre isso que vocês estavam discutido quando viemos? — pergunto.

Onde é que um padre arranja três milhões de euros? Eles pagam o clero bem demais neste país.

— Discutindo, não, discutindo, não. Negociações.

Balanço a cabeça e ajeito uma mecha atrás da orelha.

— Ela vale pelo menos vinte milhões de dólares — comento, tentando soar impositiva. Sei do que estou falando. Nino e o Google me deram as dicas.

O padre se vira para mim.

— Betta, você precisa entender, essa pintura é procurada no mundo todo. Agora que seu marido está morto, é ainda mais perigoso. Posso oferecer dois milhões. É minha oferta final.

— Sua oferta *final*?

— Sim.

Abro meu sorriso mais doce para o padre. Só porque sou mulher, ele acha que sou ingênua. Dois milhões de euros? Isso é um roubo. Quero mais do que isso. Observo o padre em busca de sinais de fraqueza, ouço sua respiração áspera. Ele me encara, imperturbável, firme. Esse sujeito é confiante, tem Deus a seu lado. Se eu não vender para ele, não vou ter outros compradores e nenhum meio de procurar. Eu poderia forçar três milhões, mas sem dúvida ele me mandaria passear. Não quero perdê-lo. O padre sabe que estou numa situação complicada com a morte do meu marido. Diminuir a oferta em um milhão é golpe baixo, especialmente para um padre. Pelo menos os pobres vão herdar a Terra.

— Dois milhões de euros — aceito, rangendo os dentes.

Não quero essa chatice e sou péssima em negociar. Mas dois milhões de euros é melhor do que nada, e Nino vai ficar feliz que eu tenha conseguido o acordo. Ofereço a mão, que o padre aperta. O rosto dele se ilumina com um brilho jovial. Ele foi de noventa para dezenove em um instante.

— Vou buscá-la hoje à noite — diz ele com um sorriso. — Vou até sua casa e levo o dinheiro. Depois você devia ir embora. Ambrogio queria levá-la para um lugar seguro, agora você precisa ir sozinha.

— Claro — respondo.

Eu não vou embora de jeito nenhum. Deixar a *villa*? Abandonar aquela vista? Ele viu a piscina? *Sair de Taormina?* Ele deve achar que sou louca.

— Quem é esse? — pergunta o padre, apontando para Nino.

O tempo está horrível. O céu está todo riscado, e gotas de chuva caem como balas de prata. É minha noite mais fria até agora na Sicília. Preciso procurar um par de meias de Beth. Coloquei até um suéter. Estamos na sala com as cortinas fechadas para os raios e trovões. Estou pensando em acender a lareira. Nino está jogado no sofá, os pés descalços sobre a mesa de centro, uma taça de Sangue di Sicilia na mão.

— Este é o Nino — apresento, fechando a porta.

Ele limpa os pés no capacho e tira as gotas de chuva da jaqueta. O padre vira para mim e abaixa a voz.

— Don Franco — diz Nino, com um leve meneio de cabeça.

Esse é o nome dele? Achei que Nino não o conhecesse. Acho que estamos numa ilha, e Taormina é um lugar pequeno.

— Nino — grunhe o padre. Ele vira para mim, a voz num sussurro. — Eu disse ao seu marido, só trato com ele e com você.

Os olhos do padre faíscam; de repente, ele ficou irritado.

— Meu marido está morto. Nino é um amigo — explico.

— Eu conheço esse tipo — diz o padre no meu ouvido. Sinto o cheiro de álcool em seu hálito. Vinho sagrado?

Olho para baixo, para a mala antiga que ele segura: fivelas douradas com G que se interligam. O couro está manchado com marcas marrons de chuva. Parece bem pesada. Está explodindo nos cantos.

— Vou esperar na cozinha — avisa Nino ao se levantar. — Ele alonga os braços acima da cabeça, vira a bebida, bate a taça com força na mesa de centro e faz uma meia reverência. — *Buonasera*.

Nino me olha de um jeito estranho ao sair. Ele arregala os olhos como se estivesse tentando dizer alguma coisa. Não faço ideia do quê. Provavelmente não é importante. Ele dá meia-volta e sai da sala. Somos só eu e o padre. Passo os braços pelo corpo. Um calafrio percorre minha espinha. Eu queria muito ter acendido a lareira.

— Onde está? — pergunta o padre.

Sem jogar conversa fora então. Nada de *como vai você, Elizabeth? Como foi sua tarde? Mas que chuva, hein?* Direto ao assunto. Tudo bem.

Ele parece ainda mais velho com roupas comuns; um suéter de caxemira marrom-claro e um peitilho vinho. Podia ser meu avô. E parece frágil como uma criança. Acho que eu poderia derrubá-lo com minhas próprias mãos, e olha que eu brigo como uma menina.

— Mostre o dinheiro — peço, com um sorriso.

O padre coloca a mala no tapete e se abaixa para abri-la, um braço no encosto do sofá, o outro na lombar. Artrite? Seus dedos se atrapalham com as fivelas.

— Eu abro — sugiro.

Ele sai do caminho e eu deito a mala no chão. As fivelas clicam, e eu levanto a tampa. Montes de notas de quinhentos euros bem empilhadas. É uma montanha de dinheiro, mais do que já vi na vida. Por que um padre tem todo esse dinheiro? E por que ele está comprando uma pintura roubada? Tenho certeza de que tem alguma coisa sobre "não roubarás" nos Dez Mandamentos.

— Dois milhões? — pergunto.

— Dois milhões — responde ele.

Pego um maço de notas de quinhentos e sinto o peso na mão. É como sexo. Cogito virar tudo no chão e contar, mas demoraria uma vida. Acho que acredito nele. Afinal, ele é padre, ainda que corrupto. Nino e eu podemos contar depois. E vou contar *com certeza*. Não *é* como nos filmes, em que a palavra vale. E se for dinheiro do Banco Imobiliário lá dentro? Faço um gesto para o padre me acompanhar. Atravessamos um arco ladeado por colunas de mármores até a sala de jantar ao lado. Tiramos os móveis do lugar e abrimos a pintura sobre um enorme tapete persa. O padre para e a observa. Fico perto de uma coluna olhando para ele.

— *Dio Santo! Che bellissima!* — diz ele, num sussurro.

Ele junta as mãos e toca os lábios com os dedos. Vejo o homem ficar de joelhos, como se fosse rezar, no pé da imagem, a poucos centímetros da borda. O padre está com medo de encostar na tela. Ele se move com cuidado, de quatro, ao redor dela, estudando-a, absorvendo todos os detalhes.

— Eu estava preocupado que os ladrões e os séculos a tivessem destruído, que tivesse sido danificada, mas... está perfeita — comenta ele, depois de um tempo, ao se levantar. O padre vem até mim, os olhos marejados. — *Grazie*, Betta.

Ele segura minhas mãos, de novo, mas eu me afasto. Se ele gosta tanto assim da pintura, podia ter pagado três milhões.

— Vamos enrolar a pintura, para o senhor poder levá-la para casa? — proponho.

Eu só quero o dinheiro. O padre e a imagem podem ir embora.

O padre hesita. Não quer movê-la. Se a enrolarmos, ele não vai conseguir vê-la. É como se tivesse esperado tanto que agora está relutante em tirar os olhos dela.

— Claro — responde ele com um sorriso.

É uma dentadura ou são seus dentes reais? Parecem brilhantes e novos demais.

Nós paramos lado a lado no pé da imagem, o padre à direita, e eu, à esquerda. Ele se inclina devagar para ver a borda e levanta um pouco a tela, mas para. Tem um selo preto pequeno no canto da pintura. Ele olha para cima com uma expressão engraçada em seu rosto enrugado, e então se abaixa ainda mais e ajoelha para analisar melhor o selo.

— O que foi? — pergunto.

Capítulo 37

— *Non capito* — comenta o padre.

Meu Deus, o que foi agora?

— O quê?

— Essa pintura... é falsificada.

Alguém acabou de soltar uma bola de canhão no meu estômago. O padre coça a cabeça calva.

— Eu não entendo.

Ele se levanta com o vigor de um homem mais jovem. A pintura cai de novo no chão. O padre aponta.

— *Si, si*, estou vendo agora. A técnica... *come si dice*? Não é o Caravaggio.

— Do que o senhor está falando? Claro que é do Caravaggio.

Há uma hesitação na minha voz. Estou tremendo. Oscilante. Sinto meu maxilar começar a travar. Recuo alguns passos. Estou atrás dele, ainda olhando para a pintura.

— Esse pigmento, o vermelho no vestido da Madonna, é moderno. Não pertence à paleta do Caravaggio, ele usava óxido de ferro. E o *oscuro* está claro demais. Não... não... — Ele balança a cabeça. — As mãos... são desajeitadas, masculinas. Não parecem certas. As mãos de Caravaggio são graciosas. Elegantes.

— Não, não! Se estivesse aqui, Ambrogio explicaria para você. Ele sabia!

— E aqui, veja, *il bambino*, o Cristo. O escorço do corpo está errado, a forma dele...

Meus ombros estão tensos. Meu pescoço está tenso. Isso é besteira. Vou explodir.

— Oh, Elisabetta, que decepção. Depois de todo esse tempo! Uma falsificação! Uma cópia! Uma imitação barata do original. Claro, não tem valor nenhum. Uma cópia nunca, nunca é tão boa. Ela perde a magia do original, a beleza intangível, o *je ne sais quoi*. Ela não tem alma, não tem dignidade...

— O quê?

— Não tem integridade.

Meu Deus, ele está falando de *mim*?

Pego a arma de Ambrogio na cintura da minha calça e atiro na nuca do padre. Ele cai para trás no tapete persa, desaba como um limoeiro. BUM! Morto. Os pés estão perto da borda da pintura, então levanto os tornozelos dele e mudo a posição. Um pequeno círculo se espalha na cabeça e se expande cada vez mais: uma moeda de dois centavos, uma laranja sanguínea siciliana, um pires, uma bola de futebol. Não quero que o sangue vá parar na pintura. O padre está caído num ângulo estranho, dobrado como um bumerangue. Eu o pego pela cintura e o puxo para trás, para que o corpo fique paralelo à borda da pintura. Ele é pesado, como se estivesse cheio de concreto líquido, mas eu consigo. Sinto uma vertigem quando tento me levantar. Esqueci o jantar. Não costumo fazer isso.

Observo o círculo de sangue cada vez maior se espalhando a partir da cabeça. É vermelho e brilhante como o Lamborghini de Ambrogio. Parece bem interessante. Pego o celular da Beth e tiro uma selfie, sorrindo com meu rosto bem ao lado da cabeça do padre. O flash dispara como um raio. Vejo como a foto ficou, mas estou horrível. Passo os dedos pelo cabelo de novo. Faço bico. Clique. Ficou ótima. Seria perfeita para o Instagram. Que pena que não posso postá-la.

Nino aparece na sala. Ele deve ter ouvido o disparo... mas, mesmo que não tenha, quando o padre caiu, a casa toda tremeu.

— O que aconteceu? Você está bem?

Olho para ele e sorrio, lambendo os lábios.

— Estou, estou ótima, obrigada — respondo.

Nunca me senti melhor. Eu me sinto poderosa. Invencível. Meu corpo inteiro está formigando. Aquela onda: estou viva.

— Aonde o padre foi?

Dou um passo para o lado para Nino poder ver direito.

— Ali — respondo, meneando a cabeça na direção do corpo caído no chão. Ele fica paralisado.
— Você atirou nele?
— Atirei. — Eu sorrio.

Eu sou mágica. Sou especial. Quem quer ser *boa* quando se pode ser ótima? *Isso é simplesmente fantástico!* Aquele formigamento que percorre a espinha. Aquela onda no cérebro. Eu amo essa sensação! Eu sei o que estou fazendo. Foi para isso que eu nasci! Isso! É isso! É como correr demais num patinete. Estou extasiada!

O padre está deitado com o rosto para baixo no tapete, algo escorre do buraco em sua cabeça. A arma está ao lado dele no tapete. Nós dois olhamos para ela. Então Nino olha para mim: uma mistura de horror e admiração.

— Você ficou louca? Você perdeu essa cabeça de merda? — pergunta ele. Dou de ombros. — O que aconteceu? Por que você fez isso?

Fico parada com as pernas afastadas e as mãos no quadril. Não gosto da maneira como Nino está gritando comigo.

— Eu não tive escolha. Ele disse que a pintura era falsa. Que não era um Caravaggio real. Ele ia embora com o dinheiro.

Não é exatamente verdade. Eu não *precisava* matá-lo. Eu matei o padre pela emoção. O dinheiro era secundário. O fato de que ele era um pão-duro idiota era a terceira razão.

A boca de Nino se abre. Ele não fala. O bebê começa a chorar. Meu Deus, de novo, não. Saio correndo pela porta e subo a escada.

— A mamãe está chegando, querido. Não chore.

Corro até o quarto dele e o pego no berço. Ernie está macio e quente. E tem cheiro de arroz-doce. Penso em ambrosia. Penso em Ambrogio. Eu o abraço e beijo sua cabeça. A fralda parece cheia, então pego uma nova, alguns lenços umedecidos no quarto e desço correndo. O bebê se mexe e grita nos meus braços.

— O dinheiro está ali na mala. Acho que devíamos contar — digo para Nino quando volto para a sala.

Ele está parado com as mãos nos bolsos, a testa inclinada na parede. Estranho. Ele não responde. Um *"obrigado, Elizabeth"* seria bom. "Melhor assim. Eu não confiava nesse padre."

Deito o bebê no sofá, abaixo e pego a arma no tapete. Sopro uma poeira imaginária do cano e passo minha blusa para limpá-la. Eu a recoloco na cintura.

— Ele era bem velho, de todo jeito.

Viro para o Nino. Ele não se move. Está virado de costas para mim, o rosto para a parede.

— *Madonna mia* — diz ele, finalmente. E vira para mim. Ele está falando alto. — Sabe quem é esse sujeito?

— Esse sujeito? — Eu cutuco o padre com o dedo do pé. — Ele *era* um padre.

— Um padre. Um padre. Sim, ele era um padre, mas também era um *iniciado*: Franco Russo, braço direito de um *consigliere* de Palermo, um *cosche* rival. Eu o reconheci quando ele entrou.

— O quê? Franco de quê?

Tiro a fralda suja de Ernie. Ele chuta meu rosto. O pobrezinho ainda está chorando. Eu queria muito que Emilia estivesse aqui... não sou boa com tarefas múltiplas. Comer Pringles e ver Netflix, talvez, mas não isso. Isso é bem nojento.

— Ele é Cosa Nostra. É bem importante.

Nino bate a testa na parede. De novo. Acho que ele está bravo.

— *Ele* é da Cosa Nostra? Eu não entendo.

Sento no sofá, estou fraca de repente. O nível de açúcar no meu sangue deve estar muito baixo. Preciso comer algum carboidrato.

— Ele não ia comprar a pintura para pendurar na parede do quarto. O padre era o atravessador. Você não quer comprar uma briga com o chefe dele.

— Eu não quero o quê? Quem é o chefe dele?

— Precisamos sair da Sicília. Agora. Acabou.

Ele chuta a mesa de centro e quebra uma perna. O logo na madeira diz Chippendale. Inestimável.

— Precisamos *ir embora*?

Limpo o traseiro do Ernie com um lenço umedecido. Um pequeno jato de xixi quase acerta meu olho. Coloco a fralda nova e a aperto bem. Meu Deus, onde está Emilia? Ninguém me falou que a maternidade seria tão difícil. Não vou aguentar isso! Socorro!

— Você acha que ele veio para cá sem proteção? Olhe lá fora. Os homens dele estão esperando na van, armados.

— O quê? — pergunto. — Não. — Estou sendo tomada pelo pânico. — Ele veio sozinho. Ele confiava em mim. Ele...

— Betta, eu o reconheci. Estou falando. Você acha que estou sonhando?

O bebê está quase caindo do sofá. Pego Ernie e o seguro contra o peito, seu pequeno rosto encostado no meu ombro. Ele olha para mim, boceja e finalmente para de chorar. Seus olhos se fecham. Sim, por favor, durma.

— Shh, shh. — Passo a mão nas costas dele.

Corro até a janela e abro uma fresta na cortina. Está chovendo. Está escuro e molhado. Três carros estão parados na entrada: o Lamborghini de Ambrogio, a van de Nino e a van branca do padre. As luzes dentro da van estão apagadas, mas dá para ver a silhueta do que parecem ser dois homens diante dela. Dois homens armados. Merda.

Viro e vejo Nino sentado no sofá, a cabeça entre as mãos. Ele olha para mim, seu rosto está pálido. Nino está com *medo*? Não acredito nisso. Ele tira a arma da cintura da calça. Pego a arma de Ambrogio e sinto seu peso nas minhas mãos. Não tenho certeza do que fazer com ela, mas vou tentar. Mexo nas diferentes peças e o tambor se abre. Olho para dentro, só sobrou uma bala. Não é o ideal. Nino se levanta e vai até a porta. Começo a andar na mesma direção.

— Não — diz ele. — Você fica aqui, você já causou problemas suficientes...

— De jeito nenhum. Eu vou também.

Ele me olha nos olhos e balança a cabeça.

— Deixe a criança.

O bebê dormiu no meu ombro. Seus olhos estão fechados, mas os globos oculares estão se movendo sob as pálpebras. Com o que será que ele está sonhando? Comigo ou com a Beth? O rosto dele parece tão tranquilo. Se eu soltá-lo agora, talvez ele acorde. Não quero que ele comece a chorar de novo. Mas Nino tem razão, não é lugar para um bebê, mesmo que eu estivesse gostando de ter Ernie dormindo no meu colo. Minha mãe nunca me abraçou: eu não sabia que sentia falta disso. Subo a escada com cuidado, na ponta dos pés, e o acomodo com carinho no berço.

— Durma, pequeno Ernie. Vou voltar para ver você... a mamãe ama você.

Sopro um beijo para ele. Um móbile musical está pendurado acima da cama; dou corda nele e uma canção começa a tocar: "Brilha, Brilha, Estrelinha". Eu me abaixo e beijo a testa de Ernesto. É um milagre que ele não tenha acordado. Talvez eu esteja pegando o jeito dessa coisa da maternidade? No fim das contas, sou uma boa mãe. Desço a escada correndo para ver o Nino.

— Vamos atirar para matar — avisa ele, sacando a arma e a apontando. — Se virem esse sujeito morto aqui, estamos fodidos. Se virem a pintura, estamos fodidos. Então, nada de perder tempo.

— Certo. Tudo bem.

— Por aqui, venha comigo.

Nino atravessa um corredor correndo, entra na cozinha e passa pelas portas francesas na parte de trás da *villa*. Ele corre pela borda da casa, e vou atrás dele em meio ao vento uivante e à chuva forte. É um dilúvio, está tudo preto, mal consigo enxergar um metro à minha frente. Vamos até a entrada e nos aproximamos da parte traseira da van sem fazer barulho. Eles deixaram o rádio ligado, está tocando música eletrônica. Isso é Underworld? "Born Slippy"? Eu amo essa música... Os dois homens estão parados do lado de fora da porta de entrada, armas a postos. Assumo um lado, e Nino, o outro. A arma dele dispara, então eu também atiro. Bum! Bum! Isso é o máximo!

Alguém grita, quem é? O meu sujeito caiu no chão, mas o outro ainda está vivo. As pernas dele estão se movendo. Ele está se levantando! Nino atirou na lateral do pescoço, mas o homem está longe de estar morto. O homem tem uma espingarda de cano serrado na mão e, antes que eu me dê conta, atira de volta em Nino! Nino grita e atira de novo.

Bum! Bum! Bum!

Isso é *tão* emocionante.

O homem desaba, morto. Desta vez, Nino atirou na cabeça dele.

— Você está bem? — Eu corro até ele, meu coração batendo no ritmo da música. Quero aumentar o volume. E dançar com o Nino.

— O *stronzo* atirou no meu braço — responde ele.

Nino está apoiado na van. A testa encostada no metal. Ele está segurando a parte de cima do braço, o sangue escorre por entre seus dedos. Sua arma caiu no chão.

— Aaargh! — Ele solta um grunhido.

Ai. Parece feio. Um torniquete, é disso que ele precisa. Eu me lembro dos meus tempos de escoteira: distintivo de primeiros socorros. Veio a calhar. Algo apertado para estancar o sangramento. Tiro a blusa, molhada de chuva e fico ali parada, tremendo de sutiã: esse é da louca da Louis Vuitton, renda preta e delicada com um pequeno laço branco. Torço a blusa para fazer uma atadura.

— Venha aqui — digo, pegando o ombro dele.

— *Non mi romperé la minchia* — reclama Nino.

Tiro a jaqueta de couro dele e a jogo no capô da van. Tem um buraco no braço e está jorrando sangue. Rasgo a camisa dele. Nino está tremendo. Está chovendo, a água escorre pelo peito, e a pele dele brilha.

— Uau! O que é isso?

Tem alguma coisa nas costas dele. Eu não tinha notado antes, Nino não tirou a blusa quando transamos. Seguro os ombros dele e o faço virar. Nas costas, ele tem uma tatuagem da Virgem Maria em tamanho real. O rosto é lindo, o cabelo dela está coberto por um véu delicado. Uma única lágrima escorre pelo rosto na direção dos lábios rosa. Ela tem as mãos em prece. A imagem é impressionante sob o luar. E se parece um pouco com Beth.

— Que diabos você está fazendo? — pergunta Nino.

Estou parada, olhando.

— Sua tatuagem; ela é maravilhosa.

— Este é o momento?

— Eu sempre quis fazer uma tatuagem. Talvez não essa... Mas alguma coisa legal.

Ele não parece impressionado.

— Você a fez por aqui?

Nino não responde.

Passo minha blusa por baixo do braço dele, dou a volta e a amarro com um nó.

— Aaargh — grita. — *Puttanacha*.

— Ei! — exclamo.

Você faz um favor para um sujeito...

Ele respira fundo e meneia a cabeça na direção dos homens:

— Eles estão mortos?

Eu viro para os dois.

— Acabaram as minhas balas.

— Pegue a minha arma.

Pego a espingarda de Nino do chão. Está molhada de chuva. Ainda vai funcionar? Não sei se pólvora deveria ficar encharcada. Bom, não tenho muita escolha. Minhas balas acabaram. E se a arma do Nino não funcionar? Vou até os homens caídos no chão perto da porta, enquanto a chuva continua inclemente. Eles têm ferimentos de bala na cabeça e estão sangrando por todo o capacho. Eu queria ter meu celular. Quero tirar uma foto. Os corpos estão incríveis deitados na chuva. Vou fotografar depois, quando Nino não estiver aqui...

— Eles parecem bem mortos. — Dou risada.

— Precisamos olhar a parte de trás da van — diz Nino, sem forças.

Ele se apoia nas portas traseiras da van e fico parada ao seu lado. Aponto a arma para a porta.

— Abra! — diz ele.

Puxo a maçaneta e escancaro a porta. Está escuro, mas dá para ver que está vazia. Não tem ninguém ali dentro. Nino passa os dedos pelo cabelo molhado. Ele parece estressado. A chuva castiga seu rosto, e suas bochechas brilham brancas sob a luz da lua.

— Betta. Vamos embora hoje à noite — avisa ele.

Capítulo 38

— Vamos usar o Lamborghini, tem espaço para a mala na parte de trás.
— Ah, ótima ideia: um Lamborghini vermelho. Ninguém vai reparar em nós.
— O Lamborghini é rápido. — Dou de ombros. — Além do mais, eu gosto. Não quero deixá-lo aqui. É um desperdício.
Quanto será que vale um Miura clássico? Ambrogio tinha dito que era de 1972; uma *antiguidade*.
— Vamos usar o meu carro — avisa ele, segurando o papel-toalha na parte de cima do braço para conter o sangramento.
É do tipo caro, com bolsos absorventes que aparece o tempo todo em comerciais de TV. Esse tipo de papel é bom para limpar vinho, café, gim e leite derramado. Pelo jeito, não é tão ótimo com sangue. Olho para a sujeira espalhada pela blusa dele, preta, brilhante e molhada. Dou um suspiro e observo o braço do Nino: ele não vai ser muito útil assim.
— Para onde iremos? — pergunto.
— Não sei. Nápoles?
Estou abrindo duas carreiras. Uma para Nino, para ajudar com a "dor" (aparentemente, é um tipo de anestésico), e uma para mim. Porque sim. Uso o cartão de crédito dele para arrumar o pó na mesa de centro baixa e de vidro. Enrolo uma nota de dinheiro e entrego para Nino.
Ele cheira sua parte usando a mão boa.
— De nada — digo.
— Preciso de uma serra — avisa ele.

— Nápoles é muito perto. Vão nos encontrar. É fácil. Vamos para Londres.

Ele limpa o nariz com as costas da mão, um pouco de sangue escorre de uma narina, pinga pinga, pinga... Nino não parece nem notar. Espero que o nariz dele não caia como o da Daniella Westbrook. Isso deixaria o bigode engraçado.

— Você pode me trazer um serrote?

Cheiro a minha carreira, jogo a cabeça para trás e fecho os olhos. Humm. Cocaína. Dá uma sensação de segurança, calor, aconchego, como ser abraçada, como estar no útero. Mas é melhor porque Beth não está aqui. Acendo dois cigarros, um para mim e um para ele. Coloco um na boca. Meu Deus, é como se eu fosse uma cuidadora. Não sei se tenho paciência para ser enfermeira em período integral. Não acho que eu tenha essa aptidão.

Beth, Beth, Beth. A vida é tão melhor sem ela... agora eu *sou* ela. Minha irmã provavelmente teria saído correndo e gritando ou ido chorar num canto. Ou teria ido se esconder embaixo da mesa. Atrás do sofá. Ela não foi feita para este mundo, não como eu. Beth queria me matar! Ha! Ainda estou aqui! E onde ela está? Ela se foi *faz tempo*. Não, minha irmã não era uma assassina. Era por isso que estava indo embora, ela nunca teria conseguido enfrentar isso. Eu, por outro lado, sou um pinto no lixo. Fui criada para essa merda. Tenho um talento *natural*. Eu *nasci* para esta vida. Se eu não tivesse matado Beth, não tivesse assassinado Ambrogio, eles teriam me matado. Cheguei primeiro. Não tive escolha. Traída pela minha própria carne e meu próprio sangue. Agora sou eu quem tem o poder, sou eu que estou no controle. *Sou eu que tenho a mala de dinheiro.*

Pego a mala e levanto a tampa. Olho para o dinheiro e fico sem fôlego. É tão lindo que quase não parece real. Pilhas e mais pilhas de cédulas perfeitas. São todas magenta e malva-pastel com pequenas estrelas amarelas e brancas. Parecem mágicas. Parecem especiais. Pego uma nota de quinhentos euros e a analiso com cuidado, procurando a marca-d'água contra a luz. Com certeza parece real quando a esfrego entre os dedos: macia, enrugada, legítima! Pego um maço de notas e começo a contar.

— Quinhentos, mil, mil e quinhentos, dois mil...

— Betta!

— Shh, Nino! Estou tentando contar. Agora vou ter que começar de novo. Quinhentos, mil...

— Você vai pegar a merda do serrote?

Viro para o Nino e reviro os olhos.

— Tá bom — respondo. — Estou indo, estou indo.

Jogo o dinheiro de novo na mala, esmago meu cigarro com toda força dentro de um vaso. Um vestígio de tabaco ainda está queimando e brilhando, uma pluma de fumaça branca se curva, esmaece e desaparece.

— Anda logo. Precisamos ir embora. — Nino limpa o suor da testa com as costas da mão ensanguentada, deixando uma linha vermelha pelo rosto. Fica sexy, como o Rambo ou algo assim. Ele parece recém-saído do Vietnã.

— Salvatore tinha uma serra elétrica — comento.

Levanto do sofá com um pulo e vou até a porta.

Espere. Por que ele precisa de um serrote?

A bile sobe pela minha garganta, rançosa, ácida, pura. Engulo de novo. Não posse deixar o Nino me ver vomitar. Prendo a respiração e conto até dez. Um, dois, três, quatro, cinco, seis, sete, oito, nove, dez... Não adiantou. Ainda estou me sentindo mal. Ajudo Nino a manter a perna parada, com a vibração da lâmina. A coxa está escorregadia por causa do sangue, a pele está fria e frouxa. A motosserra faz barulho e atravessa o osso: unhas raspando uma lousa. O zumbido do motorzinho do dentista. Meus olhos lacrimejam com o cheiro de carne chamuscada e osso queimando: costelas de porco num churrasco. Uma tossida, um engasgo da serra elétrica, e o fêmur se parte em dois.

Arrastamos os homens da van para dentro e os colocamos sobre o tapete com o padre. Nino está fazendo uma sujeira dos diabos: carne e fragmentos de osso se espalham e respigam nas roupas dele. O tapete está ensopado de sangue. É o cheiro de um abatedouro: ferro e medo. A gasolina da motosserra. São três malas grandes e um rolo de sacos de lixo. Nós os dobraríamos, mas eles não caberiam. Nino já fez isso antes. Ele é bem rápido com a serra elétrica mesmo com um braço só; está cortando a carne como se fosse manteiga. Empilhamos as partes dos corpos nas malas: as cabeças, os braços, os troncos no fundo, as pernas dobradas por cima. É um Tetris humano. O cheiro de carne moída antes de ser cozida. Ainda dá para sentir o gosto de sangue no ar.

— Me ajude a serrar o tapete — diz Nino.

Serramos o tapete e colocamos os quadrados nas malas com os corpos. Depois enfiamos mais sacos de lixo por cima e fechamos tudo. Viro para ele e observo seu rosto coberto de manchas vermelhas, tem sangue no cigarro dele. Então olho para as minhas roupas: molhadas e empapadas. Estraguei esse sutiã completamente.

— Vou me trocar — aviso.

Subo a escada na ponta dos pés — Ernie ainda está dormindo, não quero acordá-lo — e atravesso o corredor até o quarto de Beth. Tiro a roupa no banheiro e limpo o sangue na pia. Pequenas gotas cor-de-rosa se espalham pelo espelho, que eu lavo com água limpa. Jogo as roupas sujas num saco; vamos largá-lo em algum canto mais tarde. Pego uma blusa no closet de Beth; uma vermelha, para o sangue não aparecer. É uma blusa de seda carmim com mangas abertas, é feminina, solta e macia. Acho que vi a peça no The Outnet semana passada. Eu a visto. Ficou perfeita. Eu simplesmente amo essa cor em mim. Coloco sandálias douradas da Prada e as *hot pants* da Balenciaga. Eu sei, eu sei, a celulite. Mas quer saber? Foda-se. Vou usar. Gostei delas.

Pego outra mala e coloco mais algumas saias, blusas e vestidos, aquele Dolce & Gabbana que eu adoro. Um par de Jimmy Choo. Um cinto da Dior. E, claro, o Roberto Cavalli da Beth. Então volto para o quarto e pego as caixas de joia da minha irmã que estão na penteadeira. Jogo tudo na mala. Coloco o colar de diamantes de novo na embalagem e o levo também. Eu preciso do Mr Dick? Não agora que tenho o Nino. Vou deixá-lo no fundo de uma gaveta. Adeus, meu amante. Eu me certifico de que estou com os passaportes — o meu e o da Beth — e estou pronta para ir. Quase.

Arrasto a pintura pela casa até o terraço. Não sou tão cuidadosa dessa vez; não precisamos vendê-la. Tem uma churrasqueira de aço inoxidável que deve dar conta do recado. Precisarei cortar a tela para que ela pegue fogo, mas a gasolina da serra elétrica acabou depois de todos aqueles cadáveres. Deixo a pintura no terraço e corro até a cozinha. Reviro a gaveta de facas até pegar a mais afiada que encontro. O metal faz barulho, espero não acordar Ernie. Mas se ele consegue dormir durante o tiroteio, consegue dormir durante essa parte.

Volto para o terraço correndo e agacho no chão perto da tela. Corto o menino Jesus, o rosto da Virgem Maria e as asas dos anjos. É difícil, o material é bem grosso. A lâmina faz um barulho agudo. Viro a pintura na horizontal e corto o homem de trajes dourados. Decapito a Virgem Maria, tiro a cabeça de uma vaca. Divido o homem de camisa verde e o pastor pela metade. Quando termino, estou suando e meu braço dói. Jogo a faca no chão, sento e observo a pintura. Ela está separada em blocos manuseáveis, para caber na churrasqueira. Espero que o padre esteja certo, ou acabei de recortar uma obra de arte que vale vinte milhões de dólares. Foda-se. É tarde demais agora. Pelo menos, o dinheiro está comigo.

Empilho as partes na churrasqueira, pego meus cigarros e um isqueiro. Acendo um com meu Zippo e dou um trago. Ah, bem melhor. Esvazio o fluido do Zippo na tela, jogo meu cigarro nela e vejo o fogo pegar. Devagar, bem devagar, o cigarro ganha um brilho laranja, depois vermelho e se transforma em cinzas. Um buraco preto queima o tecido, as bordas brilham brancas, depois douradas, e então a chama toma conta. O fogo se espalha aos poucos conforme as diferentes cores da tinta a óleo queimam. Vejo as labaredas mudarem: branco-azulado, depois azul e vermelho-claro, depois verde-azulado. Devem ser os elementos das tintas: o cobre, o chumbo, o estanho. A fumaça é forte, tóxica. O cheiro de tecido queimado. O calor atinge meu rosto, e meus olhos ardem. Espirais grossas de fumaça se formam e desaparecem. Quando a tela está queimando, bem quente e bonita, viro as costas para o fogo.

Nino está lavando o chão com sua mão boa. Por sorte, o piso é de ladrilhos, não de madeira. Ele diz que é impossível tirar manchas de sangue da madeira. O sangue praticamente desapareceu. Emilia vai notar que o tapete sumiu, mas não vai saber por quê. Tem alguma coisa muito sexy num homem limpando o chão. A concentração intensa. O movimento ritmado de um lado para o outro. Observo Nino esfregar os ladrilhos com sangue nas mãos, nos braços, no rosto e na camisa; ele está encharcado. Ele coloca o esfregão de novo no balde.

— Preciso de roupas — comenta ele. — Vou tomar um banho, depois vamos sair daqui.

O chão está impecável. As malas estão prontas perto da porta. Ele fez um belo trabalho, considerando que só está usando um braço. Pelo menos o Nino parou de reclamar da dor; acho que a cocaína fez efeito.

Pego algumas roupas do Ambrogio para ele: uma calça jeans, uma camisa polo preta e uma jaqueta de couro macio. Respiro fundo e fecho os olhos, o closet do Ambrogio tem o cheiro dele: Armani CODE BLACK. Eu me lembro quando o conheci, no momento em que ele entrou no bar universitário de Elisabeth. Eu me lembro de nós dois dançando naquela noite em Oxford, ele se movia como Jagger. Balanço a cabeça e fecho as portas. Não pense em Ambrogio, Alvie. Ambrogio está morto. Morto como um presunto. Falecido. Ele não era quem você pensava.

Nino leva as roupas ao chuveiro, e ouço um murmúrio enquanto a água começa a cair. Sento na escrivaninha de Elisabeth, a cabeça entre as mãos. Minha pele está seca. Minha testa está descascando. É esse clima quente, todo esse estresse. Passo um pouco do Crème de la Mer da Beth e roubo um monte de creme para os olhos. Eu devia marcar uma massagem facial com a Cristina Cabelo e Beleza, mas não agora. Precisamos sair daqui.

Atravesso o corredor até o quarto do Ernie. A luz noturna está acesa: a pequena lua. Ela lança uma luz azul sobre o rosto adormecido dele. Ernesto parece sereno, como um anjo. Como o menino Jesus. Brinquedos de pelúcia o cercam. Há um lindo móbile de nuvens brancas e fofas. Ele é adorável quando não está chorando. Acaricio sua bochecha macia com a ponta do dedo e tiro um cacho de cabelo de seu rosto. Gosto de vê-lo dormir; ele é tão inocente, tão puro. Vamos começar uma nova vida: Ernie, Nino e eu. Vamos montar uma casa em algum lugar em Londres. Vamos ficar bem assim que sairmos desta ilha maluca. Vamos ficar sãos e salvos.

Pego o bebê e o coloco no berço portátil. Como esse negócio vai caber no Lamborghini? Ele só tem dois lugares. Ernie não vai caber no carro!

A porta de frente se fecha. Merda. Quem é? Nino ainda está lá em cima no chuveiro. Minha mãe? A máfia? A maldita polícia? Olho pelo corrimão. Emilia está parada no hall de entrada parecendo perdida e molhada da chuva. Emilia. Ótimo. Ainda inconveniente, mas não letal. Desço a escada correndo com Ernie no berço. Ele é mais pesado do que eu lembrava. O berço de plástico acerta meus tornozelos, machuca minhas batatas da perna, bate nos ossos. Faço um esforço para descer a escada. Ela vira e me vê correr, um olhar de preocupação em seu rosto enrugado. Emilia está parada com uma camisola floral e um penhoar azul aberto. Seu cabelo está solto sobre os ombros. Ela tem varizes nas pernas.

— Emilia, hum, está tudo bem? Você está um pouco...
— *Signora*, eu ouvi os tiros! E agora... estou... *preoccupata*.

Ela olha em volta como se estivesse procurando os atiradores, torcendo as mãos, mordendo o lábio. Seus olhos vão da direita para a esquerda e para o corredor. Emilia me vê levar o bebê até ela e colocá-lo no chão entre nós. Eu balanço o braço e passo a mão no tornozelo. Tenho um arranhão na perna, saiu até sangue! A palma da minha mão está doendo por causa do peso da alça. Essa coisa é pesada. Emilia está olhando para minha mão. Merda, sou Beth, eu deveria ser destra. Usei a mão errada. Como pude esquecer? Não sei ao certo se ela notou. Isso, não. Agora não. A gente deveria estar de *saída*. Sério, não tenho tempo. Vou arriscar...

— Emilia — digo, segurando o antebraço dela e apertando-o forte. — Estamos em perigo. Preciso da sua ajuda.

Ela dá um suspiro, recua alguns passos e se apoia na maçaneta da porta.

— *Ma perché?* — pergunta ela. — Por quê?

— Você ouviu os disparos?

— *Si!* O que aconteceu? Ernesto está bem?

Emilia se debruça sobre o berço, e olho para o bebê. Ernie olha de volta para nós, a chupeta na boca. Ele parece bem feliz para mim.

— Ernie está bem, mas precisamos sair daqui...

— Quer que eu fique com ele?

— Tudo bem por você?

— Claro, claro, mas aonde a senhora vai?

Ela se inclina sobre o berço e cobre o bebê com um cobertor, puxando a peça de lã azul-clara até o queixo dele. Ernie abraça seu carneiro de pelúcia.

— Ah, vamos só sair da cidade. Não vai ser por muito tempo. Mas, escute, Emilia, é muito importante, você não pode ficar nesta *villa*. É perigoso demais. Os amigos do meu marido...

— *Mamma mia*... vou chamar a polícia! — Ela cobre a boca com a mão.

— Não! Não, não faça isso. Só fique em casa. Entendeu? Vá para casa com o bebê. Mantenha o Ernesto em segurança.

Ela fecha o penhoar na cintura e abraça o próprio corpo, esfregando os braços. Agora estou me sentindo um pouco mal por tê-la assustado.

— Não se preocupe, Emilia. Vai ficar tudo bem, mas... por favor... não chame a polícia. — Ela balança a cabeça. — E não conte isso para ninguém.

— *Si, signora.*

— *Ninguém*, entendeu? Eu ligo para você mais tarde.

— *Va bene.* Pode deixar.

Olhamos para o bebê enrolado no cobertor, e Emilia suspira.

— *Mamma mia, che belíssimo* — comenta ela. — Se parece tanto com a *mamma* dele.

Ela tenta um sorriso reconfortante. Deus a abençoe.

— Obrigada, Emilia. Eu sinto muito. Preciso ir.

Dou um abraço nela, Emilia retribui. Eu gosto dela. Beth tinha razão, ela é *incrível*. Ela me salvou umas cem vezes. Na verdade, eu gostaria de poder levar Emilia junto. Mas ela precisa ficar aqui com o bebê. Eu me inclino sobre o berço portátil e dou um beijo na pequena testa de Ernie. Estou com o coração partido. Ele é tão macio e branquinho. Acho que o bebê sorri, mas pode ser só o vento. Meu estômago fica apertado, meus olhos se enchem de lágrimas: talvez eu nunca mais veja meu bebê! Eu me viro para sair. Mas Emilia me segura.

— Espere, *signora*!

Ela enfia a mão na bolsa e tira um envelope de papel pardo dobrado.

— A senhora me pediu para manter isso em segurança. Talvez tenha esquecido?

Emilia me entrega o envelope.

— Ah, sim, claro. Obrigada, Emilia.

O que tem dentro dele? Abro o envelope com um rasgo: duas passagens de avião para Londres para quinta-feira, 27 de agosto, nove da manhã. Foi a manhã da morte de Beth. Uma delas é para Elizabeth Knightly Caruso, a outra, para Ernesto. Olho dentro do envelope, mas é só isso. Nenhuma passagem para o pobre Salvatore. Nem para mim. Bom, acho que está explicado. Minha irmã tinha decidido tudo.

— Obrigada, Emilia. Foi muito útil.

Olho para o bebê uma última vez. Uma força invisível, um nó na minha garganta. Não quero deixá-lo. Eu nunca levei Ernie para a praia. Talvez possamos ficar com ele... mas então eu me lembro do Lamborghini: eu amo muito aquele carro.

Emilia pega o bebê e o berço, e eu a acompanho pela entrada até a estrada. A chuva parou, mas ainda está garoando de leve. A neblina fria congela minha pele queimada de sol.

— Tudo bem, *signora*. Não vou dizer nada. — Ela leva o dedo aos lábios e diz: — Shh.

Vejo suas costas desaparecerem enquanto Emilia leva o bebê pela estrada. Tenho a sensação de que ela sabe de tudo. Que sabe quem eu sou. Sabe que Salvo está morto. Acho que eu deveria matá-la, mas quer saber? Não quero fazer isso. Ela é muito boa com o bebê. Sinto que posso confiar nela. Acho que Emilia vai ficar quieta. É mais rápido e mais fácil simplesmente sair da cidade. Vou voltar para buscar o Ernie quando tudo acabar. Vou voltar para buscá-lo quando for seguro.

Fecho a porta de entrada da *villa*. De repente, tudo fica em silêncio. Quieto demais. Já sinto falta do meu filho. Das bochechas rechonchudas, do sorriso maroto... Dou uma olhada no iPhone de Beth. Nenhuma mensagem nova. E a minha mãe? Ela não estava a caminho? Ela está num avião vindo da Austrália. Meu Deus, isso pode ser um desastre. Minha mãe sempre soube distinguir Beth e eu. Talvez eu deva avisá-la? Esta é uma zona de guerra. Mas o que vou dizer? É como em Os *bons companheiros*. Como em *The Sopranos*. Ela não faz ideia, tudo a que minha mãe assiste são programas de culinária. Ela não saberia do que estou falando. Não quero falar com ela, muito menos vê-la. Mas se não impedir, minha mãe vai aparecer na *villa*, e vai ser culpa minha se ela levar um tiro na cabeça...

Fico andando pelo corredor. De um lado para o outro. De um lado para o outro. É uma decisão muito importante. Ela pode chegar em um minuto, em uma hora. Pode ser útil que minha mãe não esteja no caminho. Preciso avisá-la. Devo avisá-la? Não devo? Talvez eu devesse decidir no cara ou coroa?

Alguém me dê um bom motivo por que *eu* não deveria matá-la?

Porque ela é minha mãe?

Preciso alertá-la, é a coisa certa a fazer.

Pensando bem, talvez não...

Abro as portas e volto para a sala. Nino está desesperado procurando alguma coisa, atrás dos sofás, embaixo das mesas, atrás das cortinas...

— Onde está? — pergunta ele.

— O quê? A pintura...?

Isso de novo, não. Não vou aguentar muito mais. Ele para e se levanta com a mão no quadril. Ofegante. Esperando. O cenho franzido de raiva. Nino não parece estar feliz, como a rainha Vitória.

— Betta? Mas que merda? O que você fez com ela?

— Era falsa, então eu a queimei.

Vejo o rosto dele ganhar um tom vermelho assassino.

— Você fez o *quê*?

Nino me segura pelo pescoço e me bate contra a parede. A parte de trás da minha cabeça se choca contra o gesso. Sinto o hálito quente e úmido dele no meu rosto. Ele está apertando minha garganta, o corpo fazendo pressão contra o meu. Então ele saca a arma e encosta o cano no meu pescoço, embaixo do queixo.

— Fale de novo, que porra você fez?

— Eu... eu... eu não sei, Nino! Por favor, me solte.

— A pintura? — pergunta ele.

— Não... não! — Balanço a cabeça. Minha pele começa a formigar com o suor. Minhas pernas começam a tremer.

O metal frio afunda na minha garganta. Minha cabeça dói, minhas têmporas latejam.

— Nino! Nino! Não atire! Não atire!

— Onde está? — pergunta ele. Eu aperto os olhos.

— Era falsa... o padre disse...

— Está pegando *fogo*?

— Está... no jardim.

— Vinte milhões de dólares, e está pegando fogo?

Nino aperta mais a arma na minha garganta, forçando o metal contra o meu queixo. Então, de repente, ele me solta, dá meia-volta e corre na direção do jardim.

— É uma falsificação! — grito atrás dele.

Caio no chão e recupero o fôlego. Passo a mão no pescoço. Nino fica muito sexy quando está bravo.

— Merda! O que é isso? — pergunto, pisando no freio com tudo.

A van derrapa, vira e bate numa árvore. Nino e eu voamos na direção do para-brisa, mas os cintos de segurança nos puxam de volta. Alguma coisa se quebra. Barulho de vidro estilhaçado. Quebrei um farol, no mínimo. As malas com os corpos fazem "TUM" no porta-malas, e a mala com o dinheiro, os diamantes de Beth e nossas roupas sai voando da parte de trás da van e acerta Nino na cabeça.

— Mas que porra? — reclama ele, passando a mão boa na cabeça.

Massageio meu pescoço. Acho que tive uma contusão. Eu devia estar dirigindo bem rápido.

— Ali na estrada, vi alguma coisa se mexendo.

— Aquela coisa preta?

— Aquela coisa preta.

— É uma merda de uma cobra.

— Foi o que eu pensei! Que nojo! — respondo.

Nino se vira para mim. Se um olhar pudesse matar...

— Você bateu meu carro por causa de uma cobra?

— Uma cobra *na estrada*. Eu não *bati*. Foi um esbarrão. É para isso que servem os para-choques.

— Você entende que estamos com pressa?

— Ela é *venenosa*?

— Homens armados estão nos procurando para nos matar.

— Que tipo de cobra é essa?

— Você está me ouvindo?

— Que tipo de cobra é essa?

— Você enlouqueceu?

— Tudo bem! Eu só estava curiosa. Nunca vi uma cobra solta antes. É *venenosa*?

— Por que você quer saber? Você está dentro de um carro.

— Certo. Tudo bem.

— Eu sou venenoso, porra.

— Tá bom.

— Dirija.

— Ok.

— Você vai dirigir? Mesmo?

— Vou.

— Tem certeza de que não quer sair e ficar amiga da cobra?

— Não. Vou passar por cima dela. Vamos embora.

Dou ré do tronco da árvore e pego a estrada, passando por cima da cobra. Não consigo girar a cabeça para a esquerda nem para a direita. Os dedos da mão boa do Nino estão brancos de segurar o assento com força.

— E preste atenção no caminho. Cristo. Neste país, nós dirigimos do lado direito.

DIA 7

Soberba

"Sexo, drogas e assassinato: como não gostar?"
@Alvinaknightly69

Capítulo 39

O ACIDENTE FOI CULPA DE BETH.
 Quando eu era pequena, mudei meu nome para "Matilda". Sabe, Matilda, a garota do livro do Roald Dahl? Ela tem poderes mágicos. Não mudei oficialmente, não por escritura nem nada assim, só na escola, no parquinho. Fiz algumas crianças me chamarem de "Matilda".
 Tudo começou no nosso sétimo aniversário.
 Beth tinha deixado seu patinete novo na calçada do lado de fora da nossa casa, e eu não consegui resistir. Sabe, eu não tinha meu próprio patinete. Foi um presente de aniversário da nossa mãe para ela, brilhante, vermelho, lindo, e estava ali parado, esperando, me implorando para dar uma volta.
 Saltei sobre o patinete e saí correndo pela rua. Beth estava parada na calçada com um grupo de crianças da nossa escola. Amigos dela. A turma popular.
 — Mais rápido, mais rápido! — gritavam todos.
 Então fui mais rápido: cascalho voando, rodinhas cantando, bochechas balançando ao vento. Foi a primeira vez na minha vida que me senti livre, correndo, voando a talvez cinquenta quilômetros por hora? Eu sou boa nisso, pensei, estou verdadeiramente espetacular. Devo ter nascido para isso...
 — Pare! — gritou Beth. — Volte, Alvie! A mamãe vai matar você. Os carros.
 Ela só estava com ciúme porque o patinete era dela. Beth não queria que eu andasse nele. Quase cheguei ao fim da rua, mas o que aconteceu?
 O meio-fio?

Não sei.

Fui arremessada sobre o guidão, bati a cabeça na calçada e a abri no topo, do lado direito.

PLAFT!

E então nada.

Acordei com gosto de ferro e o barulho dos meus próprios gritos. Eu era só uma criança e não entendia quando os médicos falavam. Eu não sabia o que era o "córtex pré-frontal". Não fazia sentido. Tudo o que eu queria era arrancar minha própria cabeça e jogá-la num lugar bem, bem longe para que eu pudesse dormir.

A dor era inacreditável. Insuportável: uma furadeira avançando até o meu cérebro, dia e noite, noite e dia, dia e noite de novo. Passei semanas no hospital, vomitando, chorando, arrancando os cabelos, presa a algo que devia ser morfina, fazendo careta para as estrelas que brilham no escuro que algum imbecil tinha colado no teto. Minha mãe ficou *louca*, claro que ficou! Disse que o patinete não era meu, que eu estava correndo demais, que a culpa era minha, blá-blá-blá. Elizabeth *nunca* teria sido tão idiota. Então ela comprou um capacete para minha irmã.

Quando voltei para a escola mais de um mês depois, contei para todas as crianças que eu era mágica. Elas perguntaram onde eu tinha estado e o que tinha acontecido, então inventei uma história. Eu não queria contar que havia ficado deitada numa casa, olhando para estrelas com tubos presos no meu corpo. Então que se dane, eu menti. A cicatriz no meu crânio era onde tinham colocado a poção, onde tinham feito os feitiços. Eu tinha poderes mágicos, como a Matilda naquele livro. Eu era *especial*. Podia fazer lápis ficarem de pé sobre a carteira só com o olhar, fazer o giz voar e escrever na lousa. Eu não precisava provar, apenas disse isso, e era verdade.

Todo mundo esqueceu depois de um tempo, mas a cicatriz ainda estava ali em algum lugar embaixo do meu cabelo. Era o meu raio do Harry Potter, meu "S" de Super-Homem. Sou Sansão antes da Dalila. A origem dos meus poderes: minha força única. Fred West tinha uma igual! Talvez seja por isso que eu sou como sou? O motivo pelo qual as coisas nunca deram certo? O motivo pelo qual sou a gêmea *má*. Talvez se Beth tivesse batido a cabeça, ela teria acordado e sido eu? Ela teria tido a minha vida? E eu teria a dela?

Mas eu *tenho* a vida dela!

E *ela* era má!

Meus dedos tateiam sob o cabelo em busca da cicatriz. Tenho uma rachadura no crânio e um pedaço de pele engraçado, levantado e saliente.

Você pode colocar a mão se quiser, é só me chamar de "Matilda".

Domingo, 30 de agosto de 2015, 5h
Taormina, Sicília

— Vamos precisar de mais do que isso, ou não vão afundar.

— Pelo amor de Deus, o sol está quase nascendo. Alguém vai ver.

— Não podemos jogá-los deste jeito. *Eles vão boiar.*

— Não podemos ficar aqui parados em plena luz do dia com um saco de padre morto. Por que viemos para cá?

Nino e eu estamos numa praia, enchendo as malas com pedras. Não encontramos nenhuma grande, então estamos jogando punhados de pedrinhas. Não há muito espaço, mas Nino disse que precisamos deixá-las mais pesadas. Quando os cadáveres envelhecem, ficam meio cheios de gás e então boiam. Aparentemente. As pedras estão frias e úmidas da noite anterior. Está demorando muito. Pego um punhado de pedregulhos lisos e redondos e jogo numa mala. Eles fazem barulho ao cair. Olho em volta pela praia caso alguém tenho nos ouvido, mas não tem ninguém aqui. Nino fecha o zíper de uma mala e me ajuda a encher as outras. Fico parada com as mãos no quadril e recupero o fôlego. Viro para o mar e noto uma pequena ilha conectada ao continente por uma trilha estreita.

— O que é aquilo? — pergunto, apontando para a massa preta pairando na água.

— Isola Bella. Eu sou o quê? Uma merda de um guia turístico? Beth, como você não sabe disso a esta altura? Você nunca saía da *villa*? *Il Professore* deixava você trancada?

Nino meneia a cabeça na direção da mala. Acho que ele quer a minha ajuda. Beth seria solícita. Ele ainda acha que sou Beth. Vamos lá, Alvie, seja mais Beth.

A ilha provavelmente é linda durante o dia, mas a esta hora, antes do amanhecer, parece um enorme monstro marinho, emergindo das profundezas. O sol está começando a aparecer no horizonte, formando uma longa sombra preta da ilha até onde estamos parados na praia. Acendo um cigarro e solto a fumaça na direção do mar, apreciando a vista.

— Beth! Vamos.

Acho que ele quer que eu me apresse.

Eu me abaixo, pego mais pedras e jogo na mala para Nino ver que estou ajudando, que estou sendo útil.

Olho por sobre o ombro dele e respiro fundo. A silhueta de um homem está correndo pela costa onde a praia encontra o mar. Ele está chegando cada vez mais perto. Merda. Pego a tampa de uma mala e fecho o zíper.

— Nino — chamo, indicando um ponto atrás dele. — Temos companhia.

Um cachorro vem correndo até nós abanando o rabo. É um vira-lata sujo com pelo cinza desgrenhado. Ele foi nadar no mar. E está muito interessado no que está na nossa mala. O bicho está ficando louco, latindo, farejando e arranhando a tampa. O dono chega mais perto.

— Silvio! *No! Scuza mi* — diz o corredor. O cachorro choraminga, hesita com uma pata no ar e então corre em círculos perseguindo o próprio rabo. — Silvio! — O vira-lata sai correndo. — *Scuza mi. Buongiorno.*

— *Buongiorno* — responde Nino, com um aceno forçado.

Fico parada, olhando e fumando meu cigarro. Então o homem e o cão saem correndo pela praia. Os dois vão ficando cada vez menores. Viro para o Nino.

— Me dê sua arma.

— O quê? Não.

— Passe ela para mim. A minha está sem balas.

— De jeito nenhum — responde Nino.

— Devíamos matar esse homem. Rápido! Ele está indo embora.

— Ele não viu nada.

— Parece suspeito...

— Não vamos matar mais gente hoje.

— Pena.

— A menos que estejam prestes a nos matar.

— Certo. Tudo bem. Tanto faz. Podíamos pelo menos ter matado o cachorro?

Jogo a bituca no mar. Nino pega um monte de pedras e joga na mala.

— Somos geólogos coletando amostras — diz ele.

— Às cinco da manhã?

Eu devia ter pegado a arma e atirado eu mesma.

Quando as malas estão cheias de pedras, fecho o zíper delas e, juntos, arrastamos o padre pela praia até o carro. Está pesado pra caralho. Mais pesado até do que Ambrogio. De tempo em tempo precisamos soltar a mala para recuperar o fôlego. Nino não é de grande ajuda com apenas um braço. Inútil. Na verdade, seria mais rápido fazer tudo sozinha. Então, com um esforço sobre-humano, colocamos a mala no porta-malas e voltamos pela praia para buscar as outras duas. Estou exausta. Isso definitivamente conta como exercício. É como levantamento de peso olímpico. Com certeza estou queimando mais calorias do que nadando. Mais do que no maldito pilates. Jogamos as malas sobre o padre, e então Nino vê a van.

— Mas que merda você fez?

A parte da frente está pendurada num ângulo estranho. A placa está rachada. Os faróis estão destruídos. Parece bem feio.

— Er... Ah. Foi só uma batidinha...

— Está todo fodido, não dá nem para dirigir assim. A polícia vai nos parar.

Ele arranca o que sobrou do para-choques do carro e joga no banco de trás.

— Ah, que pena. Vamos ter que voltar e pegar o Lamborghini...

— Betta. *Madonna!* Você está me enlouquecendo! — grunhe ele.

Voltamos para o carro. Tento não parecer satisfeita.

— Conheço um lugar onde podemos deixar os corpos — avisa Nino. — Vire à esquerda.

Faço uma curva acentuada, somos arremessados pela força. Nino bate na porta. Ele segura o braço onde foi baleado e olha feio para mim. Eu dirijo como se estivesse num brinquedo do Alton Towers: Nemesis, Oblivion ou The Runway Mine Train. As pessoas pagam um bom dinheiro para sentir medo naquelas montanhas-russas. De verdade, qual é o problema? Meu torniquete Yves Saint Laurent está encharcado. Está saindo sangue e escorrendo pela lateral. O carro está com cheiro de açougue.

— Argh! — exclama ele, puxando a manga do braço machucado.

— Por que você está tirando a camisa? Vai sair sangue para todo lado — aviso. — Não quero isso em mim. Acabei de me trocar. Estou usando Versace. Agora, para onde?

— Vá em frente. Me passe aquela blusa — diz Nino, apontando com a mão boa para uma camiseta amassada, que ele tirou de um dos homens antes de esquartejá-lo.

Estou impressionada com sua prudência.

— Nino, estou dirigindo. Pegue sozinho — reclamo.

— Você chama isso de dirigir? Se meu braço não estivesse fodido, eu mostraria o que é dirigir. Você dirige como uma garota.

— Eu sou uma garota.

— Certo.

Ele grunhe. Piso no acelerador. O motor range. Minha cabeça bate no apoio do banco. Vamos ver a velocidade que consigo alcançar.

— Argh! — Nino geme *de novo*.

A garota é *ele*. Com medo de como eu dirijo. Reclamando do braço. Nem está tão ruim. A bala passou de raspão.

— Quando descartarmos os corpos, vamos pegar o Lamborghini — aviso. — Seu carro é uma merda.

— É uma Mercedes! — responde ele. — Era um carro bom até você destruí-lo. — Nino se inclina, pega a camiseta e a enrola na parte de cima do braço. Ele segura uma ponta com os dentes e dá um nó apertado. E limpa o suor da testa com a mão boa.

— Encoste — avisa ele. — Chegamos.

Piso no freio.

Paramos numa ponte acima da água. Estamos a quinze metros de altura, pelo menos. Está fresco e ventando. Abro a porta e saio. As ondas arrebentam contra as rochas embaixo de nós, espalhando espuma branca. Posso sentir o gosto do sal, do iodo. Pela grade, olho para a água profunda e preta. Quantos corpos será que estão lá embaixo? É o lugar perfeito para descartá-los. Tenho a sensação de que Nino já esteve aqui antes. Fazemos força para pegar as malas, mas, de algum jeito, depois de um tempo, conseguimos atirá-las pelo parapeito, uma por uma. Elas caem, fazem barulho e borbulham enquanto afundam, cada vez mais. Eu me viro, esperando encontrar o Nino, mas ele já voltou para o carro. Como ele se move de um jeito tão silencioso? Ele é como um fantasma malévolo.

Manobro o carro. Estou animada para dirigir o Lamborghini! Que velocidade será que ele atinge? Ambrogio marcou cento e oitenta. Quero mais. Vou mostrar para o Nino como as *garotas* dirigem. Vamos estar em Londres ao cair da noite.

Paramos na *villa* e andamos abaixados pela entrada. Tchau, *La Perla Nera*. Adeus. Até breve. *Arrivederci*. Eu me pergunto se vou ver você de novo. Manobro o Lamborghini até a estrada, mas piso no freio.

— Merda! Eu esqueci! Me dê um minuto.

Volto para a entrada de marcha a ré.

— Esqueceu o quê? Nós não temos nem um minuto!

— Eu sei, eu sei. Não vou demorar. É só... espere um pouco.

Salto para fora do carro e fecho a porta na cara chocada do Nino, que fica me olhando pelo para-brisa balançando a cabeça.

— Betta, *Madonna. Quanto sei rompicoglioni*.

— Trinta segundos. Eu prometo. Depois vamos embora.

Saio correndo pelo cascalho e abro a porta da *villa* de Elizabeth. Meus pés sobem os degraus na velocidade de um raio. Entro no quarto de Beth. Agora, onde foi que eu deixei? Este lugar está um caos desde quando fiz as malas. Roupas por toda parte. Joias. Sapatos. Me faz lembrar meu antigo apartamento em Archway, com exceção das joias, claro. Sento na cama, a cabeça entre as mãos. Pense, Alvie, pense. É importante. Onde você colocou?

Ele ainda está no carrinho!

Desço os degraus e atravesso o corredor voando. O carrinho está parado embaixo da escada. Coloco a mão dentro dele e encontro o retrato do Channing Tatum, enrolado embaixo do assento do Ernie.

— Desculpe. Nunca mais vou esquecer você.

Piso no acelerador e passamos correndo pelo anfiteatro, pelos jardins e pelos lindos pomares de frutas cítricas. O cheiro de limão siciliano fresco atravessa o cheiro metálico de sangue. O céu está rosa, com os primeiros sinais do amanhecer. Viramos uma esquina.

— Ali! — diz Nino.

— O quê?

— No retrovisor. Não está vendo? — grita ele.

— Vendo o quê? Aquele carro? Quem se importa?

— Estão nos seguindo! Merda! Não devíamos ter voltado para cá. Devíamos ter ido embora antes.

Ele dá um soco com sua mão boa no painel. Acho que Nino está chateado por causa da pintura.

— Como você sabe que estão nos seguindo?
— Estão chegando mais perto! Ande! Ande!

Tudo bem, Nino, como você quiser. Quer uma perseguição? Vai ser divertido. Piso no acelerador. O Lamborghini ganha impulso. Meu estômago fica embrulhado. Meus olhos vão para o retrovisor: uma Land Rover preta e sinistra está correndo na nossa direção. Talvez Nino esteja certo?

— São eles, o *cosche* do padre! — exclama Nino, se segurando no assento.

Fazemos uma curva e, apesar de seus esforços, o braço dele ainda se choca contra a porta. Ele faz um barulho baixo e estranho, como um gemido, como um filhote de gato num saco de lixo. Acho que ele está com medo de como eu dirijo. Eu também estou. A Land Rover atrás de nós está aumentando a velocidade.

— É o Don Rizzo! Ah, *Madonna*, estamos mortos!

Vejo dois homens com cara de mau pelo retrovisor.

— O que eu faço? — pergunto.
— Só não pare. Merda. Você disse que sabia dirigir.

Existe uma chance de que eu estivesse mentindo.

Bum! Bum!

Disparos soam enquanto pneus cantam.

— Merda! — exclamo.

Acho que arranharam a pintura! Agora vamos ter que mandar arrumar. Que chato. É um carro tão lindo.

— Ande! — grita Nino.

Piso fundo no acelerador. Eu queria não estar usando esses malditos saltos, estão me incomodando, mal consigo andar, mas combinam tanto com a roupa.

— Não consigo ir mais rápido!

Bum! Bum!

Estou marcando cento e sessenta quilômetros por hora. A via é sinuosa, cheia de buracos, íngreme.

Vejo uma saída mais adiante, piso no freio.

— O que você está fazendo?
— Vou por ali.

Viro o volante e faço a curva para uma rua estreita cheia de árvores. Meu pé escorrega do pedal e perco a velocidade. Malditos sapatos! O Lamborghini engasga. Os pneus cantam. Cheiro forte de borracha queimada. O motor morre.

— Ande! — berra Nino.

— Não é minha culpa! São os sapatos! Já tentou dirigir com saltos de quinze centímetros?

Dou a partida e piso no acelerador, saímos pela rua. Puta merda! Que loucura. Pelo retrovisor, vejo a Land Rover ganhando velocidade, chegando cada vez mais perto.

— Vire à esquerda — diz Nino. A via leva ao centro de Taormina.

— Para a cidade? Tem certeza?

— Confie em mim. Esquerda.

Tiro o cabelo dos olhos e faço o que ele quer. Corremos pelas ruas e entramos em Taormina. O motor canta. A Land Rover está se aproximando.

— Agora à direita — grita ele.

É uma curva fechada. O pneus cantam. Um pequeno arco de tijolos está à nossa frente. A rua é muito estreita. Não vamos conseguir. Fecho os olhos e acelero. O Lamborghini esbarra num beco estreito, paralelepípedos fazem barulho embaixo de nós. Meu Deus, a pintura! O carro! Nunca vamos encontrar esse tom exato de vermelho. Abro os olhos e estamos do outro lado, numa clareira. Quando viro, vejo a Land Rover entrar no beco: uma chuva de faíscas, o barulho de metal na pedra, e ela não se move. Está parada. Vejo os homens tentando abrir as portas, mas estão presos.

— Conseguimos!

— *Si!*

Nino e eu damos um *high-five*.

— Isso! Parabéns para mim! Muito bem, Alvie! — exclamo.

Foi bem fácil, na verdade. O que posso dizer? Sou uma profissional.

— Quem é Alvie? — pergunta Nino.

— Ah, ninguém — respondo.

Ops.

Pego a arma dele e atiro duas vezes pelo para-brisa da Land Rover, uma bala em cada cabeça. Dois disparos perfeitos!

— Incrível!

Faço uma conta rápida. São cinco corpos! Seis, se você contar o Salvatore!

Sirenes da polícia soam à distância: um barulho agudo, de dar arrepios. Niiiinooouuu, niiiinooouuu. Nino olha feio para mim. Ele não está sorrindo.

— Ande logo!

Ele joga as armas no mar pela janela do carro quando passamos de novo pela ponte. Estou prestes a reclamar, mas então vejo o rosto dele: acho que Nino gostava daquela espingarda. Mas não é uma boa ideia andar por aí com a arma do crime, se formos parados. Tiro os sapatos e piso no acelerador. É mais fácil descalça. Eu amo dirigir este carro.

Capítulo 40

Vamos falar um pouco sobre autorrealização. Uma semana atrás, minha vida era uma *merda*. Eu odiava meu trabalho. Estava clinicamente deprimida. Fui expulsa do meu apartamento por dois Imundos. Eu queria morrer. Agora? Boa dia, luz do dia! Arco-íris, borboletas e potes de ouro. Encontrei meu lugar. Estou no meu elemento. E quer saber? É uma delícia estar viva.

Alvie. Está. Viva.

Finalmente, *finalmente,* encontrei algo em que sou boa. Algo em que sou melhor do que Beth.

Alvina Knightly: assassina.

Matar: eu nasci
Para isso. Me cai bem
Como vestidos.

Não aquela porcaria fúcsia, aquilo era tão justo que eu não conseguia respirar. Não aquele vestido de chiffon violeta de menina da igreja. Talvez o Louis Vuitton preto? Ele combinava comigo...

Vou gritar bem alto: eu amo matar. O que posso dizer? É a minha *coisa*. Matar é uma arte como tudo o mais, e eu faço isso excepcionalmente bem. Faço de um jeito que parece um inferno. Eu não avisei? Sou uma grande artista: Caravaggio. Shakespeare. Mozart. Knightly.

Eu floresci e me tornei uma borboleta assassina, talvez uma linda borboleta-da-morte. Existe uma certa beleza na morte, um certo estilo em matar bem. É ótima a sensação de atingir o seu potencial. É uma delícia *se deixar levar*. E quer saber do que mais? É uma área que paga *bem*. Eu teria trabalhado um século naquela revista para ganhar dois milhões de euros... e, mesmo assim, você acha que eu teria poupado? De jeito nenhum. O dinheiro... o carro... a *villa*... os diamantes... eu me sinto mais rica que a rainha. Mais rica que J. K. Rowling ou o presidente Putin, Richard Branson ou Bill Gates. Mais rica que Taylor Swift ou Miley Cyrus, Metallica ou Adele.

É melhor do que ganhar na loteria porque foi algo que eu *conquistei*. Trabalhei duro por isso. Descobri meu talento. Encontrei minha verdadeira vocação. Mas não se pode sair matando de qualquer jeito. É preciso ser inteligente. Ser esperta. O truque é não ser pega.

Se ao menos minha mãe e Beth pudessem me ver agora. Se o mundo todo pudesse me ver! Mas talvez vejam? Eu quase quero ser pega! Assim, eu me tornaria infame. Todo mundo saberia meu nome. Todo mundo teria medo de mim! *Alvie? Ah, sim, já ouvi falar.* É o que diriam... e então sairiam correndo na direção contrária.

Obrigada, Beth, por essa oportunidade. Obrigada, querido Ambrogio. Acho que chamam isso de sincronicidade. Quando se está na onda, sua vida toda entra no eixo. O universo ou Deus ajudam você. Tudo parece funcionar. Tudo está *ótimo*.

Terminal de balsas Messina, Sicília

— Passaporto?

Eu hesito. Tenho tanto o meu quanto o de Beth na bolsa.

— Passaporto? — repete ele.

Quem sou eu de novo? Eu poderia ser Beth ou Alvina. Está quente demais para pensar, e estou começando a suar. O sol apareceu e está fazendo um buraco no alto da minha cabeça. Estou desidratada. Meus lábios estão rachados e minha língua está grudada no céu da boca. Eu mataria por uma vodca com *limonata* gelada. Quem diabos eu sou? Alvie poderia estar viajando pela Sicília nesses últimos dias, fazendo turismo antes de voltar para Londres. Sim, é isso que tenho feito, se alguém perguntar. Palermo? Magnífica. Catânia? Divina.

Claro que subi o monte Etna; nada supera a vista do mar ao nascer do sol. Os templos de Agrigento? Exemplos deslumbrantes da arquitetura da *Magna Graecia*. Mas quem vai perguntar? Dane-se, vou ser Elizabeth. Não quero ser Alvie. De todo jeito, Nino pode ver...

— *Passaporto!*

Uau... agora ele está irritado. Esses italianos têm pavio curto.

Entrego o passaporte de Beth para o homem parado na pequena cabine de plástico. Ele está usando um chapéu azul-escuro com um visor, um uniforme que parece oficial. Espero que não seja da polícia.

— *Grazie* — diz ele, olhando para dentro do carro.

Pelo jeito, ele também passou a noite em claro. Foi uma noite agitada para todos nós. Ele analisa o passaporte do Nino e o devolve. Então observa meu rosto e olha para o meu passaporte. Prendo a respiração... estou preocupada com o quê? Parece comigo. De jeito nenhum ele vai questionar isso.

— *Grazie, signora.* — Ele fecha o documento.

Dou uma olhada no passaporte do Nino quando o guarda o entrega pela janela aberta do carro. Diz que o nome dele é *Giannino Maria Brusca*. Rio alto.

— Seu nome do meio é "Maria"?

Nino olha para mim.

— E daí?

— Maria é nome de menina!

Ele franze a resta.

— Não na Itália.

— Não acredito que você tem nome de menina.

— Beth, cale a boca. Só dirija o carro.

— E seu nome nem é Nino!

— Nino é apelido de Giannino. Tem uma vaga ali.

— Vou chamar você de Nicola — digo, ainda rindo.

Subo a rampa até a balsa com o carro.

— Na Itália, Nicola é nome de menino.

— Maria é nome de menino, e Nicola é nome de menino? Vocês são malucos.

— Eu disse cale a boca. Você vai acabar levando um tiro.

— Nancy! Nancy é nome de menina?

— É.

— Vou chamar você de Nancy — aviso.

Nino está sentado, espumando de raiva em silêncio. Mas não consigo me conter, estou tendo uma crise histérica, gargalhando, lacrimejando, o corpo dobrado, chorando de rir.

— Estou falando sério, Beth, é melhor você calar a boca. Já matei um homem por menos que isso.

— É mesmo? — pergunto, limpando uma lágrima no canto do olho.

— Mesmo. Eu matei um sujeito por me olhar de um jeito estranho. Matei uma garota por rir do meu nome...

Nino me olha feio.

Paro de rir. Acho que acredito nele.

Paro o Lamborghini entre um Maserati e um Fiat. Odeio balsas, especialmente para carros. Elas sempre fedem a gasolina e me deixam enjoada. Sinto falta do iate do Ambrogio. Só estive nele uma vez. Foi uma pena o termos deixado para trás.

Os carros estão estacionados tão perto que mal consigo abrir a porta. Saio de lado do Lamborghini e levo a mala de dinheiro junto, não vou deixar dois milhões de euros num estacionamento. Não vou correr nenhum risco, existem assassinos, ladrões e estupradores em todo lugar. Você nunca, nunca está em segurança. Então vou atrás de Nino por alguns degraus íngremes até o deque. Quando o Ladymatic da Beth marca sete da manhã em ponto, a balsa parte pelo mar Tirreno. Nino e eu nos inclinamos no parapeito e olhamos para o oceano. Esta manhã está nublada, e a água está um cinza metálico.

— Que pena que não pudemos jogar aquelas malas aqui, no meio do nada. É tão profundo... — comento.

Nino me olha: *cale a boca, sua idiota*. Olho para os passageiros dos dois lados do parapeito, mas nenhum parece estar ouvindo. Eles provavelmente não falam inglês. A balsa começa a balançar, para a esquerda e para a direita, para cima e para baixo, nas águas agitadas. Está ventando. Já estou enjoada. Nino tira um maço de Marlboro da jaqueta com sua mão boa e me oferece. Pego um e acendo os nossos cigarros. Ele protege a chama com a mão machucada. As articulações estão arrebentadas. Ele tem sangue embaixo das unhas, um marrom escuro e avermelhado. Uns dois não fumantes ao nosso lado fazem careta e se afastam. Estamos a sós.

— Andei pensando — digo, soltando a fumaça no horizonte. Viro para o Nino e abro um sorriso vencedor. — Quero trabalhar com você.

— Você quer o quê?

— Quero trabalhar com você. Ser sua parceira.

Nino olha para mim e franze a testa. O sol está atravessando algumas nuvens quase brancas. Ele coloca os óculos escuros. Nino não parece gostar muito da luz do dia. É o oposto de um girassol.

— Minha parceira?

— Sua *parceira*. Acho que seríamos ótimos. O que você me diz?

Eu me aproximo e olho nos olhos dele. Não consigo enxergar de fato pelas lentes escuras, mas miro onde imagino que os olhos estejam. Estou com o sutiã com armação de Beth, meu decote está posicionado estrategicamente.

— Você é *pazza* — responde Nino.

— O que foi? — pergunto, levantando uma sobrancelha.

Nino apaga o cigarro e joga a bituca no mar. Dou um trago e jogo o meu também. Ele deixa o metal pesado da porta bater no meu rosto quando entra na balsa. Entro atrás dele e vou correndo para o primeiro bar que encontramos.

— *Un caffè* — pede ele para a barista, sua voz áspera.

— *Due caffè* — emendo. — E uma água.

A mão dele treme ao segurar o copo. Nino não bebe água. Ele é como um cacto. Ou um camelo. Não sei mesmo como ele ainda está vivo. Sentamos em umas cadeiras de plástico horríveis e usamos uma mesa de plástico grudento. Odeio "restaurantes" de balsa. Parecem ter sido feitos para deixar você sem vontade de comer. O café tem gosto de queimado. O barco balança e sacoleja no mar bravo. O horizonte ondula por janelas de portinhola como se fosse feito de gelatina azul e verde. Agora estou me sentindo mal de verdade. Ficamos sentados em silêncio, bebendo.

— Então — diz Nino depois de um tempo, a testa formando ravinas profundas. — Você é inacreditável. Você *me* fez matar Salvatore, mas agora quer se tornar uma... uma... *assassina*?

Ele amassa o copo de plástico dentro do punho. Faz um barulho de algo sendo esmagado, como um crânio.

— Sim. Desculpe por isso. Eu queria ter feito eu mesma agora. Eu meio que gostei...

— Gostou do quê?

— De matar... o padre... aqueles dois.

Ele mantém os olhos nos meus.

— Beth, você está acabando comigo. Do que você está falando? Você meio que gostou?

Penso na pergunta por um instante e então sorrio e passo a língua nos lábios.

— Não, eu amei. Foi a coisa mais divertida que já fiz na vida.

Nino se levanta da mesa, as cadeiras riscam o chão. Eu faço o mesmo, pego a mala e corro atrás dele.

— Nino! Espere. Quanto você recebe por trabalho? Hein? — pergunto.

— Depende... — responde ele, se afastando, o passo brusco, as costas para mim.

— Quanto? — insisto.

— Na Sicília?

— Na Sicília.

Passamos por um corredor até uma porta com a placa *Uomini*: masculino. Nino entra. As dobradiças rangem como um porco morrendo. Olho para os dois lados do corredor. Que se foda. Vou atrás dele. Os banheiros estão vazios. O lugar fede a vômito: alguém passou mal, e ninguém limpou. Não tem ventilação nem janelas. Fico com as costas na porta. O plástico frio encosta no tecido fino da blusa de Beth. Nino para no mictório e baixa o zíper. Vejo ele fazer xixi.

— Qualquer coisa perto de dois mil euros se estou fazendo um favor até...

— Dois mil euros? Você mataria alguém por dois mil euros?

Ele só pode estar brincando. Se bem que, isso posto, eu faria de graça. Eu faria pela adrenalina.

— Até dez mil. Vinte mil euros se for um trabalho difícil.

O barulho de xixi na cerâmica. O fedor de urina. Tem uma poça num canto do chão; limo denso e preto se espalha pela parede. Cubro a boca com a mão.

— Mas isso é na Sicília, não é exatamente Monte Carlo. Londres vai ser diferente. Lucrativo — comento.

O barulho da descarga vem de um cubículo. Acho que os banheiros não estavam vazios no fim das contas. Não estamos a sós. Baixamos a voz para ninguém ouvir.

— Vinte mil euros foi o máximo que já ganhei. Era alguém importante: um oficial do governo. — O sussurro de Nino soa como uma cobra.

— Bom para o currículo — respondo. — Imagine se eu estiver trabalhando, é o dobro do dinheiro, metade do tempo. Imagine quanto a gente poderia ganhar em um lugar como Londres?

Em algum lugar glamoroso. Algum lugar com estilo. Eu desejo ser rica em algum lugar obsceno.

— De todo jeito, a Sicília acabou. Eu sei sobre a guerra. A máfia está fodida.

Nino acabou. Ele fecha a braguilha, vai até a pia e olha feio para mim pelo espelho enquanto lava as mãos.

— Estou fodido, graças a você. Nunca mais vou poder voltar para a Sicília.

Um homem abre a porta do cubículo; ele é baixo, magro e está usando um boné de beisebol: "Roma". Deve ser um turista. Ele olha para mim, franze o cenho, então vira para o Nino e olha duas vezes. Nino o encara de volta, totalmente imóvel. Ele me faz lembrar um louva-deus, posicionado e pronto para atacar numa fração de segundo. O homem abaixa a cabeça e corre para a porta como um grilo com medo. Ele nem lavou as mãos. Que nojo. Acho que Nino o amedrontou. Talvez fosse o sangue. O braço dele está horrível. Acho que, objetivamente, Nino parece meio assustador. Mas ainda o acho sexy.

— Você ouviu falar de Giovanni Falcone? — pergunta ele para o espelho.
— Ele era um dos meus. Bom, não era só eu... tinha mais gente... foram todos para a cadeia.

— Podíamos ganhar uma fortuna — comento.
— Você ouviu falar dele?
— De quem?
— Deixe para lá.

Está muito quente. Melado. Úmido. Desconfortável. Quero voltar para o deque. Respirar um pouco de ar fresco. Paro atrás dele, coloco a mão em sua cintura e o puxo para mim.

— Baby, baby... nós dois juntos? Seria lendário — digo.

Vejo Nino jogar água nas mãos e alcançar o dosador de sabonete. Ele aperta a saída, mas nada acontece. Ele aperta de novo, com cada vez mais força, mas está vazio. Ele arranca o objeto da parede com sua mão boa e o joga do outro lado do banheiro. O dispenser bate na parede; barulho de plástico rachando.

— Você matou um sujeito e acha que é o Al Capone.
— É a qualidade e não a quantidade...

Ele não sabe dos outros... Eu gostaria de poder contar. Gostaria de falar a verdade. Sem segredos entre nós. Quero dizer para ele que não sou Beth.

— Você é uma amadora talentosa, Betta. Eu tenho vinte anos de experiência... uma reputação... — diz Nino.

— E daí? Isso não significa nada agora. Você disse que nunca mais poderemos voltar.

Nino sussurra xingamentos em italiano. Alguma coisa como *"Minchia"*.

— Fale o nome de uma assassina — digo.

— Uma *assassina*? — repete Nino, olhando para a frente, procurando os meus olhos. A informação não é processada, dei curto-circuito no cérebro dele.

— Uhum. Você não consegue.

— Existe uma razão para isso — emenda ele.

Nino me afasta e vai até o secador de mãos, mas não funciona. Então ele puxa uma alavanca no porta-toalhas para pegar uma toalha de papel e secar as mãos, mas não sobrou nenhuma.

— Você sabe que eu sou boa. Aqueles disparos no carro foram perfeitos.

— Quem disse que estou contratando? — Ele move a alavanca para cima e para baixo, para cima e para baixo. Nada. Nino arranca o porta-toalhas da parede com sua mão boa. — Só porque é mulher do Ambrogio, você acha que o cargo é seu? Você não tem treinamento, nem experiência. E de onde veio toda essa sede por sangue? Uma semana atrás você nem gostava de armas!

Nino joga o porta-toalhas num dos vasos sanitários. Minha cabeça está girando. Preciso de ar. O chão está aumentando, a balsa está balançando, para a frente e para trás, de um lado para o outro. Saio correndo, passo por ele, erro a privada. E vomito pelo chão todo.

— É uma má ideia.

Capítulo 41

Arona, Itália

— Falta muito para chegarmos? — pergunto.

Depois de cinco horas e meia de Metallica, sou capaz de matar por algo mais feliz. Ninguém poderia dizer que tenho uma personalidade radiante nem uma queda por country, mas Nino está acabando comigo com esse heavy metal. Não vou aguentar muito mais trash metal. Talvez uma música da Taylor Swift? "Shake It Off" ou algo assim? Essa é boa.

— Onde? — responde ele.

— Não sei. França?

Ele me olha de soslaio.

— Ainda nem passamos pela fronteira da Suíça.

— Então... isso é um não?

— E ainda temos a Suíça inteira para percorrer, depois de sairmos da Itália.

— Ah — digo.

Eu devia ter consultado um mapa. Beth teria consultado um mapa e o Google para ver onde ficam os banheiros e os melhores lugares para fazer piquenique.

— E o seu jeito de dirigir está me deixando com dor no pescoço.

No fim das contas, temos um longo caminho de Nápoles até Londres, e é só meio-dia. O céu está um tedioso tom de azul. São os mesmos penhascos, o mesmo mar. As estradas estão tão quentes que estão começando a derreter: o cheiro de asfalto queimado. A grama está tão seca que pode entrar em combustão espontânea. A paisagem não mudou nas últimas seis horas. Montanhas à direita, o mar à esquerda. Finalmente paramos para fazer uma pausa em algum lugar perto da fronteira italiana: uma cidadezinha chamada Arona, onde há um lago enorme — o lago Maggiore. Se eu não estivesse tão cansada, sairia para dar uma olhada. Parece bem impressionante, mas tem turistas demais. E estou preocupada que eu caia se tentar andar. O lago se estende até onde o olhar consegue ver nas duas direções: um azul profundo e escuro. Colinas cobertas de árvores nos cercam, casas brancas e elegantes com telhados de terracota.

Paramos numa rua tranquila e fechamos o teto do Lamborghini. Travamos as portas. Eu reclino o banco do motorista e tento dormir. Não consigo. O assento é desconfortável. Minha bunda está dormente. Posso sentir o couro grudando na minha pele onde minhas coxas estão suando.

Olho em volta para arrumar o que fazer. Nino está dormindo com a boca aberta. Não é uma imagem bonita. Estou tão entediada que dou uma folheada na Bíblia. Foi Nino que trouxe, para termos mais coisas para carregar. Bíblias sempre me fazem pensar em Adão e Eva, em como Eva foi feita da costela de Adão, como o monstro do Frankenstein.

> Os ídolos das nações são prata e ouro,
> Obras das mãos dos homens.
> Têm boca, mas não falam,
> Olhos têm, mas não veem.
> Têm ouvidos, mas não ouvem,
> Narizes têm, mas não cheiram.
> A eles se tornem semelhantes os que os fazem,
> Assim como todos os que neles confiam.*

O que tem de errado com o ouro? Continuo entediada.

"Há seis coisas que o Senhor aborrece; e até mesmo sete, que ele detesta: a altivez, a mentira, mãos que derramam o sangue inocente, o andar a tramar o mal contra os outros, avidez em fazer o mal, o falso testemunho e o semear a discórdia entre irmãos."**

---

* Salmos 115,4-8.
** Provérbios 6,11.

Pelo jeito, Deus é bem intolerante. Ele não deve ter muitos amigos. Mas acho que Ele tem razão, a maioria das pessoas não presta.

E agora estou pensando Nele, não consigo tirar aquela maldita canção ridícula da cabeça: a que Beth e eu costumávamos cantar nas escoteiras. Ela toca sem parar no meu cérebro, num loop incessante. Quero dar um tiro na minha cabeça para me livrar dela, apertar o gatilho dentro da minha própria boca para morrer de verdade; não como Ed Norton no fim de *Clube da luta*, que ainda consegue falar com metade da cabeça destruída e galões de sangue entupindo a garganta.

Oh, você nunca vai entrar no céu
(Oh, você nunca vai entrar no céu)
Em uma lata de feijões assados
(Em uma lata de feijões assados)
porque uma lata de feijões assados
(porque uma lata de feijões assados)
contém feijões assados
(contém feijões assados)
Oh, você nunca vai entrar no céu em uma lata de feijões assados, porque uma lata de feijões assados contém feijões assados.
Não vou sofrer
Meu Deus, não mais
Não mais
Não vou sofrer, meu Deus
Não vou sofrer, meu Deus
Não vou sofrer, meu Deus
Não mais.

Oh, você nunca vai entrar no céu
(Oh, você nunca vai entrar no céu)
No joelho de um escoteiro
(No joelho de um escoteiro)
Porque o joelho de um escoteiro
(Porque o joelho de um escoteiro)
É fraco demais
(É fraco demais)

Oh, você nunca vai entrar no céu no joelho de um escoteiro, porque o joelho de um escoteiro é fraco demais.
Não vou sofrer
Meu Deus, não mais
Não mais
Não vou sofrer, meu Deus
Não vou sofrer, meu Deus
Não vou sofrer, meu Deus
Não mais.

Oh, você nunca vai entrar no céu...

— Cale a boca, Beth — resmunga Nino.
Ah, acho que eu estava cantando em voz alta.

Acordamos no meio da tarde. Íamos só tirar um cochilo rápido, mas dormimos por horas. Não é ideal. Precisamos sair do país. Nino acorda, se espreguiça e boceja.
— Dormiu bem?
— Hum — grunhe ele. — Que horas são?
— Duas.
Ele liga o rádio do carro. Passa pelas estações. Por favor, chega de Metallica.
— É sua vez de dirigir. Cansei.
Ele levanta as sobrancelhas, lesmas pretas e peludas.
— Meu braço?
— E? Ainda não melhorou?
— Você acha mesmo que eu deixaria você dirigir se estivesse em condições?
— Ei, não sou tão ruim. Eu nos trouxe até aqui...
— Você bateu meu carro.
Eu tinha me esquecido disso. Nino está girando o botão do rádio. A estática está fazendo um barulho horrível.
— Urgh, desligue isso.
— Cale a boca, quero ouvir uma coisa.
A voz no rádio está gritando em italiano. Prefiro ouvir música. Será que Nino gosta de Justin Bieber? Ou algo deprimente da Adele?

— Blá-blá-blá, Elizabeth Caruso — diz o locutor.

— O quê? — pergunto.

— Shh — diz Nino, aumentando o volume.

O rádio tagarela por mais dez segundos. Observo o rosto dele para avaliar sua reação.

— O quê? O quê? Fale! — peço.

— Interrogaram um segurança. Você conhece um segurança? No anfiteatro. Francesco alguma coisa.

Merda.

— Conheço. Por quê?

Então o nome dele era Francesco? Que engraçado, ele não parecia um Francesco. Mais um Carlo, ou talvez um Claudio.

— Ele disse que estava preocupado com você. Com a sua segurança. Disse que você andava diferente nos últimos tempos, o que quer que isso signifique. E disse que você era "belíssima". Linda. De todo jeito, está tudo bem. A polícia está procurando você. Ainda não sabem de mim.

— Estão me procurando? Como pode estar tudo bem?

Busco nos olhos dele um sinal de compreensão.

— Porque não estão me procurando.

— Que idiota. O que mais?

Nino pega o saco de cocaína e abre uma carreira. Ele me oferece a nota de cinquenta. Eu aceito.

— A polícia sabe que você está desaparecida. Sabem do tiroteio. Alguém relatou ter ouvido disparos. Encontraram os dois corpos e estão preocupados com você. Foi tudo o que disseram.

— Então o que isso significa, se estão me procurando? Posso sair do país?

Meu Deus, por favor, nos deixe sair da Itália. Vamos ficar bem quando chegarmos à Suíça. Os suíços são tranquilos, é só ver Roger Federer.

— Não sei — diz Nino, abrindo a porta do carro e alongando as pernas.

— Como assim, você não sabe? — Salto do Lamborghini. — Aonde você vai?

— Vou comprar o café da manhã. Quer alguma coisa?

Do que ele está falando, café da manhã? São duas da tarde.

— Não. E a fronteira? A polícia italiana?

— Vou procurar uma *pizzeria*. Você gosta de pepperoni? Fique no carro. Não se mexa.

Nino pega a chave e enfia no bolso.

— Ei!

Ele começa a descer a rua.

— Estou com sede — grito.

— Vou comprar umas cervejas — avisa ele por sobre o ombro. E desaparece numa esquina.

— Eu não gosto de cerveja! E compre alguns absorventes internos e paracetamol. Acho que vou ficar menstruada.

Estou com cólica. Ou é isso ou estou sentada há tempo demais neste assento. Ótimo, é a última coisa de que eu preciso, sangrar por cinco dias. Não me leve a mal, gosto de sangue; só prefiro o das outras pessoas. Desabo de novo no banco.

Inferno, essa coisa toda é um pesadelo. Pego minha bolsa e abro. Vejo os passaportes, o meu e o da Beth. Coloco o meu no painel, pronto para ser usado, e jogo o da Beth no fundo da bolsa. Acho que vou ser Alvie, se estão procurando minha irmã. De repente, estou me sentindo mal. Abro a janela para sentir o ar, deixar a brisa soprar no meu rosto. E se Nino notar o passaporte? É bom que isso funcione.

Dou uma olhada no carro. Está uma bagunça: copos de isopor, embalagens engorduradas de *panino*, maços vazios de Marlboro. As drogas do Nino estão no painel. A minha cocaína está no fundo do carro. Se vamos atravessar a fronteira, não queremos nenhum problema. Vamos ter que nos livrar disso. Pego minha cocaína, a do Nino, e saio discretamente do carro. Está absurdamente quente agora. A brisa refrescante se foi. O sol queima meus ombros, minha testa, meu nariz, e a pele na minha nuca parece estar em carne viva. Tem uma lixeira no fim da rua, vou jogar tudo ali. Nino vai querer me matar, mas não vou correr esse risco. Cheiro mais um pouco com meu dedo mínimo e jogo a cocaína no fundo da lata. Cubro tudo com uma cópia do *La Corriere della Sera*. Então, pensando melhor, tiro o jornal do lixo. Dou uma olhada rápida nas manchetes e imagens das primeiras páginas, só para o caso de ter alguma coisa sobre mim. Sobre Beth. Mas não tem nada. Ainda não.

As estradas da Suíça são acidentadas, e o carro me deixa com enjoo. A França é chata e plana. É um alívio quando chegamos ao túnel do canal, ainda que isso signifique atravessar Calais, que é um buraco de *merde*. Nunca entendi por que as pessoas gostam da França. Uma vez, Beth e eu fomos a Paris com a nossa mãe por um fim de semana. Dois dias inteiros foram dois dias demais. As pessoas acham que Paris é "a cidade do amor", mas as ruas só têm cheiro de xixi e estão cheias de mendigos. Os japoneses vão para lá e precisam de terapia por causa do choque cultural. É sério. Eles pegam um voo para lá, esperando encontrar castelos da Disney e Coco Chanel. Enfrentam filas de cinco horas para a Torre Eiffel, sentam no táxi de um maluco que não para de buzinar pelos engarrafamentos do Arc de Triomphe e pegam gonorreia de um homem chamado Marcel. Alguém serve a eles um purê com alho, carne de vaca crua e um queijo com larvas vivas; eles fumam passivamente uns vinte pacotes de Gauloises e sentem falta de Harajuku. Juro por Deus, isso acontece com todos eles. Menos *Meia-noite em Paris*, mais *Les Misérables*.

Nino está dormindo no banco do passageiro, roncando como uma morsa. Ele está cansado e mal-humorado agora que joguei as drogas fora. Passamos por Dijon (de onde vem a mostarda. Odeio mostarda. Não vou provar) e por um lugar chamado Arras (não é um tapete no *Hamlet*?). Essas cidades não passam de placas na *autoroute*. Até onde sei, a França toda é só um grande asfalto cinza ou campos marrons vazios. Não me admira que sejam todos loucos. É tão chato. Tudo o que eles fazem é transar e comer. Na verdade, não é uma vida ruim. Talvez eu me mude para cá?

Se eu de fato me mudar para a França, com certeza não vai ser para Calais. Calais é uma terra industrial de ninguém, cheia de canos de resfriamento feitos de metal, turbinas gigantes e vapor. Não sei por que alguém iria querer morar aqui. Está caindo um temporal, e todos os sapos apareceram. A única característica que salva é um supermercado que vende bebida a um euro e noventa e nove. Considero entrar e comprar um estoque, mas então lembro que não sou mais pobre. Posso comprar álcool superfaturado em Londres e o que mais eu quiser. Tenho dinheiro para torrar. Não preciso mais ter um ataque cardíaco toda vez que alguém me cobra quinze libras por um gim-tônica. Valeu todos os assassinatos.

— Vamos comprar alguma coisa para comer? Quero um hambúrguer de sapo.

Nino continua roncando, então eu o acordo.

— Está com fome? — pergunto.

— Vamos achar um McDonald's — sugere ele.

Dirigimos pela cidade na chuva até encontramos os arcos amarelos.

— Eu peço — aviso. — Sei falar francês do McDonald's de assistir *Pulp Fiction*.

Nino me olha sem expressão. Talvez ele não seja fã do Tarantino. Estranho.

— Mas você precisa pedir um quarterão com queijo. Não sei falar as outras coisas — aviso.

— Tanto faz — responde, ainda meio adormecido.

Entramos no drive-thru, e eu abaixo o vidro do carro. A garota na cabine diz:

— *Bonjour*.

— *Bonjour* — respondo, levantando dois dedos. — Dois Royales com queijo.

— Dois Royales com queijo, *c'est deux* Royales *avec du fromage?* — confirma ela, franzindo a testa.

A garota tem cabelo comprido loiro e cílios loiros. E é jovem demais para estar trabalhando.

Eu repito o pedido, mais alto e mais devagar.

— Dois Royales com queeeeeeeijo.

A menina digita alguma coisa na tela do computador. Acho que ela entendeu.

— *Cinq euros, s'il vous plaît, madame.*

— Hã?

— *Cinq euros* — repete ela, mostrando cinco dedos.

— Ah. Certo. Cinco.

— Nino, você tem dinheiro?

Ele meneia a cabeça para a pasta do padre. Pego a mala do fundo do carro e a coloco no meu colo. Abro as fivelas e levanto a tampa. O dinheiro parece tão bonito que não quero encostar nele. Tem cheiro de tinta fresca. Pego uma nota de quinhentos euros do topo da pilha. A nota está limpa e firme, como se tivesse acabado de ser impressa. Coloco o braço para fora do carro e entrego o dinheiro para a menina. Ela está olhando para a mala. Ah, o dinheiro. A garota segura a nota entre a ponta dos dedos e procura o troco. Demora uma eternidade.

— *Quatre cent quatre-vingt-quinze euros. Merci* — diz ela, oferecendo as notas para mim.

O dinheiro parece sujo e amassado, como se alguém tivesse limpado a bunda com ele.

— Não, tudo bem, fique com o troco — digo, torcendo o nariz. — Só me dê os hambúrgueres.

Ela não entende. Balanço a cabeça.

— *Non.*

Nino se inclina, pega o dinheiro pela janela e enfia as notas no porta-luvas. A garota me entrega os hambúrgueres. Vamos embora.

— Por que você fez aquilo? Eu estava só tentando ser *gentil* — digo.

— Bom, não faça isso. Não combina com você — responde Nino.

Capítulo 42

Olho pela janela, mas não consigo ver nenhum peixe. Só o preto. Estamos sentados no Lamborghini esmagados num vagão com dúzias de carros. Na verdade, eles embarcam os carros no trem e o conduzem pelo Eurotúnel. Tudo parece bem inútil. Por que não deixar os carros atravessarem o túnel? Os franceses... são loucos. Eu não queria pegar outra balsa depois da última vez. Acho que o Nino também não. Então imagino que esse tal trem seja melhor que um enjoo no mar. Tirando o fato de que o vagão tem cheiro de escapamento de carro e não tem nada para fazer. Sinto o gosto de gasolina. Seria um lugar muito legal para começar um incêndio.

— Vamos sair e dar uma volta? — proponho.

— Aonde podemos ir? Estamos setenta metros abaixo do mar em um tubo de metal — responde Nino. Ele continua bravo porque joguei as drogas fora.

Olho para ele, que continua jogado no banco do passageiro, a gola da jaqueta de couro do Ambrogio levantada embaixo das orelhas, os olhos tão mortos e vazios quanto buracos negros, e a cicatriz antiga esburacada fina e longa como uma carreira de cocaína em seu rosto.

— Não sei, só andar pelo trem?

— Para que fazer isso?

— Podemos esticar as pernas.

— Não preciso esticar as pernas.

— Podemos ver os outros carros.

Nino me olha feio e balança a cabeça. Se um olhar matasse...

— Estamos dirigindo na autoestrada pelas últimas vinte horas, vendo nada além de carros. E você quer olhar mais carros?

— Este é o carro mais bonito nesta merda de trem. Veja só.

Ele está certo. Estou cansada de carros. Estou cansada de dirigir. Não sei dirigir, então estou compensando a falta de técnica com aumento de velocidade. Se você provocar um incêndio no Eurotúnel, acho que o trem todo explodiria. Todos esses automóveis estão cheios de gasolina. São centenas de veículos juntos. Só seria preciso acender um fósforo e deixar embaixo de um carro, e esta merda toda explodiria como dinamite. Haveria fogo em Folkstone e fogo em Calais; como se saísse da boca de um dragão. Seria espetacular. Quero muito fazer isso, mas não existe saída. Nós dois queimaríamos até a morte. Valeria a pena pela adrenalina?

— Nino — chamo, encostando a mão no ombro dele. Sinto o calor de seu corpo subir pelo couro. — Você quer morrer?

— O quê? Agora?

— Isso. Agora.

Ele pensa por um segundo. Posso ouvir as engrenagens de seu cérebro girando.

— Temos dois milhões de euros numa mala, uma bolsa cheia de diamantes e um Lamborghini clássico. Não, Betta, eu quero viver.

Belo argumento.

— Certo. Só para saber. — Ele se esqueceu da *villa*. Quando tudo isso acabar, vou vendê-la. Deve valer uma fortuna. — Vamos comprar uma mansão em Beverly Hills?

— Não. Eu quero uma *villa* perto de Roma, na beira do mar.

Nino ainda está emburrado. Eu gosto quando ele fica bravo. Gosto de como os seus olhos parecem fazer um buraco na sua cabeça como se fossem balas, uma furadeira ou a borda do meio-fio, e seu dente de ouro brilha como um disparo de arma. Gosto do som gutural de sua voz. Será que ele vai me pedir em casamento quando chegarmos a Londres? Se ele pedir, vou dizer sim.

Quando chegarmos à Inglaterra, vou bolar um plano: um plano esperto para mim, Ernie e Nino. É tudo de que precisamos, um plano magnífico! Uma estratégia genial. Podemos viajar o mundo, só nós três, matar, transar, velejar, correr de carro, fazer compras, tomar sol e construir castelos de areia da altura do céu em praias brancas como cocaína com águas claras como vodca e estrelas nos olhos. Podemos esquecer Beth e Ambrogio.

***

Mayfair, Londres

— Sim, mas por que precisa ser o Ritz? — pergunta Nino.

Estou presa na primeira marcha num engarrafamento, um para-choque depois do outro, na rua Pall Mall. — É caro pra caralho.

— Eu sei que é. Sempre quis ficar lá.

— O que você faz? Toma banho de champanhe?

— Se você quiser...

— Eles servem ouro para você comer?

— Provavelmente, na verdade...

— A menos que Kate Moss e Naomi Campbell chupem meu pau, eu não acho que valha a pena...

— Imagino que você não receba favores sexuais de supermodelos incluídos na tarifa do quarto, não. Mas para que você precisa delas? Você já tem a mim.

Nino faz um barulho estranho. Acho que foi uma risada.

Viramos em Piccadilly e paramos o carro do lado de fora do hotel. Diz The Ritz em letras grandes e brilhantes. Tem uma colunata. E uma bandeira do Reino Unido.

Jogo as chaves na mão do manobrista e saio do Lamborghini.

— Não vá bater.

— Não, senhora.

— Nem perder.

— Senhora.

O porteiro faz uma reverência profunda: chapéu-coco com um fio dourado, sobretudo preto, botões grandes e dourados. Dá para ver o rosto dele refletido nos sapatos. Ele abre a pesada porta e os painéis de vidro. Nós entramos no Ritz: um átrio claro, cheio de luz. O palácio de Buckingham ou Versailles. O ar está tomado pelo perfume de rosas, um buquê enorme está no centro do vestíbulo. Beth gostava de rosas. Ela teria amado esse arranjo. Acho que este lugar é bem a cara da minha irmã. Nino e eu passamos pela entrada até a recepção.

— Como está seu braço?

Nino olha para cima e faz uma careta.

— Ainda dói pra caralho, mas está um pouco melhor.
— Legal — respondo.
Os homens na recepção param de falar e olham para a frente quando nos aproximamos. Eles estão usando ternos de três peças num tom claro de cinza e gravatas combinando. Provavelmente acham que estamos malvestidos.
— Boa noite, senhora, senhor — cumprimenta um deles.
— Olá — respondo.
Um espelho enorme que vai do chão ao teto fica atrás da recepção, assim como um relógio dourado antigo e ornamentado. Numerais romanos indicam dez da noite. Vejo de relance meu reflexo no espelho: extensão de cílios, sobrancelhas depiladas, cabelo loiro com um toque de mel. Pareço a Beth.
— *Madam? Madam?* Como podemos ajudar?
— Hum? — Devo ter me distraído olhando para Beth.
— Precisamos de um quarto — intervém Nino.
Olho para ele, parado ali com a jaqueta de couro macio do Ambrogio. Tem um pequeno ponto vermelho no pescoço dele, perto do maxilar. Parece que ele se cortou ao fazer a barba.
— A Royal Suite é o único quarto que temos disponível — explica o homem, estudando a tela do computador e clicando num mouse.
— Ah, parece ótimo — respondo. Minha voz soa engraçada: ofegante, rouca. Estou falando como a Beth.
— Essa suíte em especial custa quatro mil e quinhentas libras por noite, mais taxas.
— *Ma quanto?* — pergunta Nino.
Acho que significa "não vou pagar isso" em italiano.
Pego a mala da mão dele e coloco com força sobre o balcão. O homem dá um salto.
— Vocês aceitam euros? — pergunto.
— Ah, não é preciso acertar agora. O pagamento pode ser feito pela manhã — explica o funcionário. Ele sorri aliviado. — O hotel tem um câmbio. Podemos registrar um cartão para confirmar, por favor?
Pego um bolo de notas de quinhentos e enfio nas mãos do homem.
— Está pago. — O funcionário assente e aceita o dinheiro. — Perfeito — respondo.
Que estranho. Eu podia jurar que era a Beth falando. Balanço a cabeça e olho para o Nino. Ele não notou. Talvez eu esteja ficando louca.

— Vocês fariam a gentileza de apresentar algum documento de identificação para podermos fazer seu check-in, por favor? Um passaporte ou habilitação?

— Claro — respondo com um sorriso.

Merda, eu sou Alvie ou Beth? Ainda não quero que o Nino veja o passaporte da Alvina. Com certeza não estão procurando a Beth por aqui. Mostro o passaporte da minha irmã.

— Muito bem. Assinem aqui, por favor — diz o homem. Eu assino: Elizabeth Caruso. Uso até a mão direita, estou ficando boa. — Aqui estão as chaves da Royal Suite. Matthew, meu colega, vai ser o seu mordomo durante sua estadia. Se precisarem de qualquer coisa, por favor, não hesitem...

— Não vai ser necessário — diz Nino, a voz um rosnado.

— Por favor, permitam que Matthew leve a bagagem até o quarto de vocês.

— Eu mesmo levo — insiste Nino, interceptando o homem e pegando as malas, uma em cada mão. Vejo que ele se encolhe de dor.

— Muito bem, senhor.

Que pena, eu teria gostado de um mordomo. Teria sido divertido. Acompanhamos Matthew por um corredor — tapetes vermelhos, lustres de cristal lapidado, cortinas bordadas com um fio dourado — até nossa suíte. Ele aperta um botão, e esperamos o elevador. É um modelo antigo, com painéis de madeira polida, um retrato de uma mulher com um vestido vitoriano e um corrimão de latão polido. Observo os traços jovens de Matthew: cabelo loiro despenteado, barba rente, olhos azul-claros. O colarinho branco engomado aperta o queixo dele. Ele parece um membro de todas as boy bands que você já viu. E tem até uma covinha no queixo. O garoto não parecia ter mais que doze anos. Ele me vê olhando e sorri. Eu viro o rosto e observo o chão: piso de mármore branco, um R dourado. O elevador apita. Chegamos.

— Por aqui, senhor. Senhora — diz ele.

Nino e eu acompanhamos Matthew por mais um corredor, até chegar ao nosso quarto: 1012. O garoto insere o cartão na maçaneta, e a porta se abre com um clique. Ele entra em um quarto amplo, palaciano, com móveis de época e uma pintura enorme com uma moldura de bronze forjado. Há uma lareira de mármore com estátuas em miniatura de mulheres gregas dos dois lados. E um aparador com o que parecem ser urnas e candelabros retorcidos e brilhantes. Nino entrega um bolo de notas de quinhentos euros de gorjeta. Os olhos azuis do garoto se arregalam. Ele hesita, mas aceita.

— Não deixe ninguém subir aqui — diz Nino, segurando o antebraço do menino com um punho de ferro.

— Não, senhor. Claro, senhor.

— Ninguém — repete Nino.

Matthew faz mais uma reverência e dá meia-volta para sair do quarto. Enfio a arma de novo na mala. Acho que não vamos matá-lo então. Nino coloca a mala com os euros na cama ao lado da mala com as roupas, os diamantes e a arma dele. Ando pela suíte como se estivesse num sonho, flutuando pela sala de estar, pela sala de jantar, pelo quarto, pelo banheiro, pelo closet e pelo escritório. Ela é ainda maior e melhor que a *villa* em Taormina. Talvez a gente pudesse morar aqui.

— Uau! Nós conseguimos! Nós conseguimos mesmo! — Pego a mala e levanto a tampa. — Veja todo este dinheiro. E é nosso, todo nosso! Nada de mafiosos, nem padres, nada de Salvatore!

Encho as mãos de notas e as jogo para o alto, bem alto, para o céu. Espalho o dinheiro pela cama. Elas são macias e lisas, quase sedosas.

— Ha, ha! — exclamo.

As notas flutuam e caem do céu como flocos de neve roxos. Viro a mala e esvazio o dinheiro na cama. Parece uma piscina no pôr do sol: as notas ondulam sobre a água, roxo violento e rosa-fúcsia. Quero mergulhar, espalhar água como uma atriz num filme pornô, me encharcar. Posso quase sentir: o frescor da água, o calor dos raios do sol acariciando minhas costas.

— Só olhe para isso, Nino! Porra!

Viro para ele e vejo fogo faiscar em seus olhos.

— Estou olhando — responde ele, os olhos fixos nos meus.

— Nós conseguimos — repito, ofegante. Não acredito.

— Nós conseguimos.

Agarro o Nino e o jogo na cama. Sento sobre ele enquanto tiro sua camisa. Os botões voam e caem no chão. O tecido rasga.

Tiro minha blusa e abro o sutiã, desço para as pernas dele e abro a calça. Beijo o peito do Nino da pequena depressão na base do pescoço até o osso do quadril. Desafivelo o cinto e abaixo o zíper. Meu Deus... ele já está ereto.

— O carro, o dinheiro, os diamantes: estamos ricos! A gente pode fazer o que quiser.

Monto no corpo dele, olhando em seus olhos, e me encaixo. A sensação é incrível. Posso senti-lo duro contra meu ponto G, grande, grosso e bem fundo dentro de mim. Ele segura os meus seios, brinca com os mamilos, beliscando, machucando. Eu me mexo devagar, e depois cada vez mais rápido. Minhas mãos apertam as dele, quentes e escorregadias de suor. Nossos dedos deslizam e se entrelaçam. Coloco as mãos dele acima da cabeça.

É tão gostoso quando sento mais fundo; Nino está me preenchendo, me tornando inteira. Ele agarra meu quadril e me puxa para perto, suas unhas cravadas na minha carne.

— Fale o meu nome.

— *Betta*.

Eu me mexo, como se o estivesse cavalgando, sem parar, o suor escorrendo pelas costas, pelo meu peito. Sem fôlego. Ofegante. Flutuando. Quente. Sinto o calor subindo pelo meu corpo, e estou pegando fogo, flutuando como cinzas e chamas. Sou a fumaça, e Nino é o fogo. Minha cabeça está leve, meus ombros não têm peso. Estou livre. E me sinto invencível.

— Você é um menino mau, Nino. Um menino muito mau. Um mau, mau, mau, mau, mau menino.

Sinto ele gozar em ondas dentro de mim, sem parar. Inclino o corpo para trás sobre o pau dele, respirando fundo. E estou gozando, gozando, pelo que parece ser uma eternidade, minha cabeça explodindo, meu corpo flutuando, meu coração disparado.

Capítulo 43

Saio do chuveiro e me enrolo num toalha branca e felpuda, seco meu cabelo com outra e a deixo sobre o ombro. Humm, que sensação boa. O gel de banho de cortesia é delicioso. Frutas cítricas e toranja, estou tão saborosa que dá para comer. É a marca do próprio Ritz, como no Tesco. Vou roubar algumas garrafas em miniatura. E o roupão. E os chinelos.

Quando volto para o quarto, vejo que Nino está dormindo, esparramado na cama exatamente na mesma posição em que o deixei. Ele parece sereno. Parece estar em paz. Ele me lembra meu bebê Ernie, ou Ambrogio talvez, quando estava morto.

Uma escrivaninha antiga está encostada na parede. Vou até lá e dou uma olhada. Sobre ela tem um tinteiro antigo e papel timbrado. O papel parece caro, cremoso e grosso. Canetas Ritz London e alguns cartões-postais Ritz London: uma foto de uma fachada deslumbrante, suas colunas e flores banhadas pela luz do sol. Abro uma pequena gaveta de madeira e encontro um lindo abridor de cartas: cabo de marfim, lâmina prateada e brilhante. Não é uma faca, mas parece bem afiada. Eu me pergunto quão afiada, exatamente? Deixei meu canivete suíço na Sicília.

— Nino?

Nada.

— Nino!

— Merda!

Ele dá um pulo. Acho que o assustei. Pelo menos, consegui acordá-lo.

Ele abre os olhos, mas quando me vê, e não algum monstro, os fecha de novo. Vira de lado. Ronca. Sento ao seu lado na cama. Seguro seu pulso e corto um dedo, desenhando uma linha reta e profunda, com o abridor de cartas. O sangue jorra e escorre por sua mão, pingando gotas pesadas nos lençóis.

— Argh! — exclama Nino. — Que merda é essa?

Ele segura a mão junto ao peito. Isso definitivamente o fez acordar...

— Fique parado — digo —, me dê seu dedo.

Ele balança a cabeça. Parece assustado.

— É o dedo ou suas bolas vêm na sequência.

Olhamos para o pau dele. Nino ainda está nu. E decide que não vale a pena correr o risco.

— O que você está fazendo?

— Você vai ver.

Seguro o dedo dele e pego um pequeno vidro que está guardado no bolso do meu roupão.

— Você não acha que já sangrei demais por esse braço?

Os olhos dele estão fixos no dedo sangrando, no sangue deslizando e descendo pelo pulso até o cotovelo, escorrendo rápido pelo antebraço, em longas linhas vermelhas da cor do vinho.

— Veja, é um colar! — digo, segurando o frasco e enchendo o pequeno recipiente com o sangue dele. — Vou usá-lo no pescoço para todo o sempre. Angelina Jolie e Billy Bob Thornton tinham dois iguais!

O vidro está transbordando com o sangue do Nino. Fecho a pequena tampa.

— Você não precisava rasgar meu dedo! *Sei pazza.*

Nino cuida de sua mão ensanguentada. É a mesma do braço machucado. Ele parece ferido, magoado. Digno de pena, como um coelho na beira da estrada. Como um filhote de cachorro que alguém chutou. *Como você pôde fazer isso?*

— Pare — peço.

— *Eu*, parar?

— Sim.

— Parar o que exatamente?

Reviro os olhos.

— Você pode só...

— O quê? Só o quê?

— Ser mais *Nino*.

Ele suspira.

— Não deve ter doído *tanto*. Não mesmo. E, de todo jeito, você não acha um pouco romântico? — Nino não responde. — Peguei um para você também, veja! Eles vêm num par.

Pego o outro colar com o pequeno frasco de vidro. Estou muito feliz com eles. São antigos, vintage, mas não parecem ter sido usados antes.

— Não. Para mim, não — diz ele, olhando o recipiente. — Eu não uso colar.

— Ah. Ok.

Tudo bem, eu acho. Não é mesmo o estilo dele.

Eu me inclino e o beijo, um beijo longo, profundo e demorado. Ele me beija também. Nino não deve estar tão bravo.

— Você, *seja mais Betta*. — Ele ri, depois de um tempo. — Eu não sabia que você tinha nem metade dessa loucura.

Acho que é a primeira vez que o vejo sorrir. Achei que fosse gostar, mas não quero ser a *Betta*: a segunda opção, a número dois, o maldito plano B. Quero ser a *alfa*. Quero ser eu: Alvina Knightly. Eu tinha quase esquecido. Faz só poucos dias, mas parece uma eternidade. Tenho a sensação de que Nino gostaria da Alvie. Preciso contar para alguém, está me deixando louca. E tenho certeza de que ele entenderia. Vou contar hoje à noite no bar!

— Vou ligar para a recepção e pedir uma atadura — aviso.

Quando Matthew sai e Nino termina de enfaixar o dedo vermelho bem apertado, paramos no pé da cama.

— Vamos nos vestir e comer alguma coisa — proponho. — Acho que tem um restaurante no hotel.

Nino parece estar precisando se alimentar. Ele parece um pouco pálido.

Ele me pega e puxa meu roupão pelos ombros, fazendo-o deslizar pelo meu corpo e cair no chão aos meus pés. Estou totalmente nua.

— Oh!

O que é isso? Ele quer fazer sexo? De novo, não? Meu Deus, ele é pior do que *eu*.

— Espere — diz ele.

— O quê?

Fico parada observando enquanto ele revira nossa mala, a que contém as joias da Beth e as roupas de Ambrogio.

— Coloque isso — diz ele, segurando o colar de diamantes da minha irmã, o que eu tinha experimentado.

Parece ainda mais lindo aqui sob essa luz, os diamantes cintilando como trilhões de estrelas. Respiro fundo. Beth me pegou da última vez. Mas ela não está aqui. Agora são todos meus.

— Quero que você use o colar.

Meu Deus. Ele prende o colar no meu pescoço, as pedras estão frias como gelo na minha pele. Vejo meu reflexo de relance no espelho, nua, com exceção das joias deslumbrantes que parecem arder no meu peito, tão brilhantes que machucam minhas retinas.

Olho para baixo, para os diamantes, e acaricio o maior, no centro do meu peito, entre os meus seios. Ele é tão romântico. Estou sem fala.

Nino me dá um beijo na testa.

— Por que você não desce e pede um drinque para nós? Encontro você no bar assim que tomar um banho.

— Ok, vejo você daqui a pouco.

Estou esperando no bar Rivoli. Passo o dedo pela borda do meu martíni e sorrio para o barman. O colar de diamantes de Beth brilha na luz da luminária, as pedras são do tamanho da cabeça de um bebê. Os anéis dela estão reluzindo, efervescentes. Não consigo vê-los, mas tenho certeza de que os brincos de diamante da Beth estão igualmente deslumbrantes (eu os coloquei para combinar com o colar).

Tudo em mim brilha, cintila. Eu pareço valer um milhão de dólares. Respiro fundo, magnólia sintética, e começo a relaxar. Um gole de um martíni de vodca: chacoalhado, não misturado, como Ambrogio costumava pedir, como James Bond. Tem gosto de liberdade e de céus claros e azuis. Uma casca de laranja em espiral e uma única azeitona em um pequeno recipiente prateado, para eu acrescentar ao drinque, se assim desejar. Jogo os dois na taça e misturo.

Eu amo ser milionária.

Passo as mãos pela superfície lisa e elegante do balcão. O Rivoli está em silêncio, com exceção de mim. São quinze para uma da manhã. Não consigo lembrar que dia é hoje. Não acho que seja domingo à noite. Provavelmente segunda, mas não faz diferença. Viro o corpo no banco do bar: mogno, estampa de leopardo, querubins dourados. Poltronas Luís XVI e mesas tão polidas que são como espelhos escuros e brilhantes. Um carrinho está equipado com diferentes tamanhos de copo, taças de champanhe, copos de *shot*, cinquenta tipos diferentes de bebida. Uma coqueteleira prateada tem Ritz London gravado em letras tão pequenas que quase não dá para ler.

Ainda estou esperando o Nino.

Estou morrendo de fome, então peço caviar Beluga do cardápio do bar: cinquenta libras. Uma porção para bonecas vem servida num prato de prata. Ovas pretas e brilhantes, como olhos minúsculos. Três blinis em miniatura, um quarto de limão em uma rede, uma porção de chalotas cortadas, uma porção de salsinha picada e um pó amarelo estranho. Não sei ao certo o que eu deveria fazer, então só fico olhando: arte abstrata feita por alguém famoso que eu deveria apreciar. Acabo comendo os amendoins do bar.

Um homem entra. Não é o Nino. Ele se senta do outro lado do bar e pede um uísque puro. Ele se vira no banco. Brinca com o celular. Atrás dele, pendurada na parede, uma pintura dourada maravilhosa: uma mulher reclinada com um cisne contra um pôr do sol radiante. Os raios de sol se espalham por um céu brilhante: um brilho dourado e alaranjado. Nuvens recortadas passam. A mulher está nua, os seios à mostra, linda, o cabelo solto e fluido, a boca aberta. O cisne está sobre ela, majestoso, régio, as asas bem abertas. É só quando termino meu martíni que me dou conta de que a mulher está sendo estuprada pelo cisne. Eu me lembro disso no History Channel: a mulher é Leda, e Zeus é o cisne. Que nojento. De repente, estou enjoada.

Viro para a entrada vazia. Passo os olhos pelo salão; está quieto, vazio. Olho para o segundo ponteiro do Ladymatic da Beth. *Tique-taque, tique-taque.* O tempo está passando tão devagar. Ele fica mais lento e para, como um relógio derretendo do Salvador Dalí. Olho em volta, e tudo está paralisado como uma pintura. As cores são tinta a óleo. As janelas, a mobília, as mesas e cadeiras, tudo foi pintado. Tudo é bidimensional. Nada está se movendo. E sei que o Nino não vem. É por isso que eu estava esperando. Ele não vai vir.

Saio do transe.

Merda.

— Posso usar seu telefone? — pergunto para o barman. — Quero ligar para o quarto.

— Claro, senhora — responde ele, me entregando o aparelho.

Arranco o telefone e aperto os números: 1012. Ouço o toque e depois ligo de novo. Nada. Talvez ele esteja descendo. Mas sei que não está.

Assino o recibo do drinque e saio correndo do bar, pelo corredor, até as escadas. E se ele tiver pegado o elevador e nós nos desencontramos? Pego o cartão e abro a porta.

— Nino?

Não estou vendo nenhuma das coisas dele: as roupas, os sapatos, nossa mala. A suíte está vazia. Vasculho o quarto em busca das malas, escancaro os guarda-roupas, olho embaixo da cama. Abro as gavetas e procuro o dinheiro. Olho todas as mesas em busca da chave do Lamborghini. Procuro no chão. Nada.

Merda.

O chapéu dele está no criado-mudo, o fedora preto com a tira cinza em relevo. Pego a peça, tem o cheiro dele. O único sinal de que ele esteve aqui. Pego o telefone, desabo na cama e ligo para a portaria.

— O manobrista, por favor. — Alguém me transfere. — Alô, aqui é do quarto 1012. Nosso carro ainda está aí?

Uma pausa...

— Desculpe, senhora, mas seu marido acabou de levar o carro...

— Entendo — respondo e desligo. — Merda.

Corro até a janela, abro o vidro todo e olho para a rua. Está frio e chovendo. Lá está o Lamborghini, o manobrista acabou de trazê-lo. Nino está com as malas, o dinheiro.

— Nino! — grito.

Ele abre a porta. E não olha para cima.

Chuto meus sapatos de salto, saio do quarto e atravesso o corredor voando. Não posso deixar esse cretino se safar. O elevador é muito lento. Vou pegar as escadas. Corro pelos degraus, tropeçando, cambaleando. Chego à recepção sem olhar para ninguém. Os homens no balcão me encaram. Matthew sorri quando passo por ele. Nino, filho da puta. Merda, merda. Achei que tivéssemos algo especial. O porteiro faz uma reverência ao abrir a porta.

Saio pela rua. Está chovendo. Estou dois segundos atrasada. Meus dedos encostam na traseira do Lamborghini enquanto Nino pisa no acelerador. Corro, corro, tudo o que posso, as gotas de chuva batendo forte na minha cabeça, escorrendo pelo pescoço, esfriando minhas costas. O carro acelera pela Piccadilly. A parte de trás da cabeça dele. O cabelo preto penteado. Ele nem olha para trás. Ainda estou segurando seu fedora. Jogo o chapéu, depois sento numa poça na calçada e choro. Acabou! Ele foi embora. Esqueça a proposta de casamento. Esqueça o plano. Sou apenas eu, por conta própria, sozinha e solitária de novo. Não tenho nem Beth para odiar. E matei todos os outros.

Caralho merda
Merda merda caralho
Caralho merda

Meus dedos deslizam pelo papel de parede, liso e frio, enquanto passo pelo corredor sem fim. Meus pés parecem estar se movendo por conta própria. Finalmente, vejo a porta da suíte. Eu me apoio no batente e tento abrir a fechadura. O cartão faz um clique e a pequena luz verde se acende. Entro no quarto. Tudo está igual, só que um pouco diferente. Pixelado, como se eu estivesse dentro de um video game. De repente, tudo está quieto. E parece grande demais. Esse espaço todo só para mim? Desabo no sofá. Perdida. Entorpecida. O que vou fazer agora? Não posso ficar aqui depois de hoje à noite, não tenho dinheiro. Não posso voltar para o apartamento dos Imundos agora. Eles nunca me aceitariam, nem se eu implorasse. Penso no meu antigo quarto em Archway... Como será que ele está agora, todo vazio. Um espaço na parede onde ficava o pôster do Channing. Uma marca retangular com sujeira nas bordas. Os restos de massa adesiva nos cantos. Eu me pergunto o que foi feito dele. Será que os Imundos o jogaram fora, junto com os brinquedos sexuais? (Eu não devia ter deixado o Mr Dick em Taormina.) Um balde novo deve estar no chão, para as goteiras. Minhas coisas devem ter desaparecido, mas, fora isso, meu quarto deve estar exatamente igual, o mesmo futon velho, o mesmo tapete velho, como se eu nunca tivesse ido embora, como se nada tivesse mudado. Talvez nada tenha mudado e esteja tudo na minha cabeça?

A Sicília está começando a desaparecer, a desvanecer, como um pesadelo... pego meu celular e vejo as fotos. Ernie e eu. Minha selfie com o padre. Os corpos na chuva. Aconteceu de verdade! Não estou ficando louca. Abraço uma almofada de veludo vermelho contra o peito e reclino a cabeça.

Nino deixou a TV ligada. Está sintonizada em algum canal de notícias vinte e quatro horas: BBC World. A matéria é sobre a crise dos refugiados. O volume está baixo, mas, na base da tela, uma faixa vermelha e chamativa diz: "URGENTE: Especialistas confirmam que a pintura desaparecida de Caravaggio, *Natividade com São Francisco e São Lourenço*, foi encontrada danificada em uma casa incendiada em Taormina, na Sicília. O FBI estava procurando a obra-prima de

Caravaggio, avaliada em trinta milhões de dólares, desde 1969, quando foi roubada do Oratório de San Lorenzo em Palermo".

Eu pus fogo em trinta milhões de dólares?

Dou um grito.

Saio correndo, ataco a tela e arranco a TV da parede. Ela cai no tapete. A energia é cortada. Pulo sem parar sobre o aparelho: CRACK, CRACK, CRACK. Eu me abaixo, o corpo dobrado, de quatro, e recupero o fôlego. *Trinta milhões de dólares? Trinta milhões de dólares?* Escancaro o minibar e pego uma garrafa de gim: Bombay Sapphire. A garrafa é azul ou é o gim? Viro a bebida de uma vez. Não é muito gostoso. Eu me sinto um pouco melhor.

O celular de Beth faz um barulho: Ping, Ping, Ping. Quem é agora? Enfio a mão na bolsa e pego o iPhone: seis ligações perdidas e duas mensagens da minha mãe: "Beth, onde você está? Estou do lado de fora da *villa*. Ela pegou fogo! Os bombeiros estão aqui, mas está tudo destruído. ME LIGUE. VOCÊ ESTÁ BEM?"

"Beth, querida, estou com o seu filho. Não se preocupe, ele estava a salvo com Emilia, mas vou levá-lo para o hotel e dar uma banana amassada para ele."

E eu grito.

E grito.

E grito.

Pego um candelabro dourado e atiro na mesa, uma luminária, uma fruteira e uma figura de cristal voam até o chão. Viro a poltrona e o sofá. Saio correndo e salto sobre as cortinas, arrancando tudo. Ouço um barulho de rasgo, e elas formam uma pilha vermelha no chão. Eu me enrolo no tecido e fico em posição fetal. Sem dinheiro. Sem *villa*. Sem carro. Sem Nino. Sem iate. Sem o pequeno Ernesto.

Uma batida discreta na porta soa como um tiro. Merda. O que foi agora? Vá se foder. Vá embora. Quem pode ser a esta hora da noite? Minha mente dispara: poderia ser minha mãe? Ah, Deus, não, por favor, por favor, minha mãe, não! Mas como ela saberia que estou aqui? Nino? Mas, não, ele foi embora faz tempo. Elizabeth? Não, não seja idiota, Alvina. Não pode ser a Beth. Aqueles sujeitos da Sicília que estavam nos seguindo? A maldita polícia? Fique calma, Alvie. Você está paranoica. Outra batida, uma furadeira no meu cérebro. Respiro fundo.

— Estou indo.

Saio de dentro das cortinas, arrumo meu cabelo e esfrego as mãos no rosto. Abro a porta aos poucos. É o Matthew. Graças a Deus. Quem sabe eu não mato o mordomo desta vez? Pode me animar? Ele dá um passo para trás quando me vê.

— Tudo bem, senhora? Achei que eu... er... er... tinha ouvido um barulho?
— Um barulho? Não.
— Como um grito?
— Não, não.
— Tem certeza de que está tudo bem?
— Estou ótima.
— Porque a senhora parece bem...
— O quê? — Olho feio para o garoto, desafiando-o; vá em frente, diga.
— Assustada. — Os olhos dele se arregalam. Suas mãos tremem ao lado do corpo.
— Você também.

Fecho a porta e me certifico de que está trancada. Eu pareço assustada? Vou até o espelho e me olho com atenção. O rosto de Elizabeth me encara. O rosto de Elizabeth. Os olhos de Elizabeth. Meu coração bate mais rápido. Balanço a cabeça. Não seja ridícula, Alvie. Não seja burra. Isso é loucura. Mas dou um passo para chegar mais perto, meu nariz a centímetros do espelho... estou usando as joias de Beth, o colar de diamantes.

Por que Nino me deu isso? Olho nos meus olhos, estão cheios de lágrimas. E é verdade:

Sou Elizabeth. Sou Beth.

Um mal-estar se espalha dentro de mim. Que diabos? Meu coração bate mais rápido. O reflexo no espelho dá um grito silencioso.

— Elizabeth?

Meu Deus.

Eu sou Elizabeth.

Eu sou Beth.

Meu rosto, meus olhos, meu sorriso. É ela!

Balanço a cabeça, olho ao redor em pânico, pego uma urna no aparador e atiro no espelho. Ele se estilhaça em mil pedaços, cacos de vidro caem na lareira, como chuva. Meu coração bate mais rápido. Onde está meu coração? Coloco a mão no peito, embaixo do sutiã. Meus batimentos fazem TU-TUM! TU-TUM! E está tudo certo. Tudo bem. Meu coração fica do lado direito. Está do lado direito, não do esquerdo. Pare de fazer merda. Você está perdendo a cabeça, Alvina. Louca, louca, louca. Você está fora de si. Cocaína demais. Sono de menos. Sangue demais. Preciso de um pouco de ar fresco.

Corro até a janela, me debruço e olho para a calçada. Respire fundo. As gotas de chuva caem: gordas, pesadas. Um céu de chumbo. Uma noite preta e densa. Nino. Nino. Ele fez isso comigo. É tudo culpa dele. Claro que ele fugiu. É exatamente o que eu teria feito se tivesse tido a ideia primeiro. De um jeito engraçado, estou impressionada. Sabe, somos iguais, Nino e eu, farinha do mesmo saco. Fomos feitos um para o outro. Ele é minha alma gêmea. Sou a Cinderela. Nino é meu príncipe encantado. Ele escolheu mexer com a garota errada. Sou uma assassina nata. Vou encontrar o Nino, nem que seja a última coisa que eu faça. Eu me recuso a perder. Ele não vai ganhar.

— Não acabou, Giannino Maria! — grito pela janela.

Vou encontrar aquele *stronzo* e de um jeito calmo... doloroso... sem pressa... vou encontrá-lo e matá-lo.

Ou me casar com ele.

Nino precisa conhecer a Alvie.

Epílogo

Alvina Knightly
Ritz Hotel,
150 Piccadilly,
Londres,
W1J9BR

Senhor Channing Tatum
a/c CAA
2000 Avenue of the Stars, Los Angeles, CA *90067*

Domingo, 30 de agosto de 2015, 3h56

Assunto: *Casamento*

Querido sr. Tatum,

Meu nome é Alvina Knightly, mas pode me chamar de Alvie, ou Al (se bem que parece um pouco um nome de homem), e não sou apenas sua maior fã, mas também sua futura esposa em potencial. Admiro seu trabalho de longe há algum tempo (desde que o primeiro filme Magic Mike *estreou no Reino Unido), mas não são só seu abdômen definido e seu peito musculoso que eu aprecio, mas também seu pau.*

Também acho que você é um ator melhor que Ryan Gosling, ainda que não tão bom quanto Matthew McConaughey; ele é muito talentoso.

Vou contar um pouco sobre mim, para você poder decidir se quer ou não se casar comigo (a propósito, você deveria). Como comentei, meu nome é Alvina e tenho 26 21 anos. No momento, estou morando em Londres, Inglaterra, no Ritz Hotel (como você pode ver no timbre deste papel de carta), mas esse não é meu endereço permanente. Espero encontrar um lugar para morar depois que penhorar o colar de diamantes da minha irmã, que deve valer algo em torno de setenta a oitenta mil libras, e que ela me deu de presente de aniversário. Deve ser o suficiente para conseguir um estúdio em Archway. Também estou pesquisando a possibilidade de que exista um seguro para a villa que incendiei na Sicília, mas não tenho certeza no momento.

Sou uma pessoa simpática, amigável, sociável e que gosta de se divertir. Eu me dou bem com todo mundo e amo animais, crianças e turistas. Gosto de ópera, poesia, Lamborghinis, viagens, álcool, sexo e de matar. Especialmente de sexo. Tenho muita experiência na cama e já me disseram que faço um bom boquete. Até o momento, dormi com 303 homens, se bem que foi ao longo de um período de oito anos, então não quero que você pense que sou uma vadia.

Tive diversas relações duradouras (mais de uma noite); a mais recente terminou há pouco (esta noite) e de forma amigável (ele ainda está vivo). E, ainda que exista uma chance de que nós dois possamos voltar, eu queria alertar você da minha atual disponibilidade. Vou tentar localizá-lo (usando o aplicativo localização por GPS para celular que baixei no telefone dele enquanto ele estava no banho), mas tenho uma estimativa de apenas cinquenta por cento de que isso resulte em um pedido de casamento.

Enquanto isso, estou mandando esta carta aos cuidados do seu agente em Los Angeles. Não sei seu endereço residencial, mas pode ter certeza de que vou descobrir. Você pode me ligar no número 004477669756330 quando for conveniente (em até 24 horas do recebimento desta carta) e me dizer quando e onde quer me encontrar.

Com amor Molhada,
Alvina

P.S.: Esqueci de mencionar, eu pareço uma versão mais jovem e mais sexy da Angelina Jolie, só que muito mais magra e mais bonita. Eu incluiria uma foto nesta carta, mas não tenho nenhuma.

P.P.S.: Mudei de ideia sobre você me chamar de Al. Pode fazer você pensar em Al Gore, o que com certeza vai resultar numa disfunção erétil.

Este livro, composto na fonte Fairfield, foi impresso em papel Pólen Soft 70 g/m² na Imprensa da Fé. São Paulo, julho de 2017.